趙季
葉言材　輯校
劉暢

日本漢詩集成

六

中華書局

續聯珠詩格卷之五

用聖得知字格

盆池

唐　韓退之

泥盆淺小詎成池，夜半青蛙聖得知。一聽暗來將伴侶，不煩鳴喚鬬雄雌。

寒食雨中同舍約游天竺

宋　楊誠齋

遊山不合作前期，便被山靈聖得知。只等五更傾一雨，三更猶是月明時。

宿孔鎮觀雨中蛛絲

宋　楊誠齋

網羅最密是蛛絲，却被秋蚊聖得知。粘著便飛來不再，蛛絲也解有疎時。

受詔口號　宋方秋崖

雪寒月瘦鬢成絲，緣底天家聖得知。從此江山儘驅使，小民奉敕遣吟詩。

用聖得知字又格

次韻中玉早梅起句微韻　宋黄山谷

折得寒香不露機，小窻斜日兩三枝。羅幃翠幕深調護，已被遊蜂聖得知。

續長恨歌　宋范石湖

聞道蓬壺重見時，瘦來全不耐風吹。無端却作塵間念，己被仙官聖得知。

夜離零陵以避同僚追送之勞　宋楊誠齋

已坐詩臞病更羸，諸公剛欲餞湘湄。夜浮一葉逃盟去，已被沙鷗聖得知。

鳴禽　　宋陸放翁

小徑霜泥結凍時，幽人十日廢筇枝。新晴池館春來早，簾外鳴禽聖得知。

用君知否字格

惜落花贈崔二十四　　唐白樂天

漠漠紛紛不奈何，狂風急雨兩相和。晚來悵望君知否，枝上稀疎地上多。

題比紅兒　　唐羅虬

淺色桃花亞短墻，不因風送也聞香。凝情盡日君知否，還似紅兒淡薄妝。

聞李公擇飲傳國博家大醉　　宋蘇東坡

不肯惺惺騎馬迴，玉山知爲玉人頹。紫雲有語君知否，莫喚分司御史來。

虞姬墓　宋范石湖

劉項家人總可憐，英雄無策庇嬋娟。戚姬葬處君知否，不及虞兮有墓田。

水亭　宋陸放翁

莫道山翁老病侵，静中理得舊傳琴。朝來有喜君知否，雨展芭蕉二尺心。

過摩訶池起句支韻　宋宋祁

十頃隋家舊鑿池，池平樹盡但回隄。清塵滿道君知否，半是當年濁水泥。

次奄中二陸韻起句齊韻　宋曾茶山

問石尋泉到竹齋，木犀花盡菊花開。老僧有約君知否，乘興前村雪裏來。

過白溝趁順安　金劉内翰著

萬折狂瀾肯倒流，歸心夢寐在東周。平生快意君知否，今日驅車過白溝。

用君會否字格附公會否

湖上雜詠起句文韻

宋鄒浩

華亭標格本青雲，邂逅西湖秋復春。作意一聲君會否，鵷鸞集處是真人。

天台縣有小閣下臨官道予名曰玉霄

宋放翁

竹輿衝雨到天台，緑樹陰中小閣開。榜作玉霄君會否，要知散吏按行來。

小飲俎豆頗備江西淮浙之品

宋楊誠齋

味含霜氣洞庭柑，鮓帶桃花楚水鹹。春暖著人君會否，不教淮白過江南。

醉眠夜聞霜風甚緊起坐達旦

宋楊誠齋

雪花旋落旋成融，橫作清霜陣陣風。一夜急吹君會否，妒它殘葉戀丹楓。

道逢王左丞不及避謝之起句佳韻　　宋曾茶山

西風黄葉北門街，有句無人爲翦裁。衝突前驅公會否，要求一語定敲推。

用君信否字格

謝王佺期寄丹起句青韻　　宋程伊川

至誠通聖藥通靈，遠寄衰翁濟病身。我亦有丹君信否，用時還解壽斯民。

十月九日　　宋陸放翁

酒開甕面撲人香，菊折霜餘滿地黄。我是化工君信否，放遲一月作重陽。

用知道字格

至襄陽爲奇章公咏真珠　　唐盧肇

神女初離碧玉階，彤雲猶擁牡丹鞋。知道相公憐玉腕，故將纖手整金釵。《唐詩紀事》故作强。

答劉道人起句先韻　宋張詠

嵩陽峰底洞中天，曾共浮生對掩關。知道高閒少兼濟，折腰從此到人間。

劉村渡　宋楊誠齋

曠野風從腳底生，遠峰頂與額般平。何人知道誠齋叟，獨著駝裘破雨行。

月宫仙子圖　明徐文長

空中縹緲景光新，但似雲霞不似人。知道今來是何夕，桂花添得幾枝春。

用知道字又格

華清宫　唐杜牧之

長安迴望繡成堆，山頂千門次第開。一騎紅塵妃子笑，無人知道荔枝來。

華清宮　唐吴融

四郊飛雪暗雲端，唯此宫中落旋乾。緑樹碧簷相掩映，無人知道外邊寒。

降壇詩　清趙恒夫

蕭蕭霜落不聞聲，斷盡棲烏樹上驚。賓客散來參觜挂，無人知道此時情。

題北山隱居士閑叟壁　宋王半山

荒村日午未開門，雨後餘花滿地存。舉世但能旌隱逸，誰人知道是王孫。

用豈知字格

吴故宫起句青韻。《全唐詩》一爲孟遲詩　唐常建

越女歌長君且聽，芙容香滿水邊城。豈知一日終無主，猶自如今有怨聲。

次韻擇之進賢道中漫成起句刪韻　　宋朱熹

笑指斜陽天外山，無端長作翠眉攢。豈知男子桑蓬志，萬里東西不作難。

悼阿駒起句冬韻　　宋劉克莊

吾老方期汝亢宗，愛憐不與衆雛同。豈知希世千金産，止作空花賺乃翁。

次韻楊廷秀　　宋周必大

傳粉施朱淡復濃，不辭沐雨更梳風。豈知命似佳人薄，不在吾公樂事中。

漢宫　　清朱瑄

閬苑瑶池路邈然，廷靈高築迓群仙。豈知待詔金門客，偷墜塵寰十八年。

用那知字格

宿昭應　　唐顧况

武帝祈靈太乙壇，新豐樹色繞千官。那知今夜長生殿，獨閉空山月影寒。

畫石

唐 劉商

蒼蘚千年粉繪傳，堅貞一片色猶全。那知忽遇非常用，不把分銖補上天。

駐蹕揚州

宋 程俱

三入南宮更白頭，夜寒持被卷書樓。那知跰足半天下，投老浮山省舊遊。

次子由韻

宋 蘇東坡

氈毳年來亦甚都，時時鴂舌問三蘇。那知老病渾無用，欲問君王乞鏡湖。

送蘇別駕

明 邊貢

去歲秋風別省闈，木犀花落雨霏霏。那知此日江陵郡，春草連天送客歸。

答友夏問伯敬南姬生子消息

明 鍾伯敬

照水桃花不肯寒，貪看結子畏花殘。那知今日纍纍後，仍作春花二月看。

用情知字格

悼阿駒

宋　劉克莊

眼有玄花因悼亡，觀書對客兩茫洋。情知淚是衰翁血，更爲童烏滴數行。

和可行圭塘雜詠

元　馬熙

省事山翁許鶴隨，燕鶯奔命爲誰疲。情知欸乃多幽事，不付樵青付雪兒。

以瓊扇一握奉致黄明府

元　范梈〔一〕

拾得炎州月一團，殷勤持贈比琅玕。情知已是秋風後，留作明年九夏寒。

西湖竹枝

明　姚可上

一路香風油壁車，冶遊年少阿誰家。情知不是儂歡面，爲憶紅梅憐杏花。

〔一〕梈：底本訛作「槨」，據《范德機詩集》卷六改。

秋日東村偶題　明李于鱗

五柳青青醉裏春，那能長作折腰人。情知縱酒非生事，昨日罷官今日貧。

用遥知字格

送韋評事　唐王維

欲逐將軍取右賢，沙場走馬向居延。遥知漢使蕭關外，愁見孤城落日邊。

惠崇春江曉景起句文韻　宋蘇東坡

兩兩歸鴻欲破群，依依還似北歸人。遥知朔漠多風雪，更待江南半月春。

會稽喜得家書起句删韻　宋程俱

黄耳東來一破顔，直從松竹報平安。遥知雲頂峰前住，霜鬣風篁六月寒。

寄書後作 結句寒韻

宋林希逸

幾度題書客未還，歸鴻歷歷度鄉關。遥知一紙平安字，慈母燈前閣淚看。

曉泊横塘

宋范石湖

短夢難成却易驚，披衣起漱玉池清。遥知中夜南風轉，洶洶前村草市聲。

用遥知字又格

燈夕時在泗上

宋朱松

燈花作意照歸人，短棹扁舟寂寞濱。帝力如春蘇萬物，遥知太一不威神。

夜雨

宋朱熹

擁衾獨宿聽寒雨，聲在荒庭竹樹間。萬里故園今夜永，遥知風雪滿前山。

題畫卷　　宋范石湖

春陰十日溪頭暗，夜半西風雨脚收。但覺奔霆吼空谷，遥知萬壑正争流。

瀛臺賜宴恭紀　　清尤侗

新秋零露乍濃濃，曉啓天門照燭龍。十里香風吹不散，遥知蘭澤採芙蓉。

用懸知字格

寄題朱元晦武夷精舍　　宋陸放翁

先生結屋緑巖邊，讀易懸知屢絶編〔一〕。不用采芝驚世俗，恐人謗道是神仙。

莊上書事　　宋李之儀

杜礎猶烝濕未休，懸知雨意未全收。只憂場上芽生稻，不厭田間水拍溝。

〔一〕編：底本訛作「倫」，據《劍南詩稾》卷十五改。

再至　　宋孫覿

老眼逢春病有花，淋浪醉墨字如鴉。懸知不是唐王播，慚愧高僧護碧紗。

石門寺起句微韻　　宋朱松

橘刺藤稍罥客衣，直緣微禄得奔馳。懸知投老歸田味，只似登山困睡時。

次韻少游學士送龔深之往金陵見王荆公　　宋僧道潛

白下長干春霧披，家家桃李粲朝暉。懸知一見毗耶老，心地如灰不更飛。

用欲知字格

秋夜送趙冽歸襄陽　　唐錢起

斗酒忘言良夜深，紅萱露滴鵲驚林。欲知別後思今夕，漢水東流是寸心。

春怨　唐戴叔倫

金鴨香生欲斷魂，梨花春雨掩重門。欲知別後相思意，回看羅衣積淚痕。

臨水亭　唐施肩吾

只怪素亭黎黛色，溪煙爲我染苔衣。欲知源上春風起，看取桃花逐水來。

春女怨　唐朱絳

獨坐紗窗刺繡遲，紫荆花下囀黄鸝。欲知無限傷心意，盡在停針不語時。

瀟湘圖　宋張元幹

落日孤煙過洞庭，黄陵祠畔白蘋汀。欲知萬里蒼梧眼，淚盡君山一點青。

古瓦硯　宋晏殊

已恣玉鋒磨蘚骨，更持蟾淚濕雲根。欲知千載凄涼意，尚有昭陽夜雨痕。

擦耳岩

明 袁中郎

過客時時耳屬垣，倚天翠壁亦何言。欲知懸徑欹危甚，看我青苔一面痕。

用要知字格

夢海山壁間詩不能盡記

宋 陸放翁

海上乘雲滿袖風，醉捫星斗躡虚空。要知壯觀非塵世，半夜鯨波浴日紅。

閩浙界 起句删韻

宋 黄初庵

閩浙都來隔一山，閩山較暖浙山寒。要知地土分南北，須向梅花枝上看。

雪中贈柳枝

宋 李覯

暖氣來時柳眼新，一場冰雪更愁人。要知真宰無誠信，取次東風未是春。

新安道中起句青韻　宋許月卿

白水黄山天一青，雪梨金柳雙眼明。要知來日清明日，請聽鵲鳴第一聲。

用也知字格

赴北庭度隴思家　唐岑參

西向輪臺萬里餘，也知鄉信日應疎。隴山鸚鵡能言語，爲報家人數寄書。

看山　宋葛天民

我本田夫作比邱，也知騎馬勝騎牛。如今馬上看山色，不似騎牛得自由。

調陶篁村購一小鬟　清梁山舟

不比朝雲侍老坡，也知天女伴維摩。對門有個林和靖，冷把梅花奈爾何。

用也知字又格

和蔡提　宋僧道璨

落盡燈花獨倚闌，四簷風雨夜漫漫。也知憂樂先天下，不是推敲字未安。

贈常州報恩長老　宋蘇東坡

碧玉碗盛紅碼碯，井花水養石菖蒲。也知法供無窮盡，試問禪師得飽無。

蘭溪解舟　宋楊誠齋

際晚江風刮面來，曉寒已去却重回。也知青女嫁滕六，巽二何須强作媒。

温泉結句删韻　宋杜常

已去開元四百年，此泉猶自響潺潺。也知不憤當時事，長作悲聲恨禄山。

天寧州逢老僧一百一歲　明袁中郎

開元天子最風流，曾見南巡錦幄舟。欒大也知非誑語，老人大父昔同遊。

用定知字格

楊柳枝　唐白樂天

一樹衰殘委塵土，雙枝榮耀植天庭。定知玄象今春後，柳宿光中添兩星。

送客　唐李群玉

沅水羅紋海燕回，柳條牽恨到荆臺。定知行路春愁裏，故郢城邊見落梅。

題米元暉雲山小幅　宋陸放翁

一棹朝南暮北風，奇峰倒影緑波中。定知漸近三山路，認得漁翁是放翁。

雪後尋梅

宋 陸放翁

青帝宫中第一妃，寶香熏徹素絹衣。定知謫墮不容久，萬斛玉塵來聘歸。

次韻游景叔聞洮河捷報寄諸將

宋 黄山谷

千仞溪中石轉雷，漢家萬騎搗虚回。定知獻馬胡雛入，看即稱觴都護來。

和魯人孔宗翰題詩

宋 蘇東坡

壞壁題詩已五年，故人風物兩依然。定知來歲中秋月，又照先生枕麴眠。

用始知字格

獨宿仙遊寺

唐 白樂天

文略也從牽吏役，質夫何故戀囂塵。始知解愛山中宿，千萬人中無一人。

牡丹　唐李益

紫蕊叢開未到家，却教賓客賞繁華。始知年少求名處，滿眼空中別有花。

送喬仝寄賀君　宋蘇東坡

垂老區區豈爲身，微言一發重千鈞。始知不見高皇帝，正似商山四老人。

鄭顧道衝雨見過　宋曾茶山

荷槖臨門門未開，多泥窮巷遍蒼苔。始知猶勝杜陵老，舊雨客來今亦來。

用始知字又格

贈裴旻將軍　唐王維

腰間寶劍七星文，臂上琱弓百戰勳。見道雲中擒黠虜，始知天上有將軍。

題武陵洞

唐曹唐

桃花夾岸杳何之，花滿春山水去遲。三宿武陵溪上月，始知人世有秦時。

送從翁中丞奉使黠戛斯

唐趙嘏

旌旗杳杳雁蕭蕭，春盡窮沙雪未消。料得堅昆受宣後，始知公主已歸朝。

初夏絶句

宋陸放翁

紛紛紅紫已成塵，布穀聲中夏令新。夾路桑麻行不盡，始知身是太平人。

苑西雜詠

清蔡升元

丹甍翠綱碧欄干，玉蝀橋頭立馬看。望到直廬最深處，始知身在五雲端。

用知君字格

戲贈魏四十

唐李群玉

蘭浦秋來煙雨深，幾多情思在琴心。知君調得東家子，早晚和鳴入錦衾。

寄趙準乞湘川山居　唐李涉

聞説班超有舊居，山横水曲占商於。知君不用磻溪水，乞取終年獨釣魚。

梅花塢　唐陸希聲

凍蕊凝香雪艷新，小山深塢伴幽人。知君有意凌寒色，羞共千花一樣春。

東平李漢卿草蟲卷起句青韻　元元好問

蟻穴蜂衙筆有靈，就中秋蝶最關情。知君夢到南華地，紅穗碧花風露清。

寄吴明卿　明李于鱗

梁苑無人秋氣悲，吴門回首淚堪垂。知君不盡平生意，海内窮交更有誰。

用知爾字格

送劉寰北歸　唐劉商

南巢登望縣城孤，半是青山半是湖。知爾素多山水興，此回歸去更來無。

戲詠榆莢

唐 施肩吾

風吹榆莢落如雨，繞林繞屋來不住。知爾不堪還酒家，漫教夷甫無行處。

送右史之京

明 李于鱗

春風忽斷雁行疎，染翰青雲照錦裾。知爾已傳招隱賦，相思更寄枕中書。

羅浮蝶詞和顧嗣宗

清 沈德潛

林花落盡始飛翻，深鎖金龍未是恩。知爾夢魂難忘處，蠻煙蜑雨海邊村。

續聯珠詩格卷之六

用莫將字格

盧溪別人　唐王昌齡

武陵溪口駐扁舟，溪水隨君向北流。行到荆門上三峽，莫將孤月對猿愁。

汨羅遇風　唐柳宗元

南來不作楚臣悲，重入修門自有期。爲報春風汨羅道，莫將波浪枉明時。

送古山人起句冬韻　宋李覯

喜聞吉事怕聞凶，天下人心處處同。乍出山來言語拙，莫將刺字謁王公。

即事

宋 唐庚

案頭行掃塵隨起，窗眼纔封雨復稍。更力窮空沽白餅，莫將疲薾鬭黄茅。

筆管蜼

清 宋琬

雕蟲小伎舊知名，食邑由來號管城。曾與江郎書恨賦，莫將刀筆博公卿。

用莫將字又格

再和熊主簿梅花

宋 劉克莊

淡賞無煩羯鼓催，解鞍便可坐莓苔。莫將花與楊妃比〔一〕，能與三郎作禍胎。

〔一〕妃：底本訛作「花」，據《後村集》卷八改。

送徐擇之祕校還睢陽　宋劉弇

汴水東頭古堞開，青鴛舞影幾樓臺。莫將歸雁比行色〔一〕，身未到家春已來。

謝君寄一犂春雨圖求詩　宋陸放翁

説著功名我自羞，喜君解劍换吴牛。莫將江上一犂雨，輕博人間萬户侯。

叔祥畫菜酤有生態　明陳繼儒

阿祥手中風露新，春鑱撥出家園春。莫將真率山家味，賣與朱門食肉人。

用欲將字格

聞梨花發贈劉師命　唐韓退之

桃蹊惆悵不能過，紅艷紛紛落地多。聞道郭西千樹雪，欲將君去醉如何。

〔一〕色：底本訛作「邑」，據《龍雲集》卷九改。

和張仲謀送別 宋 黃山谷

五溪三峽漫經春，百病千愁逢故人。何處看君歲寒後，欲將兒女更論親。

十七日觀潮 宋 陳師道

潮頭初出海門山，千里平沙轉面間。猶有江神憐北客，欲將奇觀破衰顔。

秋風驟雨圖 金 龐鑄

灞川急雨暗秋空，無限琅玕澹墨中。劍甲摐摐軍十萬，欲將貔虎戰斜風。

海上凱歌 明 唐荆川

紛紛盜竊爾何知，岸上斫人水上嬉。自咤一身都是膽，欲將巨海作潢池。

讀史偶述 清 吴偉業

龍文小印大如錢，别著齋名自記年。畫就煙雲填寶篆，欲將金粉護山川。

用莫訝字格

新市驛别郭同年起句齊韻　宋張詠

驛亭門外叙分携，酒盡揚鞭淚濕衣。莫訝臨岐再回首，江山重叠故人稀。

題九華化成峰起句元韻　宋周必大

攀蘿度險捷猱猨，石角鈎衣屨盡穿。莫訝遠尋金地藏，也曾徐步玉階前。

宿灌頭　宋華岳

淡魚纔煮鹹魚熟，白酒新篘紅酒香。莫訝杯盤成草草，一年忙處是蠶桑。

米家山水　明李日華

平磯小坐一開顔，樹影蕭疎石蘚斑。莫訝濕雲飛不起，米家原自有晴山。

山中積雪

清 魏允迪

干霄篁竹翠盈眸，雪壓風欺撲地愁。莫訝此君無勁節，一經淪落也低頭。

用商略字格

醇道得蛤蜊復索舜泉

宋 黄山谷

青州從事難再得，墻底數樽猶未眠。商略督郵風味惡，不堪持到蛤蜊前。

雪後尋梅

宋 陸放翁

竹籬曲曲水邊村，月澹霜清欲斷魂。商略前身是飛燕，玉肌無粟立黄昏。

重陽

宋 陸放翁

照江丹葉一林霜，折得黄花更斷腸。商略此時須痛飲，細腰宫畔過重陽。

秋思　宋陸放翁

露濃壓架葡萄熟，日嫩登場罷稏香。商略人生如意事，及身强健得還鄉。

枕上　宋陸放翁

冥冥梅雨暗江天，汗浹衣裳失夜眠。商略明朝當少霽，南簷風珮已鏘然。

用直到字格

送侯喜　唐韓退之

已作龍鍾後時者，懶於街裏蹋塵埃。如今便別長官去，直到新年衙日來。

霓裳詞　唐王建

弟子部中留一色，聽風聽水作霓裳。散聲未作重來授，直到牀前見上皇。

湘妃廟 唐高駢

帝舜南巡去不還，二妃幽怨水雲間。當時珠淚垂多少，直到如今竹尚斑。

送永倅周茂叔還居濂溪 宋任大中

君去何人最淚流，老翁身獨宿南州。隨君不及秋來雁，直到瀟湘水盡頭。

食薺起句齊韻 宋陸放翁

采采珍蔬不待畦，中原正味壓蓴絲。挑根擇葉無虚日，直到開花如雪時。

用生憎字格

柳 明許景樊女郎

按轡營中次第新，藏鴉門外幾番春。生憎灞水橋邊樹，不解迎人解送人。

雨窗　清陶時行

照眼花枝亞短墻，曉看風雨太顛狂。生憎簾卷危簷近，點點飄來濺筆牀。

重到　清何蘭庭

門巷重來認未差，昏黄月色淡雲遮。生憎一幅湘簾影，不隔鶯聲只隔花。

柳枝詞　清張實居

池上閒房碧樹圍，簾紋如穀上斜暉。生憎飛絮吹難定，一出紅窗便不歸。

用瞥見字格

病後訪梅　宋劉克莊

與梅交絶幾星霜，瞥見南枝喜欲狂。便欲佩壺携鐵笛，爲花痛飲百千場。

湖州歌　元汪元量

宫人夜泊近人家，瞥見紅榴三四丫。猶説初離行在所，玉蘭無數牡丹花。

過新開湖　宋楊誠齋

一鷗得得隔湖來，瞥見魚兒眼頓開。只爲水深難立脚，翩然飛下却飛回。

宿田家偶見粘窗破紙乃韓偓香奩詩，惜而賦絶句　清王慧

麗情佳句有誰知，瞥見窗前字半欹。爲惜風流埋没甚，自携紅燭拂蛛絲。

用瞥見字又格

比紅兒詩　唐羅虬

拔得芙蓉出水新，魏家公子信才人。若教瞥見紅兒貌，不肯留情賦洛神。

宮詞起句庚韻　宋花蕊夫人

秋曉紅妝傍水行，競將衣袖撲蜻蜓。回頭瞥見宮中喚，幾度藏身入畫屏。

上元燈詞　清秋帆

鼓鉦殷地走輕雷，寶焰千枝百戲開。瞥見廣場波浪直，雙龍争挾火珠來。

女郎詞　清胡慎容

相呼同伴到簾幃，偷看新來客是誰。又恐被人先瞥見，卻從紈扇隙中窺。

用無拘束字格

文君井　宋陸放翁

落魄西川泥酒盃，酒酣幾度上琴臺。青鞋自笑無拘束，又向文君井畔來。

晚坐 宋林龍門

隱隱鐘聲出翠微，上方樓閣倚斜暉。嶺雲可是無拘束，猶向山僧歸後歸。

楊花 起句支韻 宋楊誠齋

只道垂楊管別離，楊花一去不思歸。浮蹤浪跡無拘束，飛到蛛絲也不飛。

買桂花 宋周端臣

拚却杖頭沽酒物，湖邊博得木犀花。西風可是無拘束，一路吹香直到家。

書懷 宋謝疊山

醉插琪花吹鳳簫，蓬萊春盡儘逍遥。白雲黃鶴無拘束，閒看吴兒弄晚潮。

用無人會字格

紫藤 唐許渾

緑蔓穠陰紫袖低，客來留坐小堂西。醉中掩瑟無人會，家近江南罨畫溪。

遣興　唐趙嘏

讀罷殘書弄水回，暮天何處笛聲哀。花前獨立無人會，依舊去年雙燕來。

秋雨　宋趙師粲

黄菊紅蕖一向開，斷雲携雨送寒來。清秋滿目無人會，只把新詩當酒杯。

之官江左舟中梳髪　宋楊誠齋

耐癢呼僮理亂絲，一梳一快勝千篦。是中妙處無人會，合眼垂頭到睡時。

禹寺　宋陸放翁

暮春之初光景奇，湖平山遠最宜詩。尚餘一恨無人會，不見蟬聲滿寺時。

用爲地字格

傷春　宋趙戇庵

倦客無聊二月時，愁心唯有曲闌知。杜鵑不與春爲地，啼緑一城黄柳枝。

荔子起句刪韻　　宋　方秋崖

曾識坡仙海上山，清冰寒露洗熇袢。老天不與詩爲地，却欠閩中住一番。

采芹亭　　宋　方秋崖

手劚風煙不占多，春來物物是陽和。極知山與詩爲地，老去無詩奈若何。

大風　　宋　范石湖

春晴雖好恨多風，到眼花枝轉眼空。晴不與花爲道地，争如雲淡雨濛濛。

用作麽生字格

秋雨嘆　　宋　楊誠齋

曉起窮忙作麽生，雨中安否問秋英。枯荷倒盡饒渠著，滴損蘭花太薄情。

題梅嶺雲封　宋戴復古

淮南得道嶺南行，嶺上回頭作麽生。傳得祖師心印了，鉢盂何必與人爭。

過真陽峽承句青韻　宋楊誠齋

榕樹陰中一葦横，鷓鴣聲裏數峰青。南人到此亦腸斷，不是南人作麽生。

題王季安主簿佚老堂　宋楊誠齋

布襪青鞋已嬾行，不如宴坐聽啼鶯。只言此老渾無事，種竹移花作麽生。

用欲問字格

夕陽樓　唐李商隱

花明柳暗繞天愁，上盡重城更上樓。欲問孤鴻向何處，不知身世自悠悠。

送薛先輩入關

唐 許渾

一巵春酒送離歌，花落敬亭芳草多。欲問歸期已深醉，只應孤夢繞關河。

南園

宋 蘇舜欽

西施臺下見名園，百草千花特地繁。欲問吴王當日事，後來桃李若爲言。

過華亭

宋 梅堯臣

晴雲皋鶴幾千隻，隔水野梅三四株。欲問陸機當日宅，而今何處不荒蕪。

荷湖館

清 施閏章

隔林煙火幾人家，古廟江頭噪晚鴉。欲問芰荷香寂寂，一川新漲白蘋花。

用試問字格

和沈立之

宋 蘇東坡

卧聞鐃鼓送歸艎，夢裏怱怱共一觴。試問別來愁幾許，春江萬斛若爲量。

漢宮　宋李覯

哀平外立國權分，只爲當時乏嗣君。試問莽新誰佐命，最應飛燕是元勳。

魏處士野故莊　金郝俣〔一〕

郊原冷落霜風後，桑柘蕭條兵火餘。試問當時卿與相，幾家猶有舊田廬。

陽關曲　元李俊民

一杯送別古陽關，關外千重萬叠山。試問青青渭城柳，不知眼見幾人還。

夏相國白鷗園　明徐文長

白鷗池水拍天平，相對瓊樓入太清。試問歌臺生草處，當時曾許外人行。

〔一〕俁：底本訛作「俟」，據《中州集》卷二改。

用聞道字格

懼醉　　唐元微之

聞道秋來怕夜寒，不辭泥水爲杯盤。殷勤懼醉有深意，愁到醒時燈火闌。

河中府崇福寺看花　　唐盧綸

聞道山花如火紅，平明登寺已經風。老僧無見亦無説，應與看人心不同。

呼沱河結句庚韻　　宋范石湖

聞道河神解造冰，曾扶陽九見中興。如今爛被風塵涴，不似滄浪可濯纓。

寄懷于鱗　　明吴國倫

聞道齊中老伏生，遠携妻子歷山耕。漢家若有傳書詔，使者何從問姓名。

用聞道字又格

聞王昌齡左遷龍標尉遥有此寄　唐李太白

揚州花落子規啼，聞道龍標過五溪。我寄愁心與明月，隨風直到夜郎西。

湘川野望　唐戴叔倫

懷王獨與佞人謀，聞道忠臣入亂流。今日登高望不見，楚雲湘水各悠悠。

放魚起句庚韻　唐竇鞏

金錢免得校人烹，聞道禽魚亦感恩。好去長江千萬里，不須辛苦上龍門。

病起荆江亭即事　宋黄山谷

張子耽酒語蹇吃，聞道潁州又陳州。形模彌勒一布袋，文字江河萬古流。

用聞道字又格

揚州送客

唐李益

南行直入鷓鴣群，萬歲橋邊一送君。聞道望鄉聽不得，梅花暗落嶺頭雲。

送梁六

唐張説

巴陵一望洞庭秋，日見孤峰水上浮。聞道神仙不可接，心隨湖水共悠悠。

寄劉夢得

唐柳子厚

書成欲寄庾安西，紙背應勞手自題。聞道近來諸子弟，臨池尋已厭家鷄。

送喬仝寄賀君

宋蘇東坡

舊聞父老晉郎官，已作飛騰變化看。聞道東蒙有居處，願供薪水看燒丹。

用乞與字格乞，去冀反，音器。

宮詞　唐王建

宮人早起笑相呼，不識階前掃地夫。乞與金錢争借問，外頭還似此間無。

舍北望水鄉風物戲作絶句　宋陸放翁

西風沙際嬌輕鷗，落日橋邊繫釣舟。乞與畫工團扇本，青林紅樹一川秋。

從吕楊州覓芍藥栽　宋張栻

揚州風物故依然，夢想他時楚水邊。乞與靈根歸自種，梢頭繭栗看新年。

題將軍雁　宋黄山谷

將軍一矢萬人看，雪灑晴空碎羽翰。乞與失群沙宿雁，筆間千頃暮江寒。

彩雲橋　宋周弼

斷橋流水兩無期，殘日輕雲處處疑。乞與行人自沽酒，滿旗風雨豆花籬。

用乞與字又格

過蓋竹作　宋朱文公

浩蕩鷗盟久未寒，征驂聊此駐江干。何時買得魚船就，乞與人間畫裹看。

題潮陽石塔寺　宋黄公度

投檄真成出瘴鄉，籃輿漸喜到僧坊。長風解事吹江雨，乞與行人五月凉。

東坡羹　宋僧惠洪

分外濃甘黄竹筍，自然微苦紫藤心。東坡鐺内相容攝，乞與饞禪掉舌尋。

江瀆池納涼 宋陸放翁

雨過荒池藻荇香，月明如水浸胡牀。天公作意憐羈客，乞與今年一夏涼。

周洪道學士許折贈館中海棠以詩督之 宋陸放翁

嫋嫋柔絲不自持，更禁日炙與風吹。仙家見慣渾閒事，乞與人間看一枝。

秋懷 宋劉宰

一抹紅綃日脚霞，千林暮靄納歸鴉。西風卷盡梧桐葉，乞與中庭散月華。

用邂逅字格

東禪起句齊韻 宋陳師道

東阡急雨未成泥，度密穿深取徑微。邂逅無人成獨往，慇勤有月與同歸。

送黃吉父將赴南康宫歸金溪 宋王安石

還家一笑即芳辰，好與名山作主人。邂逅五湖乘興往，相邀錦繡谷中春。

雪中遇胡烈臣歸自郴陽戲成一絶 宋王庭珪

路傍有客騎牛過，乞與蓑衣作蓆眠。邂逅若能相顧問，和公畫上釣魚船。

裴晉公緑野探梅圖起句真韻 元王惲

當年韓白兩詩人，吟賞天教在相門。邂逅有詩窮勝事，最憐疎影月黄昏。

送羅兩峰歸邗上示舍弟痩生 清王安崑

别時冰雪到時春，萬樹寒梅照眼新。邂逅若逢江上客，已歸須勸未歸人。

續聯珠詩格卷之七

用恰是字格

贈人班竹杖　唐賈島

揀得林中最健枝，結根石上長身遲。莫嫌滴瀝紅斑少，恰是湘妃淚盡時。

信筆　宋陸放翁

急雨初過景物奇，一天雲作細鱗差。畫橈弄水三十里，恰是西村煙暝時。

新寒　宋陸放翁

碧蝶飛飛過短籬，山薑石竹有殘枝。誰知老子閒眠處，恰是新寒細雨時。

用又是字格

新泉

宋　黄庶

墻根新冽寒泉眼，風廊一股來泠泠。燈花夜半知我喜，恰是舊山穿石聲。

詠酒

唐　汪遵

萬事銷沉向一杯，竹門啞軋爲風開。秋宵睡足芭蕉雨，又是江湖入夢來。

宮詞

宋　劉克莊

一夜西風入碧梧，蟬聲永巷月同孤。幾回夢裏羊車過，又是銀牀轉轆轤。

禦兒舟中别朗公

明　徐熥

月下談深睡已遲，滴身凉露夜何其。鷄聲未斷鐘聲起，又是江頭欲别時。

春鶯囀起句文韻　清張文敏公

綢壓香筒墜宿雲，花魂愁殺月如銀。獨聽魚鑰西風冷，又是深秋一夜人。

悼亡　清陳見復

何必他生訂會期，相逢即在夢來時。烏啼月落人何處，又是一番新別離。

留別淮陰官署　清苕華

三載依依玉鏡前，舊梳妝處最相憐。不知今夜紅窗裏，又是何人點翠鈿。

用元是字格

重臺蓮花　唐皮日休

欹紅矮婧力難任，每葉頭邊半米金。可得教他水妃見，兩重元是一重心。

四祖寺　　唐趙嘏

千株松下雙峰寺，一盞燈前萬里身。自爲心猿不調伏，祖師元是世閒人。

木蘭花　　唐陸龜蒙

洞庭波浪渺無津，日日征帆送遠人。幾度木蘭舟上望，不知元是此花身。

送子相歸廣陵　　明李于鱗

茂陵消渴卧詞臣，摇落秋風白髮新。漢主豈無金掌露，馬卿元是倦遊人。

用元是字又格

宫詞　　唐王建

鴛鴦瓦上瞥然聲，晝寢宫娥夢裏驚。元是君王金彈子，海棠窠下打流鶯。

題君山　唐方干

曾于方外見麻姑，聞説君山自古無。元是崑崙山頂石，海風吹落洞庭湖。

惠州豐湖亦名西湖　宋楊誠齋

三處西湖一色秋，錢塘潁水更羅浮。東坡元是西湖長，不到羅浮便得休。

用本是字格

杏園　唐元微之

浩浩長安車馬塵，狂風吹送每年春。門前本是虚空界，何事栽花誤世人。

宋氏林亭　唐薛能

地濕莎青雨後天，桃花紅近竹林邊。行人本是農桑客，記得春深欲種田。

織婦嘆起句支韻　　宋謝翱

待得㔩蠶繭上絲，織成送女去還歸。支機本是寒砧石，留取秋深自搗衣。

淵明像　　明于謙

杖屨逍遥五柳傍，一辭獨擅晋文章。黄花本是無情物，也共先生晚節香。

題半山道人畫　　清方文

一著袈裟絶萬緣，猶餘破硯習難捐。江山本是無情物，寫到荒殘亦可憐。

用最是字格

湖口縣　　唐王周

柴桑分邑載圖經，屈曲山光展翠屏。最是蘆洲東北望，人家殘照隔煙汀。

過臨平　　宋楊誠齋

人家點綴荻花林，水繞階除雪濕衿。最是疎籬與修竹，腳根半入小河深。

弔吳子行　　明僧宗泐

吹簫人去竹房空，海内猶傳學術工。最是西泠橋畔路，淡煙疎柳夕陽中。

遊仙　　清史梧岡

水雲淒冷到初冬，避盡春來蝶與蜂。最是花神不安處，海棠無福見芙蓉。

白秋海棠　　清尤怡

誰將清淚灑幽墀，散作瑶花别有姿。最是玉人腸斷處，淡妝無語背人時。

用最是字又格

臺城　　唐韋莊

江雨霏霏江草齊，六朝如夢鳥空啼。無情最是臺城柳，依舊煙籠十里堤。

唐天寶宮詞 元張昱

四海承平倦萬機，只將彩戲悦真妃。不平最是彈雙陸，骰子公然得賜緋。

寄慰元美 明李于鱗

少婦紅妝玉筯寒，清秋銀燭對闌干。無情最是他鄉月，不就仙郎掌上看。

山水圖 明陳思齊

數里平沙接遠村，千重喬木護柴門。可人最是滄洲境，潮落依稀見水痕。

觀演小尼姑下山 清趙侍郎

三寸黄冠綰碧絲，裝成十六女沙彌。無情最是長眉佛，訴盡春愁總不知。

用云是字格

潮惠道中 宋劉克莊

春深絶不見妍華，極目黄茅際白沙。幾樹半天紅似染，居人云是木綿花。

最高峰望雪山起句寒韻　宋范石湖

大面峰頭六月寒，神燈收罷曉雲斑。浮空忽湧三銀閣，云是西天雪嶺山。

田園雜興　宋范石湖

村巷冬年見俗情，鄰翁講禮拜柴荆。長衫布縷如霜雪，云是家機自織成。

塞下曲　明唐荆川

瀍川冰盡水泱泱，堡堡人家唤莳秧。田中每得鳥獸骨，云是胡王舊獵場。

用猶是字格

贈女道士鄭玉華　唐施肩吾

明鏡湖中休采蓮，却師阿母學神仙。朱絲誤落青囊裏，猶是箜篌第幾絃。

隴西行 唐陳陶

誓拂匈奴不顧身，五千貂錦喪胡塵。可憐無定河邊骨，猶是春閨夢裏人。

贈吴之山 明王問

城柝聲聲夜未央，江雲初散水風涼。看君已作無家客，猶是逢人説故鄉。

感亡姊舊居 清張學典

繡網蛛絲鏡滿塵，閑花狼籍不知春。添愁怕見梁間燕，猶是呢喃覓主人。

挽馬章民年丈 清張玉書

辛苦中閨罷錦機，白頭曾未識宫衣。可憐風雨寒燈夕，猶是書堂夜讀歸。

用應是字格

杜鵑花 唐吴融

春紅始謝又秋紅，息國亡來入楚宫。應是蜀魂啼不盡，更憑顔色訴西風。

哭女樊　唐元微之

秋天净緑月分明，何事巴猿不賸鳴。應是一聲腸斷去，不容啼到第三聲。

君山　唐雍陶〔一〕

風波不動影沈沈，翠色全微碧色深。應是水仙梳洗處，一螺青黛鏡中心。

除夜自石湖歸苕溪　宋姜夔

千門列炬散林鴉，兒女相思未到家。應是不眠非守歲，小窗春意入燈花。

茉莉　元江奎

雖無艷態驚群目，幸有清光壓九秋。應是仙娥宴歸去，醉來掉下玉搔頭。

〔一〕陶：底本訛作「唐」，據《全唐詩》卷五百十八改。

哭程夫人

清 陳佩

忽駕青鸞返碧虚，瓊花吹折痛何如。修文應是才人盡，徵到姮娥舊侍書。

用應是字又格

題茅山華陽洞

唐 儲光羲

華陽洞口片雲飛，細雨濛濛欲濕衣。玉簫徧滿仙壇上，應是茅家兄弟歸。

送人之潞州

唐 韓翃

官柳青青匹馬嘶，回風暮雨入銅鞮。佳期別在春山裏，應是人參五葉齊。

天竺寺八月十五日夜桂子

唐 皮日休

玉顆珊珊下月輪，殿前拾得露華新。至今不會天中事，應是嫦娥擲與人。

夢回　宋施樞

銀漏迢迢箭緩傳，夢回月在早梅邊。小池凍合寒蘆折，應是鴛鴦夜不眠。

過燕渡望大峨　宋范石湖

圓野千山暑氣昏，大峨煙霧亦繽紛。玉峰忽起三千丈，應是兜羅世界雲。

觀奕圖　明高啓

錯向山中立看棋，家人日暮待薪炊。如何一局成千載，應是仙翁下子遲。

用應爲字格

和崔駙馬聞蟬　唐張籍

鳳凰樓下多歡樂，不覺秋風暮雨天。應爲昨來身暫病，蟬聲得到耳旁邊。

蓮花 唐温庭筠

緑塘摇灧接星津，軋軋蘭橈入白蘋。應爲洛神波上襪，至今蓮葉有香塵。

獨鶴 唐韋莊

夕陽灘上立徘徊，紅蓼風前雪翅開。應爲不知棲宿處，幾回飛去又飛來。

六曹長貳觀潮予以入直不預 宋周必大

雷轟萬鼓勒潮回，無復庭前雪作堆。應爲尚書慳且澀，盲風怪雨一時來〔一〕。

用應有字格

江上吟元八絶句 唐白樂天

大江深處月明時，一夜吟君小律詩。應有水仙潛出聽，翻將唱作步虚詞。

〔一〕盲風怪雨一時來：底本訛作「山僧未忍掃黄泥」，據《文忠集》卷六改。

宫人斜　唐雍裕之

幾多紅粉委黄泥，野鳥如歌又似啼。應有春魂化爲燕，年年飛入未央栖。

遊仙　宋陸放翁

飄飄鸞鶴杳難攀，萬里東遊海上山。應有世人遥稽首，紫簫餘調落雲間。

秦淮偶興　清桂堂

淡黄楊柳曉啼鴉，絲雨温香濕落花。應有鯝魚吹雪上，水邊亭子正琵琶。

用應有字又格

春晚　唐李郢

三十驊騮一鬨塵，來時不鎖李園春。東風柳絮輕如雪，應有偷游曲水人。

接伴書懷

宋 曹勛

客路空過桃李春，塞塵濕遍馬蹄痕。薺花如雪薹苗老，應有垂楊緑映門。

雲山小景

元 黄鎮成

飛瀑潺潺瀉碧岑，野橋分路入雲深。三椽草屋長松下，應有先生抱膝吟。

題楊妃上馬圖

宋 樓鑰

金鞍欲上故徐徐，想見華清被寵初。後日延秋門下路，不應有暇作躊躇。

用賴有字格

贈王建

唐 張籍

白君去後交游少，東野亡來篋笥貧。賴有白頭王建在，眼前猶見詠詩人。

寄陳時應　　宋于革

俗情險涉千層浪，時事危登百尺竿。賴有西窗書一架，暖風晴日閉門看。

孔明成都八陣圖　　宋鄭所南

孔明抱義耻偏安，不道中興事業難。賴有石頭知落處，任從人換八門看。

書黄筌畫翎毛花蝶圖　　宋蘇東坡

短翎長喙喜喧卑，曳練雙扇翔亦奇。賴有黄鸝關嬛好，獨依蘚石立多時。

登望海樓　　宋蘇東坡

天台桂子爲誰香，倦聽空階夜點涼。賴有明朝看潮在，萬人空巷鬭新妝。

用尋常字格

江南逢李龜年　　唐杜工部

岐王宅裏尋常見，崔九堂前幾度聞。正是江南好風景，落花時節又逢君。

憶樂天起句文韻　唐劉禹錫

尋常相見意殷勤，别後相思夢更頻。每遇登臨好風景，羨他天性少情人。

和令狐侍御賞蕙草　唐杜牧

尋常詩思巧如春，又喜幽亭蕙草新。本是馨香比君子，繞欄今更爲何人。

遊仙詩　清陸陸堂

尋常臺上紫氣高，阿母宵分降節旄。臣朔讀書破萬卷，不甘喝叱小兒曹。

用尋常字又格

得樂天書　唐元微之

遠信入門先有淚，妻驚女哭問何如。尋常不省曾如此，應是江州司馬書。

舟中聞歌　明高啓

水栅孤燈照客舟，江南誰解唱甘州。尋常醉賞尊前曲，何事今朝聽得愁。

峽中雜詠　清王孟端

兩岸青山夾去程，一江秋水片帆輕。尋常看畫曾如此，今日分明畫裏行。

嶺外歸舟雜詩　清朱彝尊

彈子磯高高插天，篷窗未許客安眠。尋常一色四更月，獨有此山啼杜鵑。

用尋常字又格

倡女詞 起句支韻　唐張籍

輕鬢叢梳闊掃眉，爲嫌風日下樓稀。畫羅金縷難相稱，故著尋常淡薄衣。

烏衣巷 唐劉禹錫

朱雀橋邊野草花，烏衣巷口夕陽斜。舊來王謝堂前燕，飛入尋常百姓家。

哭子 唐元微之

爾母溺情連夜哭，我身因事有時悲。鍾聲欲絶東方動，便是尋常上學時。

嚴君平垂簾賣卜圖 宋鄭所南

多是垂簾自養神，僅能了日即安貧。不離忠孝談元妙，豈是尋常賣卜人。

兒開美殤江進士書來始知 明袁中郎

説著旁人也痛酸，余今寧有鐵腸肝。十年送卻六男女，已作尋常離别看。

用分外字格

秋雨嘆 宋楊誠齋

濕侵團扇不能輕，冷逼孤燈分外明。蕉葉半黄荷葉碧，兩家秋雨一家聲。

訪梅

宋張道洽〔一〕

梅花欲放繞溪行，隔水香來分外清。拄杖過橋尋欲遍，竹林疎處數花明。

題希夷長睡圖 起句刪韻

明丘濬

墜驢一笑便歸山，衾枕乾坤分外寬。一汴二杭閩又廣，依然春夢未曾闌。

題畫

明文衡山

看山何必待春晴，雨裏看山分外明。持蓋衝煙覓詩去，不知身在畫中行。

三絃

清馮班

腕頭勻滑轉喉輕，出意偏多分外聲。暗向花間彈一曲，擬教人喚是黄鶯。

〔一〕洽：底本訛作「浴」，據《宋百家詩存》卷三十五改。

用分外字又格

枕上 宋陳起

病與仇謀酒作成，藥爐又復伴深更。鄰鐘自是常時聽，纔到霜天分外清。

王衍畢阿堵物圖 宋鄭所南

口不言錢早不同，何須相試苦相攻。今朝叱去阿堵物，一室玲瓏分外清。

正月三日約同舍遊西湖起句真韻 宋楊誠齋

南北高峰巧避人，旋生雲霧半腰横。縱然遮得青蒼面，玉塔雙尖分外明。

巢父飲牛圖起句文韻 元王惲

舜授堯傳兩不聞，最憐牛力晚來新。一鞭了却東皋事，潁水箕山分外春。

聖主躬耕耤田恭紀　清尹繼善

細草回看輦路明，香塵不動午風輕。田家景物歸仙仗，採入農書分外清。

用飛入字格

柳枝詞　唐劉禹錫

煬帝行宮汴水濱，數株殘柳不勝春。晚來風起花如雪，飛入宮墻不見人。

令公南莊花柳正盛欲偷一賞　唐白樂天

可惜亭臺閒度日，欲偷風景暫遊春。只愁花裏鶯饒舌，飛入宮城報主人。

無題　唐唐彦謙

夜合庭前花正開，輕羅小扇爲誰裁。多情驚起雙蝴蝶，飛入巫山夢裏來。

春暮有懷

宋　陳介卿

新緑衾中倚杖行，殘紅枝上小鶯聲。一團柳絮無拘管，飛入閑亭作晚晴。

宿新市徐公店

宋　楊誠齋

籬落疎疎一徑深，樹頭新緑未成陰。兒童急走追黄蝶，飛入菜花無處尋。

續聯珠詩格卷之八

用中有字格

夔州歌　唐杜工部

閬園玄圃與蓬壺，中有高堂天下無。借問夔州壓何處，峽門江腹擁城隅。

重陽席上賦白菊　唐白樂天

滿園花菊鬱金黄，中有孤叢色似霜。還似今朝歌酒席，白頭翁入少年場。

比紅兒詩　唐羅虬

樂營門外柳如陰，中有佳人畫閣深。若是五陵公子見，買時應不惜千金。

謝楊履道送銀茄起句庚韻　　宋黄山谷

白金作顆非堆成，中有萬粟嚼輕冰。戎州夏畦少蔬供，感君來飯在家僧。

寄題劉直卿冰壺　　宋楊誠齋

外看積翠玉千峰，中有清池月半弓。更拓長堤三十里，剩栽楊柳與芙蓉。

題張資政汝川圖　　宋汪藻

花香連接兩臺春，中有眠雲跂石人。莫使鞭笞鸞鳳去，時來重現宰官身。

用中有字又格

泊舟漁浦望吴山作　　宋林希逸

客子孤舟傍曉沙，隔江人説是京華。緣山一帶煙籠樹，中有王侯百萬家。

焦山吸江亭　宋孫覿

萬頃蒼茫一島孤，潭潭雲海現毗盧。問君吸盡西江水，中有曹溪一滴無。

插秧　宋范石湖

種密移疎緑毯平，行間清淺縠紋生。誰知細細青青草，中有豐年擊壤聲。

春日　明崔澂

楊柳依依江水生，杏花如雪落無聲。青霞卷盡畫樓出，中有玉人吹玉笙。

用在中字格

泊花石浦　唐劉言史

舊業叢臺廢苑東，幾年爲梗復爲蓬。杜鵑啼斷還家夢，半在邯鄲驛樹中。

晚春初夏　　宋張耒

少室山前日日風，望嵩樓下水溶溶。卷將春色歸何處，盡在車前榆莢中。

燈夕時在泗上　　宋朱松

鸞駕翩翩馭晚風，積蘇宫闕夜濛濛。明朝遣覓鐵如意，應在涼州酒肆中。

秋園踏月　　清静宜

藹藹山光映碧空，參差樹影亂西風。蘆花幾朵明如雪，吹在横橋曲澗中。

用在中字又格

重同暢當奘公院聞琴　　唐盧綸

誤以音聲祈遠公，請將徽軫付秋風。漾漾峽流吹不盡，月華如在白波中。

漁父　宋張孝祥

輕舟一葉一輕篷，上有蕭蕭鶴髮翁。昨夜不知何處宿，月明都在笛聲中。

呈王山父　宋劉過

疎煙淡淡樹重重，略得西南有路通。鐘板不鳴山寺静，閉門人在月明中。

午日秦淮　清沈雲椒

菖蒲緑映石榴紅，瞿盎東西放幾叢。不辨誰家妝閣底，遠山多在畫屏中。

用兩中字格

蘭溪棹歌　唐戴叔倫

涼月如眉挂柳灣，越中山色鏡中看。蘭溪三日桃花雨，半夜鯉魚來上灘。

感秋　宋　楊誠齋

舊不愁秋只愛秋，風中吹笛月中樓。如今秋色渾如舊，欲不悲秋不自由。

題張晞顔玉梨圖　宋　范石湖

雪薄冰輕不耐春，雨中愁緒月中真。莫教夢作雲飛去，留伴昭陽第一人。

郡中上元燈減舊例三之二起句庚韻　宋　楊誠齋

村裏風同市裏聲，月中人看雪中燈。滿城只道歡猶少，不道譙門冷似冰。

用兩中字又格

端居　唐　李商隱

遠書歸夢兩悠悠，只有空牀敵素秋。階下青苔與紅葉，雨中零落月中愁。

戲答思黯　唐白樂天

何時得見十三絃，待取無雲有月天。願得金波明似鏡，鏡中照出月中仙。

光禄庵　宋蘇東坡

城中太守的何人，林下先生非我身。若向庵中覓光禄，雪中履迹鏡中真。

花溪夜雨　應聚奎

酒闌人散孤眠夜，雨急風翻無語時。一片客心消未得，夢中溪溜意中詩。

用就中字格

重臺蓮花　唐陸龜蒙

水國煙鄉足芰荷，就中芳瑞此難過。風情爲與吴王近，紅萼常教一倍多。

楊柳 宋曹東甽〔一〕

春至風花各自榮，就中楊柳最多情。自從初學宫腰舞，直至飄綿不老成。

客舟 宋饒節

三界衆生俱是客，就中君是客中客。眼前何處非君家，莫道有家歸未得。

東平李漢卿草蟲卷起句青韻 元元好問

蟻穴蜂衙筆有靈，就中秋蟲最關情。知君夢到南華境，紅穗碧花風露清。

用就中字又格

别墅懷歸 唐陸龜蒙

東去滄溟百里餘，沿江潮信到吾廬。就中家在蓬山下，一日堪憑兩寄書。

〔一〕甽：底本訛作「耕」，據《宋詩紀事》卷五十九改。

重過起句通韻　宋謝翱

隔江風雨動諸陵，無主園池草自春。聞説就中誰最泣，女冠猶有舊宮人。

題李伯時畫陽關圖　元王惲

別淚重於煙柳雨，離愁長似玉關程。就中儘是銷魂處，不得聽歌第四聲。

迎鑾曲　清徐倬

鼎沸歡聲萬家春，山川草木一時新。就中感激恩尤甚，頭白衫青老侍臣。

用就中字又格

旅懷　唐杜荀鶴

蒹葭月冷時聞雁，楊柳風和日聽鶯。水涉山行二年客，就中偏怕雨船聲。

自諷　唐薛能

千題萬詠過三句，忘食貪魔作瘦人。行處便吟君莫笑，就中詩病不任春〔一〕。

宫詞　宋花蕊夫人

明朝臘日官家出，隨駕先須點内人。回鶻衣裳回鶻馬，就中偏稱小腰身。

早梅　宋鄭月仙

杖藜行盡幾崔嵬，處處尋梅未見梅。昨夜雪晴山有月，就中描得一枝來。

硯　清顧陳垿

端溪誰割紫雲腴，萬古文心向此攄。小點墨池成巨浪，就中飛出北溟魚。

〔一〕病：底本訛作「僧」，據《萬首唐人絶句》卷四十八改。

用吟對字格

憶原上人

唐　戴叔倫

一兩棕鞋八尺藤，廣陵行遍又金陵。不知竹雨竹風夜，吟對秋山那寺燈。

蒼頡臺

唐　汪遵

觀跡成文代結繩，皇風儒教浩然興。幾人從此休耕釣，吟對長安雪夜燈。

寄盧中丞

唐　趙嘏

葉覆清波灧灧紅，路橫秋色馬嘶風。獨携一榼郡齋酒，吟對青山憶謝公。

用丁寧字格

絶句

宋　陳師道

密密丹房叠叠花，一枝臨路爲人斜。丁寧語鳥傳春意，白下門東第幾家。

絶句　　宋劉子翬

竹繞茅簷水繞階，東風漸欲放春回。丁寧紅紫休爭發，待取山南刺史來。

房陵　　宋陳造

杯酒清濃肉更肥，咸言趁社極歡嬉。丁寧向去坐年日，要似如今斂脯時。

留别昌國　　宋王阮

妄意絃歌學子游，迄無三異比中牟。丁寧今夜東風雨，添起潮頭急去休。

用丁寧字又格

酒邊　　宋范石湖

日長繡倦酒紅潮，閒束羅巾理六幺。新樣築毬花十八，丁寧小玉慢吹簫。

立春有懷　宋楊誠齋

玉堂看句轉春風，諸老從前亦寓忠。誰爲君王供帖子，丁寧綺語不須工。

梅花　宋陸放翁

一花兩花春信回，南枝北枝風日催。爛熳却愁零落近，丁寧且莫十分開。

太真教鸚鵡圖　元馮渭〔一〕

温泉賜浴意融怡，猶念寧王玉笛吹。却怕能言泄幽事，丁寧慎勿語人知。

用恰似字格

庭中初植松桂　唐皮日休

毿毿緑髮垂輕露，獵獵丹華動細風。恰似青童君欲會，儼然相向立庭中。

〔一〕渭：底本訛作「渭」，據《歷代題畫詩類》卷四十四改。

夜坐聽雨　　宋范石湖

四檐密密又疎疎，聲到蒲團醉夢蘇。恰似秋眠天竺寺，東軒窗外聽跳珠。

秋晚思梁益舊遊　　宋陸放翁

幅巾筇杖立籬門，秋意蕭條欲斷魂。恰似嘉陵江上路，冷雲微雨濕黄昏。

蘇潛夫侍御買燕姬爲賦合歡詩　　明袁中郎

黛螺香裹獬豸冠，消盡青霜鐵面寒。恰似江南花鳥手，畫將椒棘傍芳蘭。

用恰似字又格

傷曹娘　　唐宋之問

可憐冥寞去何之，獨立丰茸無見期。君看水上芙蓉色，恰似生前歌舞時。

蔬圃絶句 宋陸放翁

瓦疊浮屠盆作池，池邊紅蓼兩三枝。貪看忘却還家飯，恰似兒童放學時。

春日 宋劉克莊

老懶何心更出嬉，閉門終日讀陶詩。湘南二月花如掃，恰似扶疎繞屋時。

秋詞 起句微韻 宋秦觀

雲惹低空不更飛，班班紅葉欲辭枝。秋光未老仍微暖，恰似梅花結子時。

用回首字格

送魏十六還蘇州 唐皇甫冉

秋夜沉沉此送君，陰蟲切切不堪聞。歸舟明日毘陵道，迴首姑蘇是白雲。

次韻秦少游王仲至元日立春

宋 蘇東坡

己卯嘉辰壽阿同，願渠無過又無功。明年春日江湖上，回首觚稜一夢中。

柘岡

宋 王安石

萬事紛紛祇偶然，老來容易待新年。柘岡西路花如雪，迴首春風最可憐。

再別子與

明 李于鱗

馬上垂楊綰別愁，樽前斜日爲相留。明朝何處風塵吏，回首青雲是舊遊。

用回頭字格

落日馬上

宋 秦少游

日落荒阡白霧深，紫騮嘶顧出疎林。回頭已失來時路，杳杳金盤墮翠岑。

度查木嶺〔一〕　　宋何夢桂

一徑羊腸躡嶺腰，鳥飛滅没叫猿猱。回頭下界人如蟻，尚覺山向脚步高。

宫詞起句庚韻　　宋花蕊夫人

秋曉紅妝傍水行，競將衣袖撲蜻蜓。回頭瞥見宫中唤，幾度藏身入畫屏。

次韻盧元贊江亭即事絶句〔二〕　　宋王庭珪

江水磨銅鏡樣寒，釣魚人在蓼花灣。回頭貪看初生月，不覺竹竿流下灘。

用回頭字又格

絶句　　宋僧顯萬

萬松嶺上一間屋，老僧半間雲半間。五更雲去逐行雨，回頭却羨老僧閑。

〔一〕查：底本訛作「杳」，據《潛齋集》卷三改。
〔二〕盧：底本訛作「廬」，據《宋詩鈔》卷九十一改。

過華山懷白雲陳先生

宋張詠

性愚不肯林泉住，强要清流擬致君。今日星馳劍南去，回頭慚愧華山雲。

歸途轎中讀參寥詩

宋楊誠齋

車中無作惟生睡，卷裏何佳却勝閒。會意貪看三五句，回頭悔失數重山。

明發曲坑

宋楊誠齋

雲横平野近人低，似縠似紗只隔溪。行到溪東元不見，回頭却復在溪西。

用抛卻字格

金錢菊

宋趙蓴湖

抛卻湖邊一釣船，簿書叢裏過殘年。近來莫道催科拙，鑄得黄金滿地錢。

淵明歸去來圖　金王若虛

拋却微官百自由，應無一事挂心頭。銷愁更借琴書力，借問先生有底憂。

湖州歌　宋汪元量

太皇太后過江都，遥指淮山是畫圖。拋却故家風雨外，夜來歸夢繞西湖。

盆梅　清宋笠田

數枝也復影横斜，惹得羈人鄉夢賒。拋卻西溪千樹雪，瓦盆三尺看梅花。

買花　清王澤弘

賣花擔上露纔乾，野老移來滿藥闌。拋卻故山花事盛，翻來燕市買花看。

用閑卻字格

期吕逸人不至　唐賈島

逸人期宿石牀中，遣我開扉對晚空。不知何處嘯秋月，閒却松門一夜風。

尼院

宋黄順之〔一〕

曾是霓裳第一人，曲終認得本來身。多年不作東風夢，閒卻薔薇一架春〔二〕。

石井亭

宋嚴華谷粲

一樹疎桐蔽夕陽，也教客子久彷徨。隔溪可惜誰亭館，閑卻竹衾無限凉。

墨梅

元黄溍〔三〕

一自携家湖水東，放舟時度玉花叢。因君貌得横斜影，閑却孤山月一篷。

題小景圖

明林鴻

林木疎疎小徑分，石泉嵐氣絶塵紛。抱琴野客歸何處，閒却松窗半榻雲。

〔一〕黄順之：底本訛作「小杜山」，據《宋詩紀事》卷六十改。

〔二〕春：底本訛作「香」，據《宋詩紀事》卷六十改。

〔三〕溍：底本訛作「滔」，據《文獻集》卷二改。

用遮卻字格

柔卿解籍戲呈飛卿　唐段成式

長擔犢車初入門，金牙新醖盈深樽。良人爲漬木瓜粉，遮却紅腮交午痕。

松棚　陳元信

旋斫松枝架作棚，蒼髯如戟畫崢嶸。清陰堪愛還堪恨，遮卻斜陽礙月明。

湖上雜詠　宋鄒浩

何處清風作晚涼，解衣相與面滄浪。青萍紫荇令人恨，遮却瑠璃萬頃光。

過松陵　清孫永祚

橘柚秋風十里程，垂虹亭下水蕪平。龍拖急雨長橋過，遮卻吴江一半城。

用些子字格

即席口占

明王龍溪〔一〕

禪家但願空諸有，孔子單傳只屢空。儒佛同歸較些子，翠屏山色自穹窿。

列子竊鈇圖

宋鄭所南

宇宙茫茫盡坦途，莫將得失自相辜。胸中若有一些子，大地山河俱竊鈇。

憩分水廟望鄉

宋楊誠齋

嶺頭泉脈一涓流，南入虔州北吉州。只隔中間些子地，水聲滴作兩鄉愁。

恍惚吟

宋邵康節

恍惚陰陽初變化，氤氲天地乍迴旋。中元些子好光景，安得功夫入語言。

〔一〕明王龍溪：底本訛作「宋龍溪王」，據《王龍溪全集》卷十八改。

用争似字格

天津感事

宋　邵康節

忙忙負乘兩何殊，往復由來出此途。争似不才閒處坐，平時雲水繞衣裾。

題光禄主事虎仲桓海棠圖

元　余闕

沈香羯鼓弄春杯，席上纔看半作堆。争似君家屏障裏，年年歲歲有花開。

畫梅

明　劉基

夭桃能紫杏能紅，滿面塵埃怯晚風。争似羅浮山磵底，一枝清冷月明中。

題陳太初畫扇

明　劉誠意基

泛湖浮海兩如何，滿地悲風起白波。争似乘槎墮博望，玉繩光裏看山河。

秃嫗牧牛圖 明沈石田

貴妃血濺馬嵬坡，出塞昭君怨恨多。爭似阿婆牛背隱，笛中吹出太平歌。

元日登王章甫水明樓 明袁中郎

經年勞碌馬蹄間，久客雖歸也不閑。爭似水明樓上坐，浪花影裏看春山。

用爭似字又格

楊柳枝詞 唐劉禹錫

金谷園中鶯亂飛，銅駝陌上好風吹。城中桃李須臾盡，爭似垂楊無限時。

覓芍藥代簡 宋戴復古

照映亭池芍藥春，紅紅白白鬬精神。與其雨打風吹去，爭似殷勤折贈人。

春遊

清　毛際可

春日問花花解語，緑楊樹底午風和。東鄰相對憐嬌少，争似椒房絶艷多。

答羅孝廉

清　毛侯園

月影空濛柳影疎，秦淮水漲石城隅。小姑獨處無郎慣，争似羅敷自有夫。

續聯珠詩格卷之九

用畫出字格

永王東巡歌

唐李太白

丹陽北固是吳關，畫出樓臺雲水間。千巖烽火連滄海，兩岸旌旗繞碧山。

鄜州遇寒食城外醉吟

唐韋莊

滿街楊柳綠絲煙，畫出清明二月天。好是隔簾花樹動，女郎撩亂送鞦韆。

山中

馬天來

青林寂寂鳥關關，畫出風煙落照間。脱却芒鞋臨水坐，白雲分我一邊閒。

用畫出字又格

柏林寺南望　唐郎士元

溪上遥聞精舍鐘，泊舟微徑度深松。青山霽後雲猶在，畫出東南四五峰。

王家琵琶　唐張祜

金屑檀槽玉腕明，子絃輕撚爲多情。只愁拍盡凉州破，畫出風雷是撥聲。

陽關曲　宋蘇東坡

不見何戡唱渭城，舊人空數米嘉榮。龍眠獨識殷勤處，畫出陽關意外聲。

用畫出字又格

遊洞庭　唐李太白

帝子瀟湘去不還，空餘秋草洞庭間。淡掃明湖開玉鏡，丹青畫出是君山。

送王石谷

清 陳瑚

臺城秋草暮雲殘，六代興亡雁影寒。無限傷心金粉地，憑君畫出與人看。

歸故居留别長兄

清 劉孔和

謀生避地最成艱，鳥解高飛猿解攀。何似冉家好兄弟，同心畫出釣魚山。

贈陸君暘

清 宋琬

朔風吹雪夜漫漫，變徵高歌易水寒。醉客滿堂齊下淚，分明畫出白衣冠。

用寫出字格

宿山菴

元 釋實存

榾柮爐頭無主賓，蒲團坐久自生春。夜深一片虚櫺月，寫出梅花面目真。

題畫　明闕名

結宇蕉陰桐徑邊，浮名無用世間傳。高情剩有閒中趣，寫出青山不賣錢。

裂帛湖　清王漁洋

裂帛湖光碧玉環，人家終日映潺湲。分明一幅蔡侯紙，寫出湖南千萬山。

贈王石谷　清黄虞稷

松老鍾山廢苑空，六朝遺跡散飛鴻。冬晴幾日閑驢背，寫出荒寒草木中。

用寫得字格

松石曉景圖　唐陸龜蒙

霜骨雲根慘澹愁，宿煙封著未全收。將歸與説文通後，寫得松江岸上秋。

寫莊子

唐李九齡

聖澤安排當散地，賢侯優貸借新居。閒中亦有閒生計，寫得南華一部書。

爲吴溥泉畫窠石平遠

元倪瓚

地僻林深無過客，松門元自不曾關。展將一幅剡藤滑，寫得溪陰數點山。

山日齋偶詠

清高文明

雲影參差過硯池，滿窗新緑雨絲絲。郡庭三日無呼唤，寫得當年瘦馬詩。

用併作字格作去聲

鄂州南樓書事

宋黄山谷

四顧山光接水光，凭欄十里芰荷香。清風明月無人管，併作南樓一味凉。

夏日西湖閑居　宋汪莘

坐卧芙蓉花上頭，清香長繞飯中浮。金風玉露玻璃月，併作詩人富貴秋。

瀟湘夜雨　明高啓

雲暗蒼梧萬里情，滿江秋雨夜寒生。黄陵祠下蕭蕭竹，併作蓬窗一夜聲。

次徐今吾元夕秋　清黄之雋

官裏花燈聚看人，天邊明月净無塵。月光冷與燈光暖，併作江南一夜春。

用併作字又格

種花口號　宋孔平仲

蜀葵萱草陳根在，金鳳鷄冠著地栽。併作暑天庭户景，深叢時見一花開。

詩僱　　宋曾茶山

練裙染翰初不惜，布袋寫真殊未來。併作山房一奇事，臨岐更著小詩僱。

題姚秀英小照　　清謝蘊山太守

宜男花小最宜春，故故相偎意態真。併作一身形與影，不應僅號比肩人。

用喚作字格

牡丹　　唐皮日休

落盡殘紅始吐芳，佳名喚作百花王。競誇天下無雙艷，獨占人間第一香。

田園雜興　　宋范石湖

二麥俱秋斗百錢，田家喚作小豐年。餅爐飯甑無饑色，接到西風熟稻天。

用喚作字又格

竹塢

宋蘇東坡

晚節先生道轉孤，歲寒惟有竹相娛。粗才杜牧真堪笑，喚作軍中十萬夫。

秋雨嘆

宋楊誠齋

似霧如塵有却無，須臾密密復疎疎。忽忘九月清霜曉，喚作濛濛二月初。

秋夜

宋楊誠齋

挑落寒燈一點青，方知斜月半窻明。無端一陣秋聲起，喚作銅瓶蟹眼鳴。

桑疇

宋楊誠齋

夾岸瀕河種稚桑，春風吹出萬條長。船行老眼渾多忘，喚作西湖插拒霜。

用唤作字又格

白牡丹

唐 白樂天

白花冷淡無人愛，亦占芳名道牡丹。應是東宫白贊善，被人還唤作朝官。

聽雨

宋 楊誠齋

歸舟昔歲宿嚴陵，雨打疎篷聽到明。昨夜茅檐疎雨作，夢中唤作打篷聲。

花時遍遊諸家園

宋 陸放翁

看花南陌復東阡，曉露初乾日正妍。走馬碧鷄坊裏去，市人唤作海棠顛。

用散作字格

牡丹　明馮琢庵〔一〕

艷蕊連翩映彩霞，獨將傾國殿春華。虚疑五色文通筆，散作平章萬樹花。

鼎湖　唐徐凝

黄帝旌旗去不回，空餘片石碧崔嵬。有時風卷鼎湖浪，散作晴天雨點來。

和慎詩　宋蘇東坡

大士何曾有生死，小儒底處覓窮通。偶留一吷千山上，散作人間萬竅風。

山行　宋羅與之

煙草凄迷露未晞，一筇伴我立晴暉。丹楓雖老猶多態，散作滿山野蝶飛。

〔一〕明：底本訛作「唐」。按明代馮琦號琢菴，據改。

賦柳 元蒲道源

枯樹生黄色已嬌，低垂江岸映溪橋。東君不惜黄金縷，散作春風十萬條。

用化作字格

初夏戲作 唐徐夤

長養薰風拂曉吹，漸開荷芰落薔薇。青蟲也學莊周夢，化作南園蛺蝶飛。

祈雪 明楊椒山〔一〕

風捲寒雲落照斜，郊原無日不飛沙。可憐萬里瓊瑤雪，化作銀杯散官家。

雪晴 宋曾茶山

未快溪橋踏雪心，朝陽已復上遥岑。可憐昨夜瓊瑶跡，化作春泥尺許深。

〔一〕明：底本訛作「宋」。按明楊繼盛號椒山，據改。

玉簪花 宋黄山谷

宴罷瑶池阿母家，嫩瓊飛上紫雲車。玉簪墮地無人拾，化作東南第一花。

晚過清溪 明高啓

王謝池臺兩岸空，水禽争哢夕陽中。麗華妖血流難盡，化作荷花別様紅。

用化爲字格

畫車詩 宋蘇東坡

九衢歌舞頌王明，誰惻寒泉獨自清。賴有千車能散福，化爲豪雨滿重城。

閩中曉晴賞牡丹 宋白玉蟾

晴窗冉冉飛塵喜，寒硯微微暖氣伸。唤醒東吴天外夢，化爲南越海邊春。

初晴　沈氏

晚霞紅映碧窗開，雁字摇空入鏡臺。漸遠不知何處去，化爲雲氣過山來。

用獨有字格

楊柳枝　唐孫光憲

閶門風暖落花乾，飛遍江城雪不寒。獨有晚來臨水驛，閒人多凭赤欄干。

杏花　宋王安石

垂楊一徑紫苔封，人語蕭蕭院落中。獨有杏花如唤客，倚墻斜日數枝紅。

夢中作　宋唐玨

一抔自築珠丘土，雙匣猶傳竺國經。獨有春風知此意，年年杜宇泣冬青。

題淡岩　宋王阮

浯溪已借元碑顯，愚谷還因柳序稱。獨有淡岩人未識，故煩山谷到零陵。

用獨有字又格

水調詞　唐陳陶

羽管慵調怨別離，西園新月伴愁眉。容華不分隨年去，獨有妝樓明鏡知。

小樓　宋施芸隱

簾捲疎風入小樓，夕陽銜雁欲西流。無人細説吟邊事，獨有黄花共晚秋。

舟行赴嶺外熱甚　宋蘇東坡

忠孝王家千柱宮，東坡作吏五年中。中和堂上東南頰，獨有人間萬里風。

留别　　明　鄭之升〔一〕

細草閒花水上亭，緑楊如畫掩春城。無人爲唱陽關曲，獨有青山送我行。

用不獨字格

送春　　唐　白樂天

銀花盞落從君勸，金屑琵琶爲我彈。不獨送春兼送老，更當一酌更聽看。

潮　　唐　白樂天

早潮纔落晚潮來，一月周流六十迴。不獨光陰朝復暮，杭州老去被潮催。

次韻孫巨源　　宋　蘇東坡

高才晚歲終難進，勇退當年正急流。不獨二疏爲可慕，他時當有景孫樓。

〔一〕明：底本訛作「清」。按鄭之升乃朝鮮宣祖時詩人，當明萬曆年間，據改。

送趙麗卿　明文衡山

西風吹散馬頭塵，忍見南來白水津。不獨别離傷遠道，衰遲亦是要歸人。

邊詞　清李笠翁

朝爲絶塞荷戈臣，夜作深閨夢裏人。不獨身勞魂亦苦，月中霜下往來頻。

用不獨字又格

白頭吟　唐汪遵

失却青絲素髮生，合歡羅帶意全輕。古今人事皆如此，不獨文君與馬卿。

七夕　宋戴復古

天上銀蟾曲似鈎，萬家簫鼓響新秋。從來世事俱兒戲，不獨人間乞巧樓。

春日

宋　范石湖

雙鯉無書直萬金，畫橋新緑一篙深。青蘋白芷皆愁思，不獨江風動客心。

題畫美人

清　吴偉業

霸越亡吴計已行，論功何物賞傾城？西施亦有弓藏懼，不獨鴟夷變姓名。

纂修孝經衍義告成

清　張英

琬琰新鎸布國門，深知錫類九重恩。欲令海甸同風化，不獨周廬教虎賁。

用除卻字格

見紫薇花憶微之

唐　白樂天

一叢闇淡將何比，淺碧籠裙襯紫巾。除却微之見應愛，人間少有别花人。

出齋日喜皇甫十早訪 唐白樂天

三旬齋滿欲銜盃，平旦敲門門未開。除却朗之携一榼，的應不是别人來。

送和甫至龍安微雨寄吴氏女子 宋王安石

荒煙凉雨助人悲，淚染衣巾不自知。除却春風沙際緑，一如看汝過江時。

閨怨 清張宏勛

鏡臺寂寂掩芳塵，又换深閨一度春。除卻殷勤花上鳥，他鄉應少勸歸人。

用除卻字又格

見邸家園留題 宋蘇東坡

大旆傳聞載酒過，小詩未忍看磚磨。陽關三疊君須祕，除却膠西不解歌。

田園雜興

宋范石湖

細搗橙虀買鱠魚，西風吹上四腮鱸。雪鬆酥膩千絲縷，除却松江到處無。

夏日

宋陸放翁

新闢虛堂痛掃除，蕭然終日屏僮奴。此間恐是維摩室，除却藜牀一物無。

春日訊吴允兆 結句真韻

元范汭

遠樹微波黯不分，闔閭城畔寄孤雲。春來儘有還鄉夢，除却青山便是春。

北望

清趙進美

行者坡前荒草新，兜鍪山下野鶯春。楚天向北空雲樹，除卻歸鴻未有人。

用無窮字格

學仙　唐　許渾

心期仙訣意無窮，彩畫雲車起壽宮〔一〕。聞有三山未知處，茂陵松柏滿西風。

江南懷古　唐　杜牧

車書混一業無窮，井邑山川今古同。戊辰年向金陵過，惆悵閒吟憶庾公。

戲題畫卷　宋　程俱

胸中雲夢本無窮，合是人間老畫工。常恨無因繼三絶，倩人拈筆寫胸中。

望夫石　明　徐文長

海天萬里渺無窮，秋草春花插髻紅。自送夫君出門去，一生長立月明中。

〔一〕畫：底本訛作「盡」。據《丁卯詩集》卷上改。

用無窮字又格

登樓寄王卿 唐韋應物

踏閣攀林恨不同，楚雲滄海思無窮。數家砧杵秋山下，一郡荆榛寒雨中。

憶孟浩然 唐唐彦謙

郊外凌兢西復東，雪晴驢背興無窮。句搜明月梨花内，趣入春風柳絮中。

湖州歌 宋汪元量

萬里修途似夢中，天家賜予意無窮。昭儀别館香雲暖，自把詩書授國公。

恭擬聖駕南巡視河吴越臣民迎鑾之曲 清徐倬

杏雨霏霏楊柳風，太平樂事正無窮。田家土鼓漁家笛，總在堯天舜日中。

用無窮字又格

楊柳枝詞　唐劉禹錫

城外春風滿酒旗，行人揮袂日西時。長安陌上無窮樹，唯有垂楊管別離。

村中閒步　唐劉得仁

閒共野人臨野水，新秋高樹挂清輝。不知塵裏無窮事，白鳥雙飛入翠微。

金陵即事　宋王安石

水際柴門一半開，小橋分路入青苔。背人照影無窮柳，隔屋吹香併是梅。

呈彥集充父二兄　宋朱文公

憶昔南遊桂樹陰，歸來遺恨滿塵襟。籃輿此日無窮思，萬壑千巖秋氣深。

用欲識字格

八月十五日看潮

宋 蘇東坡

萬人鼓噪懾吴儂，猶似浮江老阿童。欲識潮頭高幾許，越山渾在浪花中。

淳安

宋 范石湖

篙師叫怒破濤瀧，水石如鐘自擊撞。欲識人間奇險處，但從歙浦過桐江。

海棠

宋 陳與義

海棠默默要詩催，日暮紫綿無數開。欲識此花奇絶處，明朝有雨試重來。

梵隆護法神圖

元 袁桷

威音無喜亦無嗔，獰目揚眉定有因。欲識世間平等觀，雲如流水月如輪。

題高房山墨竹　元　鄧文原〔一〕

人纔有我難忘物，畫到無心恰見工。欲識高侯三昧手，都緣意與此君同。

用要識字格

三月二十日開園　宋　蘇東坡

雪髯霜鬢語傖獰，淡蕩園林取次行。要識將軍不凡意，從來祇啜小人羹。

看梅歸馬上戲作　宋　陸放翁

江郊車馬滿斜暉，争趁南城未闔扉。要識梅花無盡藏，人人襟袖帶香歸。

斫膾　宋　陸放翁

玉盤行膾簇青紅，輸與山家淡煮菘。要識坐堂哀觳觫，試來臨水看噞喁。

〔一〕鄧：底本訛作「劉」，據《全元詩》册十九改。

豐年謡

宋王炎

洞丁傜户盡歸耕，篁竹無人弄寸兵。要識二天恩德廣，黄雲千里見秋成。

題潘稚恭小像

明袁宏道

砑光絹上白波重，骨肉調匀粉墨濃。若要識他春月柳，還須雪裹看王恭。

續聯珠詩格卷之十

用秖應字格

清水驛叢竹天水趙云余手種一十二莖　唐柳宗元

篔下踈篁十二莖，襄陽從事寄幽情。衹應更使伶倫見，寫盡雌雄雙鳳鳴。

奉和聖製幸韋嗣立莊應制　唐李乂〔一〕

曲榭回廊繞澗幽，飛泉濆水溢池流。衹應感發明王夢，遂得邀迎聖帝遊。

種木槲花　唐柳宗元

上苑年年占物華，飄零今日在天涯。秖應長作龍城守，剩種庭前木槲花。

〔一〕乂：底本訛作「叉」，據《萬首唐人絶句》卷七十一改。

和張仲通憶鍾陵　宋王半山

一夢章江已十年，故人重見想皤然。衹應兩岸當時柳，能到春來尚可憐。

用只應字格

五松驛　唐李商隱

獨下長亭念過秦，五松不見見輿薪。只應既斬斯高後，尋被樵人用斧斤。

題山居　唐曹鄴

掃葉煎茶摘葉書，心閒無夢夜窗虚。只應光武恩波晚，豈是嚴君戀釣魚。

雷廟讀丁晉公所作碑　宋李忠定公

巨卵曾因霹靂開，海邦從此得名雷。只應寇老曾遷此，作記何緣丁令來。

戍婦　宋羅公升

夫戍關西妾在東，東西何處望相從。只應兩處秋宵夢，萬一關頭得暫逢。

次韻周孟覺記皮老人事　宋王庭珪

何物龎眉一老翁，能談慶曆至熙豐。只應坐厭聽鼙鼓，到處逢人説耳聾。

三山次鄭德予韻　宋朱槔

何日歸舟片葉輕，白鷗相伴艣微鳴。只應潮打蓬窗處，已作離騷一半清。

用只應字又格

温成皇后閤立春帖子　宋王珪

昔聞海上有仙山，煙鎖樓臺日月閒。花下玉容常不老，只應春色勝人間。下一作似

嘲友人讁中有遇 明 高啓

簾疎不隔眼波流，竇鑑羅巾暗贈酬。堪笑相逢便相得，只應未識此中愁。

毗陵有感起句蒸韻 清 薛龍光

毗陵驛是古延陵，裘敝歸來感客情。眼底皆爲皮相士，只應懷刺過半生。

用只言字格

董卓 宋 蘇東坡

公業平時勸用儒，諸公何事起相圖。只言天下無健者，豈信車中有布乎。

秋山 宋 楊誠齋

梧葉新黄柿葉紅，更兼烏桕與丹楓。只言山色秋蕭索，繡出西湖三四峰。

夜意　宋陸放翁

幌外燈青黠鼠行，林梢月黑有梟鳴。只言中夏夜偏短，萬里夢回天未明。

題所寓唐德明書齋　宋楊誠齋

鳧鶩行中脱病身，竹林深處得幽人。只言官滿渾無事，也被詩愁攪一春。

用只言字又格

裴十六廳即事　唐劉商

主人能政訟庭閒，帆影雲峰户牖間。每到夕陽嵐翠近，只言籬障倚前山。

夢行小益道中　宋陸放翁

棧雲零亂馱鈴聲，驛樹輪囷樺燭明。清夢不知身萬里，只言今夜宿葭萌。

張翰起句支韻　宋葉茵

膾鱸元不動鄉思，拂袖西風已見幾。江上如今來往客，只言鱸膾不言歸。

凌霄花　明王世貞

枝牽蔓轉葉紛紛，數朵嫣紅學出群。盤石托根君莫笑，只言身自致青雲。

用何當字格

夜雨寄北　唐李商隱

君問歸期未有期，巴山夜雨漲秋池。何當共翦西窗燭，却話巴山夜雨時。

再謁紫極宫　宋楊公遠〔一〕

一去重來已十年，頭顱堪笑尚依然。何當了却塵氛事，來結梅花紙帳緣。

〔一〕遠：底本訛作「達」，據《宋百家詩存》卷三十七改。

夜聞風雨有感　宋張耒

留滯招提未是歸，卧聞秋雨響疎籬。何當粗息飄萍恨，却誦僧窻聽雨詩。

題春山樓觀圖　明程敏政

一帶好山横樹杪，幾重高閣起雲中。何當避暑鈎簾坐，納取虚窗八面風。

寄王蘭泉　清高景光

牢落塵寰嘆索居，青溪一望渺愁予。何當抱被來同宿，風雨蘆花夜讀書。

用幾時字格

日日　唐李商隱

日日春光鬬日光，山城斜路杏花香。幾時心緒渾無事，得及遊絲百尺長。

燈花

唐司空圖

蜀柳絲絲罩畫樓，窻塵滿鏡不梳頭。幾時金雁傳歸信，剪斷香魂一縷愁。

題本草

宋劉克莊

勤讀方書不爲身，里中耆舊半成塵。幾時作箇荒山主，多種黄精遺世人。

藍采和像

元元好問

長板高歌本不狂，兒曹自爲百錢忙。幾時逢著藍衫老，同向春風舞一場。

用家在字格

江上故居

唐顧况

家在雙峰蘭若邊，一聲秋磬發孤煙。山連曲浦鳥飛盡，月上青林人未眠。

李侍御歸炭谷山居同宿華嚴寺　唐趙嘏

家在青山近玉京，白雲紅樹滿歸程。相逢一宿最高寺，半夜翠微泉落聲。

題駱秀才葺故廬疏　宋何應龍

家在西湖合澗橋，短籬圍得數椽茅。歸來頗費支撑力，羞見春風燕子巢。

武夷山　宋方秋崖

家在清溪第幾峰，誰搴薜荔採芙蓉。漁歌未斷忽歸去，翠壁一重雲一重。

用家在字又格

三日尋李九莊　唐常建

雨歇楊林東渡頭，永和三日蕩輕舟。故人家在桃花岸，直到門前溪水流。

看花

唐羅鄴

花開只恐看來遲，及到愁如未看時。家在楚鄉身在蜀，一年春色負歸期。

暮春雜興

宋葛起耕〔一〕

畫闌目斷楚雲西，芳草連天客思迷。家在江南煙雨裏，落花時節杜鵑啼。

秋懷

宋蘇舜欽

年華冉冉催人老，風物蕭蕭又變秋。家在鳳凰城闕下，江山何事苦相留。

題畫寄徐州陸九臯

明劉溥

目極天涯酒半醒，楓林斜帶遠山青。故人家在秋雲外，百步洪邊水繞亭。

〔一〕葛起耕：底本錯作「葛耕起」，據《江湖小集》卷九十二改。

用家在字又格

馬上作　唐貫休

柳暗花堤夕照紅，風清襟袖轡璁瓏。行人莫訝頻回首，家在凝嵐一點中。

書李世南所畫秋景　宋蘇東坡

野水參差落漲痕，疎林欹倒出霜根。扁舟一棹歸何處，家在江南黄葉村。

送胡生南歸　明陳宗虞

楊子江風落暮潮，瓜洲夜月起蘭橈。西湖歸去三千里，家在芙蓉第一橋。

題牧牛圖 起句微韻　明林鴻

緑草萋萋黄犢肥，半蓑殘雨卧東陂。煙深野水行人絶，家在寒林月上遲。

扈從出塞賜新笋數枝名雁來笋 清張廷瓚

解籜香生緑玉痕，得嘗珍味荷君恩。宵來清夢留人處，家在江南水竹村。

用家住字格

桐川郡圃梅極盛皆圍抱高木 宋范石湖

家住丹楓白葦林，横枝一笑萬黄金。玉溪園裏逢千樹，還盡春風未足心。

閨恨 宋張良臣

家住鄱城小洞天〔一〕，經年烹鯉尚茫然。幾回鵲喜無消息，吹殺燈花獨自眠。

江居曉詠起句元韻 宋高翥

家住清江江上村，江雲山影自平分。幾回早起開門看，不見青山見白雲。

〔一〕鄱：底本訛作「鄱」，據《宋百家詩存》卷二十一改。

舟中題王安節畫　清李漁

家住寒山過客疎，一林風雨夢回初。道人日課無餘事，了却揮絃便讀書。

用家住字又格

竹枝詞　唐劉禹錫

日出三竿春霧消，江頭蜀客駐蘭橈。欲寄狂夫書一紙，家住成都萬里橋。

道中起句寒韻　宋僧惠洪

蒲柳冥冥花已殘，水田南北是青山。晚村歸路聞啼鳥，家住寒雲縹緲間。

龍女祠　宋司馬光

素舸朱篷青竹篙，棹歌風散近還遥。斜陽借問歸何處，家住水邨郎姓蕭。

李與賢來訪 宋 楊誠齋

見説幽居繞萬松，栽梅能白桃能紅。人行剡曲溪山裏，家住輞川圖畫中。

用忽憶字格

三月三日懷微之 唐 白樂天

良時光景長虚擲，壯氣風情已闇銷。忽憶同爲校書日，每年同醉是今朝。

同李十一醉憶元九 唐 白樂天

花時同醉破春愁，醉折花枝作酒籌。忽憶故人天際去，計程今日到涼州。

題古木竹石 明 劉崧

平沙竹樹晚毿毿，楚客維舟近峽南。忽憶微雲將雨過，滿林秋色照江潭。

浪淘沙 起句青韻　唐劉禹錫

流水淘沙不暫停，前波未滅後波生。令人忽憶瀟湘渚，回唱迎神三兩聲。

題李士弘墨竹　元袁桷

碧海無塵玉作壺，琅玕清淺露流珠。相思忽憶侯都史，爲爾疏封墨大夫。

用忽聞字格

贈汪倫　唐李太白

李白乘舟將欲行，忽聞岸上踏歌聲。桃花潭水深千尺，不及汪倫送我情。

題鶴林寺　唐李涉

終日昏昏醉夢間，忽聞春盡强登山。因過竹院逢僧話，又得浮生半日閒。

寺居睡覺

宋陸放翁

心地安平曉夢長，忽聞魚鼓動修廊。披衣起意清羸甚，想像雲堂焦粥香。

宿唐濟武太史志壑堂即事

清王阮亭

新竹捎檐夜氣清，忽聞山鳥報寒更。單衾喚起瀟湘夢，落月已西天未明。

用忽見字格

贈張十八助教

唐韓退之

喜君眸子重清朗，携手城南歷舊遊。忽見孟生題竹處，相看淚落不能收。

郡中送春始知今日立春

宋王庭珪

東風來從幾萬里，雪擁江梅未放花。忽見土牛驚換歲，始知春色到天涯。

田園雜興起句元韻　宋范石湖

採梅公子款柴門，枝北枝南總未春。忽見小桃紅似火，卻疑儂是武陵人。

過潤陂橋結句齊韻　宋楊誠齋

潤陂初上板橋時，欲入江東尚未知。忽見橋心界牌子，腳根一半出江西。

春日寄懷　明鄭無美

沈沈無語意如癡，春到窗前竟不知。忽見寒梅香欲褪，一枝猶憶寄相思。

用忽看字格

題伯時頓塵馬　宋黃山谷

竹頭搶地風不舉，文書堆案睡自語。忽看高馬頓風塵，亦思歸家洗袍袴。

雨中山行至松風亭忽澄霽

宋陸放翁

煙雨千峰擁髻鬟，忽看青嶂白雲間。卷藏破墨營丘筆，却展將軍著色山。

用想見字格

挑菜節大雨不能出

宋張耒

久將菘芥芼南羹，佳節泥深人未行。想見故園蔬甲好，一畦春水轆轤聲。

恭賦御畫雙鵲圖

宋韓駒

君王妙畫出神機，弱羽争巢並占時。想見春風鳷鵲觀，一雙飛上萬年枝。

遊仙詩

宋秦少游

陰風一夜攪青冥，風定霏霏雪霰零。遥想玉真清境上〔一〕，白虚光裏誦黄庭。

〔一〕玉真清：底本錯作「清玉真」，據《淮海集》卷十一改。

春日　宋劉克莊

曉風細細雨斜斜，僝僽書生屋角花。想見水南僧寺裏，一株落盡病山茶。

過剡溪　宋劉宰

青山疊疊水潺潺，路轉峰回又一灣。想見雪天無限好，不妨獨棹酒船還。

用想見字又格

題宗室公震防禦畫後　宋僧道潛

錯莫江雲結暝陰，歸飛宿翼半浮沉。毫端領略無遺種，想見雍容物外心。

久雨地濕　宋范石湖

汗礎經旬未肯乾，破窗隨處有蝸涎。祇今不耐春陰得，想見黃梅細雨天。

題米元暉雲山小幅 宋陸放翁

俗韻凡情一點無，開元以上立規模。鏡湖老監空揮淚，想見楚江清曉圖。

乾荔枝 宋蘇轍

含露迎風惜不嘗，故將赤日損容光。紅消白瘦香猶在，想見當年十八娘。

題宋仲温竹枝起句文韻 元倪雲林

畫竹清脩數宋君，春風春雨洗黄塵。小窗夜月留清影，想見虛心不俗人。

用貪看字格

澄邁驛通潮閣 宋蘇東坡

倦客愁聞歸路遥，眼明飛閣俯長橋。貪看白鷺横秋浦，不覺青林没晚潮。

舟上　宋徐照

小船停槳逐潮還，三五人家住一灣。貪看曉光侵月色，不知雲氣失前山。

題水西周三十三壁起句真韻　宋陳與義

周子籟中早得春，喚人同度一溪雲。貪看雨歇前峰變，不覺斟時已十分。

會散夜歸　宋范石湖

忘却下樓扶我誰，接䍦顛倒酒沾衣。貪看雪樣滿街月，不上籃輿步砌歸。

雨晴風日絶佳徙倚門外　宋陸放翁

一雙芒屩伴筇枝，不用兒扶自出嬉。貪看南山雲百變，舍西溪上立多時。

用貪看字又格

效古詞　唐施肩吾

姊妹無多兄弟少，舉家鍾愛年最小。有時繞樹山鵲飛，貪看不待畫眉了。

江頭

宋俞桂

漁浦山邊白鷺飛，西興渡口夕陽微。等閒更上層樓望，貪看江潮不肯歸。

武昌阻風

唐方澤〔一〕

江上春風留客舟，無窮歸思滿東流。與君盡日閒臨水，貪看飛花忘却愁。

過揚子江

清朱文震

笑對篷窗酒一罌，黄梅時節恰揚舲。憑君説盡風波惡，貪看金焦漫不聽〔二〕。

渡江

清沈德潛

一葉輕船趁好風，金焦雙峙亂流中。船頭不怕蛟龍窟，貪看鯨波浴日紅。

〔一〕唐：底本訛作「宋」，據《唐詩品彙》卷五十五改。
〔二〕不：底本訛作「下」，據《隨園詩話》卷六改。

用眼看字格

詠懷　唐白樂天

歲去年來塵土中，眼看變作白頭翁。如何辦得歸山計，兩頃村田一畝宫。

迎湯先生　宋僧道璨

地下蒙齋喚得不，眼看宿草長新愁。杜鵑也識先生意，啼得血從花上流。

城市　宋朱繼芳

身遊城市髮將華，眼看人情似槿花。惟有梁間雙燕子，不嫌貧巷主人家。

用眼看字又格

宴城東莊《全唐詩》一作崔思詩　唐崔惠童

一月人生笑幾回，相逢相值且銜杯。眼看春色如流水，今日殘花昨日開。

過九嶺　　宋徐璣

斷崖橫路水潺潺，行到山根又上山。眼看別峰雲霧起，不知身也在雲間。

花時遍遊諸家園　　宋陸放翁

海棠已過不成春，絲竹凄凉鎖暗塵。眼看燕脂吹作雪，不須零落始愁人。

憶邢惇夫　　宋黄山谷

詩到隨州更老成，江山爲助筆縱横。眼看白璧埋黄壤，何况人間父子情。

用君看字格

浪淘沙起句文韻　　唐劉禹錫

汴水東流虎眼文，清淮曉色鴨頭春。君看渡口淘沙處，渡卻人間多少人。

看花　唐元微之

努力少年求好官，好花須是少年看。君看老大逢花樹，未折一枝心已闌。

過玉真公主影殿　唐盧綸

夕照臨窻起暗塵，青松繞殿不知春。君看白髮誦經者，半是宮中歌舞人。《全唐詩》十一函爲盧尚書詩，題作《題安國觀》。

金陵圖　唐韋莊

誰爲傷心畫不成，畫人心逐世人情。君看六幅南朝事，老木寒雲滿故城。

送客至城西望圖山　宋徐鉉

牧叟鄒生笑語同，莫嗟江上聽秋風。君看逐客思鄉處，猶在圖山更向東。

用依前字格

曲江憶李十一

唐 白樂天

李君殁後共誰遊，柳岸荷亭兩度秋。獨繞曲江行一匝，依前還立水邊愁。

送祁師

宋 翁逢年

去年風雨廬山路，君送我行泉石間。今日君行我還送，依前風雨似廬山。

枕上二絶效楊廷秀

宋 范石湖

枕前百念忽紛然，舊學新聞總現前。現到天明無可現，依前還我日高眠。

郡圃曉步因登披仙閣

宋 楊誠齋

昨來風日較暄些，破曉來遊特地佳。也自低頭花下過，依前撞落一頭花。

用印破字格

魯望戲題書印囊奉和次韻　唐皮日休

金篆方圓一寸餘，可憐銀艾未思渠。不知夫子將心印，印破人間萬卷書。

題吉澗盧拾遺莊　唐韋莊

主人西遊去不歸，滿溪春雨長春薇。怪來馬上詩情好，印破青山白鷺飛。

用露出字格

新月　唐盧多遜

太液池邊看月時，好風吹動萬年枝。誰家玉匣開新鏡，露出清光些子兒。

臨濟大師生辰　宋僧德洪

靖康二年四月十，眼見耳聞信不及。三玄三要都揭開，露出法身赤吉力。

題畫 明 唐伯虎

磬口山茶緑蕚梅，深紅淺白一時開。分明蠻錦圍屏裏，露出佳人粉面來。

嚴灘 清 黄之隽

白界青林樵路長，縈紆如蚓入高岡。閒雲不肯遮山腳，露出人家竹裏墻。

用洗出字格

徐熙杏花 宋 蘇東坡

江左風流王謝家，盡携書畫到天涯。却因梅雨丹青暗，洗出徐熙落墨花。

寄籍溪胡原仲 宋 胡五峰

幽人偏愛青山好，爲是青山青不老。山中雲出雨乾坤，洗出一番青更好。

題小景雜畫

明　程敏政

綠樹蕭然覆草亭，酒船安坐蓼花汀。分明一夜溪頭雨，洗出春山數點青。

北征口號

清　施愚山

黄河北去好山稀，路傍黿鼂見翠微。最是峰峰經雨後，芙蓉洗出白雲飛。

續聯珠詩格卷之十一

用本來字格

上清辭

唐李九齡

本來方朔是神仙，偶到丹臺未得還。何事玉皇消息晚，忍教顦顇向人間。

代應

唐李商隱

本來銀漢是紅墻，隔得盧家白玉堂。誰與王昌報消息，盡知三十六鴛鴦。

自遣詩

唐陸龜蒙

本來雲外寄閒身，遂與溪雲作主人。一夜逆風愁四散，曉來零落傍衣巾。

寄清越上人　唐張喬

大道本來無所染，白雲那得有心期。遠公獨刻蓮花漏，猶向青山禮六時。

槐影　宋許月卿

槐影本來惟戴日，蟬聲固自未知秋。斜陽薄雨羊歸徑，冷月横星人倚樓。

用元來字格

焚書坑　唐章碣

竹帛煙銷帝業虚，關河空鎖祖龍居。坑灰未冷山東亂，劉項元來不讀書。

長溪林一鶚秀才有落髮之願　宋朱熹

貧里煩君特地過，金襴誰與換魚蓑。他年雲水經行遍，佛法元來本不多。

柳

宋　楊誠齋

柳見風時舞便輕，解將衮遍趁鶯聲。道他誇逞腰肢著，風罷元來倦不勝。

與韓子蒼

宋　僧惠洪

雖赴來機少異之，箭鋒相直出思惟。訥菴言下瞠雙目，孔子元來是仲尼。

周才卿拙庵

元　元好問

詩筆看君有悟門，春風過水略無痕。菴名未便遮藏得，拙裏元來大巧存。

用元自字格

籬梅

宋　胡德昭

甘處荒寒寂寞濱，此兄元自不嫌貧。竹籬茅舍詩人屋，正與玉堂同此春。

寄題張商弼葵堂　宋楊誠齋

行盡葵堂西復東，葵花原自不曾逢。客來問訊名堂意，雪裏芭蕉笑殺儂。

爲吴溥泉畫窠石平遠并詩　元倪瓚

地僻林深無過客，松門元自不曾關。展將一幅溪藤滑，寫得谿陰數點山。

用元自字又格

八月十日　宋陳師道

人生七十今强半，老去光陰已後身。更欲置身須世外，世間元自不關人。

宿潮州海陽館獨夜不寐　宋楊誠齋

臘前蚊子已能歌，揮去還來奈爾何。一隻攪人終夕睡，此聲元自不須多。

牧童　宋　無名

一鞭一笠一蓑衣，短笛横吹牛倒騎。黄閣朱厓天上事，世間元自不曾知。

用猶自字格

踏歌詞　唐　劉禹錫

桃蹊柳陌好經過，鐙下妝成月下歌。爲是襄王故宫地，至今猶自細腰多。

軍事院霜菊盛開　唐　皮日休

金華千點曉霜凝，獨對壺觴又不能。已過重陽三十日，至今猶自待王弘。

弔邊人《錦繡段》誤爲楊仲弘詩　唐　沈彬

殺聲沉後野風悲，漢月高時望不歸。白骨已枯沙上草，佳人猶自寄寒衣。

春晚　宋 嚴粲

向來得意在煙霞，失腳黄塵負歲華。過却海棠渾不省，夢中猶自詠梅花。

自笑　宋 徐似道

黄昏茅店帶星入，清曉竹輿蒙霧行。客路三千身半百，對人猶自説歸耕。

用猶自字又格

僧影　唐 韓偓

山色依然僧已亡，竹間疎磬隔殘陽。智燈已滅餘空燼，猶自光明照十方。

東亭柳　唐 許渾

拂水斜煙一萬條，幾隨春色醉河橋。不知別後誰攀折，猶自風流勝舞腰。

望喜驛别嘉陵江水　唐李商隱

千里嘉陵江水色，含煙帶月碧於藍。今朝相送東流後，猶自驅車更向南。

華下　唐司空圖

故國春歸未有涯，小欄高檻别人家。五更惆悵回孤枕，猶自殘燈照落花。

用抵死字格

爲葛亞卿作　宋韓駒

更欲樽前抵死留，爲君徐唱木蘭舟。臨行翻恨君恩雜，十二金釵淚總流。

花時遍遊諸家園　宋陸放翁

爲愛名花抵死狂，只愁風日損紅芳。緑章夜奏通明殿，乞借春陰護海棠。

同希顔裕之賦樂真竹拂子　金 秦略

覓箇龜毛抵死難，直教擊碎釣魚竿。世人不用生分別，信手拈來總一般。

用抵死字又格

刺繡圖　明 楊基

刺得芙蓉半朵金，倚牀無語自沉吟。玉鈴不解傷心意，抵死相催刺幾針。

題青羅帶寄人　明 鳩江女子

扁舟一夜燈如雪，無限深情羞不説。東風何苦又天明，抵死催人江上别。

用不關字格

楊柳枝　唐 温庭筠

館娃宫外鄴城西，遠映征帆近拂堤。繫得王孫歸意切，不關春草緑萋萋。

咸陽 唐李商隱

咸陽宫闕鬱嵯峨，六國樓臺艷綺羅。自是當時天帝醉，不關秦地有山河。

山居即事 唐吴融

小亭前面接青崖，白石交加襯緑苔。日暮松聲滿階砌，不關風雨鶴歸來。

夏夜聞雨 宋曾茶山

凉風急雨夜蕭蕭，便恐江南草木凋。自爲豐年喜無寐，不關窗外有芭蕉。

對鏡 金完顔璹

明明非淺亦非深，何事癡人泥影尋。照見大千真法體，不關形相不關心。

用不許字格

玉真觀 唐張籍

臺殿曾爲貴主家，春風吹盡竹窗紗。院中仙女修香火，不許閒人入看花。

寄蜀客 唐李商隱

君到臨邛問酒壚，近來還有長卿無。金徽却是無情物，不許文君憶故夫。

展江亭海棠 宋韓維

又避寒風與暖曦，年年長此探花期。如今太守尤珍愛，不許官娃戴一枝。

柳枝詞 宋徐鉉

水閣春來乍減寒，曉妝初罷倚闌干。長條亂拂春波動，不許佳人照影看。

撚花士女圖 元楊維楨

寫罷桃花扇底詩，木香手撚小枝枝。靈犀一點春心密，不許墻東野蝶知。

題畫 清僧超源

春浦風生柳岸斜，好山何處著人家。白雲遮斷橋西路，不許漁郎問落花。

用不忍字格

文昌寓直 唐鄭谷

何遜空階夜雨平，朝來交直雨新晴。落花亂下花磚上，不忍和苔踏紫英。

爲人題起句元韻 唐鄭谷

淚濕孤鸞曉鏡昏，近來方解惜青春。杏花楊柳年年好，不忍回看舊寫真。

洗兒原二首 宋朱松

舉子三朝壽一壺，百年歌好笑掀鬚。厭兵已識天公意，不忍回頭更指渠。

新燕 明王恭

海燕雙雙下柳塘，主家臺榭已荒涼。玉窻繡户春雲外，不忍翻飛過别墻。

詠梅 清吴香宜

爲受春寒花放遲，遊人偏采未開時。儂心恰愛天然好，不忍臨風折一枝。

用不必字格

偶題 唐司空圖

浮世悠悠旋一空，多情偏解挫英雄。風光只在歌聲裏，不必樓前萬樹紅。

鷄鳴曲 唐汪遵

金距花冠傍舍棲，清晨相叫一聲齊。開關自有馮生計，不必天明待汝啼。

落梅 宋曾茶山

玉頰香肌委塵土，雪魄冰魂無處所。一年春事頓成空，不必飄零似紅雨。

題水墨雲山雨意畫　　明僧麟洲

雲壓樹頭兼雨氣，水流溪口夾秋聲。就巖著箇茅堂子，不必青山定有名。

早度居庸關　　清李笠翁

錯認葱籠樹作山，平登纔識在林間。太平無取田文客，不必鷄鳴始度關。

用不應字格

非酒　　唐雍陶[一]

人人漫解酒消憂，我道翻爲引恨由。一夜醒來燈火暗，不應愁事亦成愁。

夜雨　　宋朱熹

故山風雪深寒夜，只有梅花獨自香。此日無人問消息，不應憔悴損年芳。

[一] 陶：底本訛作「唐」，據《全唐詩》卷五百十八改。

題張資政汝川圖　宋汪藻

履綦行處日蒼苔，鞶帨深藏月一開。已辨此身同法喜，不應臨感更難裁。

夜聞元忠誦書作竹枝歌和之　宋黄山谷

勃姑夫婦喜相唤，街頭雪泥即漸乾。已放游絲高百尺，不應桃李尚春寒。

題畫　明文衡山

曲塘風急水横流，百丈勞牽鬬石尤。自古江湖分逆順，不應回首羡歸舟。

題姚秀英小照　清謝蘊山〔一〕

宜男花小最宜春，故故相偎意態真。並作一身形與影，不應僅號比肩人。

〔一〕謝蘊山：底本訛作「孫湘」，據《隨園詩話》卷十四改。

用不妨字格

和龔美虎丘寺西小溪閒泛原三三　唐　陸龜蒙

每逢孤嶼一倚楫，便欲狂歌同採薇。任是煙蘿中待月，不妨欹枕扣舷歸。

再題六如亭　宋　劉克莊

昔人喜説墜樓姬，前輩猶高斷臂妃。肯伴主君來過嶺，不妨扶起六如碑。

獨步小園　宋　曾茶山

誰將山杏臙脂色，來作江梅玉頰紅。但得暗香疎影在，不妨妝面對春風。

送鄭節夫結句删韻　宋　劉宰

盛年已去壯心闌，此別懸知後會難。顧使乾坤同日月，不妨閩浙異江山。

廬山雜興起句文韻　宋僧惠洪

幽花疎竹冷梢雲，江北江南正小春。但得青山常在眼，不妨白髮暗隨人。

題雁　明王紱

聯翩飛處影横斜，暝色和煙暗荻花。遠水微茫秋萬頃，不妨隨意落平沙。

用不教字格

從軍行　唐王昌齡

秦時明月漢時關，萬里長征人未還。但使龍城飛將在，不教胡馬度陰山。

閒吟　唐陸龜蒙

閒吟料得三更盡，始把孤燈背竹窗。一夜西風高浪起，不教歸夢過寒江。

別橋上竹　　唐白樂天

穿橋迸竹不依行，恐礙行人被損傷。我去自慚遺愛少，不教君得似甘棠。

七夕　　唐杜牧之

雲階月地一相過，未到經年別恨多。最恨明朝洗車雨，不教回腳渡天河。

王猛　　明高青丘

軍門被褐異隆中，抱策歸秦竟事戎。猶喜遺言真有識，不教飲馬向江東。

用不惜字格

聽歌　　唐武元衡

月上重樓絲管秋，佳人夜唱古梁州。滿堂誰是知音者，不惜千金與莫愁。

汴京紀事　宋劉子翬

御路丹花映緑槐，曈曈日照五門開。吾皇欲與民同樂，不惜千金築露臺。

病後訪梅　宋劉克莊

和靖林間咳嗽時，一邊覓句一邊饑。而今始會天公意，不惜功名只惜詩。

燕　明葉權

何事棲君玳瑁梁，薔薇花下趁餘香。願教春色年年在，不惜雙飛日日忙。

用不放字格

桑　唐杜工部

舍西柔桑葉可拈，江上細麥復纖纖。人生幾何春已夏，不放香醪如蜜甜。

心重答身 唐白樂天

因我疎慵休罷早，遣君安樂歲時多。世間老苦人何限，不放君閒奈我何。

食楊梅原三首 宋曾茶山

一月如繩雨瀉簷，只言新竹漸多添。豈知政負幽人腹，不放楊梅蜜様甜。

和述古冬日牡丹 宋蘇東坡

一朵妖紅翠欲流，春光回照雪霜羞。化工只欲呈新巧，不放閑人得少休。

用不將字格

戲招諸客 唐白樂天

黄醅緑醑迎冬熟，絳帳紅罏逐夜開。誰道洛中多逸客，不將書唤不曾來。

黄葵圖　元丁鶴年

緑侵鵶距疎分葉，黄染鵝雛淡著花。暑雨涼風新入畫，不將穠艷競春華。

送錢元抑南歸口號　明文衡山

吳田百畝歲常荒，家計蕭然只草堂。却有春眠濃似酒，不將朝市博江鄉。

白門逢焦師座主　明袁中郎

十年一拜鄭康成，搔首青山獨自行。醒即讀書倦即枕，不將無事换公卿。

竹　明陳眉公

翠筠點點滴珊瑚，帝子春魂若可呼。夜半洞庭風雨過，不將清淚滴蒼梧。

賣樓徙居舊宅　清李笠翁

茅齋改姓屬朱門，抱取琴書過别村。自起危樓還自賣，不將蕩産累兒孫。

用不減字格

湖州歌

元　汪元量

風雨聲中聽棹歌，山𩾌野饌奈愁何。雪花堆白甜如蜜，不減江珧滋味多。

月蝕

元　馬臻

喜見還光漸漸盈，紫微遥想泰階平。癡蟆小伎何堪慮，不減乾坤萬古明。

上皇西巡南京歌

唐　李太白

華陽春樹號新豐，行入新都若舊宫。柳色未饒秦地緑〔一〕，花光不減上陽紅。

自嚴買船下七里灘

宋　陸放翁

桐廬縣前艣聲急，蒼煙茫茫白鳥雙。亂山日落潮未落，勝絶不減吴松江。

〔一〕地：底本訛作「池」，據《李太白集注》卷八改。

用不待字格

立春

宋宋祁

春動靈旂畫尾斜，漢宫青幘望晨霞。宫中彩樹紛無筭，不待東風已作花。

維王府園與王元規承事同賦

宋僧道潛

一霎催花驟雨來，集芳堂下錦千堆。浪紅狂紫渾争發，不待商量細細開。

授經臺

宋蘇東坡

劍舞有神通草聖，海山無事化琴工。此臺一覽秦川小，不待傳經意已空。

蒙恩頒賜御書恭記

清王士正

謨誥文章雅頌詩，鸞停鵠峙幾人知。毫端已見宸心正，不待誠懸筆諫時。

用不使字格

李敷文酌别席上口占

宋 戴復古

客子明朝早問程，樽前今夜若爲情。使君亦恐傷離别，不使佳人唱渭城。

宫詞起句元韻

宋 花蕊夫人

小小宫娥到内園，未梳雲鬢臉如蓮。自從配與夫人後，不使尋花亂入船。

駕幸釣臺釣魚賜饌恭記

清 蔣廷錫

一縷煙雲起翠微，涼風披拂釣魚磯。詞臣奉詔先歸去，不使催詩雨濕衣。

論明詩

清 沈德潛

君采風裁誰與鄰，蘇門清嘯竝超塵。味無味處偏多味，不使才華見性真。

用不禁字格

西城　宋韓持國

暖風和日著人來，細柳高榆抱徑回。我爲傷春足悲恨，不禁驅馬上愁臺。

湖州歌　宋汪元量

歌風臺畔水浤浤，地面官人餽酒葷。宮女上船嬉一宴，不禁塵土污衣裙。

早春雪中　唐戎昱〔一〕

陰雲萬里晝漫漫，愁坐關心事幾般。爲報春風休下雪，柳條初放不禁寒。

仲秋書事　宋陸放翁

斷雲歸岫雨初收，茅舍蕭條古渡頭。裋褐老人垂九十，松枯石瘦不禁秋。

〔一〕唐：底本訛作「宋」，據《全唐詩》卷二百七十改。

續聯珠詩格卷之十二

用無因字格

寄友原二首

唐　李群玉

野水晴山雪後時，獨行村落更相思。無因一向溪頭醉，處處寒梅映酒旗。

江邊

唐　陸龜蒙

江邊日晚潮煙上，樹裏鵶鵶桔橰響。無因得似灌園翁，十畝春蔬一藜杖。

贈防江卒

宋　劉克莊

自屬嫖姚性命輕，君看一蟻尚貪生。無因喚取談兵者，來向橋邊聽哭聲。

次韻樂著作天慶觀醮　宋蘇東坡

濁世紛紛肯下臨，夢尋飛步五雲深。無因上到通明殿，只許微聞玉佩音。

春晴　宋劉辰翁

江柳長天草色齊，新晴何物不芳菲。無因化作千蝴蜨，西蜀東吳款款歸。

春江曲　明劉基

江上風帆日日歸，獨自狂夫音信稀。無因化作鵁鶄鳥，隨著郎船到處飛。

用無因字又格

曉眠後寄楊户部　唐白樂天

軟綾腰褥薄綿被，涼冷秋天穩暖身。一覺曉眠殊有味，無因寄與早朝人。

池上送考功崔郎中别房賓二妓　仝

文昌列宿徵還日，洛浦行雲放散時。鵷鷺上天花逐水，無因再會白家池。

題畫孔雀　宋黄山谷

桄榔暗天蕉葉長，終露文章嬰世網。故山桂子落秋風，無因雌雄青雲上。

甲寅除夜雜書　明文衡山

小童篝火潔門閭，爲説新年忌掃除。却有窮愁與多病，無因歲晚一般驅。

用無復字格

齊宫詞　唐李商隱

永壽兵來夜不扃，金蓮無復印中庭。梁臺歌管三更罷，猶自風摇九子鈴。

城頭秋望　宋楊誠齋

未得霜晴未是晴，霜晴無復點雲生。鷺鷥不遣魚驚散，移脚惟愁水作聲。

登西山郊壇岡　宋薛季宣

菩薩巖前湛佛乘，澄泓無復現天燈。强歌下俚酬春雪，便好爲文弔剡藤。

雜小詩　宋朱松

道人鉏斧得從誰，無復當年隻影隨。笑我不求千户郡，坐知成佛更難期。

朝命移栽栝子松於内苑　元祖柏

大夫去作棟梁材，無復清陰覆緑苔。半夜月明風露冷，誤他千里鶴飛來。《靈隱逸事》爲僧元肇作，《宋詩紀事》爲維琳禪師作，詩有稍異，不知孰是。

用無處不字格

春草

唐唐彦謙

天北天南繞路邊，托根無處不延綿。萋萋總是無情物，吹緑東風又一年。

寒食

唐僧雲表

寒食悲看郭外春，野田無處不傷神。平原累累添新塚，半是去年來哭人。

劍門道中遇微雨

宋陸放翁

衣上征塵雜酒痕，遠遊無處不消魂。此身合是詩人未，細雨騎驢入劍門。

寓舍聞禽聲 起句庚韻

宋陸放翁

日暖林梢鵯鵊鳴，稻坡無處不青青。老農睡足猶慵起，支枕東窗盡意聽。

灞橋寄内 清王士禛〔一〕

太華終南萬里遥，西來無處不魂銷。閨中若問金錢卜，秋雨秋風過灞橋。

用無處著字格

秋夜 宋陳與義

中庭淡月照三更，白露洗空河漢明。莫遣西風吹葉盡，卻愁無處著秋聲。

春寒 宋何橘潭

博山熏盡鷓鴣斑，羅帶同心不忍看。莫近欄干聽花雨，樓高無處著春寒。

野景 宋范石湖

菰蒲聲裏荻花乾，鷺立江天水鏡寬。畫不能成詩不到，筆端無處著荒寒。

〔一〕禛：底本訛作「稹」，據《精華録》卷六改。

元夕

宋　范石湖

粉痕紅點萬花攢，玉氣珠光寶月團。簾箔通明香似霧，東君無處著春寒。

題花竹翎毛

元　陳高

梨花沐雨帶嬌羞，獨立枝間一鳥幽。若遣美人初睡起，定應無處著春愁。

用箇中字格

送擇之還鄉赴選

宋　朱熹

門外槐花似欲黄，高堂應望促歸裝。箇中自有超然處，肯學兒童一例忙。

讀古德傳

宋　僧惠洪

夜塚髑髏元是水，客杯弓影竟非蛇。箇中無地容生滅，笑把遺編篆縷斜。

舟中書所見

宋僧惠洪

剩水殘山慘淡間，白鷗無事小舟閒。箇中著我添圖畫，便似華亭落照灣。

題趙幹江行初雪圖〔一〕

宋李彌遜

瓜步西頭水拍天，白鷗波上寄長年。箇中認得江南手，十里黃蘆雪打船。

題山堂會琴圖

元王惲

静夜山堂萬籟沈，抱琴來寫古人心。個中真趣知誰會，門外松風是賞音。

早起

明梁玉姬

參得詩家一字禪，興來落筆似仙仙。箇中意象何人解，鏡裹琪花水裹天。

〔一〕初：底本脱，據《全宋詩》卷一七一七補。

用箇中字又格

南樓畫閣觀方公悦詩次韻

宋黄山谷

十年華屋網蛛塵，大斾重來一日新。五鳳樓中修造手，箇中餘刃亦精神。

奕棋絶句

宋洪炎

新秋遣悶只圍棋，病不銜杯亦廢詩。對局蕭然兩無語，箇中君子有争時。

痁病

宋曾茶山

誰言似病元非病，一日之間行四時。不用文殊來問疾，箇中實怕有人知。

陪林明復功德院小軒對假山

宋劉弇

候禽幽囀似争春，我亦貪搔不屋巾。巇嶭煙姿在眉睫，箇中還有傲秦人。

用此中字格

竹枝詞

唐劉禹錫

瞿唐嘈嘈十二灘，此中道路古來難。長恨人心不如水，等閒平地起波瀾。

題浄因壁[一]

宋黄山谷

門外黄塵不見山，此中草木亦常閒。履聲如度薄冰過，催粥華鯨吼夜闌。結句寒韻

易從師山亭

林和靖

林表秋山白鳥飛，此中幽致亦還稀。西村渡口人煙晚，坐見漁舟兩兩歸。

午夢

宋陸放翁

苦愛幽窗午夢長，此中與世暫相忘。華山處士如容見，不覓仙方覓睡方。

〔一〕題浄因壁：底本訛作「以梅饋晁深道」，據《山谷集》卷九改。

用此中字又格

夢蘇州水閣寄馮侍御

唐白樂天

揚州驛裏夢蘇州，夢到花橋水閣頭。覺後不知馮侍御，此中昨夜共誰遊。

子龍求煙雨軒詩口占

宋陸放翁

規模正似釣魚菴，把酒纔容客二三。若比東偏參倚室，此中猶自覺眈眈。

湖上小閣

宋陸放翁

蒲萄初紫柿初紅，小閣憑闌萬里風。莫怪年年增酒量，此中能著太虛空。

墨竹

金龐鑄

千梢萬葉玉玲瓏，枯槁叢邊緑轉濃。待得春雷驚蟄起，此中應有葛陂龍。

重贈吴國賓　明邊貢

漢江明月照歸人，萬里秋風一葉身。休把客衣輕浣濯，此中猶有帝京塵。

用認得字格

利仁北街作　唐白樂天

草色班班春雨晴，利仁坊北面西行。踟躕立馬緣何事，認得張家歌吹聲。

讀莊子　唐白樂天

去國辭家謫異方，中心自怪少憂傷。爲尋莊子知歸去，認得無何是本鄉。

漁父　唐陸龜蒙

雨後沙虚古岸崩，魚梁移入亂雲層。歸時月墮汀洲暗，認得妻兒結網燈。

題米元暉雲山小幅

宋 陸放翁

一棹朝南暮北風，奇峰倒影緑波中。定知漸近三山路，認得漁翁是放翁。

獼猴

元 蔡正孫

拳大獼猴性頗馴，兒童戲弄費精神。不知還似孫供奉，認得當時舊主人。

用添得字格

三衢道中

宋 曾茶山

梅子黄時日日晴，小溪泛盡卻山行，緑陰不減來時路，添得黄鸝四五聲。

遥碧亭

宋 楊傑

幽鳥無心去又還，迢迢湖水出東關。暮雲留戀不飛動，添得一重山外山。

泊楚州鎖外　宋張耒

流落相逢二十年，羞將白髮對嬋娟。如何見我都依舊，添得尊前一惘然。

武夷棹歌　宋朱熹

七曲移船上碧灘，隱屏仙掌更回看。却憐昨日峰頭雨，添得飛泉幾道寒。

梅花　元黄鎮成

吟屋蕭疎霜後村，江頭千樹欲黄昏。等閒又被春風覺，添得寒梢月一痕。

重過沙河有感　明陸得藴

白鶴沙頭水自波，扁舟曾載夕陽過。東風一路蘼蕪緑，添得春愁别後多。

用占得字格

答君實端明遊壽安神林　宋邵康節

占得幽棲一片山，都離塵土利名間。四時分定所遊處，不爲移文便往還。

占山亭

宋 蘇東坡

尚父提封海岱間，南征惟到穆陵關。誰知海上詩狂客，占得膠西一半山。

立夏日作

宋 謝薖

小簟含風六尺牀，竹奴從此合專房。吾身匏落都無用，占得山間一味凉。

西湖

清 何嘯客

秦亭山頭暖氣匀，秦亭山下早梅新。嫁郎願嫁秦亭住，占得梅花第一春。

用願得字格

戲答思黯

唐 白樂天

何時得見十三絃，待取無雲有月天。願得金波明似鏡，鏡中照出月中仙。

飲席代官妓贈兩從事　唐李商隱

新人橋上著春衫，舊主江邊側帽簷。願得化爲紅綬帶，許教雙鳳一時銜。

贈司馬君實　宋張載

二龍閒卧洛波清，今日都門獨餞行。願得賢人均出處，始知深意在蒼生。

海歌　元貢師泰

大星煌煌天欲明，黄旗上寫總漕名。願得順風三四日，早催春運到燕京。

送范生自山西歸豫章　明袁中郎

三年擲卻皂紗巾，五柳家風一味貧。願得龍沙休帶印，兒孫只作愛山人。

望盤山　明高承埏

中盤雲氣下盤生，紫蓋峰高晚獨晴。願得他時解塵組，白松樹底飯黄精。

用借問字格

清平調詞

唐李太白

一枝紅艷露凝香，雲雨巫山枉斷腸。借問漢宫誰得似，可憐飛燕倚新妝。

塞上聞吹笛

唐高適

雪淨胡天牧馬還，月明羌笛戍樓間。借問梅花何處落，風吹一夜滿關山。

秋蟬聲

唐劉商

蕭條旅舍客心驚，斷續僧房静又清。借問蟬聲何所爲，人家古寺兩般聲。

四休居士

宋黄山谷

一病能惱安樂性，四病長作一生愁。借問四休何所好，不令一點上眉頭。

賞荼蘼有感　宋秦少游

春來百物不入眼，唯見此花堪斷腸。借問斷腸緣何事，羅衣曾似此花香。

用由來字格

李和鼎　唐杜牧之

鵩鳥飛來庚子直，謫居日蝕辛卯年。由來枉死賢才事，消長相持勢自然。

題花木障　唐杜荀鶴

不假東風次第吹，筆匀春色一枝枝。由來畫看勝栽看，免見朝開暮落時。

别孫蜀　唐方干

吴越思君意易傷，别君添我鬢邊霜。由來淛水偏堪恨，截斷千山作兩鄉。

落第

唐趙嘏

九陌初晴處處春，不能回避看花塵。由來得喪非吾事，本是釣魚船上人。

寓舍有二犬云云

清趙翼

一骨抛投母不争，小厖因得飽餘烹。由來舐犢關天性，不但人情也物情。

用又恐字格

歸途

宋葉茵

春來天氣半陰晴，那更奔馳一月程。又恐花時成草草，還家插柳佐清明。

女郎詞

清胡慎容

相呼同伴到簾幃，偷看新來客是誰。又恐被人先瞥見，卻從紈扇隙中窺。

用又恐字又格

尋道者所隱不遇

唐　竇鞏

籬外涓涓澗水流，槿華半照夕陽收。欲題名字知相訪，又恐芭蕉不耐秋。

且向 結句青韻

宋　黄佐

且向焦桐寄别情，未彈先作斷腸聲。欲教翻作孤鸞調，又恐君王月下聽。

漁父

宋　葉唐卿

網裏無魚無酒錢，酒家門外口流涎。幾回欲解蓑衣當，又恐明朝是雨天。

春詞

宋　胡天游

昨日江頭看緑楊，歸來學得兩眉長。低聲更向蕭郎問，又恐眉長不稱妝。

用老夫字格

用韻奉謝

宋 楊公遠

乍雨微寒養麥天，村村斜日起炊煙。老夫但媿瓶無酒，芳草如茵好醉眠。

栽仁杏

宋 趙白雲

白髮移根總道遲，何年及見子垂垂。老夫但欲添培植，不問開花結子時。

蔬圃

宋 陸放翁

擬種蕪菁已是遲，晚菘早韭恰當時。老夫要作齋盂備，乞得青秧趁雨移。

題東林寺

宋 劉改之

爾自貪癡不肯閒，江南多少好青山。老夫爲不愛官職，買得狂名滿世間。

芭蕉鷄冠　明徐文長

芭蕉葉下鷄冠花，一朵紅鮮不可遮。老夫爛醉抹此幅〔一〕，雨後西天忽晚霞。

用老夫字又格

解悶　唐杜甫

商胡離別下揚州，憶上西陵古驛樓。爲問淮南米貴賤，老夫乘興欲東遊。

碣石菴戲贈湛菴主　宋蘇東坡

保康橋上夜觀燈，碣石巖前夏飲冰。莫把山林笑朝市，老夫手裏有烏藤。

次韻文潛立春絶句　宋黄山谷

誰憐舊日青錢選，不立春風玉笋班。傳得黄州新句法，老夫端欲把降幡。

〔一〕抹：底本訛作「扶」，據《歷代題畫詩類》卷九十改。

席上作

元 楊廉夫

江南處處烽煙起，海上年年御酒來。如此烽煙如此酒，老夫懷抱幾時開。

重遇盲女王三姑賦贈 原三

清 趙翼

十年前聽撥琵琶，曾惜明眸翳月華。今夕紅燈再相對，老夫亦已霧看花。

用一半字格

隴西行

唐 陳陶

黠虜生擒未有涯，黑山營陣識龍蛇。自從貴主和親後，一半胡風似漢家。

渡浙江

唐 盧綸

前船後船不相及，五兩頭平北風急。飛沙卷地日色昏，一半征帆浪花濕。

題靈徹上人舊房　唐張祜

寂寞空門支道林，滿堂詩板舊知音。秋風吹葉古廊下，一半繩牀燈影深。

春夜　宋丁蘭窗

月到江樓第幾闌，金鳧銷盡水沈煙。玉簫吹斷梨花夢，一半春心屬杜鵑。

客去　宋陸放翁

相對蒲團睡味長，主人與客兩相忘。須臾客去主人覺，一半西窗無夕陽。

用一半字又格

樊將軍廟　唐汪遵

玉輦曾經陷楚營，漢皇心怯擬休兵。當時不得將軍力，日月須分一半明。

數日

宋 趙師秀

數日秋風欺病夫，盡吹黄葉下庭蕪。林疏放得遥山出，又被雲遮一半無。

江邨即事

宋 黄庚

江邨暝色漸凄迷，數點殘鴉雜雁飛。雁宿蘆花鴉宿樹，各分一半夕陽歸。

寄題朱元晦武夷精舍原三首

宋 陸放翁

山如嵩少三十六，水似邛郲九折途。我老正須閒處著，白雲一半肯分無。

用一併字格

除夜

宋 方秋崖

更與梅花把一盃，醉題帖子等春來。須臾便是明年事，留得寒香一併開。

秋晚雜興

宋陸放翁

冷落秋風把酒杯，半酣直欲挽春回。今年菰菜嘗新晚，正與鱸魚一併來。

中牟道中

宋陳與義

楊柳招人不待媒，蜻蜓近馬忽相猜。如何得與凉風約，不共塵沙一併來。

郡齋梅花

宋楊誠齋

月朵千痕雪半梢，便無雪月更飄蕭。不應臘尾春頭裏，兩歲風光一併饒。

送薛泳

宋薛師石

病裏風光總虚擲，岸花園柳雨中休。無端好客隨春去，送酒吟詩一併愁。

斃帚詩話

西島蘭溪

《弊帚詩話》（亦名《孜孜齋詩話》）二卷，西島蘭溪（一七八〇—一八五二）撰。據文會堂《日本詩話叢書》本校。

按：西島蘭溪（にしじま らんけい NISHIJIMA RANKEI），江户時代儒者。江户（今屬東京都）人，名長孫，字元齡，世稱「良佐」，號蘭溪、坤齋、孜孜齋。本姓下條，昌平黌教官西島柳谷之嗣子，主張程朱學，持獨特見解而折衷古今。通詩學，並善書。安永九年生，嘉永五年十二月十五日歿，享年七十三歲，謚號勤憲。

其著作有：《孔子家語考》一卷、《晏子春秋考》一卷、《清暑閒談》四卷、《秋堂閒語》三卷、《秋堂閒語續編》一卷、《坤齋日抄》三卷、《讀孟叢鈔》十四卷、《弊帚詩話並附録》三卷、《論語紳書》、《讀孟小識》三册、《增説苑拾補》三册、《讀吕氏春秋考》一卷、《讀書雜鈔》五卷、《讀十八史略》二册、《弟子職箋注》一卷、《歷朝詩礎》八卷、《慎夏漫筆》四卷、《江湖放吟·撚鬚餘吟》一卷、《歷代題畫詩類抄》四卷、《湖梅庵田園雜興》三卷、《孜孜齋詩話》一卷、《坤齋詩存》三卷、《坤齋文稿》、《孜孜齋雜抄》、《蘭溪先生元明詩話》等。

弊帚詩話上卷

丈山先生姓石川，名凹《孜孜齋詩話》作「名凹姓石川」。丈山，其字也。初名重之，稱嘉右衛門，三河泉莊人。年四歲能走六七里，父信定奇之曰：「此兒必名天下。」後從神祖征伐。丈山素有文雅之志，其在駿府無「其在駿府」四字，從學于清見寺僧説心「從學」上有「竊」字。大阪之役，會病，其母貽書責以立勳。丈山强病特至玉造，獲佐佐某《東遷基業》云名十左衛門，曰：「如是足以報母也。」城陷，有司以爲重之爲行人有司作吏，妄爲先登，請逐之。遂爲僧，居妙心寺。羅山林子見諸惺窩先生，先生爲説聖人立道之原。於是蓄髮還俗，然終身無復妻「妻」下有「人稱爲似元魯山」語。後爲家貧母老，出仕紀侯今藝侯之祖。久之母歿，亡歸叡山，匿一乘寺村，自號曰「四明山人」，或曰「大拙」，以詩賦自娱。詠蟬小河之國歌國歌作和什，終身不入京師京師下有「天朝特徵不至」六字。請狩野探幽齋畫唐土詩人三十六員，揭諸壁上，蓋仿本邦所謂「三十六歌仙」也，因名其堂曰「詩仙」。卒年九十，實寛文十二年也。丈山出處詳見井太室《國史儒林傳》、三橋氏《仙堂志》今節録於此。丈山幼長干戈之間，風月之樂不忘於心。「長干戈」至「不忘於心」十三字作「長鞍馬間，嘲風吟月之念往來于心」。至從大阪之役，猶不廢吟哦。《鳩巢文集》有《橫槊遺物記》，乃丈山所佩墨斗也。在叱咤戰爭之中「叱咤」作「其干戈」，苟有所得片言隻語，又從記之。橫槊之名，良不誣矣。然其詩往往不免和人習氣，亦時運之所使也。「然其詩」

以下至「所使也」十八字，作「天正以還，文教否塞，詩道墮地，特武田信玄有詩賦之名，其餘一二武將或有篇什，要不足録，所謂以丈山爲翹楚也。謂昭代詩運丈山先生闡之，夫孰謂不信然焉。然其詩往往不免和習，亦時運之所使也」。

絶句勝八句，五言勝七言。今摘其佳者。五言「窗間殘月影，風際遠鐘聲」，「水減灘聲穩，秋深月色寒」，「高樹秋容早，密林霜氣遲」，「孤燈淡殘夜，群鳥聒空林」，「曾弄兔園冊，寧希麟閣圖」，「遠山如有雨，高樹似無枝」早行，「斷雲嶺分影，返照水生光」，「溪空鶯韻緩，山盡馬蹄前」，「春雨連三月，風花空一年」，「半壁殘燈影，孤牀草葉聲」，「炙背卧爐火，撑肱讀道書」，「歸鴉天有路，遊蝶面無風」。七言「謝家子弟雙蘭砌，杜叟乾坤一草堂」，「吴江秋盡水空去，天姥霜遲葉初翻」登高雄，「去年尋藥台溪道，昨日寄梅江左風」。絶句《漫成》「杖屨相從兩侍童，酒瓢茗碗對殘紅。狂吟隨意過村落，艸色無邊楊柳風」，《小園口占》占下有「云」字，下同「冬愛似春微暖時，不知何處有梅披。閑園雨過少紅葉，秀色纔殘一兩枝」，《阻雨宿牧方》「浩浩洪河流自東，朝宗西海接長空。水邨山郭知多少，春色朦朧煙雨中」，《題豐國神廟壁》「零落東山古廟廊，蒼苔蔓草上頽垣〔一〕。英靈飛散無巫祝，秋月春風作主張」，皆隱者之語也。又有戲謔解頤者，《戲題團扇》「團團素質别移天，隨手生涼更颯然。昔日謫仙何不買？清風明月兩三錢」，《欲赴雄德山前見牡丹，到淀城阻雨》「聞説南山多牡丹，吟輿出郭惜春殘。花魂自似羞秋艷，爲雨爲雲不許看」，《寓意》「胸統乾坤似葆真，風

〔一〕垣：失韻，似當作「墻」。

花爲友道爲鄰。讀書看盡數千載，自是神仙不死人」。余景慕丈山先生久矣「余景慕」句作「余祖丈山

先生特爲已甚，愛慕之情不可以已」，故不厭其煩，備舉於此。

世有四家絶句。藤惺窩，石丈山「石」下有「川」字，釋元政，釋元次，爲之四家。蓋元政爲其冠，丈山次焉。元政名日政，彦藩仕族，薙髮爲日徒，實爲法華律之鼻祖「祖」下有「云」字。居深草里，時人以爲活佛，稱不可思議，又號霞谷山人妙子。《艸山集》十五卷行于世。父先歿，獨事母，篤孝天至，詩中及母者凡五十餘篇。《閒居》詩序云：「余得幽居霞谷之側，而色養父母有年，父喪而母尚存焉，奉事於今十年矣。母之居距我蘭若數十弓，竹籬茅舍舍作屋，恬然而安焉。頃患微恙，余侍湯藥已度旬矣。」亦可見至誠之一端也。當時有明人陳元贇投化，遊京攝之間，元政與之定交，互相爲師友，有《元元唱和集》二卷。元政送元贇詩云：「君能言和語，鄉音舌尚在。久狎十知九，傍人猶未解。」然則交接之久，陳頗解和語，足以展兩情者歟？此下有「然陳故出其下」六字，且無此注語元政詩宗袁宏道，《對燈》云「卧讀袁中郎，欣然摩短髮」，又《送元贇老人詩序》云「余嘗暇日與元贇老人共閱近代文士雷何思、鍾伯敬、徐文長等集，特愛袁中郎之靈心巧發，不藉古人，自爲詩爲文焉」云云，其宗宏道，實陳老發之。其詩命意深穩，格調頗秀。余嘗論云：「國初之詩，如石徵士、松都講、野子苞，非無佳句，其弊在格調殊卑之與不免和習。獨元政或無此二弊，所以爲勝。」七言律如《秋日遊清閒寺》《秋遊平等院》尤爲秀整秀作勻。若夫警句「殘燈人不見，深壁影相從」，「草深迷熟路，樹密失歸程」，「歲月枯藤老，風霜苦竹深」能因墓，「落葉鳴階前，夜清人未寢」，「林間有影鳥争宿，村路無人牛自歸」，「閑中日月不知歲，定理乾坤

別有春」。余特愛《山居》詩云：「細雨密雲盈碧虛，静看林樹日扶疎。箇中唯有無窮意，坐對青山不讀書。」「書」下有「良有道之言」五字。

順庵木下先生無「木下」二字幼時得見僧天海，天海奇之「之」作「其爲人」，欲爲弟子，先生不可。年甫十三，作《太平賦》入天覽云。後仕賀府，既而爲東都學職無「而」字。國初以來，詩宗宋元。至先生斷然唱唐詩，英傑之士四方來歸焉。如白石、滄浪、芳洲、霞沼、南海、蜕嵓，皆出於其門。予嚮聞之，先生墳墓在郭西青山，碑面刻題「靖恭先生之墓」，無一字之碑誌。豈如盧承慶、李夷簡，遺言不志其墓之類乎？然有一疑團，當時木門英傑雲集，白石、滄浪等詩文上梓「等詩文上梓」作「又各有集」，而先生著作單行于世者未嘗見焉。可怪也。「可怪也」作「爲門人者無所逃其責」余恐後人不得見先生之所作，因就《扶桑名賢詩集》摘其佳句「因」作「今」，五言「霜散豐山曉，花飛長樂春」，「鳥啼山色近，花落水聲高」，「一心存北闕，三世護南朝」楠公，七言「晚煙邨落平林暗，夕日川原遠水明」，「鄴臺人去荆榛合，驪岫雲還陵谷遷」豐國廟，「故園殘夢藩城月，秋日高樓暮笛風」，頗有唐氣。「頗有唐氣」作「皆宛然唐人也。宜乎附翼攀鱗有白石、滄浪之諸士」。

山崎闇齋嘗在浴室，令一門生洗其背。門生曰：「某日者思梅花詩，願先生誦古人所作涉梅者以示焉。」闇齋因誦五十餘首「誦五十餘首」作「詩五十許」。其强記如此，而自運則最拙「自運則最拙」作「其理路勃窣，殆不可讀，好自吐性靈」。《登愛宕山》云「願毀宮房黥地藏，且驅杉檜劓天狗」，《遊朝熊》云「人言天狗住朝熊，飛石雷奔耳亦聾。借問今辰曷無事，我儂不是狄梁公」，《題石佛》云「南山惟嶒嶁，石佛立途右。我亦程門人，放光可斬首」，所謂有韻之文也。此下有「然庸軒詩稍可諷誦」八字。

貝原損軒先生《日本詩史》云「益軒之姪損軒名好古」，是誤益軒又號損軒著述富贍，固不煩余言。其有《大疑録》，實爲古學之嚆矢矣。所謂豪傑之士也。若夫篇什，亦自可見無「自」字。《思鄉》云「開到番花第幾員，故園見月幾回圓。晚風吹斷歸家夢，一段客懷屬杜鵑」。按《扶桑千家詩》載《岐岨山中》詩云「滿目煙雨自氤氳，梅蕊杏花濕不分。連日東風吹積雪，半隨流水半爲雲」，是王稚登之詩，意者先生偶書之，人誤收録者耳。（無此注。「鵑」下有「先生固不置意於文墨者，猶能如是。宋廣平賦梅花之比也」之語。）

富春山人作《鳥碩夫傳》略云：「洛陽伏江隱士鳥輔寬，字碩夫，號鳴春者，雖非抗顔爲人師，其詩極精錬，爲四方嚮慕。且見其詩，感不與世之耳剽目掇輩同其調也。加旃家屢空，不爲禄仕。舉白彈琴，高吟自得，放浪於得喪之外。一子輔門，與其母安枯澹，門庭蕭灑，依稀謝無逸、蘇養直也。輔寬行年六十一歲，没於家。輔門與其徒相謀編遺稿，名曰《芝軒吟稿》。輔門不墜箕裘，孜孜教授者若干年。一病不起，年僅四十餘而没。於戲！闕以西風雅，推鳥氏父子爲巨擘，况卓然有高尚之操者，石大拙後其誰也？」余按：碩夫姓鳥山，稱佐太夫。《詩史》云「名輔賢」，誤矣。其詩宗尚晚唐，清新秀整「秀整」作「有味」，實一時之碩匠也。「實」上有「節操與其手相謀」句。

韓人某著《日觀要考》「人」作「客」，以碩夫詩爲日東第一，以白石爲軟弱，謂以碩夫格調合己，故有斯言「有」作「致」。碩夫之於白石，恐不同日之論「日」作「堂」。要無害爲作家而已。《田園秋興》云「雨餘田水繞籬斜，引滿小池堪漚麻。昨夜西風月明裏，嫩黄吹綻木綿花」，《人影》云「進退未曾離此身，由來同調似相親。除真畢竟誰爲假，認取分明假是真」，《閨怨聞鵑》云「應是子規啼不眠，聲聲聽到五更天。如今縱斷妾腸盡，莫破良人歸夢圓」，《移居》云「欲寄萍蹤賃一軒，前臨市巷後田園。殷勤多謝東家竹，分得清陰便到門」。

碩夫有《張良》詩云「當時豈啻爲韓計，畢竟暴秦天下仇」，可謂入留侯之胸臆者也。

又《紅梅》云「一種孤山別樣春，橫斜纔認舊精神。由來皎潔無容處，學得醉妝還可人」，是祖坡老「酒暈無端上玉肌」，轉化入妙，殆無痕跡。非文墨者不至於此。天龍義堂《紅梅》云「誤被春風吹夢去，長安市上酒家眠」，步驟頗異。以碩夫詩比之，又落第二流矣。［補］

順菴、徂徠二先生勃興，海內詩風一變，爲唐爲明，獨有堀南湖、江兼通、富春叟張旃幟「張」上有「自」字，不肯北面「面」下有「受其縛」三字。爲其徒者以爲詩家之正統，不爲其徒者以爲僭僞之國，要未得公論。夫三子者以己之所好，不阿彼之所爲，與耳食雷同之徒固有徑庭，可謂有特操也。南湖名正脩，字身之，與從弟景山同仕藝侯無「從」字，實杏菴先生堀正意之後也。如「閑計孤藤杖，老身一紙衣」，「曲渚舟橫草，深山鐘度花」，「野梅過雪吐，山鳥畏人飛」極妙「極妙」作「亦有奇亦態」，而《日本名家詩選》於二堀不録一詩，可怪「可怪」作「不無遺恨」云。

江兼通若水詩宗晚唐，或入宋調。南郭諸子目爲晚唐，江君錫獨謂肖陸放翁。兼通詩才出富春之上，居南湖之下。《杜甫醉歸圖》云「杜甫」上有「才情洋洋風度蕭散」八字「浣華溪上醉如泥，右倚吟笻左小奚。步步玉頹歸去晚，草堂隔在野橋西」，《秋思》云「秋滿深宮燈影寒，蛩聲攪睡到更闌。

珊瑚枕上無窮恨，分付絲桐向月彈」，《長信秋詞》云「團扇抛來風正秋，鬢雲慵整玉搔頭。獨憐金井梧桐葉，載得人愁出御溝」。見此數首「見」作「觀」，「首」作「詩」，爲肖放翁，未知言也。

富春山人，即徠翁《峽中紀行》無「徠翁」二字稱「田省吾」者是也。姓田中，字日休，居攝州池田作「卷跡于攝之池田」。與江子徹兼通、僧百拙爲詩友，著《樵漁餘適》八卷。奇詭放散「放散」作「自放」，間有淺切之語，然亦肺腑中流出者也。如「鳥飛摇樹影，牛過激溪聲」「風起乍鳴竹，雪殘方認梅」「萬卷曾非沽譽設，一竿實爲釣魚謀」「心托龍泉獨慷慨，身扶鳩杖自婆娑」「杏邨春日催花雨，松寺秋宵落葉風」「坐釣鷺邊風和日，行歌犢外雪消時」「柳垂新帶風煙態，梅瘦曾經霜雪姿」，又可傳矣。

余暇日評本邦詩家，以白石、蜕嵓、南海、南郭、南山南部思聰、鳩巢、東涯爲稱首。白石典雅富麗，刻琢精妙，亦人中之麟鳳，藝園之正朔，如三神山在海水縹緲之中，丹樓參差交影，可見不可至也。蜕嵓豪壯奇偉，變化百出，奇正互用，殆不可端倪，温藉少讓，縱横有餘，本邦詩人涉古未有之，如李晋王兵發太原，旌旗蔽日，戈戟刺天，而部下自一多胡人。南海概有明初語，濃艷秀拔，如趙皇后舞蹈于堂上，楊太真出浴于華清，秀色可餐，而少老蒼之態。南郭紀律嚴正，而有頌容，如輪扁作輪，手得心應，又如周公負扆朝諸侯，威嚴可畏，温和可愛。南山意思圓熟，如林處士泛舟西湖，優遊自得，不知世間又有富貴。鳩巢體裁頗大，如曹參當國，寧失質野，能負大任。東涯平淡率易，如昭烈皇帝遇諸葛丞相。余一日在友人齋頭，閲《紹述集》，不覺日晷移。戲謂其人云：「余坐了春風半日。」［補］

有女子而涉詩賦者，京師古春阿留，東都桃仙。如立花氏、井上氏，諸選已録，今不具舉。桃仙年十三，自書所業，付於剞劂「剞劂」作「劂工」，名曰《桃仙詩稿》。《漁父》云「破笠短蓑一釣船，生涯只自任風煙。蓬窗午夜夢回後，空對蘆花明月前」，《詣祖墓》云「推根報德是人倫，皮骨誰分太父身。他日陪君文若意，昔年撫我祖劉仁。抱恩罔極子還子，遺愛豈忘親亦親。到此淒然風木恨，荒墳空見緑苔新」。古春阿留，共見《扶桑千家詩》。於戲！彤管之煒，一胡至於斯。以今日比之，不啻寥寥。風俗陵遲，真可慨矣。「矣」作「哉」

有農估而工篇什者，大井守静、唐金興隆、益田助鶴樓、入江兼道若水、端隆。如鶴樓、若水，人皆知之「人皆知之」作「已録」。守静出《詩史》。興隆，泉南人，有陶猗之富「富」作「名」，堂曰「垂裕」。擇垂裕堂八景，歷請諸名士「諸名士」作「天下名匠碩儒」之題詠此下有「白石、鳩巢諸先生集中稱《垂裕堂八景》者是也」十八字。端隆，江户人「江户」作「京都」，徙居京師，夙有詩名。

村上友佺，京師醫官，與坦菴伊藤宗恕、仁齋友善。其詩渾成「詩」下有「清新」二字，有古作者之風「風」下有「余比諸南山東涯，實爲勍敵」十一字。五言「溪聲寬酒渴，秋色役吟魂」「竹風吹不休，老境又逢秋」「處世無長策，搔頭有亂絲」，七言「何處青山竢吾骨，誰家白酒解人愁」「一炷香煙微雨後，滿簾花影夕陽前」，絶句《閨情》云「井梧霜重艸蟲悲，正是孤牀不睡時。山月映窗燈映户，良人今夜在天涯」，《暮雨送人》云「歌罷陽關淚濕衣，橋邊楊柳緑依依。離恨偏似風前絮，故向征人馬上飛」，余特愛誦其《冬夜憶亡友》詩無「愛」字云：「四更雨息月昇廊，薄薄衣衾夢不長。永夜孤燈雙眼淚，老年多病滿頭霜。新知那似舊知好，生别仍添死别傷。爐底灰寒殘醉盡，此宵誰是鐵肝腸「腸」下有「悽愴有味」四字。」

仁齊詩才與友佺雁行，爲學術所蔽，往往人不稱其詩，亦不幸也「不幸」作「一厄」。《五月雨》云「梅雨街頭水漫流，開門風氣似深秋。南鄰北舍人行絶，自拔板橋爲小舟」，《北野即事》云「北野祠前千樹梅，殘葩寂寞晚風開。月明末上林塘上，空逐暗香過野臺」，《題梅花圖》云「雪深湖上獨家村，招得梅花枝上魂。驛使近來音信絶，一尊看到月黄昏」，高雅清俊，亦可見其爲人也無「高雅」云云十一字。

渡邊宗臨，字道生，號正菴。父益西，家日向延岡，應有馬侯直純之聘。正菴幼而好學，成童遊京師，兼通儒醫。時屬干戈戰争之餘，文教掃地，況鄉處僻遠，人不知文學。正菴日講藝授徒，門徒數百人。至侯之子康純，以正菴爲嗣君侍讀無「之」字。後嗣君寵昵嬖臣，正菴與其傅諫之。不聽，逐其傅，併錮正菴「不聽」九字作「故以禁錮」。居二年，得歸鄉，猶不得往他邦接士人。正菴亦不樂宦仕「亦不」五字作「不復仕宦」，鬻藥爲業。時年四十餘，奉導子弟，日徜徉乎花塢清泉之中「時年」以下至「清泉之中」作「元禄己卯歲卒，嘗」七字。有詩云「活計田三畝，羲皇千古心。十年何所得，松竹四鄰深」，又云「半畝丘園半畝池，更無塵事到茅茨。山間明月清風外，一二病夫來請醫」。元禄己卯歲没無「元禄己卯歲没」六字，有「瀟灑可愛」四字，具見于《紹述文集》無「于」字。

《日本詩史》云無「日本」字：「閲鶴樓詩，殊無佳者無「殊」字，要緣諸名士不朽耳。」余云：鶴樓好詩，不歷鍛鍊「不歷鍛鍊」作「而乏推敲」，所以多拙累也此下云：試舉其一，《夏日江村》云「鸕鷀争浴弄斜暉，竹裏人家竹四圍。片雨送雲山色浄，回風颭岸□煙微。孤舟渡口漁翁去，獨樹西邊浣女歸。林月未昇江路黑，白蘋紅蓼繞柴扉」。第八句犯第二句，「溪邊」「江路」又相干犯。然不無佳句此下有「摘録于左」四字，五言「草淺風吹水，林疎月到庭」「水緑冰依岸，山明日映霞」「霽雪生山氣，流澌弄水光」，七言「竹打敗窗霜氣冷，香飄深壁水沉寒」「細竹林中新迸筍，斜枝葉底暗藏梅」「樓前風雨中秋色，笛裏關山獨夜心」「翻經竹氣漸侵榻，洗缽荷香欲觸衣」此下有「林端夕日開樵徑，竹外寒煙繞釣磯。鶴樓親炙于白石先生，尤有年矣。筆墨徑蹊，先生實開之。如此數句，誰謂不佳？豈有緣人不朽田伯鄰乎〔一〕」。

又云：「《桐葉編》卷末附載竹溪詩數十首無「附」字，跋亦竹溪作。而無序，以朝紳和歌一首代之。竹溪，余未詳其人。以先師笠原雲溪遺稿爲翫弄具，爲售己名奇貨，輕薄亦甚。」余讀之而實鄙竹溪之爲人。後得《桐葉編》，徵君錫之言，卷首實有和歌一首及竹溪小文，然卷末所附竹溪詩者，乃書估栂井秀信之所爲，題曰《竹溪遺稿》。蓋竹溪嘗選録《桐葉編》，剞劂未成而没。秀信因附其師之集後，以謀不朽，亦自美意。竹溪無毫與焉「無」上有「固」字。君錫尤之，真寃矣哉！

望富岳詩，諸家所難，前後作者共不得真面目。或曰「白扇倒懸」，或曰「四時覆絮帽」，皆兒童之見也「見」作「言」。至秋玉山一洗舊套，不落喁喁細響「不落」六字作「爲雄壯之語」。其詩云「帝掬崑崙

〔一〕田：底本脱，據《孜孜齋詩話》補。

雪，置之扶桑東。突兀五千仞，芙蓉插碧空」，起語壯則壯「語」作「承」，然似崑崙特大，若當詠崑崙，以富嶽爲崑崙一掬之雪「掬」作「片」，無「之」字則可。落句「插」字摸寫入妙，要無害爲傑作。近時栗山先生作「柴學士」亦有此作，云「誰將東海水，洗出玉芙蓉。蟠地三州盡，拂天八葉重。煙霞蒸大麓，日月照中峰。獨立元無競，終爲衆嶽宗」，一時傳播，稱爲傑作。然竟不如妙法院堯恕法親王詩，云「稱爲」八字作「在人耳目，亦自秀拔」，「堯恕」七字作「親王堯恕有詩云」「士峰天色冷，屹立曉霞紅。飛出青霄外，倒沉蒼海中。浮雲來往變，積雪古今同。壓盡衆山頂，獨能鎮日東」，起語少劣「起語」上有「真爲傑作」四字，頷聯千古絶唱。猗蘭侯《望岳》云「雲霞連大海，日月宿中峰」，暗合栗山語。（此下有「豪而不粗，質而不俚，言得如此，恐無復人有措手處」二十字。）

蛻嵒先生《望嶽》詩，襲黄牛峽古語。於翁之伎倆固不足言。

詠新嫁娘詩，往往見於諸家集中。徠翁云「小姑是阿姐，大姑是阿娘。但愁未嫁日，不慣喚吾郎」，服仲英云「夙先夫婿起，斂鬢暗含羞。未慣新婦事，都就阿母謀」，餘熊耳云「三日媵婢去，書字報阿爺。只言舅姑好，不言郎如何」仲英詩在熊耳之後，江北海云「隨姑厨下立，承命試調羹。未熟家僮面「僮」作「郎」，時時誤喚名」。徠翁含蓄，所以爲冠。熊耳婉曲，次之。仲英、北海，不免塵詮「不免塵詮」作「亦自陳套，斤兩相當，又次之」。二子稱爲工脂粉之語「稱」作「固」，而不及二翁。所謂「尺有所短」也。

秋玉山《鸚鵡杯》云「綺席飛杯醉，争傳鸚鵡名。何須更作賦，狂自勝稱生」，高子式亦有此作云「亦」作「又」「有杯呼鸚鵡，飛時春酒流。假我能言語，欲吐萬古愁」。玉山尤工五絶，而比諸子式，實爲天淵。然亦一日短長，不終身優劣。玉山五絶得意者「得意」作「可傳」，不啻子式之不及矣。

鵜孟一士寧爲性愛才，服仲英羈旅不能自存，孟一衣食之，後遂爲服翁義子。安文仲亦得孟一之顧眄，能成其業。孟一有《桃花園集》。與孟一竝時者有安文仲、菅習之、菅道伯諸人，大抵詩才相敵，千詩如一詩，讀之則恐卧矣。其名不朽，殆天幸矣。［補］

南宮喬卿、劉文翼、紀世馨，三子同時，雄視一方，亦魯衛之政也。六如上人初學詩于文翼，文翼有《龍門集》。

藤文二《日本名家詩選》無「日本」二字載文翼《楚宮詞》云「爲有細腰宮女妒，瑶姬夢裏不曾來」，是沿襲高太史《楚宮詞》「細腰無限空相妒，不覺瑶姬夢裏逢」，而意義淺露此下有「所謂屋下架屋也」七字，不足採録。

又載江北海《送皤溪上人還鄉》云「北海」作「君錫」，下同「遥知故國青蓮色，不改清香待汝歸」，結句全襲唐人「不改清陰得我歸」之語。文二收之，真選録之難也。北海自有好詩，《題太真竊笛圖》云「金鞍齊立五王馬，苑外打球楊柳遮。内殿無人鸚鵡静，倚欄潛奏落梅花」，《落葉》云「玉殿西風冷碧羅，琳池秋水晚來波。美人休奏哀蟬曲，落葉紛紛白露多」，《漢武帝憶李夫人》云「漢宮明月照流黄，錦帳偏懷傾國妝。玉露凋傷連理樹，金爐髣髴返魂香。秋風有恨横汾水，良夜無心宴柏梁。萬里瑶池猶寄信，松楸咫尺斷人腸」，練辭秀整「秀整」二字互易，極是佳處「極」作「大」。細玩其詩，似學謝山人者也。

緇流之詩，以法霖、百拙、萬菴、大潮爲巨擘，元政、月潭、無隱、若霖、文川、凍滴次焉〔一〕。如萬菴、大潮諸公詩名箕斗，亦不煩言。月潭名道澄，有《龍喦》《喦居》二集此下有「語語性靈，不拘拘軌紀，亦道人之詩耳，今摘其穩當者數首」廿三字。《秋夜宿即覺山房》云「偶來尋逸士，就宿古梅峰。犬吠風鳴竹，鳥驚雨打松。燈花開又落，茶味淡還濃。夜久清潭罷，卧聽草下蟲」，《登月輪山》云「溪行數里聽流泉，又踏嶮巇上碧巔。萬簇雲霞紅映日，千章杉檜翠參天。殘僧有屋庭堆葉，古像無龕爐斷煙。藤相遺蹤荒寂甚，夜深誰對月輪圓」，《雪中作》云「四野寒凝雲色彤，須臾瓊屑滿長空。庭前笑對梅妝臉，崖畔憐看竹曲躬。歸鳥迷棲林上下，獵人失徑磵西東。灞橋騷興非吾事，獨憶鼇山晏坐翁」。文川學詩于梁蜕喦，著《文川集》。凍滴學于龍草廬，頗有才思，著《豹隱集》行於世。

小倉尚齋，名貞，字實操，與縣周南共爲長藩文學，著《唐詩趣》八卷行于世。然諸選不録一詩。余嘗得其《秋郊》七律一篇云：「孤村接野草離披，脩竹斷橋懸酒旗。風散乾紅楓滿徑，雨添寒碧水侵陂。高田人帶殘陽穫，隘巷家交疎靄炊。解印知歸是何者？古來唯有老陶辭。」極佳，以當時徠學大行，家尸祝王李，風尚殊異，其名湮晦，可嘆也。「極佳」以下作「剪裁頗工，乃是宋人佳語。以當時徠學大行，詩風一變，童子耻爲宋元語，故其名湮晦，可嘆矣耳」。

〔一〕滴：底本訛作「適」，據《譯註先哲叢談後編》卷八改。

金華山人倜儻使氣，人稱爲狂生。嘗有言曰：「圈發去聲，句讀一寸五分。」其所作亦有此意。物門諸彥乘月賦詩，金華沈思久之，蹶然拍髀曰：「吾得之。」人問曰：「所得何也？」曰：「唯得『明月』二字。」

猗蘭侯不能詩，如「曉天來急雨，暑去早涼新」「仲秋空月色，夜雨草堂中」「百杯百杯又百杯，黃鳥一聲酒百杯」，可見其一。《春日村居》云「青雲何所樂，高枕是生涯。心静看彌静，疎花日夕佳」，瀟散有味。［補］

筑波山人師事尚南先生，夙專詩名，才華亦自爲諸子之冠。如「談舌澀如訥，醉顔笑似猿」，殆不堪胡盧。予愛其咏野史詩中有《妓王》，落句云「日晚嵯峨人不見，孤燈汀月照幽棲」，趣味雋永，不耻其師。［補］

余夙聞浪華葛子琴工詩，後得《野史咏》一卷讀之「讀」作「誦」，中收子琴詩特多「中收」七字作「愈服其才思工妙」。《源義朝》云「文公駢脅便逢害，智伯頭顱孰乞憐」，《紫式部》云「澄心風月秋三五，寫思鶯花貼六十」十平用，《安倍宗任》云「獄中春發梅花色，幕下風高大樹枝」，用事穩貼，真才子也「真才子也」作「亦人所難」。

《野史咏》中有岡元鳳《咏楠正行》，音調清暢，氣格高雅，實壓倒諸子無「實」字。云「南朝興廢向誰論，芳野雲深護至尊。臣節寧忘王紐解，將門復見父風存。連枝棣萼傳遺愛，一樹梗楠守古根。不負精忠能報主，殘陽淪没鶺鴒原」。

弊帚詩話下卷

東涯先生作「伊東涯」《仲春偶書》云「午睡醒來困，又逢問字人」，又《平明》云「問奇人未到「奇」作「字」，隱几讀毛詩」，二句寫出書生之態，妙不可言。非居其境者，胡能解得此意？

東涯好用「半日閒」字。余所手抄《東涯詩集》二卷「集」作「抄」中用三四十箇作「其中凡用三四十」。

徂來好用「何物」字「好」上有「又」字，如「何物芙蓉落日寒」「何物梅前吹斷笛」「何物白雲晨自媚」「何物袈裟來映好」，可厭甚矣。

著作之富，以伊東涯、室滄浪、服南郭作「服子遷、室滄浪、伊東涯」可爲第一，高子式次焉。近時蕉中師亦有集五十卷，可謂盛矣無此一句。江北海作「君錫」《日本詩選》評云：堀南湖平生所作殆且萬首此下有「可謂盛矣」四字，若夫萬首詩，日課一首，積三十年而始得焉。如南湖者，求諸異邦，夫梅都官、陸放翁流亞也。

室滄浪前後文集三十卷。從東都赴賀府途中，所得「得」作「作」四十三首，其精力可見「精力」作「勤苦」。大抵人在久役，罷倦廢事，不能一日得一詩「詩」作「首」。況彼道途不出十日，而得四十三首乎？余嘗聞之松窗先生無「嘗」字，平澤旭山「旭山」作「弟侯」足迹殆遍天下「迹」作「蹈」，所到投宿，必先取一日中所見所聞，筆而藏巾笥，後遂成編。前輩用意有如此者。

物徂來意在輓回舊弊無「在」字，强爲高華峻拔之語，然集間有不類平生所作者「集」下有「中」字。《次韻芳擔子侯冬曉之什》云「園林簌簌不知冬，夜宴彈殘風入松。竹火籠灰侍兒睡，忽聽城上五更鐘」，「櫳月瓦霜寒弄冬，西園仙籟滿杉松。五更夢斷何情況，一樣花時長樂鐘」，又《田家即事》「田家女子厭蠶桑，多學東都新樣妝。恰是年年官債重，賣身好與冶游郎」，是戲言中又諷時事者也。《江上田家》「門巷隨江曲，田家籬落稀。岸低洗耕具，雨霽曝漁衣。小犢負薪飲，扁舟刈麥歸。兒童沙上戲，鷗狎不高飛」，可謂田家寫照。如《關山月》《雲夢歌》《古城》《秋望》《閒居》，可爲合作。又多大拙大俗者，「諸子紛紛與雨來」「還憐熊府熊生聘」「巧似宗元在柳州」。《餞野撝謙祗役三河護送朝鮮聘使》云「日本三河侯伯國，朝鮮八道支那鄰」，《寄别野撝謙》「海驛元通池鯉鮒，别來尺素數相聞」，《藤豫侯見枉艸堂》云「白馬銀鞍金錯刀，使君騶從塞江泉」，如是數語「語」作「句」，將爲乃公沉諸江中，藏其拙而已。予常愛其《踰界河》詩云「土人争看傳車間，麈尾遥麾落日閑。自古峽陽應罕見，風流使者問名山」，《塞上曲贈湖中二子》二絶，皆余所愛。

石徵士之後，隱者而巧詩「巧」作「賦」，余得三人，曰平嵩仙桂，曰鳥山碩夫碩夫前録，曰澤村琴所。仙桂初爲母執質于加賀侯，後仿徵士之嘉遁，移病歸東山泉湧舊業，以詩賦自娱「自娱」作「終焉」。徵士遺言，以六六山堂附與仙桂。仙桂素不近名聲「素」作「固」，臨終「終」作「易簀」火其詩艸。後賀府大澤猶興「後」上有「爾」字輯録遺篇名《爨桐集》，往往有佳句：「紅葉一溪水，青苔半徑霜」「溪中薰細菊，塘外倒枯蓮」「梅分疎影一簾月，松送清音孤洞風」「高原静睡耕牛晚，細雨斜飛乳燕天」。此一條移在下卷之首。

琴所名維顯，字伯揚「揚」作「陽」。爲彦根世臣，以病退居城南松寺村，築松雨亭。絶意于仕途，左琴右書，赤貧如洗，晏然不屑「屑」下有「意」字，遂能終其操。有《琴所稿删》二卷此下有「詩體類其爲人」六字，風流温藉「温藉」作「清新」，尤爲可愛。《即事》云「幽齋讀書罷，静嘯岸烏紗。遥見前邨暮，歸牛渡稻花」，《滋賀懷古》云「湖水悠悠王氣空，禁城陳跡浦雲中。山花不解前朝恨，依舊飛香輦路風」，《悼亡》云「琴屋無人漏滴遲，空牀卧誦斷腸詞。海棠枝上三更月，卻似昔年雙照時」不載《滋賀懷古》、《悼亡》二首，《秋夜彈琴》云「醉把焦琴獨自彈，古松風定夜方闌。朱弦一曲千秋淚，回首西山落月寒」。江君錫收其《病中作》入之《詩選》，一字一淚無此四字，實肺腑中之語也。伯揚事迹具於釋慧明《行狀》、野公臺《墓誌銘》，因不贅言。

晚學而知于世者，江君錫、僧無隱。夙成而不殞厥問者，衹南海、梁蛻嵓、南國華。無隱三十而始學詩，且有道德云。南海夙成，在口碑久矣。蛻嵓年十二披髪而爲儒者，國華年十三「年」下有「甫」字從父來于江都「江」作「東」，賦《東天台》五言古風二百句，膾炙人口，真奇才也。孫嘗聞北海二十而始讀書，亦可謂晚學。故采入。柚木太玄《北海詩鈔序文》云：「先生本姓伊藤氏，龍洲先生之次子。以其舅氏在播之赤石，先生少時數遊其地，頗習武藝。而赤石文學梁蛻嵓一見奇之，諭先生曰：『伊藤氏西京儒宗，以子之才，何莫由其道也。』先生大然其言。還京，潛心典籍，屬精鉛槧，晝夜無倦。四年學成，與令兄君夏先生、令弟君錦先生聲譽並高，世稱之伊藤氏三珠樹。」無此注。

大地昌言，夙有神童之稱，年十三有《壽白石先生》七言律詩，土孝平亦十四有《壽白石》律詩，共見《熙朝文苑》附詩。土詩云：「絳帳迎春淑景融，瑞煙籠日曉光紅。摳衣已立三年雪，負笈新承二月風。晉代賜書皇甫謐，漢家議禮叔孫通。群賢齊獻南山壽，正使大名傳不窮。」昌言詩云：「武昌柳色映春臺，坐上迎賓清興催。日暖金桃臨徑發，微風青鳥近筵來。樽前長對千秋嶺，花下頻傾萬壽杯。獨步詩名人不及，高歌一曲見豪才。」以昌言比土氏，固非其敵。而文苑不著姓字履歷，不知土氏果爲何人，深爲遺恨。後閱《停雲集》云：「土肥元成，字允仲。其姓平，號霞洲，都武人。允仲生而聰悟，及其能言，授書即成誦。六歲賦詩，常山義公觀以爲奇。文廟潛邸之日，召對講以《論語》《中庸》等書，論辯甚明。且大書其所賦詩，筆勢遒勁。于時年十一，元禄癸未秋八月也。乃命爲侍讀。」由是觀之，孝平爲允仲之通稱，亦未可知也。嗚呼！寸松雖嫩，已有淩雲之氣，宜其有盛名於世矣。昌言，賀府人，室師禮之甥云。［補］

世知菅麟嶼十二爲博士，而不知土肥允仲十一爲侍讀。蓋麟嶼英妙之資，加以物徂徠之揄揚，其徒之爲曹丘生者不尠矣，因之聲名焕赫于一時。如其學術，予未有考。若夫著作，固不能當允仲、國華之一臂力。《閑散餘録》載五言絶句四首，平平耳。平上有「亦」字。此句下分注：「《日本名家詩選》有麟嶼五絶一首，不甚佳矣」十七字。

《熙朝文苑》選次不倫，且其所著録作者名氏，或名或字或號，或稱某氏之類，雜錯無義例。中稱雍丘者，即土肥允仲也。夢澤氏之鹵莽，一何至於此。［補］

《文苑》卷末附載夢澤氏詩若干，《雁宕宅集》云「主人高卧意如何，興滿尋常酒若河」，《贈養甫》云「憐子敝貂處處穿，醉來用盡阮家錢」，《寄入江若水道人》云「高卧若君堪養痾，無心問世上如何」，自運已如此，其所揀擇亦可知而已。[補]

千村諸成，字伯就，夢澤長子。《詩史》云「字力之」，蓋其初字也。《詩史》摘《崑玉集》所載，以爲天授才敏，大逾乃翁。予更就《自適園集》中摘其佳句，實乃翁之所不及也。五言云「涼夜風篁影，秋城月柝聲」，七言云「推窗影落疎桐月，煮茗聲寒萬竹風」「疎松影動微風夕，細草煙浮宿雨餘」。張三影之後又有之子。張三影即張子野。[補]

伯就《悼林生》云「且憶茂陵秋雨後，文君壚上一燈孤」，自注云「林生酒家，結句因云」。予云：壚，酒區也。相如令文君當壚於臨邛者，特招王孫之憐，一策而已。豈於卧茂陵之時，尚使諸當壚乎？可謂牽强。[補]

平户白石榮，字子春，著《桃花洞遺稿》二卷。子春來于江都，執謁江子實，頗善文辭。其學主經濟，於經義亦有見解，實一奇士也。與龜井道載爲友，《酬道載》云「白頭吟就人何處？四壁依然司馬樓」。「樓」字爲韻所牽，故致此孟浪。要之詩似非所長。况其七言律亦僅僅三四首，真管中一斑，不足盡全豹耳。所著有《老子後傳》云。然人無知之「之」作「焉」。不知遐陬絶境之士，終身苦學，而不免與草木同朽者殆鮮矣。噫！

子春絶句，間有可傳者，《和贈屈皋如種菊作》云「東籬春雨後，種菊主人家。我本轉蓬客，何期九月花」，《薄香詞》云「不欲生男兒，生女愛如璧。男長僅打魚，女長多留客」，《柳窟詞》地在東肥河下云「朝看長河水，昏看長河水。河水朝昏緑，郎懷定何似」，藹然有古意。

服子遷初稱入江幸八，江子實亦稱入江幸八。

稱玉山者二人。一肥後秋儀，字子羽，著《玉山集》前後篇。一薩藩人，著梅菊各百詠者，出《東厓文集》。

《昨非稿》者，東厓也；《昨非集》者，僧梅莊詩鈔也。松秀雲、赤松勳之集「之」上有「二子」字共名《敝帚集》。

江忠囿號南溟，山根泰德亦號南溟，共有集三卷。泰德字有鄰，子濯次子。有《病革》詩云「病骨從來厭世氛，幽明一路忽將分。自今欲借仙禽翼，遠擊蓬瀛萬里雲」。赤穗赤松鴻《易簀》云「一謫人間八十年，今朝數盡再歸天。夜來試向雲端望，猶有光芒映斗邊」，此老豪氣至死不除此下有「人所難也」四字。余特愛石仲車名有，號鶴山。鎮西人《辭世》云「特」作「獨」，「辭世」作「易簀詩」「玉皇使者自風流，四十七年花月遊。今日朝天餘一恨，主恩海嶽未曾酬」，風雅之情，忠厚之志，隱然形見於言外。比之前二作，固有徑庭。

横尾文介，號紫洋。有《臨刑》詩云「誰憐五十一春秋，埋去煙嵐深處丘。不遂青雲平日志，空餘身後有吴鈎」，又有《過田代驛》「西歸何面目，千里檻車中。忽過田代驛，懷君啼淚紅」，驛有故人，故末句及之。文介，佐賀侯臣。有犯其國禁，因被刑云。初來東都，居城南赤羽，以舌耕爲業，頗有從學之士。痛矣哉！不得其死然。［補］

細合半齋，名離，字麗王，號斗南。蕉中禪師《懷麗王》詩「憶昨周旋權貴客，稱君北斗以南人」，自注「麗王號斗南。朝鮮成士執嘗向余稱『合生北斗以南一人』」。麗王聲價高於一時，然其所作殊無可誦者。余藏《京遊别志》一卷，無一詩佳者。《小草初篋〔一〕》所載「小」上有「唯」字回文律詩三首，稍足償聲價。

祇南海一日百首，實無一句雷同者。唯「銀箭莫相催」「虬箭無相催」二句相干而已。可見胸中所蘊不啻一百首。

南海再作一日百首，時原玄輔、埸白玉二人擇題。白玉號金山，諸選不録白玉詩，事迹遂不可考。要之與木門諸彦周旋於藝苑「彦」作「才髦」，定不碌碌者。

長篇，室滄浪爲第一。有贈韓人二百二十韻此下有「本邦權輿以來所未曾有也」十一字，其「其」下有「餘」字長律如五十韻百韻，往往見其集中此下有「南國亦年十九，有《除夜贈白石先生》一百韻」十七字。或云柳川三省嘗以二百韻律詩贈韓人，未知然否。

《詩史》云：「或問余曰：『子極稱白石，詩至白石蔑以加乎？』曰：『非也。如天授，誠蔑以加矣。「授」作「受」，下同。若夫揣摩鍛煉，尚有可論。要之天授之富，吐言成章，往往不遑思繹，是以疵瑕亦復不鮮。』」亡友島田櫟齋嘗語余曰無「田」字：「白石先生天才超凡，猶不厭改竄「猶」上有「然」字。

〔一〕篋：底本訛作「筐」，按今存日本永安五年（一七七六）版《小草初篋》，據改。

某得見其詩艸一卷，再四塗抹，終無初作。君錫之言恐非。」「君錫之言恐非」作「君錫傳聞之誤」。

又云：「白石《送人之長安》絶句云『紅亭緑酒畫橋西，柳色青青送馬蹄。君到長安花自落，春山一路杜鵑啼』，四句中二句全用唐詩。夫剽竊，詩律所戒。而鍊丹成金猶可言，以鉛刀代鏌鎁，將之何謂？『草色青青送馬蹄』，本臨岐妙語。草色送馬蹄，言春艸承馬蹄。以柳代草，蹄字無著落，殊爲減價。此下有「云云」二字。」余云，馬蹄猶曰馬行無「曰」字，言無到處不春色也。是深春景致，爲第三句張本者，不可謂無著落矣。若夫《采蓮曲》云「紅粉青蛾照素舸，南風吹起采蓮歌」，下句實明人警拔此下有「往往在人耳目」句，代斷以起，似覺劣弱。然亦此下有「千百中一而已」六字白壁蠅矢，固應無損其價。

偷詩有三，偷其語者爲之下。白石《老少年行》云「君不見東家阿嫗年七十，夜來向市買燕脂」，南海《老矣行》云「東鄰妖嫗尚效顰，夜買燕脂佩鷄舌」，白石《送春》云「歸意蘼蕪緑，離情芍藥紅」，北海《春江花月歌》云「離情寂寞蘼蕪緑，愁心生憎芍藥紅」。二子以詩鳴者作「二子詩名所人知」猶且如此，況其他乎？

蜺嵓《賦得春帆細雨來》云「東風十里煙波黑，楚竹湘山不可知」，清君錦《雪夜泊舟》云「中宵聊試推篷望，楚竹湘山不可知」，是亦「生吞郭正一」也。

室鳩巢「鳩巢」作「師禮」，下同《春日思親》云「憶昨辭家行役時，春來秋去欲歸遲。朝朝陟屺兒悲母，暮暮倚閭母泣兒。豈謂彩衣爲素服，忽將死别變生離。泰山如礪河如帶，此恨綿綿無盡期」，全首剽竊許魯齋《思親》詩，於名家最可愧矣。許氏《七月望日思親》云無「於名家」至「思親」十五字「將謂百年供色養，豈期一日變生離。泰山爲礪終磨盡，此恨綿綿未易衰」，又《九日思親》云「兒望母時兒哭母，母尋兒處母啼兒」。夫沿襲，古人有之，雖老杜、大蘇，猶不能免焉。或有述者卻過作者，在爲之如何耳。若夫王元之暗合杜語，地位已逼，不足深怪。鳩巢此作，步步摸寫，形跡出露「出露」二字互易，亦不可謂暗合，況結語全用白傅之語「用」作「是」？未知鳩巢意思如何？

趙師秀有句云「麥天晨氣潤，槐夏午陰清」，鳩巢《賦得首夏猶清和》云「鳩巢」作「師禮」，無「得」字「麥畦晨氣潤，竹徑野涼微」，已爲可笑。挽近田叔明《田家夏興》云「麥秋晨雨潤，槐夏午風涼」，不堪絶倒，真鈍賊也。

物徂徠《暮雨送人》云「陌頭楊柳垂，相送雨昏時。寂寂去人遠，濛濛匹馬遲。江聲鐘易濕，浦色艸應滋。寧問明朝後，吾心已亂絲」，韋蘇州《賦得暮雨送李胄》云「楚江微雨裏，建業暮鐘時。漠漠帆來重，冥冥鳥去遲。海門深不見，浦樹遠含滋。相送情無限，沾襟比散絲」「散」作「亂」。二篇語意酷似。作「二篇語意何其相似」。

松霞沼《青樓曲》云「歌罷不語還不笑，千恨萬恨在翠蛾」，祇南海評云無「祇」字，此下有「結句千古絶唱」六字：「君謂千恨萬恨在翠蛾，瑜謂千恨萬恨在兩句。」余云：霞沼結語全用武元衡「萬恨在蛾眉」，劣增二字耳作「纔增二字以爲七言耳」。南海遽以爲千古絶唱何「何」下有「如」字？

霞沼《寄南海》長篇落句云無「云」字「出門長笑海天碧」，亦用黄太史「出門一笑大江横」。

詩有意興相得，語意全同者，亦非剽竊。南郭草堂《春興》云「自忘雙鬢短，復對百花新」，赤松滄洲《春日偶題》云「遂忘雙鬢白，更對百花紅」是也。往年余在秩山，乘月散步，樹聲索索，犬吠寥寥，偶得一聯云「犬吠孤邨月，人行深樹風」，自以爲佳「佳」作「得」。後讀《松浦集》云「犬吠孤村月，燈明兩岸樓」，遂欲改前句，思意未屬，又讀《嬰桐集》云「犬吠孤村月，雁過高漢雲」，余因以爲意境之同冥契暗合，置而不改。

安藤子立語予云：「下總州生實者，我侯國初已來國之有，重俊院實先侯重俊所創造也。閣上望士峰，頗爲佳境。有一丐僧來請宿，住持某惡其形狀，不肯許。一沙彌閔之，竊宿於閣上。詰旦辭去，題小詩於壁上，有言云『海嶠山寺海嶠隈，落日三竿鳥不回。看取芙蓉千仞雪，恩光一夜自崔嵬』，不知所之。」[補]

《邵氏聞見前録》：「大學博士姜愚，字子發，京師人。學康節，登進士第。月分半俸奉康節云。」朱舜水投化，初居崎陽，坎壈一甚「一」作「尤」，且此下有「食不支夕」四字。安東省菴，柳川人，食禄二百石。聞舜水義，分其禄半爲柴米之資。二事相似，附載于此。

田鶴樓師事白石先生無「先生」二字，下「先生」作「白石」。先生没後，自矢不復執謁于他人。與陳後山賦《妾薄命》不見他師亦甚相類。如省菴、鶴樓，可謂勇於義者也。省菴詩見《扶桑名賢詩集》，《感春》云「往事悠悠心不平，春來春去兩傷情。釀愁嫩柳著煙重，流恨飛花逐水輕。梁上尋巢忙燕子，池邊添雨噪蛙聲。疎慵無意尋鉛槧，多少風光欠品評」。省菴有子名守直，字元簡，有詩才，亦見《名賢詩集》及《千家詩》無「亦」字，《雪》云「驕光透簾幌，助月映書車」《早行》云「野渡星初落，斷橋露未乾」此下有「《奉悼好青公孺人》落句云『自是湘江碧波闊，不知何處弄琴絃』」之語，《池端晚眺》云「云」作「絶句」「杖藜行盡叡山邊，處處煙雲欲暮天。遊客試窮千里眼，快風吹斷滿池蓮」。省菴有子如此，實積善之餘慶也。

秋玉山有《春宵觀秘戲圖引》「引」作「歌行」，雖一時之戲語，逐句用事，穩貼自在，莫見其安排鬪湊之跡，天下之奇才也無「之」字。爲言之醜，不附于此。

紀平洲《觀平氏西敗圖》歌行，十八歲作云。俊爽奇拔，近世不見其比。《日本名家詩選》所載土昌英《品川樓》詩，尤淺劣不足收録。［補］

秋玉山少時，嘗在國學，豪放不羈，日遊酒樓妓館，不復事文墨。書籍衣裘「裘」作「具」並爲烏有。當夏無蚊櫥，唯有衣籠，因穿一邊，帖之紗縠，常卧其中。有鄰舍生讀《班史》，玉山在中聞之。鄰舍生知其卧於衣籠中，一日戲之曰：「久不聞子讀書聲，不知夜來讀何書？」答曰：「讀《班史》耳。」其人云：「已讀《班史》，讀某傳乎？」玉山遂誦某傳五六紙，即鄰舍生昨夜所讀也。其强識概如此。

服仲英本姓中西《閒散餘録》作西村，誤，名元雄，號白賁，南郭義子也。其詩平淡温雅「温」作「婉」，有錢劉之佳致此下有「東都固雖人文淵藪，若而人亦不多得」語。《羽林郎騎射歌》，江君錫收之《詩選》「詩選」上有「日本」二字。縱使乃父代之，恐不可加。五言律頗爲多合作，君錫不收之此下有「《詩選》中」三字，殆爲欠事。天假之年，關東文柄孰能執之！予嘗云：仲英諸作不勤修飾，天性艷華「天」上有「而猶」二字，自然發形此下有「譬之毛嬙西子，不施脂粉，光彩自射人」語。今摘其佳句，五言《郊行值雨》「回看踏青處，煙暗野橋西」，《感春》「斷鴻迷暮雨，芳艸遍天涯」，《春日墨水泛舟》「水色侵楊柳，晴光映酒壺」，《南浦春汎》「汀煙蒸細草，岸樹雜垂楊」，《家君新營西莊》「雜菜荒秋圃，孤村冷午煙」，《十日松國鸞客舍集》「美酒盈尊興，黄花昨日秋」《奉和金井侯秋後登山縣城樓之作》「山城催短景，雨雪入殘秋」此下有「《送金井侯》：前途風雪暗，古澤曉煙微」，七言此下有「《醉美人》：玉柱謾移朱瑟調，金釵猶護緑雲斜」《寄江允清》「塞北雲陰仍雨雪，江東風物已芳菲」，《墨梅》「且懸夜月朦朧色，不辨春風南北枝」，七言絶句《送人歸隱湖南》「一片征帆碧水間，湖天何處向鄉關。到時應識紅顔老，暮景秋寒石鏡山」，《奉寄懷日出侯》「紫海秋光望欲迷，月明千里夜淒淒。趨陪誰共扁舟興，苦憶風流謝鎮西」。

南國、華伯玉，共髫年善書畫，可謂一社二妙。郡山柳大夫嘗問後素于伯玉云。予觀伯玉書《贈白石先生》歌行一篇，筆勢雅健，謝康樂不得專美於古矣。［補］

《周南集》曰：「丁未秋，從物先生泛舟墨水，群賢皆會，詩酒從容。時余將歸養，乃有『一爲參與商，此遊夢中過』句。明年先生易簀，數語遂爲永訣之讖。」此下有「云云，終爲徠翁之詩讖云」十字。

周南資性謹篤「篤」作「實」，物門之徒稀有其比，以故遺澤不斬。多士之選，天下共推萩府久矣無「以故」至「久矣」十八字。其詩雖無跌宕之氣，風流温雅，亦可見爲君子之人。如《弔滕舜政喪偶》及

《呈朝鮮李東郭》七言律無「言」字，尤爲可傳。又《馬關弔古》云「上皇非不憫孫帝，平氏自爲天下讐」，可謂一隻眼矣。

蜕嵓先生《稱呼辨正序》略云：「大抵文儒之癖，尚雅斥俗，甚者面目眉髮倭，而其心腸乃齊魯焉，燕趙焉，沾沾自喜，其勢不得不削複姓爲單也。忠信願慤，以道學自任。如中村惕齋，亦不免削村爲中，况於餘子乎？詩用地名，鑄俗于雅。陳國稱宛丘，燕京稱長安。雖異方亦然，此方謂武藏爲武昌，播磨爲播陽，筥根爲函關，若是類，斧鑿無痕，假用入歌詩可也。目黑稱驪山，染井稱蘇迷，芝門稱司馬門，天滿稱天馬，則小大不倫，名實俱亡，可謂兒戲已。夫改複姓之與革地名，二者亦唯翰墨社是用，殆不與俗士大夫相關，則宜若無咎也。其實蔑祖先紊輿志，罪莫大焉。」余按貝原益軒先生，亦嘗著《稱呼辨》，實爲先鞭。二先生之言，痛砭時弊，有惠於後學，不可勝言矣。然當時徠學大行，勝焰萬丈，雖二先生救時之心切，亦不能行。清田君錦之於蜕嵓先生，不啻親炙，又從仰其咳唾，猶且削田爲清，將時勢使之乎？甚則改易其姓，曰劉曰孔曰諸葛，不諱之尤，不容先王之誅者也。輓近稍有複姓，如小笠原、大久保，不肯削之爲大爲原者。嗚呼！二先生之言雖當世不行，至今爲烈。二先生而有靈，亦可少吐氣云。

唐徐彦伯，龍門爲虬户，金谷爲銑溪，謂之「澀體」。今詩人「今詩人」作「當今」鶴岡爲鶴陵，筥根爲函山，品川爲級河，亦澀體之遺志也。自古學者以文爲戲，有此弊矣。

平維章云：「徂徠翁，隅田川爲墨水，依《萬葉集》作墨多川，脩爲墨水，可謂風雅而不失其實。」

余云：東涯，博多爲霸家臺，依《海東諸國記》也。大儒之不苟如是。「依海東」以下作「猶可也，如某侯目黑原稱驪墨原，殆可笑」。

江村君錫云：「服伯和服部蘇門《送人之加賀》詩，用「賀蘭州」字。夫賀府三都之亞，而爲本邦第一大藩，人文不亦他邦之比。而借用邊地名，其誤甚矣。」君錫兄弟議論精密「議論精密」作「學問嚴精」，不知者以爲深刻，其實有覺蒙士之意，亦老婆心耳「亦」下有「藝苑之」三字，「耳」作「哉」。然以賀府比賀蘭，不特伯和。室滄浪《秋興》云「嵯峨白雲賀蘭山，鳥道開天咫尺間」，是在賀府作。

清君錦《孔雀樓筆記》云無「清君錦」三字：「服子遷《小督詞》有『御史中丞臣仲國』語。御史中丞，執法之官。又有御史臺不置大夫，以中丞爲長官之時。若夫使異朝人見此詩，大怪笑曰：『天子自敕執法貴臣，匹馬夜行，搜索逋亡之妾。』仲國時爲彈正大弼，職掌執法，而相當御史中丞。服子欲務雅其言，不意致是謬誤乎？當時彈正大弼，散官而非見職。天子私命搜逋亡之妾「搜」下有「索」字，亦不足怪也。直言彈正大弼，則縱使異朝人見無「則」字，彼素不諳本邦官職「素」作「固」，不爲意必矣。白石、南郭諸先生集，清估携歸，鬻於其國，不可無遠慮也。」此説一出，萬犬吠聲，相率和之。詠本邦事迹者「本」上有「其」字，直言小督局、佛御前，不失事實，是可也。其言鄙俚，將之何謂？先賢單稱小督，或脩爲佛妓，用諸詩辭，孰憂難知？亦索異於人而已「而已」作「耳」。頃日讀《皇都名勝集》「頃日」作「日者」，有猪飼元博《舟岡》詩云「摘菜公卿設春宴」，若示諸異邦人，則必謂身居重任「身」下有「已」字，以摘菜蔬爲遊戲無「菜」字，何其鄙也！所謂實用而害於詩者，黶子在顙則醜是也。此下有「抑好用本邦典故，宜如咏國歌矣，白石《容奇》之詩，一時機警，爲可稱讚」。

又云：予伯氏藏蜕嵓先生自書《月》詩有「細竹馴龙臥，喬林羈鳥驚」之句。後《蜕嵓集》板行，「喬林」作「喬柯」，意義共勝。可見七十老翁潛心藝文，不苟一字。［補］

《筆記》又云：梁蜕嵓、屈景山二先生，譽望高於世，不待予言。二先生自有絶萬人之德，無決非，無遂己，無妒才排勝己之人，無阿富貴。雖後生末輩之詩文，潛心讀之必兩三過。此等固雖儒者分上之事，能行之者甚少矣。惟此二條固不足盡二先生，亦可見其德量。

藍田東龜年《心賦》曰「曰」作「云」：「上國有聖人，德踰乎往號，澤溢乎八荒。嘗製儷語曰『日月燈，江海油。風雷鼓板，天地一大戲場』。臣竊觀之，至矣高矣，不可以尚。儻生其世，幸容余狂。」此指聖「聖」下有「人」字即清康熙主也。康熙之語更有「堯舜旦，湯武末」此下有「之言」二字，備前湯子祥嘗有言云「云」作「曰」：「無聖人，侮鬼神，實胡人哉！」不可謂過當論也。藍田之言雖一時激切之所使然，其言大害於事矣。蜕嵓先生「先生」作「翁」《和歌古史通序》譏「以和歌爲侏儷，以詩爲鳳音」者，况生我土，浴昭代之澤「浴」作「受」，以華耕，以心織，四體不勤，五穀不分，而稱臣于異邦主，且謂爲聖人，可謂不天日出處之天，而天日没處之天者矣。先時物徂徠勉欲爲高華語，而撓和習，崇尊唐山之甚此下有「愛其人及屋烏」，作《孔像贊》至稱「日本國夷人物茂卿」，終不免識者之譏。藍田亦徠門之徒，一味崇信徠學，至老不易，故有此等之弊也。予也淺學「淺學」作「不佞」，不敢指摘先達「先達」作「前人」，聊以寓鑒戒之意云。按：此一條在下卷首「東涯好用半日閑字」條之後。

弊帚詩話附録

芳洲先生口授云：余三十一歲舟泊勝本浦，夜坐得一聯曰「山近雲生户，林疎月滿樓」。五十歲左右《寄江若水》詩有一聯曰「斷鴻明月峨山曉，孤鶩長天滕閣秋」。七十五歲《寫真自贊》曰「論文敢向大家覓，煉句全從小説來」。懵懂一世，得此三聯。嚮在東藩，作詩出示荻生茂卿，輒蹙眉而嘆曰「醜醜」，可謂知己。

石原鼎庵者，長崎人也。客居東藩，有詩名。詣素堂有一聯云「晚潮通小竇，夜雨霽高枝」，霞沼擊節嘆賞曰：「今世只有此一聯！」每論詩必舉以示人。曩日君所言「明月高涼夜」，此一句可與石原相敵，霞沼不可起，無以此句相聞，可恨已！

余在朝鮮，與韓客數人會飲於艸梁項，吴引儀、金泰敬、李明叟在焉。一館生袖《南山環翠園》十律來示韓客，衆共圍觀之。讀到「雁歸、梅發」一聯，爲之靖然改容曰：「日本亦有此一聯耶？」明叟便起在東廂上，往來數遍，朗吟不已。引儀曰：「明叟來！　卿知此詩意乎？」明叟曰：「音調高，所以朗吟也。」引儀笑曰：「還卿實録話。此非卿所能知也。」泰敬曰：「此一聯妙則妙矣，惟『暗』字似乎婦人語。」引儀曰：「卿欲何字代之？」泰敬曰：「『卻』字如何？」引儀曰：「若用『卻』字，非詩也。」泰敬閉目半晌曰：「我誤矣。」以上三則，共系芳洲口授。

朝鮮李德懋《清脾録》云：余嘗游平壤，舍球門吴生家。有《蘭亭集》，日本詩人也。其《明妃曲》曰「西出長安不見春，羅衣掩苒拂胡塵。行看一片燕支月，獨照蛾眉馬上人」云云。

又云：木孔恭，字世肅，日本大阪賈人也。家住浪花江上，賣酒致富。日招佳客賦詩酗酒，購書三萬卷，一歲賓客之費數千金。自筑縣至江户數千餘里，無賢不肖皆稱世肅。又附商舶得中國士子詩數篇，以揭其壁。築蒹葭堂於浪華江，葭花荻葉，蒼然而靡，瑟然而鳴，檣篷煙雨，極望無際。與竺常、浄王、合離、福尚脩、葛張、罡按「岡」誤元鳳、片猷之徒作雅集於堂上。歲甲申，成龍淵大中之入日本也，請世肅作雅集圖，世肅手寫横絹爲一軸，諸君皆記詩於軸尾，書與畫皆蕭閒逸品。竺常作序。常，浮屠也，深曉典故，又沉篤。浄王，常徒也，清楚可愛。合離亦奇才。軸後列書越後片孝秩、平安那波孝敬、平安合離王、浪華福承明、浪華罡原注：案應與「罡」字通公翼、浪華葛子琴、淡海僧太真、伊勢僧藥樹原注：案或是竺常之號歟、主人浪華木世肅。今只存葛張詩曰「千秋會友有文章，花圃藥欄舊草堂。壚酒應同司馬賣，架書不讓鄴侯藏。微雲淡處鷗千點，疎雨來時雁數行。湖海溯遊人幾在，蒹葭隔浦欹帆檣」。觀此二節，則韓人之神伏於本邦，可謂至矣。如高蘭亭、葛子琴易易耳，若使一見當今諸英髦，又應嘆息絶倒，只憾文雅風流無木世肅耳。

《清脾録》又曰：柳惠風《巾衍外集》載《蜻蛉國詩選》原注：日本地形似蜻蛉，故自稱蜻蛉國，其詩高者摸疑三唐，下得翱翔王李，一洗侏離之音，有足多者原注：柳序止此。余又抄載若干首。岡田宜生，字挺之，號新川。玄川將回本國，賦詩寓別云：「花袍縷帶擁驂騑，國士如君世所稀。入界時窺紅日出，望鄉惟見白雲飛。客舟經臘遥衝雪，驛館逢春始换衣。此去江城看不遠，東風正好踏芳菲。」富野義允，字仲達，《晚過興津》：「漁家鹽井傍青山，風定波平望亦閑。清見寺前田子浦，兩三舟趁暮鐘還。」艸安世，號大麓，《懷玄川先生》：「春暮天涯思萬重，鳥啼花謝寂孤峰。愁心一夜寄明月，高照關門澹墨松。」原注：案自注，赤馬關有澹墨松。德宇，字見龍，《奉送玄川元公歸國》云：「玉節重來問虎溪，鼇頭煙樹欲烏棲。春風不肯留騷客，無限潮音送馬蹄。」那波師曾，字孝卿，號魯堂。《早行》云：「溪頭布穀曉呼晴，蘋葉蘆花緑復生。更有層巒雲隱見，尋詩人在畫中行。」岡田維周，字仲壬，號大壑，宜生之弟，自注：案維周時年十四《奉送玄川先生歸朝鮮》云：「奉使來修好，江山萬里餘。易催嘶馬感，難得换鵝書。祖帳桃花落，歸程柳葉舒。白雲隨處在，凝望意何如。」雖不足視於觀光之使，受賞於異邦，不可不録。

《孔雀樓筆記》云：予伯氏江村君錫藏蜕嵓先生自書《月》詩，有「細竹馴尨卧，喬林羈鳥驚」之句，後《蜕嵓集》板行，改「喬林」作「喬柯」，意義共勝，可見七十老翁潛心藝文，不苟一字。

又云：梁蜕嵓、屈景山二先生譽望高於世，不待予言。二先生自有絶萬人之德，無澤非，無遂己，無妒排勝己之人，無阿富貴。雖後生末輩之詩文，潛心讀之必兩三過。此等固雖儒者分上之事，能行之者甚少矣。惟此二條固不足盡二先生，亦可見其德量。

徂徠先生以英邁之資敖睨一世，其詩有拙有俗，蓋泰山不讓土壤也。至得意之作，南郭諸子不能闖藩籬。前卷已收許多篇，今復抄録數詩。《小佛嶺》云「欝翠北來連函關，一條峻嶺限東寰。

下時更問嶺西路，九十六盤還自艱」，《塞上曲》云「風吹貂帽雪毵毵，胡馬千群大漠南。喇叭齊聲中夜起，將軍營裏宴方酣」，《次韻大潮上人春日見寄》「少年意氣賦三都，回首春雲渺太虛。何似啜茶脩竹裏，聽君朗誦竺乾書」，《春宫怨》云「鸞鏡朝朝泣粉華，怪來六院忽喧嘩。笑他十歲新天子，解道阿嬌美似花」，可謂絶唱。

山縣孝孺，以學德稱爲物門翹楚，其詩亦高古閑澹，南郭以下，金華以上。曩抄其詩，今又録出。《呈朝鮮洪鏡湖》云「烈士平生意氣高，方臨危險見英豪。海濤八月如山岳，傳命東來擁節旄」。正德元年，祇役赤馬關，感秋風之起起，愀然作《弔古》八首云「詔旨空傳西土兵，羽林將校悉諸平。鸞輿玉輦無消息，滄海茫茫風雨聲」，《擬早發白帝城》云「白帝城頭曉霧開，江陵歸客片帆回。曲頭欲問黄牛峽，已見章華古郢臺」，宛然唐賢之作。

被褐，長門人，工棋及詩，年六七十，寓于幽筠堂雪江先生堂名。齒豁頭秃，孜孜著書以爲樂。著有《老子妄言》，其他諸書，余垂髫時見之。《送别》云「離歌一何短，别恨一何長。不是離歌短，偏因别恨長」。後去客南總，不知所終。山根泰德長門人《南溟集》有《贈被褐道人》詩云「棲遲雖已老，著述見維新。煎茶養素裏，賞菊談玄前」，皆記實録也。

伊藤宗恕士峰「高入青冥雲始收，諸峰羅列不能儔。孤根豈止蟠三國，氣壓扶桑六十州」，人或以爲豪語。余云：不是豪語，麗語而已。若夫豪語，室鳩巢云「徐福尋仙海上浮，滄波何處問瀛洲。紫煙遥認富山雪，蟻附東西六十州」。

木靖恭《驢馬行》云「服重致遠力常足，契象應更智自精」，又云「常山相公最樂善，求利世用久經營」。適從鷄林致此種，由是觀之，應水府義公之召船來者歟？人見友元亦有此作，説應更之事，然則鷄吹角、雁打更之類，可謂有異能矣。

秋玉山《題新羅三郎吹笙足柄山圖》云「漢室將軍賦遠征，虬鬚颯爽夜吹笙。鐵衣忽見秋風起，月白關山草木鳴」。近日京師人奥野小山，亦有此詩云「千里關心奥地兵，棄官赴援鶺鴒情。身猶不惜況笙曲，吹盡鳳音和月清」。二詩看官以爲如何？

赤穗文學赤松鴻，奇士也。《感懷》云「多病玉門客，折腰見兒曹。嬌首望堂上，癢極不得搔」，又云「老大誠可悲，四十又加五。猶餘寸心在，耻與噲等伍」。七言《吾公在國，每至歳杪，班賜侍臣寒衣。今年恩賜不及臣鴻，戲賦一絶》「歳暮寒光徹老身，舊袍弊盡不裁新。請看恩遇還無薄，自似梁園雪裏人」，可以見其爲人也。著有《静思亭集》。

源栲亭學識優博，其唱宋詩於京師，蓋爲嚆矢。《皇都名勝詩集》中載其《菟道採茶歌》，頗有石湖、放翁之風味。大抵安永、天明詩人，腹中無墨，最乏詩資，以故篇篇塵腐，讀之唯恐卧而已。六如有見於此，貯詩資爲丘山，竟鳴於世。由是一變，至今日無復以唐詩爲藍本。嗚呼！亦甚矣。今以栲亭詩附於此。「千畝緑雲萬户侯，一春栽得十春收。誰識田家新月令，秧針初出是茶秋。」

右附録十數則，是不係少作，近日所漫著也。今爲一卷附於此。

跋

余幼學詩，好讀近人詩「近」作「邦」，「詩」上有「之」字。遂有所論著「遂」作「因」，裒輯作編，名曰《弊帚詩話》「弊帚」作「孜孜齋」。實在廿歲左右也「廿歲」作「弱冠」。己酉春初，宿疾頓發，兩腳擁腫，舟而行，輿而步。厭其不便于事，謝客在家。偶探敗簏獲此編。少年進取，妄議先達，似無忌憚「己酉春初」以下作「乙酉橘春，居從母喪，時陰雨連日，不堪愁寂。偶翻敗簏而獲此編，披閱一過，撫卷笑曰：少作，古人戒之。張來四忌，已有此戒。少年進取，妄議先達，良可愧矣」。猶且不棄者，亦吾家之弊帚耳。嘉永己酉夏五，西島長孫識。無「嘉永己酉夏五，西島」八字。

蘭溪先生元明詩話

西島蘭溪

《蘭溪先生元明詩話》二卷，西島蘭溪撰。據狩野博士集書抄本校。按此書全部迻録《堯山堂外紀》元明時代部分内容。

元北狄稱銀曰「蒙古」。元之先號蒙古者，因女直號金，乃以銀號其國也。後歷世祖，始改號元。

楊奐字煥然，號紫陽。太宗即位之十年戊戌開舉選，奐兩中賦論第一。

楊紫陽讀《通鑑》，至論漢魏正閏，大不平之，遂修漢書駁正其事。因作詩云：「風煙慘淡駐三巴，漢燼將燃蜀婦髽。欲起温公問書法，武侯入寇寇誰家。」後攻宋軍迴，始見《通鑑綱目》，其書乃寢。

姚燧柳城人，樞之侄，號牧菴。

姚牧菴寄征衣《憑闌人》調云：「欲寄君衣君不還，不寄君衣君又寒。寄與不寄間，妾身千里難。」

陳孚字剛中，台州人。至元中，以布衣獻《大一統賦》。

陳剛中初嘗爲僧以避世變。一日，大書所作詩於其父執某之粉墻上云：「我不學寇丞相，地黄變髮髮如漆。又不學張長史，醉後揮毫掃狂墨。平生紺髮三十丈，幾度和雲眠石上。不合感時怒衝冠，天公罰作圓頂相。肺肝本無兒女情，亦豈惜此雙鬢青！只憶山間秋月冷，搔首不見蓬鬆影。」父執見之曰：「此子欲歸俗也。」命養髮。經半年餘，以女歸之。

呂徽之

呂徽之家萬山中，以耕漁自給。一日，詣富家易穀種，大雪，立門下，聞閣中有吟哦聲，乃一人分韻得「滕」字，苦吟弗就。徽之不覺失笑，衆詰其故，徽之曰：「我意舉滕王蛺蝶事耳。」衆皆嘆服，固邀入閣，以「藤滕」二字請足成之。徽之即援筆云：「天上九龍施法水，人間二鼠嚙枯藤。鶖鶬聲亂功收蔡，蝴蝶飛來妙過滕。」復請和「曇」字韻詩，又隨筆云：「萬里關河凍欲含，渾如天地尚函三。橋邊驢子詩何惡，帳底羔兒酒正酣。竹委長身寒郭索，松埋短髮老瞿曇。不如乘此擒元濟，一洗江南草木慚。」寫訖便出門，留之不可得，問其姓字，亦不答，與之穀，不受，刺舟去。遣人遥尾其後，路甚僻，識其所而返。雪晴往訪焉，惟草屋一間，家徒四壁立，忽米桶中有人，乃其妻也，因天寒無衣，故坐其中。時徽之在溪上捕魚，望見諸公，乃隔溪謂曰：「我得魚，當换酒飲諸公也。」少頃，携魚與酒至，盡歡而散。翼旦，復有人躡其蹤，則徽之已遷居矣。

梁棟字隆吉。

梁隆吉四《禽言》詩曰：「不如歸去。錦官宫殿迷煙樹。天津橋上一兩聲，叫破中原無住處。不如歸去。」「行不得也哥哥。湖南湖北春水多。九疑山前叫虞舜，奈此乾坤無路何。行不得也哥哥。」「脱卻布褌。貧家能有幾尺布？寒機織盡無得裁，可人不來廉叔度。脱卻布褌。」「提壺蘆，提壺蘆。今年酒賤頻頻沽。衆人皆醉我亦醉，哀哉誰問醒三閭。提壺蘆，提壺蘆。」

鮮于樞

鮮于伯機嘗于廢圃中得怪松一株，移植所居齋前，呼爲「支離叟」，朝夕撫玩以爲適。杭瑪瑙寺僧温日觀性嗜酒，時至伯機家索飲，醉即抱支離叟，或歌或哭，每索湯浴，伯機必躬進澡豆云。日觀豪飲不羈，然楊總統飲以酒則不一沾唇，見輒駡曰：「掘墳賊，掘墳賊。」善畫葡萄，枝蔓皆合草書法，時寫詩文於上。嘗在朱宣慰家作畫訖，遂寫一詩云：「昔有朱買臣，今有朱宣慰。兩個擔柴夫，並爲金紫貴。」朱雖武夫，然雅敬日觀，軒然笑曰：「我果會賣蘆柴，和尚知我。」厚酬之。

馮子振 號海粟，攸州人。時謂「天下有名馮海粟」。

馮海粟臨文時，每命侍史二三人潤筆以俟。海粟酒酣耳熱，據案疾書，隨紙數多寡，頃刻而畢。有《塔燈》詩云：「擎天一柱礙雲低，破暗功同日月齊。半夜火龍蟠地軸，八方星象下天梯。光搖灩澦沿珠蚌，影落滄溟照水犀。文焰逼人高萬丈，倒提鐵筆向空題。」又《鶴骨笛》詩云：「胎仙脱脛寄飛瓊，换羽移宫學鳳鳴。噴月未醒千載夢，徹雲猶帶九皋聲。管含芝露吹香遠，調引松風入髓清。莫向山頭吹莫雪，籠中媒老正關情。」

釋明本錢塘人。號中峰，又號幻住。

明本學博而好滑稽，嘗《詠胡蘆》云：「秀結團團帶晚秋，遍從根本易綢繆。墻頭仿佛懸明月，架上依稀綴碧旒。朝引神仙三島飯，穩乘羅漢五湖遊。將來剖破成雙器，半贈顏回半許由。」趙子昂嘗令明本賦《松月》，限不離二字，明本應聲云：「天有月兮地有松，可堪松月趣無窮。松生金粉月生兔，月抱明珠松化龍。月照長空松挂衲，松回禪定月當空。老僧笑指松頭月，松月何妨一處供！」

貫雲石同時有徐甜齋〔一〕，失其名，並以樂府擅稱，世謂「酸甜樂府」云云。

貫酸齋生而神彩秀異，膂力絶人，年十二三時，使健兒驅三惡馬疾馳，持槊立，而待馬至，騰上之，越一而跨三，運槊生風，觀者辟易。及長，折節讀書。仁宗朝，拜翰林學士。忽喟然嘆曰：「辭尊居卑，昔賢所尚。」乃稱疾辭。居江南，賣藥錢塘市中。

貫酸齋《蒲劍》詩云：「三尺青青古太阿，舞風斫碎一川波。長橋有影蛟龍懼，流水無聲日夜磨。兩岸帶煙生殺氣，五更彈雨和漁歌。秋來只恐西風惡，銷盡鋒棱恨轉多。」

〔一〕徐：底本脱，據《堯山堂外紀》卷七十一補。

貫酸齋臨終作《辭世詩》云：「洞花幽草結良緣，被我瞞它四十年。今日不留生死相，海天明月一般圓。」洞花、幽草乃二妾名。

周德清高安人。號挺齋。著《中原音韻》。

諺云「開門七件事」，柴米油鹽醬醋茶是也。周德清有《折桂令》云：「倚蓬窗，無語嗟呀。七件兒全無，做甚麽人家？柴似靈芝，油如甘露，米若丹砂。醬甕兒恰纔夢撒，鹽瓶兒又告消乏。茶也無多，醋也無多，七件事尚且艱難，怎生教我折柳攀花？」我朝余姚王德章者，安貧士也。嘗口占云：「柴米油鹽醬醋茶，七般都在別人家。我也一些憂不得，且鋤明月種梅花。」

黄溍字晋卿，義烏人。以《太極賦》領鄉薦，學者傳誦。時因稱爲「黄太極」。宋濂、王禕皆出其門。

黄晋卿《草意》詩云：「澹煙斜日照離離，漫吐芳心説向誰？可是忘憂能自得，若教指佞定無私。東風江上何人識，南國春來有夢知。但把青青承雨露，未應紅紫浪相疑。」又《菊花枕》詩云：「東籬采采數枝霜，包裹西風入夢涼。半夜歸心三徑遠，一囊秋色四屏香。床頭未覺黄金盡，鏡底難教白髮長。幾度醉來消不得，卧收清氣入詩腸。」後首或以爲馬祖常作。

袁桷字伯長。

許敬仁祭酒，魯齋子也，學行皆不逮于父，輒以門第自高，每談及乃父奉旨之榮，口稱先人者不一。袁伯長嘲之曰：「祭酒許敬仁，入門韃靼嗔。出門傳聖旨，口口稱先人。」蓋敬仁頗尚朔氣，習國語，乘怒必先以「阿剌」「花剌」等句叱人，人咸鄙之。

黄清老字子肅。

黄子肅古樂府二首，云：「君好錦繡段，妾好明月珠。錦繡可爲服，服美令人愚。不如珠夜光，可以照讀書。」節録一首。

薩都剌

薩天錫《征婦怨》云：「有柳切勿栽長亭，有女切勿歸征人。長亭楊柳自春色，歳歳年年送行客。一朝羽檄風吹煙，征人遠戍居塞邊。轔轔車馬去如箭，錦衾繡枕難留戀。黄昏寂寞守長門，花落無心理針線。新愁暗恨人不知，欲語不語顰雙眉。妾身非無淚，有淚空自垂。雲山煙水隔吴越，望君不見心愁絶。夢魂暗逐蝴蝶飛，覺來羞對窗前月。窗前月色照人寒，遲遲鐘鼓夜未闌。燈闌有恨花不結，妝臺塵慘恨班班。半生偶得一錦字，道是前年戰時苦。一朝血杵煙藪除，腰間斜挂三珠虎。妾心自喜還自驚，門前忽聞凱歌聲。錦衣繡服歸故里，不思昔日别離情。别離之情幾青草，鏡裏容顏爲君老。黄金白璧買嬌娥，洞房只道新人好。」

蝦助，海錯也，一名水母，又云海蜇。其形一片如輪箘，無目，凡行，蝦必附之，故云蝦助。以椒醯製之，可以醒酒。薩天錫詩云：「層濤濡沫綴蝦行，水母含秋孕地靈。海氣凍成紅玉脆，天風寒結紫雲腥。霞衣裩色脂流滑，瓊縷煮香酒力醒。疑是楚江萍實老，誤隨潮汐落滄溟。」

范梈字德機。

范德機《掘塚歌》曰：「昨日舊塚掘，今朝新塚成。塚前兩翁仲，送舊還迎新。舊魂未出新魂入，舊魂還對新魂泣。舊魂丁寧語新魂，好地不用多子孫。子孫綿綿如不絶，曾孫不掘玄孫掘。我今掘矣良可悲，不知君掘又何時？」

虞集

許有壬參政與虞文靖同在館，虞有所私，午後輒出，許每叩不遇，因題簡云：「日日出遊，知虞公之不可諫。」虞還視之，即書其下云：「時時來聒，何許子之不憚煩。」許明日又至，見而嘆賞久之。

虞伯生在翰苑時，宴散散學士家，歌兒郭氏順時秀者唱今樂府。其《折桂令》起句云：「博山銅、細嫋香風。」一句兩韻，名曰短柱，極不易作。先生愛其新奇，席上偶談蜀漢事，因命紙筆，亦賦一曲曰《鸞輿》：「三顧茅廬，漢祚難扶。日莫桑榆，深渡南瀘。長驅西蜀，力拒東吴。美乎周瑜妙術，悲夫關羽云殂。天數盈虚，造物乘除。問汝何如？早賦歸與！」蓋兩字一韻，比之一句兩韻者，爲尤難云。中州韻，入聲似平聲，又可作去聲，所以「蜀」「術」等字皆與「魚」「虞」相近。

揭徯斯

嘗有問于虞伯生曰：「楊仲弘詩如何？」曰：「仲弘詩如百戰健兒。」「范德機詩如何？」曰：「德機詩如唐臨晋帖。」「揭曼碩詩如何？」曰：「曼碩詩如三日新婦。」「先生詩如何？」笑曰：「虞集乃漢廷老吏。」揭聞之不悦。嘗中夜過伯生，問及兹事，一言不合，揮袂遽去。後以天曆年間，秘閣開詩寄公，中有「奎章分署隔窗紗」「學士詩成每自誇」之句。公得詩，謂門人曰：「揭公才力竭矣！」就答以詩云：「故人不肯宿山家，夜半驅車踏月華。寄語旁人休大笑，詩成端的向誰誇！」並題其後云：「今日新婦老矣。」揭召至都，果疾卒。

張天雨字伯雨，錢唐黄冠，號真居，九成之裔。後入華陽洞，自號句曲外史。初見虞伯生，伯生全不言儒者事，只問道家典故。雖答之，或不能詳。末問：「能作幾家符篆？」曰：「不能。」伯生曰：「某試書之，以質是否？」連書七十二家，伯雨汗流浹背，輒下拜曰：「真吾師也。」自是託交甚契，故與伯生書，必稱「弟子」。

張伯雨嘗從其師王溪月真人壽衍入京，時燕地未有梅花，吴閒閒宗師全節新從江南移植，護以穹廬，扁曰「漱芳」。伯雨偶造其所，恍如與西湖故人遇，徘徊既久，不覺熟寢其中。覺而日已晡矣。閒閒笑曰：「伯雨素有詩名，宜有作。」遂賦長詩，有「風沙不憚五千里，翻身跳入仙人壺」之句。閒閒大喜，送翰林集賢嘗所往來者和之，由是名大起。

酒客折荷葉盛酒，以簪刺節，令與柄通吸之，名「碧筒飲」。張伯雨詩曰：「採緑誰持作羽觴，使君亭上晚尊涼。玉莖沁露心微苦，翠蓋擎雲手亦香。飲水龜藏蓮葉小，吸川鯨恨藕絲長。傾壺誤展琳琅袖，笑絶耶溪窈窕娘。」

王叔能浙省參政。

「一錢太守」劉寵廟，在紹興錢清鎮。王叔能過廟下，賦詩曰：「劉寵清名舉世傳，至今遺廟在江邊。近來仕路多能者，也學先生揀大錢。」

達兼善自號白野。

世祖思太祖創業艱難，俾取所居之地青草一株，置於大内丹墀之前，謂之「誓儉草」。白野公作宫詞十數首，其一云：「墨河萬里金沙漠，世祖深思創業難。卻望闌干獲青草，丹墀留與子孫看。」

張昱字光弼，廬陵人。號一笑居士。

張光弼作《輦下曲》，皆詠胡元國俗。其一首云：「守内番僧日念吽，御厨酒肉按時供。組鈴扇鼓諸天樂，知在龍宫第幾重？」又云：「似嫌慧日破愚昏，白晝尋常一鈞軒。男女傾城永受戒，法中秘密不能言。」前首言僧亂宫闈，後首言僧亂民闈也。「鈞軒」，今俗云「鈞闥」。僧房下鈞闥，而置婦女受戒于其中也。

王冕字元章，會稽人，號山農。

王元章嗜畫梅，畫成輒題詠，有詩云：「我家洗硯池頭樹，個個花開淡墨痕。不要人誇好顔色，只留清氣滿乾坤。」或以是詩刺時，欲執之，遂遁去。後太祖物色得冕，因與糲飯蔬羹，山農且談且食，應制作一絶云：「獵獵北風吹倒人，乾坤無處不生塵。胡兒凍死長城下，始信江南別有春。」上喜甚，謂可與共大事，授諮議參軍，一夕暴卒。

高栻字則成，作《琵琶記》者。

高則成六七歲，穎異不凡。鄰有尚書某，緋袍出送客，則成適自塾歸，時衣緑衣，尚書呼語之曰：「出水蛙兒穿緑襖，美目盼兮。」則成應聲曰：「落湯蝦子著紅衫，鞠躬如也。」尚書大驚異，稱爲奇童。

袁凱字景文。

袁景文初甚貧，嘗館授一富家。景文性疎放，師道頗不立，未幾辭歸。其家別延陳文東璧。文東懲景文故，待弟子甚嚴。一日，景文來訪，文東適出，因大書其案云：「去年先生靡恃己，今年先生罔談彼。若無幾個始制文，如何教得猶子比。」文東善書，故云然。

陸象翁

陸伯麟側室育子，陸象翁以啓戲賀之曰：「犯簾前禁，尋灶下盟。玉雖種于藍田，珠將還於合浦。移夜半鷺鷀之步，幾度驚惶；得天上麒麟之兒，這回喝采。既可續詩書禮樂之脈，深嗅得油鹽醬醋之香。」蓋蘇東坡詠婢謔詞有「揭起裙兒，一陣油鹽醬醋香」之句。

柏子庭

柏子庭作《可憎》詩：「世間何物最堪憎？蚤虱蚊蠅鼠賊僧。船脚車夫并晚母，濕柴爆炭水油燈。」

楊維楨

楊廉夫雅好聲妓，晚居淞江，有四妾：竹枝、柳枝、桃花、杏花，皆善歌舞。有嘲之者云：「竹枝柳枝桃杏花，吹簫鼓瑟撥琵琶。可憐一代楊夫子，化作江南散樂家。」

謝伯理居淞之泖湖，構光渌亭爲宴樂之所。九日會友于其間，有園丁以佛頂菊花獻之，筵間衆爲賦詩。時楊廉夫在座，走筆云：「蓮社淵明手自栽，頭顱終不惹塵埃。東籬若爲摩挲看，西域親曾受記來。妙色盡從枝上發，慧香直奔腦門開。明年九月重陽節，再托摩耶聖母胎。」座客顧仲瑛奉觴稱曰：「先生之作，誠可謂虎穴得子矣。」

松江吕巷有吕璜溪家開應奎文會，走金帛聘四方能詩之士，請鐵崖爲主考。試畢，鐵崖爲第甲乙，一時文士畢至，傾動三吴。社中嘗以「楊妃襪」爲題，鐵崖一聯云「安危豈料關天步，生死猶能繫俗情」，諸人皆嘆服莫能及。

顧瑛字仲英，又阿瑛。

顧阿瑛遭亂，盡散其家貲，乃削髮爲在家僧，自稱「金粟道人」，仍畫其像，題曰：「儒衣僧帽道人鞋，天下青山骨可埋。若説少年豪俠處，五陵鞍馬洛陽街。」

丁鶴年字鶴年，回回人。西域人多名丁，既入中國，鶴年因以丁爲姓，兄吉雅謨丁，字元德；次兄愛理沙丁，字允中。至正間，並舉進士。

吉雅謨丁以鶴年清心學道，特遺楮帳，仍侑以詩曰：「誰擣霜藤萬杵匀，製成鶴帳隔塵氛。香生蘆絮秋將老，夢熟梅花夜未分。枕上不迷巫峽雨，床頭常對剡溪雲。竹爐松火茶煙暖，一段清貞盡屬君。」鶴年次韻奉謝曰：「湘娥剪水霜刀匀，虛室生白無纖氛。壺中但覺風雨隔，殼裏豈知天地分。蟾光夜明楮葉露，蝶夢春遠梨花雲。恍然置我銀世界，縱有瓊瑤難報君。」

國朝

建文帝

正統間，思恩知州岑瑛出行。忽一僧當道立，從者呵之不避，詰其度牒，乃楊應能也，曰：「此非吾姓名，吾有所托而逃者。汝不聞金川門之事乎！」瑛大駭，聞于巡按御史奏之，驛送赴京，號爲老佛，途次賦詩云：「牢落江湖四十秋，蕭蕭華髮已盈頭。乾坤有恨家何在，江漢無情水自流。長樂宮中雲氣散，朝元閣下雨聲愁。新蒲細柳年年緑，野老吞聲哭未休。」及至京，朝廷未審虛實，以太監吴亮曾經侍膳，使之審視。老佛見亮即曰：「汝非吴亮耶！我昔御便殿時，棄片肉於地，汝兩手俱有所執，伏於地而口取之，記否？」誠拜而哭。已而覆命，遂取老佛入大内，以壽終，葬西山。

宋濂

宋學士嘗過洛，士人挽留之信宿，不從，以其步蹇藏去，公怒作詩曰：「蹇驢掣斷紫絲繮，却去城南趁草場。繞遍洛陽尋不見，西風一陣版腸香。」今河南人曰偷驢賊曰「版腸」本此。

顧禄字謹中，洪武間太常博士。

陳煥文扁其居曰「雲巢」，索顧謹中賦之，謹中爲作歌曰：「我本雲間人，夙契雲山緣。聞公巢雲處，愛作雲巢篇。公家雲巢在何許？會覘秀出雲海邊。山頭日月白雲起，雲峰萬朵浮青蓮。山人結屋入雲去，置身直上雲松巔。雲蘿千尺覆户外，檻下百道來雲泉。雲翁住其下，日與雲周旋。或携雲鶴遊，或伴雲龍眠。餐雲英兮漱雲液，被雲衣兮駕雲軿。有時看雲發高詠，落筆往往凌雲煙。浮雲世事豈能絆，蕭散自是雲中仙。我欲乘雲走相覓，雲路峻絶難夤緣。爾來山人棄雲出，我今亦是青雲客。雲騎橋南古汴津，一笑相逢雲水白。問公别雲今幾年？側身東望雲茫然。又挂雲帆拂滄海，歸去自種雲中田。」

高啓字季迪，別號槎軒，又號青丘生云云。

高季迪《明妃詞》云：「妾語還憑歸使傳，妾身没虜不須憐。願君莫殺毛延壽，留畫商嵓夢裏賢。」

兜羅絨者，琉球、日本諸國所貢也。今杭州織造局工作亦仿爲之。高季迪《謝友人惠兜羅絨歌》云：「蠻王細擘冰蠶繭，織得長衾謝縫剪。蒙茸柳絮不愁吹，鋪壓高床夜香軟。朔風入關凋白榆，塞寒此物時當須。明燈熾炭夕宴罷，薦寢宜共紅氍毹。海客揚帆遊萬里，得自崑崙國中市。歸來遺我見遠情，重似鴛鴦合歡綺。詩人鶴骨欺霜棱，曾直禁署眠青綾。自從身退得閒臥，只愛擁紙同山僧。今朝得此何奇絶，展覆不憂兒踏裂。便思清夢伴梅花，静掩寒窗聽風雪。越羅蜀錦安可常，洞房美女謾熏香。誰知一幅春雲暖，即是温柔堪老鄉。」

高季迪《題筆峰》詩：「雲來濃似墨，雁去還成字。千載只書空，山靈怨何事？」季迪辭侍郎不拜，家居，忽罹黨禍腰斬，亦其讖云。

楊基字孟載，謂眉無用於人之身，因號眉菴。

楊孟載，幼穎悟絶人，弱冠工文詞，名動公卿。楊廉夫一見，戲以所號鐵笛爲題，使其賦歌，對曰：「不惟能歌，尤且切效老鐵體。」翌日呈似廉夫。廉夫不覺自失，曰：「吾意詩徑荒矣，今老鐵當讓子一頭地。」故當時有老楊、小楊之稱。

林鴻

元順帝有一象，宴群臣時拜舞爲儀。天朝王師破元都，帝北遁，徙象至南京。一日，上設宴使象舞，象伏不起，殺之。次日，作二木牌，一書「危不如象」，一書「素不如象」，挂于危素左肩。由是素以老疾告，乃謫含山縣。林子羽嘗作《義象行》曰：「有象有象來天都，大江欲渡心次且。誘之既渡獻天子，拜跪不與衆象俱。象奴勸之拜，怒鼻觸象奴。賜酒不肯飲，哺之亦不餔。屹然十日受饑渴，俛首垂淚憤且吁。天子命殺之，衆官束手莫敢屠。侍衛傳宣呼壯士，被甲各執丈二殳。象戰久不克，兵撻象乃殂。憶昔君皇每巡幸，象當法駕行天衢。珊瑚錯落明天珠，被服美錦紅氍毹。紫泥函封載玉璽，萬樂争擁群龍趨。玉璽歸沙漠，龍亦歸鼎湖。所以老象心，南來誓死骨爲枯。嗟爾食禄人，空負七尺軀。高高白玉堂，赫赫黄金符，伊昔軒冕今泥塗。嗟爾食禄人，不若飯豆芻。象何潔，爾何汙。天子垂衣治萬世，俾全象德行天誅。嗚呼象兮古所無！嗚呼象兮古所無！」

林子羽《賦得垂楊送客》云：「客路垂楊最有情，暖風吹緑漸冥冥。雨深煬帝宫前見，月白桓伊笛裏聽。葉暗未堪藏乳燕，花飛終恨促浮萍。分携欲折長條贈，愁絶河橋酒幔青。」

瞿佑

杭州男女瞽者多學琵琶，唱古今小説平話以覓衣食，謂之「陶真」，大抵説宋時事。蓋汴京遺俗也。瞿宗吉過汴梁詩云：「歌舞樓臺事可誇，昔年曾此擅豪華。尚余艮嶽排蒼昊，那得神霄隔紫霞？廢苑草荒堪牧馬，長溝柳老不藏鴉。陌頭盲女無愁恨，能撥琵琶説趙家。」

文皇帝

永樂初，有士人赴舉，祈夢，神告之曰：「禮樂征伐，自天子出。」士人擬爲義爲論以待。及舉于鄉，登進士，竟無驗。後官膳部郎官。文廟與群臣宴，出語曰：「流連荒亡，爲諸侯憂。」屬群臣對，無有應者，士人進曰：「禮樂征伐，自天子出。」上大悦，即擢禮部侍郎。

夏原吉字維哲。

夏原吉《人影》詩云：「不言不語過平生，步步相隨似有情。長向燈前同静坐，每於月下共閑行。昨朝離去天將暝，今日歸來雨又晴。最是行藏堪愛處，顯身須要待時明。」

解縉

文皇嘗謂解學士曰：「有一書句甚難其對，曰『色難』」。解應聲曰：「容易。」文皇不悟，顧謂解曰：「既云易矣，何久不屬對？」解曰：「適已對矣。」文皇始悟「色」對「容」，「難」對「易」。爲之大笑。解爲諸生時，遊青樓，伎奉茶進曰：「一盞清茶，解解解元渴。」大紳無以對云云。

曾棨字子棨。

有虜使至，稱善飲，有司推能匹者，才得一武弁，猶恐不勝。上令廷臣自薦，曾請往，三人默飲終日，虜使已酣，武人亦潦倒，棨爽然覆命。上笑曰：「無論文學，此酒量豈不當作大明狀元邪！」云云。

王紱字孟端。

有客京師而別娶婦者，王孟端寄詩云：「新花枝勝舊花枝，從此無心念別離。可信秦淮今夜月，有人相對數歸期。」其人得詩，感泣而歸。

杜庠字公序，號西湖醉老。

杜庠以詩聲於永樂間，其《過赤壁》詩云：「水軍東下本雄圖，千里長江隘舳艫。諸葛心中空有漢，曹瞞眼裏已無吴。兵消炬影東風猛，夢斷簫聲夜月孤。過此不堪回首處，荒磯鷗鳥滿煙蕪。」一時人皆傳誦，稱曰「杜赤壁。」

于謙字廷益，號節菴。

于肅愍公少有大志，出語不凡。八九歲時，衣紅衣馳馬。有鄰長呼其名戲之曰：「紅孩兒，騎馬遊街。」公應聲曰：「赤帝子，斬蛇當道。」聞者驚異。

劉溥字原博，號草窗。

劉草窗嘗爲《藹窩》詩，有「言今茫茫白雲老」之句，衆推其工。有謂「雲者，聚散無常之物，豈得謂老？」草窗曰：「不聞『天若有情天亦老』乎？」其人辯不已，草窗怒曰：「不讀二萬卷書，看不得溥詩。」

劉玨字廷美，號完菴。景泰、天順間，爲吴中詩人之最，京師號爲「劉八句」。

劉廷美爲刑部主事居京師，與徐武功、劉原博諸公爲詩友，每相過，必談論達旦。嘗歲除，原博邀之守歲，廷美因挾所藏鍾馗畫像求題，原博遂援筆大書一詩於上。明旦持歸，縣之中堂。京師每正旦，主人皆出賀，惟置白紙簿并筆研於几，賀客至，書其名，無迎送也。是日朝罷，劉定之、黄廷臣兩學士至，見此詩，各摘簿一葉録之去。朝士繼至者，皆摘録之。頃間，簿已盡矣。廷美晚回，索簿閲賀客以圖往報，家人告其故。明日，復置一簿，亦如之。中書舍人金本清戲謂廷美曰：「此鍾馗乃耗紙鬼也。」一時京師傳爲奇事。原博詩曰：「長空糊雲夜風起，不忿成群跳狂鬼。倒提三尺黄河水，血灑蓮花舞秋水。飛螢負火明月羞，櫟窠影黑啼鵂鶹。緑袍烏帽遑行事，磔腦刳腸天亦愁。中有巨妖誅未得，盍駕飆輪驅霹靂。如何袖手便忘機，回首東方又生白。」

丘濬

丘文莊公學博貌古，然心術不可知。嘗與同寅劉閣老吉不協，劉作一對書其門曰：「貌如盧杞心尤險，學比荆公性更偏。」時論頗以爲然。

陸容字文量。著述甚富，有《式齋稿》、《菽園雜記》等書。

陸式齋少美風儀，天順三年應試南京，館人有女善吹簫，夜奔公寢。公紿以疾，與期後夜，女退。遂作詩云：「風清月白夜窗虚，有女來窺笑讀書。欲把琴心通一語，十年前已薄相如。」遲明托故去之。是秋領薦，時年二十四。

張弼字汝弼，華亭人，羅倫榜進士，家近東海，因以自號。

張東海《詠寒號蟲》云：「得過且過！飲啄隨時度朝暮。得隴望蜀徒爾爲，未知是福還是禍。得過且過！」

陳獻章字公甫，居廣之新會縣白沙村，天下稱「白沙先生」，至兒童婦女亦皆目爲「陳道統」云。嘗夢拊石琴，見一偉人，笑謂曰：「八音中惟石音難諧，今諧若是，子異日得道乎！」因别號石齋，既老更號石翁。

按察使薛綱始疑白沙，及見，即欲解官從學，有詩曰：「欲抛事業留門下，老驥那能學駿奔。」進士姜麟以吏事使貴州，特取道如白沙，以師禮見，至京師，有問之，對曰：「活孟子！活孟子！」

陳白沙善畫梅，人持紙求索者，多無潤筆，白沙題其柱云：「烏音人人來。」或詰其旨，乃曰：「不聞烏聲曰『白晝，白晝』。」客爲之絶倒。

李東陽

馮佩之饋西涯石首魚，有詩，西涯次韻謝曰：「夜網初收曉市開，黄魚無數一時來。風流不鬬蓴絲品，軟爛偏宜豆乳堆。碧碗分香憐冷冽，金鱗出浪想崔嵬。高堂正憶東鄰送，詩句情多不易裁。」

李西涯善謔，居政府時，庶吉士進見，公曰：「今日諸君試屬一對：『庭前花始放』。」衆哂其易，各思一語應之，曰：「總不如對『閣下李先生』。」衆一笑而散。

程敏政字克勤，號篁墩。

李西涯與程篁墩過采石，李得句云：「五風十雨梅黄節。」程即應云：「二水三山李白詩。」一時服其巧麗。

邵珪字文敬。

邵文敬善書工棋，詩亦有新意，如「江流如白龍，金焦雙角短」之類，又有「半江帆影落尊前」之句。人稱爲「邵半江」。

王鏊字濟之。

王文恪公六七歲時，附學于舅氏，一小女使送茶，王戲以手握其手，舅氏出一對曰：「奴手爲拏，此後莫拏奴手。」王即對曰：「人言是信，從今毋信人言。」

李旻字子陽，號東崖。

有人命題云：「新竹似村姑，遇節略施薄粉。」李子陽即對曰：「落梅如老妓，下稍猶帶餘香。」

邵寶字國賢，號二泉，無錫人。與儲瓘領袖文苑。嘗節俸入，略仿范文正義田，於所居晝小井田，扁曰「横渠遺意」。

邵寶爲大司徒，疏乞終養，不允，詩云：「乞歸未許奈親何，帝里風光夢裏過。三月春寒青草短，五湖天遠白雲多。客囊衣在縫猶密，驛路書來字欲磨。聖主恩深臣分淺，百年心事兩蹉跎。」讀之令人感發，最爲海内傳誦。

楊一清字應寧。

楊邃翁壽日，貴溪陶公爲揚州分教，畫葡萄一幅，題絶句以賀云：「萬斛驪珠帶雨鮮，摘來浸酒薦春筵。枝頭剩有千千顆，一顆期公壽一年。」楊大喜之。

桑悦字民懌，號思玄云云。每書刺曰「江南才子桑悦」。

桑民懌既家居，益任誕，褐衣楚制，往來郡邑間。沈石田寄詩云：「驅馳一倅厭爲州，歸就高閑未白頭。竹篋理詩春草亂，糟床聽酒夜泉流。農桑舊課今家事，山水清談昔宦遊。因愛西湖風月好，近時知買木蘭舟。」

沈周字啓南，號石田，亦稱白石翁。文待詔稱爲先生，每謂人：「吾先生非人間人也，神仙人也。」

沈石田初未知名，嘗與諸詩人集一貴官宅，其人出《秃嫗牧牛圖》索諸公詩，並不愜意，石田題云：「貴妃血濺馬嵬坡，出塞昭君怨恨多。争似阿婆牛背穩，笛中吹出太平歌。」諸公愧服，由是其名遂著。

沈石田嘗寓杭之天竺寺，人無知之者，因題一絶於竹云：「買書賣畫出春城，著破青衫白髮生。四海固無知我者，空教啼殺樹頭鶯。」又武昌登黄鶴樓，適有數客飲其上，石田題云：「昔聞崔顥題詩處，今日始登黄鶴樓。黄鶴已隨人去遠，楚江依舊水東流。照人惟有古今月，極目深悲天地秋。借問四仙舊時笛，不知吹破幾番愁。」詩成，大書於壁而去。客見其詩驚謂衆曰：「此必仙也，何不凡如此！」尋物色之，乃知爲石田云。

楊循吉字君謙。

毛粟庵珵往謁楊南峰，適浴，閽者以告，不獲見。後南峰答拜，粟庵亦以浴報稱不見。南峰即題所投刺曰：「君來拜我我洗浴，我來拜君君洗浴。君拜我時四月八，我拜君時六月六。」四月八日爲浴佛之辰，六月六日吳俗悉投猫犬于水中。

都穆

都元敬最善濟人之急，尤愛食客，所有輒盡，盡則解衣爲質。一歲除夕絕糧，作詩寄故人朱堯民曰：「歲云暮矣室瀟然，牢落生涯只舊氈。君肯太倉分一半，免教人笑灶無煙。」堯民儲錢千文爲新歲之用，遂分半贈之。

唐寅

唐伯虎嘗見降仙，令對云：「雪消獅子瘦。」乩即書云：「月滿兔兒肥。」又令對云：「七里山塘行到半塘三里半。」乩即書云：「五溪蠻洞經過中洞五溪中。」

唐伯虎嘗夢有人惠墨一囊龍劑千金，由是詞翰繪素擅名一時，因構夢墨亭。晚年寡出，常坐臨街一小樓，惟求畫者携酒造之，則酣暢竟日，任適誕放，而一毫無所苟。有言志詩云：「不煉金丹不坐禪，不爲商賈不耕田。閑來就寫青山賣，不使人間造業錢。」

明月舟蘇州僧。

明月舟喜聲色，沈石田紿以名妓招之，即來，而實無所有。壁間有《菜花蛺蝶圖》，遂題其上云：「桃花生子菜生苔，細雨蛙聲出草萊。一段春光都不見，却教蝴蝶誤飛來。」

王韋字欽佩，南京人。與朱應登、顧璘、陳沂皆長文章，時謂「江南四才子」。

弘治乙丑，内閣試庶吉士，以《春陰》爲詩題，下注「不拘體」。王韋作歌行爲諸老所賞，時儲柴墟瓘爲太僕少卿，訪韋，陸深子淵在座，因索其稿讀之，至警句云：「朱闌十二晝沉沉，畫棟泥融燕初乳。」儲擊節嘆賞曰：「絶似温李。」陸戲曰：「本是王韋。」蓋指摩詰、蘇州以謔之。爲之一笑。

方豪字思道。

方棠陵以廣東憲副入賀，張崑崙山人餞之，方曰：「君詩雖佳而非情實，如無山稱山，無水賦水，非歡而暢，不戚而哀。予詩雖劣，情實具在。」答曰：「詩人婉辭托物，若文王之思后妃，豈必臨河洲見雎鳩耶？即如餞行，何必携百壺酒而云『清酒百壺，惟筍及蒲』？若據情實，則『老酒一瓶，豆腐麵觔』耳。」京師聞者大快。

朱桂英海昌女子，號養誠道人。

朱氏嘗過虎丘山，題詩壁上云：「梵閣頻臨入紫霞，憑欄極目渺無涯。天連淮海三千里，煙鎖吴城十萬家。南北舟航摇落日，高低丘隴接平沙。老僧不管興亡事，安坐蒲團課《法華》。」

孫一元

孫太初嘗以所佩日本小劍遺殷近夫，因作《公莫舞》云：「晴空一夜走白螭，河鼓下照寒江湄。葛盧之山元氣裂，神物將化天有爲。鐔頭驚見赤花古，轆轤純鈎皆莫數。千年碧血燐火明，萬里陰風髑髏語。帝王氣象佳葱葱，玉虹提携行相從。座上酒酣公莫舞，要是當年隆準公。」

唐臯字守之。

唐臯以翰林出使朝鮮，其主出對命屬云：「琴瑟琵琶，八大王，一般頭面。」臯即對云：「魑魅魍魎，四小鬼，各自肚腸。」主大駭服。

薛蕙字君采。

薛蕙有《料絲燈》詩：「淮南玉爲碗，西京金作枝。未若兹燈麗，擅巧昆明池。霏微狀蟬翼，連絹倖網絲。煙空不礙視，霧弱未勝持。碧水點葱一，彩石染萎蕤。霞叠有無色，雲攢深淺姿。䔢蘭發香氣，對燭映紅滋。明月詎須侈，夜光方可蚩。」

文璧

文衡山致仕出京，馬上口占云：「白髮蕭疎老秘書，倦遊零落病相如。三年虛索長安米，一日歸乘下澤車。坐對西山朝氣爽，夢回東壁夜窗虛。玉蘭堂下秋風早，幽竹黄花不負予。」

錢同愛，字孔周，其家累代以小兒醫名吴中，所謂「錢氏小兒」者是也。同愛少年時，一日請衡山泛石湖，雇遊山舡以行，喚一妓女匿之梢中。舡既開，呼此妓出見。衡山倉惶求去，同愛命舟人速行，衡山窘迫無計。同愛平生極好潔，有米南宫、倪雲林之癖。衡山真率不甚點檢服飾，其足紈甚臭，至不可向邇。衡山即脱去襪以足紈玩弄，遂披拂於同愛頭面上。同愛至不能忍，即令舟人泊舡，放衡山登岸。

王寵字履吉，號雅宜。

王雅宜《嘲六十再娶》詩云：「六十作新郎，殘花入洞房。聚猶秋燕子，健亦病鴛鴦。戲水全無力，銜泥不上梁。空煩神女意，爲雨傍高唐。」浙人有嘲年六十三娶十六歲女爲繼室者云：「二八佳人七九郎，婚姻何故不相當。紅綃帳裏求歡處，一朵梨花壓海棠。」

黄省曾字勉之。

黄勉之風流儒雅，卓越罕群。嘉靖戊戌，當試春宫，適田子藝過吴門，與談西湖之勝，便輟裝不北上，往遊西湖，盤桓累月。勉之自號五嶽山人，其自稱於人亦曰山人。田戲之曰：「子誠山人也。癖耽山水，不顧功名，可謂山興。瘦骨輕軀，乘危陟險，不煩筇策，上下如飛，可謂山足。目擊清輝，便覺醉飽，飯纔一溢〔一〕，飲可曠旬，可謂山腹。談説形勝，窮狀奥妙，含腴咀雋，歌詠隨之，若易牙調味，口欲流涎，可謂山舌。解意蒼頭，追隨不倦，搜奇剔隱，以報主人，可謂山僕。備此五者而謂之山人，不亦宜乎！」坐客爲之大笑。

田藝蘅字子藝。

李白《浣沙石上女》詩：「一雙金齒屐，兩足白如霜。」屐以木爲之，即今之木屐，古婦女亦著之。今廣東婦女雖晴天白晝亦穿木屐。田子藝嘗戲給事中李孺徵云：「樂府有《雙行纏》，今南海可謂《雙行屐》矣！」云云。

〔一〕飯：底本脱，據《堯山堂外紀》卷九十七補。

陸粲字浚明，一字子餘。

陸貞山幼善屬對，錢漕湖秋日過其家，指庭中樹曰：「秋聲在樹鳴金鐵。」即對云：「山色當窗罨畫圖。」云云。

李攀龍其詩多風塵字樣，人謂之「李風塵」。

李于鱗《懷宗子相》詩：「薊門秋杪送仙槎，此日開尊感歲華。卧病山中生桂樹，懷人江上落梅花。春來鴻雁書千里，夜色樓臺雪萬家。南越東吴還獨往，應憐薄宦滯天涯。」子相每誦中聯，自嘆以爲不可及。

王世貞海上有鳳麟洲，故兄弟各以爲號。

何元朗嘗至閶門，偶遇王鳳洲在河下，是日携盤榼至友人家夜集，元朗袖中偶帶王賽玉鞋一支，醉中出以行酒，蓋王足甚小，禮部諸公亦嘗以金蓮爲戲談云云。

梁有譽

梁公實有《吊吴宫詩》曰：「月墮平湖漫不流，煙波何處可消愁？千年人傍要離塚，百頃誰尋范蠡舟。廊下悲風聞響屧，堂前清宴憶傳籌。竹枝似寫當年恨，聲起吴江葉葉秋。」

謝榛

謝茂秦遊天壇，賦七言一律。「天畔飛霞照萬山，」尋易「山」字爲「峰」，遂成絶句曰：「度嶺攀崖自一筇，黄冠竹下偶相逢。振衣直上昇仙石，天畔飛霞照萬峰。」

倭國

嘉靖間，倭子從終興雨中往曹娥江，賦詩曰：「渺渺茫茫浪潑天，霏霏拂拂雨和煙。蒼蒼翠翠山遮寺，白白紅紅花滿川。整整齊齊沙上雁，來來往往渡頭船。行行坐坐看無盡，世世生生作話傳。」又：「天連泗水水連天，煙鎖孤村村鎖煙。樹繞藤蘿蘿繞樹，川通巫峽峽通川。酒迷醉客客迷酒，船送行人人送船。此會應難難會此，傳今話古古今傳。」

梧窗詩話

林蒸坡

《梧窗詩話》二卷，林蓀坡（一七八一——一八三六）撰。據東京書肆刊寶文閣藏文化壬申序寫本校。

按：林蓀坡（はやし そんぱ HAYASHI-SONPA），江户時代儒者。加賀（今屬石川縣）人，名瑜，字孚尹，世稱「周輔」，號蓀坡。金澤藩學助教林翼之養子，本姓澀谷。於昌平黌學習，任金澤藩儒臣，藩主前田齋泰之侍讀。受聘於大聖寺、丸龜、小倉等諸侯。安永十年生，天保七年七月二十二日歿，享年五十六歲，謚號恭貞。

其著作有：《梧窗詩話》二卷、《螢窻漫筆》、《篋中集》一卷、《晚香園詩增評》一册、《晚晴閣詩文集》、《蓀坡百絶》一卷、《立山温泉記》一册、《尚書通讀》、《正學旨歸》、《詩小攝》、《正學指南》一册、《讀朱要語》等。

梧窗詩話敘

多作多改、多讀多講之外，別無學詩之法。林君蓀坡，加賀儒官也。其在江户，經業之暇，數以詩來示。字羅珠玉，音協宫商。或一二摘之疵瑕，則欣然而退，必改而後又來。其多作多改，余嘗已見之矣。及其歸國也，寄所著《梧窗詩話》二卷索予題言。予披而閲之，悉皆舉古人之詩論之，學問之博、考證之精，予於是乎又知其多讀多講，積日之功矣。比之世之采今人之詩爲詩集、論今之人詩爲詩話以衒名射利者，豈可同日而論哉？古人有言「讀書非爲詩也，而學詩不可不讀書」，予於此編亦云。壬申夏日。

詩佛老人大窪行題。梅屋松井元輔書。

梧窗詩話卷一

賈浪仙詩云：「兩句三年得，一吟雙淚流。知音若不賞，歸臥故山秋。」又《金門歲節》載賈島以歲除取一年所得詩，以酒酹之。可見古人用心如此，又能自矜重。老杜「爲人性癖耽佳句，語不驚人死不休」，孟東野「夜吟曉不休，苦吟鬼神愁」，盧延遜「險覓天應悶，狂搜海亦枯」，又如僧貫休「得句先呈佛」，亦浪仙之類也。蓋詩能爲苦吟，則何語不妙？今人作詩多以敏捷爲能事，倉卒苟且之間連篇累章，而讀之淺薄無味，唯使人頭岑岑而白日思睡，更無足道者，是以不用心之故也。古人有言「疾行無善迹矣」，實然。

權德輿詩：「巫山雲雨洛川神，珠襻香腰穩稱身。惆悵妝成君不見，含情起立問傍人。」結意極説婦女之情狀，象想逼真。而又多與之相類者，朱慶餘詩「洞房昨夜停紅燭，待曉堂前拜舅姑。妝罷低聲問夫婿，畫眉深淺入時無」，韓偓詩「學梳蟬鬢試新裙，消息佳期在此春。爲愛好多心轉惑，偏將宜稱問傍人」，唐伯虎詩「春困無端壓黛眉，梳成鬆鬢出簾遲。手拈茉莉猩紅朵，欲插逢人問可宜」。此數作意趣同歸，唯造語之淺深自有長短耳。自古詩人構思不出於人情常況之外，是以其暗合往往如此，所謂「閉户造車，出門合轍」矣。

詩者，言之永也。言者，心之聲。言不可苟吐，苟吐之爲自欺者也。作詩豈可容易哉？

今人言學宋詩者多不好温雅麗密，妄自用己意種種造出，大抵非撏奇拈僻爲骨董語，定必卑庸陋俗，都墮于胡釘鉸窠臼，此二者真所謂「下劣詩魔」也。然皆自謂宋詩正脈在此，豈惟令楊陸輩攢眉？亦當笑破具眼者之口。

前輩語，一經自家咀嚼，語意融變，如自肺腑中流出，更覺一層新致。是詩家好手段。清人有「當面青山皆客路」之句，胎出「山當人面起」「客路青山外」二句而合用之，脱换之工至於此方纔爲妙。

王介甫云「日高青女尚横陳」，又云「水歸洲渚得横陳」，用《楞嚴》「於横陳時，味如嚼臘」事。唐李義山「小蓮玉體横陳夜，已報周師入晋陽」；唐張薦《靈怪集》，東蔡女鬼與裴紹祖詩云「横陳君不御，惟知思不絶」。漢魏文章，宋玉《諷賦》主人之女歌曰「内怵惕兮徂玉牀，横自陳兮君之旁」，「横陳」蓋本於此出。《猗覺寮雜記》，按横陳，卧在之意，又兼竝列之義。宋玉賦，義自分明。《中洲集》載任詢《巨然山寺》詩「孤撑山作碧螺髻，漫散水成蒼玉鱗。野寺荒涼人不到，水光山影正横陳」，亦是竝列卧在之意。又王璹《海岳樓詩》有「物色横陳詩卷裏，雲濤飛動酒杯中」之句，可參考明唐時升《詠落花》「簾外翩躚呈妙舞，枕邊宛轉學横陳」，亦用宋玉句意。

李笠翁《養苔詩》：「汲水培苔淺卻池，鄰翁拍手笑人癡。未成斑蘚渾難待，繞砌頻呼緑拗兒。」余姑不知「緑拗兒」爲何物，後閲《花史》載王彦章葺園亭，壘壇種花，急欲苔蘚少助野意，而經年不生。顧弟子曰：「叵耐這緑拗兒！」乃知緑拗兒指苔蘚，笠翁本于此。

《花史》云：陳芸叟嘗雜種異花圍繞亭榭，散步花間，霞雪掩映。曰：「此我家錦步障也。」李後主每春盛時，梁棟窗壁，柱拱階砌，竝作隔筒插雜花，榜曰「錦洞天」，余謂共是風流佳事，可以爲詩家典故。

史達祖詞：「雨前穠杏尚娉婷〔一〕，風裹殘梅無顧藉。」周端臣詞：「梅梢，尚留顧藉，滯東風、未肯雪輕飄。」案顧藉，猶俗語曰照顧，有愛護之意，韓文「不啻如棄涕唾，無一分顧藉意」，又金路中顯母臨終，敕中顯之子宣叔曰：「汝極諫直言，天子明聖，特暫有所蔽，計他日必復起。汝前事須再言，勿有所顧藉也。」

又有「慰藉」字，與顧藉義不大異。范石湖詩「荷風拂簟照蘇我，竹月篩窗慰藉君」，沈石田詩「山疑相慰藉，逐逐笑供玩」，羅洪先《昭君詞》「多謝監宮頻慰藉，得恩何似得歸難」。《後漢書・隗囂傳》：「報以殊禮，言稱字，用敵國之儀，所以慰藉之良厚。」注「慰，安也。藉，薦也。言安慰而薦藉之也。」又陸遊詩多使用「無藉在」，「真笑形骸無藉在」，「本自陽狂無藉在」，「醉舞盃盤無藉在，狂吟風月不枝梧」，「詩酒本來無藉在，形骸況復不枝梧」。杜少陵詩：「白頭無藉在，朱紱有哀憐。」注引《千金翼論》云：「老人之性必恃其老，無有藉在。」查《綱目集覽》，身之所依曰藉。案無藉在，謂無所依賴也，即縱放肆逸之意。楊萬里有句「風似病顛無藉在，花如中酒不惺鬆。」

〔一〕娉婷：底本作「秤停」，據《梅溪詞》改。

詩中間有拆連熟字而用之，然如明顧清「城西門掩夕陽柴，剥啄尋常不用排」之句，拆「柴門」字而倒押之，可爲尤奇矣。

顧清詩題引云：「東園餞別，太守酒酣，劇論至於得失寵辱之際，聽之灑然。是夕被酒，齒痛不寐，輒用蘇長公《過清虚堂》韻歌以揚之。卒章頌言，爲將來世講之張本。」世講。即世交之謂也。《童蒙訓》云：「同僚之契、交承之分有兄弟之義，至其子孫，亦世講之。」世講所本蓋此。原詩長篇，今不贅。

顧清乙亥元日次韻師邵之詩，後句云：「茗碗酒盃皆可意，好將新歲作傳生。」注云：「唐人歲首飲酒名傳生。」案《南部新書》：「長安風俗，元日以後遞作飲食相邀，號傳坐。」本邦風俗與此寔同，乃亦可曰傳坐。

黄梅之候謂之梅月，僧貫休詩「梅月多開户，衣裳潤欲滴」，楊萬里詩「梅月如何休得雨，麥秋却是要他晴」，袁仲郎詩「好事每供梅月水，清齋長試穀前茶」是也。

本邦俗，立春夜有撒豆驅鬼之事，即謂之儺。明楊循吉《除夜雜詠》有「撒豆祈兒疾」之句，是與今所爲正同。

華人謂書札，用一札、一行、一封字，本邦俗謂之一通字，出《後漢書》，崔寔論當世便事數十條，名曰《政論》。仲長統曰：「凡爲人主，宜寫一通置之坐側。」又《典略》載臨淄侯植與楊修書云

「今往僕少小所著辭賦一通相與〔一〕」。詩中用者，陸龜蒙「爲著西齋譜一通」，陸游「地偏日永閒無事，擬著珍蔬譜一通」，皆與今所言少異。書首尾全曰通，猶言一部，而竝無言書札者。明周鼎授沐陽典史，沐陽師次杭州，四明章文仲來謁曰：「聞幕下有周鼎奇才，願與之角。」沐陽出《南征百韻詩》朗誦一過，各書一通上之，不遺一字云。是短篇亦爲一通。又嘗讀明王龍溪全集，其書内當言某論幾篇，皆作幾通。據此，今謂一札爲一通亦爲當。

《老學庵筆記》云沈醉謂之倒載。晋山簡爲荆州牧，每出，酣唱而歸。人歌曰：「山翁住何處，來往高陽池？日夕倒載歸，酩酊無所知。」余案，倒載字本於《樂記》「倒載干戈，包之以虎皮」之語。車上醉倒之謂，馬紹詩「興洽林亭晚〔二〕，方還倒載車」，是可證。其他，戴叔倫詩「當時不敢辭先醉，誤逐群公倒載歸」，張登詩「且同山簡醉，倒載莫褰帷」，陳基詩「將軍奏罷平西捷，還許山翁倒載歸」，陳緝詩「山簡歸時應倒載，條侯醉後尚談兵」數句，皆同義。

梅堯臣詩：「樵童野犬迎人後，山葛棠梨案酒時。」「案酒」字新奇，猶言下物，俗語謂之下酒。陸機《草木疏》云：「荇，接余也。白莖紫赤，圓徑寸餘。浮水上，根在水底，與水深淺，莖大如釵股。上青下白，煮其白莖，以苦酒浸之，脆美可案酒。」堯臣用此。

〔一〕辭賦：底本訛作「詞譜」，據《曹子建集》卷九改。
〔二〕林亭：底本訛作「杯停」，據《全唐詩》卷七十二改。

杜少陵有「白鳥去邊明」之句，妙趣在於一明字，後人多襲蹈于此者。宋人《鷺》詩：「飛入白雲渾不辨，碧山横處忽分明。」真山民詩：「澗暗只聞泉滴瀝，山青賸見鷺分明。」金党懷英：「避人白鳥忽驚去，雙影飛翻明翠岑。」三作構意共同，唯党造句頗涉淺拙，最爲下等矣。

近人好用奇字，蓋六如老衲爲之張本，是學宋者之弊病也。奇字固不可不知，而又不可妄用之。平常多見以蓄之胸裏，當其寫狀景物之時而不覺融出，不期於奇險而自奇險，語意渾然無斧鑿可求，則奇字雖多亦何所妨？近人不然。作意欲奇，特撏撦字面以爲妝飾，是以或首尾淺易，中唐突攙入，而更覺語脈支離，猶是補木綿敝衣以錦段，全具不相稱。語云「鍊字不如鍊句，鍊句不如鍊意」，鍊意則字句皆妙，無痕跡可見。

古人云：「論詩如品花木，牡丹、芍藥下逮苦楝、刺桐，皆有天然一種風韻。今之學杜者，紙牡丹、芍藥耳。」寔可謂的論。

董玄宰論書：「晋人取韻，唐人取法，宋人取意。」此言雖書道，亦是與詩家同一關紐，大概如此。

陸游詩：「殘花滿地無餘萼，新筍掀泥已露尖。」楊孟載詩：「小雨送花青見萼，輕雷催筍碧抽尖。」二作同押，用意一轍，而陸則直而乏景趣，楊則曲而有興致。詩人須參考，則思過半矣。

勞遠歸者置酒，謂之軟腳酒。見東坡詩「還來須置軟腳酒，爲君擊鼓行金樽」，注云：「郭子儀自同州歸，代宗詔大臣就宅作軟腳局，人出三千。」案是謂養歇行腳之疲，令和軟爲軟腳。又不必言遠歸，金李獻能《玉華谷同希顔、裕之分韻》詩云〔一〕：「玉龍落峽噴飛流，空翠霏霏晚不收〔二〕。軟腳山堂一壺酒，暮涼閑對雨峰秋。」又高啓〔三〕《次韻楊孟載早春見寄》古詩後四句云：「范莊紅杏幾株在？好待開時同折撚。對花憂患不須言，剩喚一盃供腳軟。」倒用，義同。

《叢殘小語》云：朱竹坨詞「下九同嬉戲」，用古樂府「初七及下九，嬉戲莫相忘」也。九爲陽數，古人以二十九日爲上九，初九日爲中九，十九日爲下九。每月下九置酒，爲婦女之歡，名曰陽會。蓋女子陰也，得陽以成。此説見《瑯環記》，第不知初七更作何義耳。今按方秋厓詩「上七日爲人，雲蒸澗壑春」，是稱人日爲上七，初七即上七也。王棠《知新日録》亦引秋厓詩云「吾郡人日稱上七」〔四〕，又云「正月初九謂之上九」，而引古樂府證來歷，則上九與前説不同，不知孰爲是也。

俗語有猜拳字。詩中用者，元姚文奂詩〔五〕「曉涼船過柳洲東，荷花香裏偶相逢。剥將蓮子猜拳子，玉手雙開不賭空」。《東皋雜記》云「城頭椎鼓傳花枝，廊上搏拳握松子」，搏音屯，非搏也。

〔一〕裕：底本脱，據《遺山集附録・玉華谷同希顔裕之分韻得秋字》補。　分：底本作「行」，據改。

〔二〕收：底本訛作「分」，據《元好問全集》卷五十四改。

〔三〕啓：底本脱，據《大全集》補。　次韻：底本衍作「次收韻」，據《大全集》卷十删。

〔四〕《知新日録》：《續修四庫全書》第一一四六—一一四七册作《燕在閣知新録》，下同。

〔五〕奂：底本訛作「興」，據《元詩選・二集》卷十九改。

即令猜拳，出《知新日録》。按明顧瑛有「分曹賭酒詩爲令，狎坐猜花手作鬮」之句，亦曰猜拳。古稱之迷鬮。韓偓詩「鬬草當更僕，迷鬮誤達晨」是也。猜，即隱度占射之義。明寧獻王《宫詞》云：「新選昭儀進御來，女官争簇上平臺。宫中未識他名姓，都把花名作字猜。」構意在猜字上。著工新奇可喜，故併載於此。

蒲團字往往倒置用之。蘇東坡詩「擁褐坐睡依團蒲」，黄山谷「曲几團蒲聽煮湯」，又「團蒲日静鳥吟時」，韓駒「茅齋紙帳施團蒲」，方岳「竹庵終日一團蒲」，孫蕡「凝神坐忘隱團蒲」數句，竝言蒲團也。然金劉仲尹有《不出》詩：「好詩讀罷倚團蒲，唧唧銅瓶沸地爐。天氣稍寒吾不出，氍毹分坐與狸奴。」據此，團蒲未必概爲蒲團，又或有别。不然，則此詩下句用氍毹，而上又言蒲團，於理不當。虞兆漋《天香樓偶得》云：「團蒲即蒲團是也，然亦有别。佛家趺坐者爲團蒲，此則牀帳中憑倚之圓枕也。用細絹包裹曰隱囊，以蒲爲之曰團蒲。」劉仲尹所用，蓋言此也。

明孫大雅作《菽乳》詩曰：「豆腐本漢淮南王安所作，惜其名不雅，余爲改今名，因賦此詩：淮南信佳士，思仙築高臺。八老變童顔，鴻寶枕中開。異方營齊味，數度真琦瑰。作羹傳世人，令我憶蓬萊。茹葷厭葱韭，此物乃呈才。戎菽來南山，清漪浣浮埃。轉身一旋磨，流膏入盆罍。大釜氣浮浮，小眼湯洄洄。頃得晴浪翻，坐見雪花皚。青鹽化液滷，絳蠟竄煙煤。霍霍磨昆吾，白玉大片裁。烹煎適吾口，不畏老齒摧。蒸豚亦何爲？人乳聖所哀。萬錢同一飽，斯言匪俳詼。」新篇入題，句亦佳矣。豆腐一名小宰羊。《清異録》云：「時戢爲青陽丞，潔己勤民，肉味不給，日市豆腐數箇，邑人呼豆腐爲小宰羊。」又《花史》：「豆經磨腐，其屑尚可作蔬，持齋者號爲雪花菜。」楊萬里《過樂平縣》詩云：「筍蕨都無且則休，薺無半葉也堪羞。滿城都賣雪花菜，昨日愁人未是愁。」獨用於此。

杜荀鶴詩：「出爲羈孤營糲食，歸同弟姪讀生書。」「生書」字新，生熟之生，已讀之書謂之熟書，生書即謂未讀之書也。

劉仲尹《夏日》詩：「牀頭書册聚麻沙，病起經旬不煮茶。更爲炎蒸設方略，細烹山蜜破松花。」麻沙字用爲婆娑之義。《老學庵筆記》載麻沙板事，麻沙與之不同，蓋書坊之名。《方輿勝覽》云「崇安、麻沙二坊之書行於天下」即是也。

清田霢詩：「花飛兩目苦昏矇，把卷惟宜坐日中。靉靆一雙新上額，挑燈猶作蠹書蟲。」又田霢詩《李冠石自陽山以眼鏡寄惠賦謝》云：「靉靆將來萬里程，昏昏老眼得重明。故人知我添新恙，不是心盲是目盲。」六如《葛原詩話》載此詩，靉靆，即眼鏡也。收入詩語爲所罕見也。嘗閲慎懋官《華夷花木考》載靉靆。其言具備，竝録於此：「提學副使潮陽林公有二物，如大錢形，質薄而透明，如硝子石，如琉璃色，如雲母。每見文章目力昏倦、不辨細書，以掩目，精神不散，筆畫倍明。中用綾絹聯之，縛于腦後，人皆不識。舉以問余，余曰：『此靉靆也，出於西域滿剌加國。』或聞公得自南海賈胡，必是無疑矣。後見張公《方洲雜録》與此正同，云：『見宣廟賜胡宗伯物即此。以金相輪廓而衍之爲柄，紐制其末，合則爲一，岐則爲二，如市肆中等子匣。』蓋靉靆乃輕雲，貌如輕雲之籠日月不掩其明也。若作曖曃亦可。」

《花木考》載《惜花人》《别花人》之二篇，極説愛花之情狀。文意雅逸，頗可愛誦，可知古人襟抱風流有餘也。《惜花人》篇曰：「種花而弗愛，猶弗種也。愛花而弗惜，猶弗愛也。愛有貪情，惜兼痛意。辟諸學，知不如好，好不如樂也。古之括香使、司花女、移春檻、選勝亭，買之千金，賜之九錫，無非愛之深耳。懸金鈴，燒紅燭，付酒盞，藉枕幃，武仲不啓關，子美不掃徑，無非惜之至耳。韓子云『直把春償酒，都將命乞花』，禪家所謂觸緣受、受緣愛、愛緣取，有生老死十二因緣不能解脱者，此也。杜子美云『一片花飛減卻春，花飄萬點正愁人』，所謂從愛生憂者也。又云『且看欲盡花經眼，莫厭傷多酒入唇』，所謂從憂生愛也者也。綺窗紛紛，無可奈何，非與花爲命者又何足以知之也哉！甲子春三月六日，香宇薔薇十二屏花開甚盛，黄昏風雨大作，無策蔽覆，勉强就枕。子玹趣田子起曰：『争忍群芳落莫耶？亟宜秉燭，往探平安也。』至則紅愁緑慘，俛首垂泣，若訴若怨，不忍相見者。田子方太息，而子玹忽囅然大笑，田子曰：『何謂也？』子玹曰：『獨不念蘇子之詩乎？』曰：『蘇子詩云何？』因長吟曰：『東風陣陣泛寒光，大雨沈沈水滿廊。只恐夜深花褪去，故燒高燭照紅妝。』子藝不覺抵掌絶倒，持燭翻滅，徘徊竚惜者久之。忍寒不能反，且曰：『此大佳話也！不可無紀。』遂口占一篇用慰花神云耳。『雨過三日便爲霖，何况春來兩月陰。撫景忽思燒燭味，不眠重起惜花心。紅妝冷落燈光濕，翠屋淋漓夜色深。扶病細君能解事，當年誰復伴知音。』噫！亦庶幾不負賞花者矣。褪，吞裍切，上聲，水流物去也，其去聲即爲褪，蓋方言也。」今案東坡詩諸本所載與此不同，起承句作「東風渺渺泛崇光，香霧空濛月轉廊」，「褪去」又作「睡去」，異同何由如此？可疑矣。「東風」「大雨」二句語意淺近，不如「香霧空濛」爲幽麗稍優，且《花木考》所載於「褪去」字上最著眼，而比之「睡去」卻欠景情，諸本所作當以爲正矣。雖然，《花木考》亦有據依。「褪」字用從上聲，所未曾見也，備可以爲後來一證。《別花人》篇曰：「惜花人固難得，而別花人亦難得，未有能別花而不惜花者。今俗人不惟不種花，雖好事種之，彼亦不知其名，視之如凡草，鄙之如惡木，真殺風景也！所以古人謂難得別花人。夫紫薇、薔薇，特常植耳，而白樂天猶惜之，故其詩曰『除卻微之見應愛，世間少有別花人』，又云『移他到此須爲主，不別花人莫使看』，是則太傅可謂之別花主，而微之可謂之別花人矣。然古之文人亦有極殺風景事，蓋折花，極俗人惡事也，而蘇子瞻、歐陽永叔亦嘗犯之。子瞻在東武南禪資福寺大會賓客，剪芍葉七千餘朵置瓶盎中供佛賞翫；永叔在楊州會客，取荷花千朵插畫盆中圍繞坐席，命客傳花，人摘一葉，盡處飲酒。此皆忍心人也，惜花之情安在？余嘗於花開日大書粉牌懸諸花間，曰：『名花猶美人也，可翫而不可褻，可愛而不可折。擷葉一瓣者，是裂美人之裳也；掐花一痕者，是撓美人之膚也；拗花一枝者，是折美人之肱也；以酒噴花者，是唾美人之面也；以香觸花，是薰美人之目也；解衣對花，狼藉可厭者，是與美人裎裸相逐也。近而覷者謂之盲，屈而嗅謂之齆。』語曰：『寧逢惡獠，莫殺風景。』論而不省，誓不再請。』」嗚呼！此雖戲詞，無非憐芳菲而惜香艷耳。余亦甚愛花，園庭種衆花木，每盛開，書此語以爲花前甲令。

梧窗詩話卷二

「一川豐年意，比屋鬧鷄犬」，「柴荆鬧桃李，冥冥一川花」，《雪詩》「天工妙莊嚴，施此一川雪」，范石湖句也。「乞與畫工團扇本，青林紅樹一川秋」，陸放翁句也。「霜紅半臉金罌子，雪白一川蕎麥花」，「映出一川桃李好，只消外面矮青山」，「一川黄犢朝朝飽，岸草何曾減寸青」，楊誠齋句也。又金龐鑄詩：「四面雲山玉作圍，一川霜樹錦爲衣。」元麻革詩：「一川風雨獨柴荆。」《葛原詩話》解「一川」字爲一面之意。載釋蕉中説，查證牽强，頗涉杜撰。《三國志·胡昭傳》云：孫狼等爲叛亂，「遂南附關羽，羽授印給兵，還爲賊寇。到陸渾南長樂亭〔一〕，自約誓言：『胡居士，賢者也。一不得犯其部落。』一川賴昭，咸無怵惕。」方知「一川」語古昔已有，今案猶曰一村一鄉。又《山中一夕話》有一川官語，《朱子語類》有一川僧字，亦皆同義。據此，詩句所用解爲村鄉之義，句意自判然。古人解書失之目睫者閒不尠。

元稹詩：「憶得雙文籠月下，小樓前後捉迷藏。」是用明皇之事。《致虚閣雜俎》云：「唐明皇與玉真恒於皎月之下以錦帕裹目，在方丈之閒，互相捉戲，謂之捉迷藏。」又有單言迷藏。高啓《戲嬰

〔一〕渾：底本脱，據《三國志·胡昭傳》補。

圖》「隨人貪作劇，避伴學迷藏」，乃是別事，非言捉迷藏，而後人誤爲同事。案本邦兒伴相聚，各處躲藏，而一人追蹤探伺之。有所探得，復令其代爲探伺者如初，以爲嬉戲。迷藏恐如此之類。明徐𤊹和廣續匳詩有《詠迷藏》云「檻外深潛砌外藏，輕紗微濕露清香。隔花女伴窺雙影，覓得儂時也得郎」，乃可證高啓「避伴」句亦言此也。又黄山谷《次韻文潛同遊王舍人園》詩句云「移竹淇園下，買花洛水陽。風煙二十年，花竹可迷藏」，袁仲郎「雌雷方唤醒，女魅乍迷藏」，二作共用「迷藏」，但爲隱藏之義，「迷」與「迷闉」之「迷」同。《過庭録》所載《題扇上小兒迷藏》詩：「誰剪輕紈巧織絲，春深庭院作兒嬉。路郎有意嘲輕脱，只有迷藏不入詩。」以迷藏爲捉迷藏，誤矣。

張籍《寒食内宴》詩後四句云：「千官盡醉猶教坐，百戲皆呈未放收。共喜拜恩侵夜出，金吾不敢問行由。」白居易《春生》詩：「先遣和風報消息，續教啼鳥説來由。」「行由」「來由」入詩，共新。

遠行者齎物來以遺人，今名曰土産，華人言之歸遺。東坡詩「搔首淒涼十年事，傳柑歸遺滿朝衣」，又張宛丘詩「到舍將何作歸遺，江山收得一囊詩」是也。本于《東方朔傳》「歸遺細君」之語。又金朱自牧詩云「三年官業無毫髮，萬里裝囊更蕭瑟。歸來何以謝鄉閭，細説艱難爲土物。」土物，即與土産同。土産字收入詩語亦可。

無窮字有兩義，大抵如思無窮、與無窮、身世兩無窮、三千世界本無窮之類，皆無極盡之謂也。唐李益詩「洞庭一夜無窮雁，不待天明盡北飛」，劉禹錫詩「長安陌上無窮樹，唯有垂楊管別離」，此無窮猶言無數也。明蜀成王《宮詞》「君王翌日宴長春，霖雨迷漫濘土塵。特令滿宮來壓止，一時懸挂掃晴人」，即謂掃晴娘也。《帝京景物略》云：「雨久，以白紙作婦人首，剪紅緑紙衣之，以苕帚苗縛小帚令携之，竿懸檐際，曰掃晴娘。」即今東土勾欄中女兒亦爲似此者。

居士之稱本出於《禮記》及《韓非子》，謂道藝處士也，而婦人亦有稱居士者。明陳孟賢有侍姬辨慧知書，號曰梅花居士。孟賢苦吟，忽忽多所遺忘，姬輒能記之云。

本邦之俗，畫善馬、美女及古戰之圖，懸之祠廟堂上，名曰繪馬，華俗亦然。《丹鉛録》云：「吴太伯祠在閶門之東，每春秋，市人相率牲醴，多圖善馬、彩輿、美女以獻之。」詩中或道之，陸放翁《梅市道中》「廟垣新畫馬，村笛遠呼牛」是也。《知新日録》：「古者祭祀用牲幣，秦俗牲用馬。淫祀浸繁，始用禺馬。唐玄宗瀆於鬼神，王璵以楮爲幣，今用紙馬以祀鬼神〔一〕，蓋用禺馬亦古之遺意也〔二〕。」

王安石詩：「春衫尚未著方空。」案方空見《後漢書》，注云：空，孔也。方空謂方目紗也。元張憲詩「方空越白承恩厚」。又，紗之至輕者曰輕容。唐王建《宫詞》「嫌羅不著愛輕容」，李賀詩「峽雨潤輕容」。《唐類苑》云：輕容，無花薄紗也。

余甚愛陶九成《約語》，胸懷瀟灑，千載之後可想見也。特拈出之，以爲風流儒雅之公案。《約

〔一〕用紙：底本錯作「紙用」，據《清稗類鈔・物品類二》改。

〔二〕禺：底本訛作「畫」，據《清稗類鈔・物品類二》改。

語》曰：「百歲光陰，萬物乃天地逆旅；四時行樂，我輩亦風月主人。幸居同泗水之濱，況地接九山之勝。儘可傍花隨柳，庶幾遊目騁懷。節序駸駸，莫負芒鞋竹杖；杯盤草草，何慚野蔬山肴。雖立餉之情歡，亦是百年之嘉話。敢煩同志，互作遨頭。慨元祐之耆英，衣冠遠矣；集永和之少長，觴詠依然。訂約既勒，踐言弗替。」按「風月主人」之句原歐陽彬之語。彬爲嘉州刺史，喜曰：「青山緑水中爲二千石，作詩飲酒爲風月主人，豈不佳哉！」

虞松方春謂：「握月擔風，且留後日；吞花卧酒，不可過時。」造語有風趣，殊可愛。

謂詩册爲詩本。明劉績《自題詩本》云〔一〕「幼小工刺繡，極知箴線難。秪緣花樣古，不耐入時看」，白居易「袖中吴郡新詩本」句，共謂詩册。而陸遊間用「詩本」字：「吾行在處皆詩本，錦段難裁試剪裁」，「天與詩人送詩本，一雙黄蝶弄秋花」，又《寄周浩道》詩「半生篷艇弄煙波，最愛三湘欸乃歌。擬作此行公勿怪，胸中詩本漸無多」，此「詩本」皆非謂詩册，本，種、根之義，猶言酒本、菊本，眼前景物可取爲詩用，謂之詩本。有言畫本者，亦從用處，義不同。洪貫《宫詞》「聽得當家宣畫本，君王要按美人圖」，李流芳「江月山花遠趁君，詩囊畫本留貽我」，一作謂畫卷也。党懷英「秋容澄明納萬象，畫本寂默横雙眸」，又「江村清曉皆畫本」，此「本」字亦當從種根之義。又陸游「乞與畫工團扇本，青林紅樹一川秋」，尤爲新奇。又謂丹青本。《湖村野興》云：「山色空濛雨點微，醉中

〔一〕劉：底本訛作「鎦」，據《御選明詩》卷九十六《自題詩本》改。

不覺濕蓑衣。何妨乞與丹青本，一棹横衝翠靄歸。」陸游此詩自鄭谷「江上晚來堪畫處，漁人披得一蓑歸」之句鍛煉出來，以故爲新之法也。

「村」字有爲賤陋之義而押者，楊萬里《山居睡後起弄花》云「浸得荷花水一盆，將來洗面漱牙根。涼生鬚鬢香生頰，沉麝龍涎卻是村」是也。與「村風」「村情」之「村」義較相似，奇格可存。楊萬里詩「翦翦輕風未是輕，猶吹花片作紅聲」，新致更佳矣。清人有「杏花林裏犬聲紅」之句，又加一等。

明張亨父名雪爲「水精霞」，陸鼎儀《三月三日大雪同亨父次前韻》云：「樓前寒蝶過東家，階下春江走白沙。静裏移燈疑有影，酒邊吹白半無花。深隨柳色添芳絮，巧與詩人鬭鬢華。老眼平生貪素雨，不知更有水精霞。」素雨、水精霞，佳名恰好，詩人未多用之。

程本立《雪佛碑》詩全篇頗佳，標出於此云。「天花陰墜空，平地忽三尺。異哉西方神，現此水精域。胎非託摩耶，意叵勞刻畫。乃瞻白玉相，安用黄金飾。一洗熱惱心，悉依清浄力。紅日起扶桑，終焉化無跡。其無本非空，其有亦非色。君看東逝波，滄海不可測。我來凰凰溪，古寺久荆棘。摩娑雪佛碑，碑斷字莫識。金石亦已壞，况非金石質。萬事等幻影，感之三歎息。」詠物最難矣。欲形模明備，則拘泥而近俗；欲象似婉曲，則乖離而遠真。明唐時升有《詠雁字》數首，能超脱拘泥、乖離之二病，而風情殊佳，爲頗得詠物工夫者。其詩云：「蒹葭白露早紛紛，上下參差意象分。朔漠南來應累譯，衡陽北望盡同文。方思坐卧觀三日，又見紆迴作五雲。一一總成龍鳳質，可教容易換鵝群。」又：「翩翩六翮破寒煙，初月纖纖列宿連。雨後模糊濃淡墨，風前斷續短長篇。彩霞浄拭紅絲硯，銀漢平鋪白地箋。自罷結繩書契起，憐君長在網羅邊。」其他如「蘆洲掩映成飛白，竹塢迴翔欲殺青」「影過平暲如書壁，聲落前汀似印泥」「空裏作書皆咄咄，日來多暇不匆匆」「元常法備皆三折，阿買詩成寫八分」，皆可謂警句。

朱之才詩「葵扇風未來，桃笙汗初浹」，劉勳《秋涼》詩「桃笙乘勢獻微涼，紈扇無功送暑光」，洪貫《宮詞》「倦劇歸來更漏永，一簾秋水浸桃笙」。《猗覺寮雜記》云：「劉夢得詩『盛時一失難再得，桃笙葵扇安可常』，東坡云揚雄《方言》以簟爲笙，則知『桃笙』，桃竹簟也。《南史·顧憲之傳》『疾疫死者，裹以笙席』〔一〕，蓋知笙即簟也。」

退之詩「誰謂故人知我意，卷送八尺含風漪」，曰竹簟名含風漪，後人多用之。范成大詩「一聲霜曉謾吹愁，八尺風漪不耐秋」，陸游詩「初卷含風八尺漪，井桐已復不禁吹」「八尺風漪午枕涼」「風漪乍展北窗涼」「平展風漪可一牀」，李清臣詩「八尺方牀織白藤，含風漪裏睡昏騰」，皆濫觴於退之。而又有別曰「含風漪」，黄山谷《以團茶洮州緑石研贈無咎文潛》詩云「張文潛，贈君洮州緑石含風漪，能淬筆鋒利如錐。請書元祐開皇極，第入思齊訪落詩」，乃知石研亦名爲「含風漪」也。

楊萬里詩：「千尺霜松夾道周，國初涼繖至今留。」自注：「路人號夾道松爲涼傘樹。」本邦官道

〔一〕顧：底本脱，據《猗覺寮雜記》補。

亦有涼傘樹，而詩人未道及于此，可見古人詩眼不遺一物。

風花，謂花隨風而飛也。杜子美「寒食江村路，風花高下飛」，東坡「交遊雖似雪柏堅，聚散行作風花瞥」。而陸游詩「風花忽起又遮山」自注：「風欲作則大霧充塞，謂之風花。」

武帝與麗娟看花時，薔薇始開，態若含笑。帝曰：「此花絶勝佳人笑也。」麗娟戲曰：「笑可買乎？」帝曰：「可。」麗娟遂奉黄金百片爲買笑錢。薔薇名「賣笑花」自麗娟始。

《琉球國史略》載萩花，詳言其品狀：「枝條纖弱如柳，小葉如榆，亦作品字。九月開花，葉閒遍滿，紫艷如匾豆花形。」和歌者流多用「萩」字，而詩賦中未曾見用者。改名爲天竺花，蓋以萩字不本義之故。余謂一經華人之口，則用入佳語亦何妨？

秋海棠一名斷腸花，「昔婦人思所歡不見輒涕泣，恒灑淚於北墻之下。後灑處生草，其花甚媚，色如婦面，其葉正緑反紅，秋開，名曰斷腸花，即今秋海棠也。」出《嫏嬛記》。秋海棠亦單曰海棠，范成大《秋晚詩》有「小春應爲海棠來」之句。胡嶠詩「瓶裏數枝婪尾春」，桑維翰曰：「唐末文人有謂芍藥爲婪尾春者，婪尾酒乃最後之盃，芍藥殿春亦是爲名。」

胡嶠《飛龍磵飲茶》詩云「沾牙舊姓餘甘氏，破睡當封不夜侯」，二句新奇甚矣。

中酒字，詩中多用，而王阮亭詳説中字音。中酒，始見《徐邈傳》「中聖人」，義如「中著」之「中」，而音反從平聲。《樊噲傳》「項羽既饗軍士，中酒」注云：「飲酒之中也。不醉不醒，故謂之中。」義宜從平聲，而音乃竹仲切，何也？然古人詩如「氣味如中酒」之類皆從平聲，無竹仲一讀。

又宋王觀國《學林》云：老杜「漢家新數中興年」，「百年垂死中興時」，中竝去聲。《丞民》詩序曰「任賢使能，周室中興焉」，陸德明《音義》曰：「中，丁仲反。」觀國按：中字有鐘、衆二音。音鐘者，當二者之中，首尾均也；音衆者，首尾不必均，但在二者之間爾。此中興之中所以音衆。楊仲宏詩「一代人才頗中衰」並去聲，概無平聲。姚福云：「中酒作去聲，於義爲長。蓋有『中傷』之義。」余按中酒當從姚説爲是。詩中用者，並未見從顔注爲義。韋莊「近來中酒起常遲，卧看南山吟舊詩」，楊萬里「花如中酒不惺鬆」，又宋人句「中酒病風流」，郭銓「中酒心情厭日長」，倪瓚「春與繁花俱欲謝，愁如中酒不能醒」，「旅思悽悽如中酒，人情落落似殘棋」，明王弼詩「昨夜追歡一鬨堂，醉歸山月已無光。朝來中酒無人問，卧聽春鶯不下牀」，此數句皆中傷之義，而多從去聲。唐人「氣味如中酒」亦當爲中傷之義。若爲中半之中則句意不解，而從平聲者可疑。宋白「暖日只添中酒睡」亦誤爲平聲，共不可據證也。又「中聖人」之「中」，中當之義，反多從平聲。李白「醉月頻中聖，迷花不事君」，東坡「公特未知其趣耳，臣今時復一中之」，范成大「浮世功名酒一中」，宋無「春半園林酒正中」皆可證。又林鴻「泛臘酒香頻中聖，流年花發總關愁」，從去聲者，但此而已。

馬行誤路謂之誤馬。陸游詩「新妝褰幕全身見，誤馬隨車一笑回」，又明沈德符《題朱倩新居》詩云「樓從全家勞燕子，門停誤馬吠猧兒」，正是新居之實事，「誤馬」字用得甚好。

端午曰端陽，又曰重午。王紱詩「葵榴花開蒲艾香，都城佳節逢端陽」，蔡羽《五月》詩「佳期正與端陽近，莫怪榴花別様紅」，莊昶《端午賜粽》詩「千官曉綴紫宸班，拜向彤墀賀重午」。《五雜俎》

云：古人「午」、「五」二字通用。端，始也。端午，猶言初五也。然則重午，即重五也。又楊萬里《端午試筆》詩「病較欣逢五五辰，宮衣忽憶拜天恩」，五五辰即曰重五，重九亦可曰九九辰。

俗語，以物送人名曰送人事，又曰作人情。「人事」字見《晉書》，武帝班五條詔書於郡國，其條中有「去人事」一條，方知此語晉時已有。又韓文公集中有《謝許受王用男人事物狀》《奏韓弘人事物表》二篇。按王用，憲宗之舅，男名沼，請昌黎爲王用作神道碑，送有馬一匹並鞍銜、白玉腰帶一條。昌黎未敢受，具狀奏聞。憲宗令昌黎領受，故狀内有「令臣受領人事物等」之語。又表語云「韓弘寄絹五百匹與臣充人事」，可知人事是總名。古又謂之意氣，虞嘯父爲晉孝武侍中，帝曰：「卿在門下，初不聞有獻替。」虞家富春，近海，謂帝望其意氣，對曰：「天時尚暖，鮆魚蝦鮝未可致，尋當有所上獻。」帝大笑。意氣，即所謂人情是也。王符《愛日》篇「非朝餔不得通，非意氣不得見」，仲長統《法誡》篇「請託不行，意氣不滿，立能陷人於不測之禍」，是皆謂苞苴之類也。宣帝詔吏，或飾厨傳，稱過使客〔一〕，以取名譽。韋昭注：修飾意氣以稱過客而已。

詩用「家山」字，又有言「家林」。任原詩「客路驚心孤雁影，家林入夢斷猿聲」，丁起濬詩「首塗才此夕，忽謾話家林」。

陸游詩「愛百衲琴常鎖匣，買雙鈎帖不論錢」，集衆好木片，漆膠以造之，謂之百衲琴。《廣川

〔一〕過：底本脱，據《古今事文類聚續集》卷六補。

書跋》云：「蔡君謨妙得古人書法，其書晝錦堂，每字作一紙，擇其不失法度者裁截布列，連成碑形，當時謂之百衲本。」又《墨池編》爲百衲碑。

膈膊，鷄擊羽聲也。古詩云「膈膈膊膊鷄初鳴，落落磊磊向曙星」，韓文公《鬪鷄聯句》「膈膊戰聲喧」。陸游用之，言棋石之聲，「閉户棋聲聞膈膊」，又「懶陪陌上雍容騎，且對閑窗膈膊棋」。范成大節物詩「撚粉團欒意，熬稃膈膊聲，」轉用尤奇。

詩或用破字，義猶過也。杜子美「二月已破三月來」，沈佺期「别離頻破月」，李商隱「新正未破剪刀閑」，陸游「免歸又破六年閒」，「北齋孤坐破三更」，「萬里安西無夢到，卻尋僧話破年光」，韓奕「春事夢中三月破」，皆是也。杜詩「讀書破萬卷」，亦猶言讀書過萬卷耳。張遠説爲識破萬卷之理，仇滄注謂猶韋編三絶，蓋熟讀則卷易磨也。兩説共涉于鑿。

余始以「取次」爲次第之義，而見古人所用有苟且、隨便二義耳。杜子美「取次莫論兵」，東坡「人生此樂須天賦，莫遣兒曹取次知」，陸游「小草清詩取次成」，「袖手哦詩取次成」，皆苟且之義也。皎然「取次閑眠有禪味」，善來「意舞佯歌取次行」，祝允明「亭角樓窗取次憑」，是隨便之義。唯范汭贈王曰常詩〔一〕，「一月留君興未闌，酒杯無限費春寒。海棠欲卸辛夷盡，取次看花到牡丹」，乃知以取次爲次第亦一義。

〔一〕曰：底本訛作「日」，據《御選明詩》卷一百十二改。

范石湖詩「趁虚漁子晨争渡，賽廟商人晚醉歸」，李好復詩「落日趁虚人已散，白鷺飛上渡頭船」。《砦溪詩話》云：凡聚落相近，期某旦，集交易閧然，其名爲虚。柳子厚詩「緑荷包飯趁虚人」，臨川詩「花間人語趁朝虚」，山谷詩「筍葉裹鹽同趁虚」，又「趁虚人集春蔬好」。按《嶺南志》，荆吴俗取寅、申、巳、亥日集於市曰亥市。又《南部新書》，端州以南三日一市，謂之趁虚，猶今之曰三日市、四日市是也。

司馬温公曰：「衣冠所以爲容觀也，稱體斯美矣。世人捨其所稱，聞人所尚而慕之，豈非以耳視者乎？飲食所以爲味也，適口斯善矣。世人取果餌而刻鏤之、朱緑之，以爲盤案之玩，豈非以目食者乎耳？」「耳視」「目食」字奇。又有「眼語」「目笑」。《五代史》云：昭宗舉酒屬朱温與韓建，次何皇后舉觴。建躡朱温足，乃陽醉去。建出，謂朱温曰：「天子與宫人眼語，幕下有兵仗聲，恐公不免也。」「目笑」出《平原君傳》。又劉孝威有《寄婦》詩「窗疎眉語度，紗輕眼笑來」，更覺斬新。

張來儀《寄衣曲》云：「家機織得流黄素，首尾量來寬尺度。象牀玉手熨帖平，緩剪輕裁燭花暮。含情暗忖今瘦肥，著處難知宜不宜。再拜征人寄將去，邊城寒早莫教遲。歸掩雙扉空淚落，舊繡遮身曉寒薄。良人早得封侯歸，妾身何愁少衣著。」陳簡齋《叢説》載裴説《寄邊衣》詩曰：「深閨乍冷開香篋，玉筯微微濕紅頰。一陳霜風殺柳條，濃煙半夜成黄葉。重重白練明如雪，獨下閑階轉淒切。秖知抱杵搗秋砧，不覺高樓已無月。時聞塞鴻聲相唤，紗窗只有燈相伴。幾展齊紈又懶裁，離腸恐逐金刀斷。細想儀形執牙尺，回刀剪破澄江色。愁撚銀針信手縫，惆悵無人試寬窄。

時時舉手勻殘淚，紅箋漫有千行字。書中不盡心中事，一半慇懃託邊使。」此二詩風情一軌，紬繹如繭，綺麗如織，流調渾然，託筆如話，可謂佳作，雖唐人未及于此，而裴詩則語優而情有餘，張則尚隔一關。

明張愈光句云：「銷骨驚花箭，離腸泥酒船。」「花箭」字原出於寒山詩云「玉堂挂朱簾，中有嬋娟子。其貌勝神仙，容華若桃李。東家春霧合，西舍秋風起。更過三千年，還成甘蔗滓。人言是牡丹，佛說是花箭。射入人骨髓，死而不知愁。」是極說女色害於人，「花箭」字甚奇。

詩雖一字不可苟下，一字不工，全作喪佳。弘仁帝謂小野篁曰遊河陽館得一聯曰「閉閣唯聞朝暮鼓，登樓遥望往來船」。篁曰：「御製大佳，唯改『遥』作『空』字則可。」上曰：「是白居易詩作『空』，今特換一字以試汝。」因謂《麓堂詩話》所載任翻《題台州寺壁》曰「前峰月照一江水，僧在翠微開竹房」。既去，有觀者取筆改「一」字作「半」字。翻行數十里，乃得「半」字，亟回欲易之，則見所改云。乃知一字之工，才力自有長短也。橘直幹遊石山寺，有「蒼波路遠雲千里，白霧山深鳥一聲」之句。僧奝然入宋，「雲」爲「霞」、「鳥」爲「蟲」，以爲己所作。宋人見之曰：「『霞』改『雲』、『蟲』改『鳥』則佳也。」甚矣奝然詩才卑拙！豈敢得偷於具眼耶？内省而可自耻矣。姦俗造僞金者，鑿真金换以銅鉛填之，以欲騙人。詩人如奝然者，與造僞金者，其罪何異！

本邦古昔詩人間有佳句，江朝綱《暮春》詩「落花狼藉風狂後，啼鳥龍鐘雨打時」，藤公任詩「荒村日落煙猶細，遠岫雲幽鳥獨歸」，與宋人句可並誦。

余不愛於用才，而愛於用思。長於用才者落筆成章，雖常攙先取勝，其詩多粗醜率易，唯可以瞞兒曹，而具眼一見，疵瑕百出。長於用思者，沈著融渾而鍊磨成句，咸是無瑕美玉也。趙叔鳴論詩曰：「此道不宜淺，淺則庸茸下矣。」

畫爲西施，美而不可悅；刻作桃李，似而不可食也。摹仿唐詩者，畫西施、刻桃李也。東坡曰：昔之爲文者，非能爲之爲工，乃不能不爲之爲工也。古人詩文能至於妙處者，要以其自然也。

詩道之本事，直吐出性情而已。性情極不凡，而其語自精妙，如尋常拘攣一生隨前人脚跟者，非所能及也。源西山公有《宴花下》一篇，其詩云：「有花有酒兩相宜，酒已闌時花亦奇。此日看花添酒興，今春銜酒問花期。花如珠也酒如蜜，酒入杯兮花入詩。一世愛花還愛酒，花之與酒我生涯。」如此篇，意象之超越、語氣之慷慨，婉曲流調，何等手段！雖作家未多如此者，威鳳之一羽足以驗全德。公長於干戈之間，文武雙有，當時諸侯無與之比肩，而其言如此。今世鄉曲學究，或不能自下一字，而觀他人作詩賦，必非之曰：「嘲風弄月，於道義何益！况又好爲花酒耽樂之語？吾有慚德，故不爲也。」此固腐頭巾呆語，不解詩道者，實可大噱。蓋渠非不爲，不能也。故自嬌飾其言以姑蔽己拙而已。且夫苟如渠，不逆意所在，唯以辭而已。則如西山公此篇，其謂之何？豈爲偎紅倚翠之人而可耶？癡人前不可說夢，古今之確言。

詩人之言，未必無其感觸之所由來也。「徒有羡魚情」，戒貪欲之伎倆也；「隔水問樵夫」，謂與世人路異也；「仙客好樓居」，謂卓出於塵表也；「長信宫中草」，小人滋蔓，茅塞賢路之謂；「涉江采芙蓉」，擬遁無道而爲重華之民之謂也。如此之類，不可枚舉，見者推一隅而其餘可知矣。

浪華詩話

兼康百濟

《浪華詩話》一卷，兼康百濟（一七八一—？）撰。據日本國立國會圖書館藏天保六年（一八三五）寫本校。

按：兼康百濟（かねやす ひゃくさい KANEYASU HYAKUSAI），江户時代大阪（今屬大阪府）人，名元愷，字孟美，世稱「渡邊久太郎」，號百濟。其家世代以行醫爲業，其本人亦曾學醫，後立志習儒，師事篠崎三島。天明元年生，歿年不詳。

其著作有：《浪華詩話》一卷、《浪華雜吟》一卷等。

自序

明和安永間，吾浪華府騷人如林，各有流派，其尤著者曰混沌社，片山孝秩名猷，號北海爲之盟主，相與者爲鳥山世章名宗成、河野伯淺名子龍、篠崎安道號三島，扁梅花屋、細合麗玉名合離，號半齋、岡田君章名豹、葛子琴名張，號蠹庵，樓名御風、岡田公翼名元鳳、佐野子岳名鳳、田中子明名章，號鳴門、木村世肅名孔恭，號蒹葭堂輩，尾藤志尹、賴千秋、古賀精里，又以旅寓周旋其間云。我先考亦與在社中，以故諸先生時時來吾廬，余方髫齔，彷彿僅記其音容而已。今欲探昔日詩壇風騷，無由得事實，近於梅花屋，得賴千秋所著《在津紀事》一本，讀之多録混沌社遊之事，乃參以幼時所聞見，有如夢協。鈔録其數條，以爲話緒。此編題曰詩話，而頗及諧謔雜事，蓋傚宋人所著往往如斯。

混沌社友雖小詩短文，相師友請正，互相推敲，而後就北海取斷。北海亦每詩文成，輒謀於諸子，毫無矜色。

子琴賦詩不見檢韻書，人就詢字音平仄，莫不響應也。絶目不閲本朝詩文集。麗玉好讀之，舉其瑕疵議之，亦一癖。

尾藤志尹初出豫州，來寓北海，偶舉南郭文一二句議之，北海吹煙不答。志尹問之不已，北海曰：「勿以爲也。議之不如吹煙矣。」可想其時與人。

蒹葭對客，妻妾不去其側，皆解事。書帙器玩，頤使辨之得宜。其遊長崎亦携妻妾。以上《在津紀事》

或云子琴帳中秘《白香山集》，每夜人定之後讀之，猶元美之於《東坡集》。宜乎其詩獨步于當時。

社友一日出游，嗚門卒然命對曰：「田富富田田。」子琴應聲曰：「野平平野野。」人皆稱其機警。蓋平野、富田，并近郊邑名。

北海先生爲當時宿儒，其稿散失，余藏《哭阪道齋》草稿，其詩云：「我本北越士，來客浪華濱。萍梗無寄著，漂流好誰因。四三結詩社，始與君相親。周旋無朝夕，里巷且比鄰。社盟時出入，社友或化壤。心事向誰愬，儜仃自養養。裘敝囊亦罄，資給誰是仰。舊盟君獨在，通財重友誼。尚志有古訓，但恐虧一簣。以匡以輔翼，從臾意亦摯。又憫我無室，伐柯主其儀。納聘與請期，檥舟向尼碕。維春王正月，料峭如劈肌。沽酒勞舟人，佳期不可移。夫妻有今日，嗟乎誰之力。愧我老且懶，省視不自亟。忽爾聞訃音，狼狽奔且踣。結交三十年，永决至斯極。執紼臨墓門，默拜告胸臆。君亦遠國産，自幼辭父母。辛勤殖貨賄，夙夜終不負。芝蘭生庭階，馥郁繞左右。雖在世廛間，其生也亦厚。無忝爾所生，古稀非不壽。但憾君去後，誰愛此迂叟。」此詩可以當先生小傳。

三島先生，余之受業師也。詩尤多，節取其二三。《題墨竹石屏風》曰：「植庭莫如竹，宜煙又宜雨。伴竹莫如石，宜苔又宜露。露印苔蘚萬千痕，雨洗檀欒兩三樹。福生一刷何太奇，不畫形似但畫趣。我是隱淪人，此君日追慕。何得拔汝歸，來移我後圃。」《春夜宴》曰：「團團雲漢月，不玩其終闕。灼灼園中芳，不賞其終歇。及時倘不愉，夢寐空恍惚。所以君子情，良夜不敢忽。邀客列杯槃，移筵依林樾。明月何朦朧，穠花又馝馞。旨酒列百甕，譬夫泉不竭。詩成言其志，不成何必罰。聊以永今夕，其如晨光發。」《七十書懷》原十五首，節其一曰：「弱冠始遊蓺，於今已半期。文章西漢史，歌曲盛唐詩。雖違時俗好，不爲世譽移。常稱伏波志，老莊是吾師。」《秋懷》曰：「世事何關我，老來宜攝生。已無書怪意，只有遂初情。風後補窗紙，雨前修屋甍。長松兩三樹，猶自報秋聲。」《燒蛤》曰：「墨江文蛤勝娵隅，鹽豉天然調味殊。欲擬高僧燒木佛，非求老蚌出明珠。沸漿溢處火文武，豐肉飪來月有無。况是功能添眼力，悽然何用學髯蘇。」《畫菊》曰：「碧桂飄零楓欲摧，晚芳獨有菊花開。宛如元亮當衰世，抗節傲然歸去來。」《讀〈燕世家〉》曰：「昭王霸業有由哉，一築千金郭隗臺。往日驊騮榮死骨，異邦雛樂獻英才。薊邱喬木參天老，易水寒流出塹迴。唯有芳名傳後世，幾人驅馬復歸來。」《野田藤花》曰：「參天喬木古叢祠，藤蔓纏枝翹且垂。斜日垂垂花映水，清風吹動紫漣漪。」《九日》曰：「重陽有酒掩柴關，子女相依心自閒。陶令獨憐籬下菊，佳辰不必躡秋山。」

南渡藏一研，傳言咸陽古瓦也。圓形徑九寸許，花紋纍纍，古色可掬。其蓋以本邦泉州信田千枝樟木作之。三島先生題曰：「遠傳咸陽瓦，雕爲日本硯。非此千枝樟，安蓋五里殿。」僅僅廿字能盡和漢，可謂老手矣。

松尾元章所藏茶銚，原是北海先生家物。三島先生書其匵蓋曰：「北海先生藏一茶銚，鳴門處士所手鑄，而銘則明霞宇野先生，書則大典禪師，皆天下之名望。而制之雅，辭之粹，書之法，信可珍也。余一日造先生，爐上鳴泉錚然，乃謂先生曰：『高雄之鐘世稱三絶，今此銚出先生之募，且得先生爲主人，可謂加一絶矣。』先生笑曰：『然則吾子記之以成五絶。』遂書之其匵。」銚背銘曰：「五味匪調，五孰奚讓。水在火上，金鐵錚錚。君子無患，思而豫防。」元章又藏明黃石齋墨迹，其詩曰：「中身不任九州長，垂老能爲十畝翁。欲向君家乞桃竹，小山今有百株椶。」絹本大字，墨痕淋漓，令人起亹亹仰止之思者也。社友渡邊孤松頃得黃石齋書，原僧木莽所藏云。其句云：「齊人狎見小臣稷，徐子何私少室周。」少室周，《國語》爲趙簡子御者，後爲宰。小臣稷未審爲何人，姑俟再考。

葛子琴《御風樓》編成，而未上木。及其子鳳齋没，失其所在，可惜也。或傳其二三，《歲暮》曰：「養病安貧一畝宮，任它年與世圖窮。詩詞驚俗竟無益，藥石爲醫較有功。異日丹成須試火，多時篆刻且雕蟲。何人更識余初志，獨倚江樓念《御風》。」可以見子琴所業矣。《牽牛花》曰：「人間何處謫仙郎，一别秋河隔且長。裊裊蔓疑牛不繫，層層架怪鵲成行。紫泥傳詔筆猶染，雨露餘恩杯可嘗。織女機絲消息斷，朝朝翹首訴初陽。」《池上蓮翹花》曰：「一泓池畔半庭隅，嫩朵葳蕤老樹扶。琥珀杯盛花隱者，琉璃波撼水仙軀。吞聲黄鳥羽高下，含影緋魚鱗有無。錯認金屏風七尺，描成蛺蝶撲流圖。」其它如「牛背斜陽山躑躅，蝶邊流水野薔薇」「數間茅屋春來往，一簇桃花主有無」「畫裏江山千里鏡，杖頭花柳百文錢」「喜鵲匝林秋兩岸，愁人步月夜三更」「誰家籬落款冬老，何處郊坰半夏生」「花殘春雨細，柳暗暮潮遲」，皆佳句也。

嗚門家在嗚門橋邊，以鼓鑄爲業。性温柔與物無忤，藹然君子人。當時碩學宿儒愛其才，稱千里駒。所著有詩文集若干卷，及《論語徵旁通》《毛詩字詁》《毛詩覽》《田氏載筆》等。特耽吟哦，耳目所觸無不有詩。又嗜點茶，有《茶讌作》八首。《訂期》曰：「豈獨耽幽趣，飲茶看禮存。請期隨折簡，限刻踐前言。不拒緇交素，那妨卑伍尊。主人明日賜，先往拜君門。」《赴期》曰：「鄉導何曾設，松關半掩扉。習風檐有韻，汛水草含輝。命僕穿新屩，呼箱更上衣。相辭定賓位，毾㲪露方晞。」《迎勞》曰：「佇立憩廊底，主人擁帚迎。徑縈石排置，門設木縱横。塵窖收松鬣，盥盂盛水晶。雁行臨斗室，杳聽沸爐聲。」《入室》曰：「傴促推圭竇，渾無一點塵。仙壺容膝闊，蘭室駢肩勻。架上香瓷寂，壁間墨迹神。主賓俱戒飭，心地益清新。」《宴坐》曰：「我有山溪想，烏薪白雜玄。花薰爐底火，松響鍑中泉。供給無嫌簡，饌羞感尚鮮。主人施玉露，知是點茶前。」《退休》曰：「試茶宜盥漱，退著小廊旁。不雨階前濕，無風領後涼。娱堪忘白首，夢可駭黄粱。鳴磬一二三報，微微度短墻。」《點茶》曰：「改觀方丈裏，再入别乾坤。羅罡真無俗，插花疑有根。匙頭香霧起，碗面翠濤翻。調拂窮閒雅，伯熊安足論。」《喫茶》曰：「新汲西江水，兹烹北苑叢。一杯當五飲，三啜飽群翁。透骨陰崖氣，通神滿室風。欲求嘉遁地，茶味品題中。」從事茶儀者，試一讀之。則可添多少風趣矣。

藤井樗亭，名元肅，字子穆，以能書名於世，蓋嘗學陶齋云。其爲人豪宕快活，博聞辨達，每痛飲大笑驚坐，而詩文已成矣，以故壓倒當時書生。但其壽不長，可惜。嘗送弟裕齋之東都云：「東海道千里，芙蓉插碧天。人文識其富，翰墨豈無緣。衣食慚吾拙，桑蓬覺汝賢。斷機母老矣，自客莫經年。」

松石，賈人而有士行，老益健，灑落脱俗，好劇談評騭古今人物。每對人朗吟自作詩，句句以聲色形狀隨之。如「雲穿松蓋重」，便兩手相叠爲偃蓋狀。又如「水淺柳絲垂」，至自起折腰，見者莫不哄堂。

中景積善，字子慶，號竹山居士，晚號渫翁，爲府學祭酒。文章篤學一時無比。雖辨博宏達，爲人有嚴毅不可犯色。嚼經咀史，飽餘及詩，其於聲律尤精密。有《詩律兆》之撰，列證的確。其篇什甚多，不遑枚舉，僅録小詩最嫺雅者《華燭引》四首。其一曰：「户外初更迓彩輿，青衣左右笑相扶。雲屏暗處人如蟻，細語新娘認得無。」其二曰：「絮帽深深掩玉顔，素裝宛似雪梅姿〔一〕。蕭郎登席對無語，侍女高擎仙島盤。」其三曰：「畫燭雲屏夜未央，侍兒瞻坐引新娘。傳酒翩翩雙蛺蝶，對筵默默兩鴛鴦。」其四曰：「銀瓶侑畢合歡觴，起著朱衣出洞房。一段嬌羞更何若，光明燭下露新妝。」

中井積德，字處叔，號履軒幽人，竹山弟也。學務踐履，恬静自樂，不趨時俗，善書兼諸體。講習餘暇寓意吟哦，獨用古韻，而不循休文所定，故絶不作近體。頗有象棋癖，嘗有一棋手至，幽人欲與之對局，其人曰：「僕輸則當再戰以娱先生，先生若輸請爲賦其詩。」幽人囅然諾之。既而輸矣。不得已援筆賦《象棋引》曰：「方地瓜分垠封疆，中天星墜殺氣揚。閫外秋令元有寄，桂殿春芳擁玉皇。六師死命仰鉞旄，千里成筭下廟廊。步卒九道先啓行，令嚴部伍森成行。前徒知進不知退，五伐七伐聲鏘鏘。威名元傳漢飛將，意氣縱横不可當。輕車衝墉多轞轗，驕馬遭步或玄黄。更把生虜補卒乘，遂鼓死士奪塹隍。從軍有賞皆金印，幕府策勳拜龍章。金將本來數奇者，血戰功就獨相忘。不見夫差心益驕，豈料勾踐膽日嘗。虎賁釋嚴寇伺釁，將軍在外邦無良。疾雷一聲不掩耳，車馬衝虚忽翱翔。金銀棄擲徒資敵，勤王旌旗引領望。且躋且長遡洄道，不遂不退觸藩羊。白虹竟天謫安在，非王是將非將王。股肱移禍雖已矣，天殃寧知弗可攘。左將孤軍天一角，

〔一〕姿：字失韻，似訛。

斜指斜突氣激昂。一木胡得支崩厦，櫬壁便看哭路傍。鬪蝸自古夢一覺，留與閒人鑒興亡。寄語多少青衿子，莫動機心徒自荒。」自註云：「詩中所序棋勢，往往凡庸敗局，非高手須有，所謂簾下店頭手段矣。亦只爲吾輩人語，非爲高手謀也。」此等伎倆，他人不易到，韓、蘇遇之亦將把臂。

《騮碧囊》者，中景蕉園芳山看櫻之詩文稿也。序云：「某之春南遊於芳山，友人餞以騮碧囊，乃以自隨。食飲行止唯文詩是業，詩隨盛著碧囊，文隨盛諸騮囊，囊飽殆不能括也。及歸各次編之，遂以囊名焉云。」其詩凡三百首，今録聯珠體一首曰：「大東靈種有奇華，艷逸假呼海棠華。壓倒梅杏桃李華，獨於花種顯容華。郡國固匪乏斯華，不如三芳山上華。芳山處處競春華，莫如千株谷中華。近遠高低無弗華，滿谷白雪純是華。流鶯圍花圍於華，煙霞鎖花鎖於華。宋臘清歌鳴風華，太真芳浴洗雨華。嬋妍豈緊假鉛華，贏得多少解語華。我儕斯山訪斯華，雙笈琴酒屬晴華。先醉谷中最密華，移榻復就稍疎華。年年歲歲雖換華，風光猶是上古華。自古風人争頌華，初知獎揚不諛華。一醉陶陶顔各華，强呼陶泓鬪筆華。飛墨雲煙落箋華，綴繡陳錦幾詞華。人非斯山焉飽華，山非斯人難誇華。天於斯花鍾麗華，亦於斯山加恩華。遊人先華或後華，則於我儕有寵華。喜我方壯鬢未華，自此幾春醉斯華。」蕉園名曾弘，字博毅，一號介庵，竹山適子。早逝，惜哉。

本邦謂櫻爲花，稱花王。《鶴林玉露》云：「洛陽人謂牡丹爲花，成都人謂海棠爲花，尊貴之也。」可謂東西同一人情矣。但其所謂花，恐不及吾邦之花遠甚耳。

大雅堂嘗自京師訪福原五岳曰：「欲與子遊高野，寫其山水。」五岳曰：「諾。」時賴千秋亦來在坐。五岳方勸千秋酒，交酌不已。大雅不解飲，數數促裝。五嶽曰：「倒尊即發。」夷然不理行裝。大雅援筆賦詩曰：「樂聖福先生，倒尊言爲度。倒尊又倒尊，倒尊終無度。」五岳堂號樂聖故也。

五岳爲人風流瀟灑，纍纍落落，真神仙中之人也。善詩，書次之，畫則其傍伎也。然若門人閬苑、春嶽、杏堂，皆有出藍之稱，可謂能教者也。

趙陶齋住于泉之左海，本西土來舶人子。初爲僧竺蕣徒弟，後歸俗云。大雅畫、陶齋書，世稱二妙。頃閲其《隨筆國字記録》等，學本程朱，頗有所極。有詩云：「征馬揚鞭誰可駐，日通大阪大和路。暫時相感合離心，浮世何勞窮達趣。校閲二三千卷書，醉吟五七一聯句。夏雲秋水倚風音，鱸膾蓴羹期會遇。」有此伎倆，書名之不朽有以也。

或云陶齋嘗經過住吉祠頭，見華表前所建石燈臺，題「住吉太神宮拜前」七字，驚嘆云：「本邦亦有如此能書乎！　而其書竟不可知爲何人也，可惜。」

七言絶句起句不押韻者，唐宋人頗多，然余不取焉。兒輩輒舉例，余不能禁。一日越高洲見過，話及此事，高洲曰：「詩半而見韻，不乏韻聲乎？」余以爲知言。

高洲越氏會集，各賦《秋江呼渡》，余探韻得「陽」字：「士人自愧伍農商，佇立江頭别喚航。堪笑官權卻迂遠，篙師未至欲斜陽。」蓋竊諷高洲有佩兩刀癖也。

東坡詩云：「花曾識面香仍好，鳥不知名聲自呼。」往歳春，余過城東野人家云：「主不知名温暖熟，花曾識面笑言如。」愧剽竊不敢示人。後偶讀方秋厓詩云：「花曾識面若含笑，鳥不知名時自呼。」自笑盜能捕盜。

佛印戲譏諷東坡云：「不慳不富，不富不慳。轉富轉慳，轉慳轉富。慳則富，富則慳。」東坡即答云：「不毒不禿，不禿不毒。轉禿轉毒，轉毒轉禿。毒則禿，禿則毒。」吾浪華有許多東坡，禿毒如印亦不尠。

鄰翁某信佛，而不辨菽麥，卒然來問曰：「子弟讀書頻頻云『子曰子曰』，所謂『子曰』者何義也？」余逡巡未答。家人在傍笑曰：「猶翁唱『南無阿彌陀佛』是也。」翁唯唯去。

淨照上人送馬蘭數十莖，令栽余吟窗下，請賦其詩。余謂：「《爾雅》馬蘭爲紫菊，深紫色，蓋我邦所謂『紺菊』也。我邦所謂『馬蘭』者，即蘭之同種，而無花，其葉特大，故冒以馬字，猶『馬蓼』之馬也。」賦廿八字云：「叢叢簇簇覆庭除，翠葉新抽卷又舒。宜雨宜風可題字，自今喚作小巴且蓬亭云：一名一帆青，未詳出何書，亦佳名矣。巴且，謂芭蕉。」

有人偶來敝廬，朗吟自作詩，其尾句云：「霸王樹畔美人草，匹似虞兮待項王。」可謂能取譬。忘其姓名，蓋讚丸龜隱士云。

詩佛常題竹云：「君能雖沈醉，一年僅一回。不知老詩客，日傾三百杯。」人皆稱其宏達敵白也。余亦云：「愛此碧瑯玕，使人肝膽寒。一年一回醉，所以得平安。」蓋以自戒酒也。

丁亥中元夜，詩佛見訪，余賦云：「徂暑初涼月快哉，況還詩佛老人來。斯月斯翁難再會，如何月落且翁回。」

戊子春，南渡遊東都，過薩陲嶺賦云：「春雲起蒼海，一帶抹青霄。遍過群峰去，纔懸富岳腰。」乃往示詩佛老人，老人削「去」字，作「頂」字，人皆服其老練矣。余謂不然。以「遍」「纔」字爲詩眼，而全詩貫通，頗有道學者流之風調也。至於「去」字，則仍舊亦可，作「頂」亦可。若以「頂」「腰」爲雕鎸，則是詩人之瘴魔。

《蜀中詩話》云：有高士某，中秋對月吟云：「隔籬呼酒來烹芋，又恐鄰家索酒錢。不若與妻商確定，閉門推出月還天。」是因中秋無酒，而推月還天也。邦俗亦中秋烹芋爲例。對月食芋，不亦李義山所謂「殺風景」哉！而蜀俗亦然乎？

某歲中秋，同梅關、梅莽舟遊澳流，而不見月。二子與余「梅」字請詩，即賦云：「涼氣粟肌過幾杯，維船堤上立裴回。白雲點綴月安在，情況恰如探雪梅。」

昔歲初秋，余樓例會，限赤壁集字，蓋仿坡公《歸去來》集字體也。小竹賦古體一首贈余曰：「孟美變化甚，瞬目一千里。雄飛遊東武，懷抱浩如海。如何不相遇，困窮無所倚。有如縱壑魚，一擊謬出水。愀然悲逝者，江渚得其止。幽獨安壁立，自適知今是。況此生長地，曾游知音在。尊中酒不空，風月與客釃。何爲慕東音，輕窕以自喜。將仙終未化，樂是又羨彼。危哉中無主，秋水風吹葦。正聲今絶響，下里歌盈耳。斯蔽能洗盡，風流無遺美。在德不在詩，正襟訴吾子。」余和之曰：「獨立天地間，所爲一一危。無用之長物，生來世所遺。雖然自樂甚，不羨倚人爲。詩何誦東武，惟不喜明詩。則此蘇仙賦，渺如清風吹。遨遊無盡藏，吾酒於是釃。虚懷無適莫，目擊謬旌旗。千流又萬流，天下皆如斯。舉非非不少，舉是是亦稀。將一物與我，是非固無知。」詩成而未示小竹，小竹重有所贈曰：「卒然有所懷，輕輕出於口。竭盡無餘遺，音響凌吾友。詩章甚狼藉，《周南》風何有？茫然今自蘇，獨坐方愀愀。可喜不挾長，虛中笑而取。幽襟美桂蘭，德望明星斗。浩歌欲相和，樂如客得主。白也遇荊州，安不露所抱。何用鬱鬱乎？蔽藏如怨婦。子觀蓋世雄，今日何稀少。吾欲駕天風，仙遊相與不。日月以爲旌，江海以爲酒。周流天地間，一杯舉屬子。」余又和之曰：「自夫子仙逝謂三島先生，秋光既七周。遺音猶託子，哀吾之獨幽。相和赤壁賦，不遺同友遊。懷抱毫無挾，風流又風流。今而知所止，何爲望東州。以詩敵吾子，我方如蜉蝣。以酒敵吾子，我則飲如牛。酒我詩吾子，枕藉一葉舟。與共樂所樂，一望明月秋。以子美德化，來正我輕浮。」雪蘭，大鹽子，次韻余詩曰：「章主白樂天，其德如挾周。彼是望凡屬，于今不獨幽。不曾慕彼魚，而爲武州遊。焉在須臾間，縱橫興詩流。詩流既鳴世，不可遺東州。東州如相遺，子德下蜉蝣。知是西方星，長望東才牛。怨慕非七月，千里將登舟。是哉浩歌中，東音悲於秋。懷抱皆在此，天地無輕浮。」雪中偶訪大鹽氏，主人詩云：「庭有凌雲一古松，朝來老幹雪華封。狂生心樂無人會，高捲簾帷睨白龍。」余詩云：「江南江北雪紛紛，吟杖過橋路自分。關心勁節能無羨，不問花兄問此君。」小竹戲有「大鹽、小米」之對句，合坐一笑。小米者，半江別號。

某歲首春，諸子見訪，余不在。各和余新年作，大鹽子其尾句云：「上堂暗卜歸來晚，獨往應眠賣酒盧。」小竹云：「憐子城東携斗酒，禽聲閒聽提壺盧。」裕齋云：「陌上春寒如劈面，好將絮帽纏頭盧。」半江云：「莫道主人在不在，瓶梅與客共胡盧。」余詩云：「賀客往來皆肅肅，萬家斷没唤梟盧。」吾浪華府運漕富庶，爲天下第一，固世人所稱，而陶朱、倚頓之輩不遑枚舉。所恨者，文墨韻士僅僅摟指。且精煉于藝事者，亦復罕有。雖然意氣忼慨間有其人，豈所謂「衣食足知榮辱，倉廩滿知禮節」者乎！是爲可貴也。

浪花以梅花有名久矣。韓人王仁「笑也此花」之國歌口碑于世。或云仁德帝時世，未有國歌如是工者，是必後人擬作無疑。徠翁詩「總爲梅花高世外，教人轉憶浪華城」，蓋人皆以難波梅爲賞，雖然，未見有何遺跡焉。或自王仁國歌而然乎？且所謂此花者，果指梅花乎？姑書以俟後之識者。或云此花乃木花也。

《離騷》無梅花，《萬葉集》無菊花，蓋亦偶然者乎？抑當時兩芳未多有乎？

宇治僧喜撰《吾盧歌》，阿部仲麿《三笠山歌》，各一首而已。而皆足千秋令後人欽慕不能已，可以爲法也。詩文亦然。著述不以多爲貴，惟其精煉穩當，使人一誦三嘆，斯爲美也。徒貴多者，亦不免嚴子陵買菜之嘲耳。

放翁稱成都梅云：「或如卧龍，或如遊龍，樛曲萬狀，蒼蘚鱗皴，封滿花身。又有苔鬚，垂於枝間。風颺緑絲，飄飄可玩焉。」相傳謂之梅龍。余往日觀梅于岡本，林中多所謂梅龍者。乃將苔鬚數莖而歸，栽之於盆，以充坐右一玩。阿部絹洲適來，見之曰：「兄亦愛艾納乎？」余曰：「如何？」曰：「坡公梅花詩云『憑仗幽人收艾納，國香和雨入苺苔』。艾納者，樹上緑衣耳。或可用和香，故香亦有名艾納者。傅休奕賦云『凌蘇合之殊珍，豈艾納之足方』，陳基詩云『水晶簾箔垂晴晝，艾納爐薰逗夕陽』是也。」余因就嗅之，幽香馥郁，試摘投之於爐火，奇香穿鼻，甚可愛也。乃賦云：「手收艾納滿盆移，坐看清風颺緑絲。最是幽人眠覺處，國香和雨逗紗帷。」時馬埸乾齋亦在坐，同賦云：「聞道古梅如卧龍，苔鬚拂拂動清風。坐間緣唱坡仙句，試嗅幽香鼻觀通。」終相共舉白盡醉，蓋酬絹洲之起余也。

正月八日觀梅於岡本，竹所詩云：「徑入山林回又回，滿溪香氣襲人來。翻卻先生放翁句，萬樹梅花酒萬杯。老陸詩云『一樹梅花一放翁』。」余詩云：「行遍山阿不耐情，吟思恰比放翁清。豪來終跨梅龍得，捋那苔鬚數十莖。」「憶昔山林雪後天，驕騎野馬醉狂顛。如今應被梅花笑，老較當時又十年。」十年前與孔直同游，余大醉墜馬，即賦云：『梅瘴襲人行不前，况還鞍上醉頹然。重探林下絶清處，記取幽人墮馬邊。』孔直戲作其圖。今歲亦同孔直，乃寫梅龍圖，竹所寫岡本真景，皆筆力精妙可愛也。因合爲一卷，備文房賞玩之一矣。

放翁句云：「談餘白拂懸床角，飲散空尊卧壁根。」余戲云：「前句則清恬道人的幽居，後句則潑皮破落户的空房。」

早春以盆栽梅花贈絹洲，絹洲賦云：「凍蜂孤蝶小裴回，醉眼唯看雪一堆。這个性靈難抱得，好香忽地褶人來。」絹洲鐵筆宿將，詩鋒亦復誰敢敵乎？

絹洲藏栗山先生大書絹本，其詩云：「卧遊昨夜夢西湖，蚤起偶然對此圖。兩兩三三橋畔影，何橋人影夢中吾？」其書如虎之蹲，如龍之蟄，使人爽然。

新正猪日，余賦云：「安卧閒窗護宿酲，三竿初日報新晴。東風消盡昨來雪，檐滴聽爲春雨聲。」以示後藤春草，春草亦有詩云：「星飯連朝去拜年，紙窻今日太晴妍。雪簷滴滴洒江面，聽爲雨聲閒補眠。」情況何相符乎！如句之工，則吾不及也。

本邦古樂自隋唐傳來，而浪華天王寺爲本源。樂工數十人世禄，其伎其傳甚正。勝於震旦云。蓋天王寺每歲樂舞有定法有定日，而以二月廿二日爲大樂會。奏數十闋，自朝至夜，大概如《太平樂》《還城樂》《羅陵王》《那蘇利》之類。而其餘每歲有少出入耳。近歲始舞《蘇莫遮》，其曲三百年來絶者云。其舞一人帽如蓑者，又一人朱袍衣，起行吹笛於階下，頗爲奇觀，不知何戲也。近閲清毛先舒所著《填詞名解》云：「《蘇莫遮》，西域婦人帽也。又《唐書》吕元濟上書，比見坊邑相率爲渾脱隊，駿馬弧服，名《蘇莫遮》。蓋本是弧樂之飾，唐教坊作此戲，即名曲。張説詩作《蘇摩遮》。詩云：『摩遮本出海西弧，琉璃寶服紫髯鬚。聞道皇恩遍宇宙，來將歌舞助歡娱。』又云：『繡裝拍額寶花冠，彝歌騎馬借人看。自能激水成陰氣，不慮今年寒不寒。』案此，則此樂似角觝眩目，吞刀吐火之類也。一名《鬢雲鬆》。」又周邦彦詞云：「隴雲沉，新月小，楊柳梢頭，能有春多少？試著羅裳寒尚峭，簾捲青樓，占得清風早。翠屏深，香篆裊，流水落花，不管劉郎到。三疊《陽關》聲漸杳，斷雲只怕巫山曉。」小竹云：《蘇莫遮》撾太鼓名震動鼓，是歲京城地大震，如成讖。然不及吾浪華也。

散樂者本邦呼能，又呼申樂，蓋申樂、散樂邦音通，自足利氏世始云。豐公專用此伎，而至今益行。幕府每有慶事饗禮，必用散樂爲例。是日也，有賜伶人錦衣及青錢數萬緡。所謂錦衣者，乃散樂所用之服也，其徒名之曰唐織。其賜之也，列侯各兩手捧錦衣一領，以纏於伶人之頭。彼輩各敬拜，錦衣纏頭而退。其進退有度，容止可觀。杜詩云「舞罷錦纏頭」，其是之謂乎！伶人世禄，嘗練精其伎，夙夜不懈。其伎倚謳歌鼓吹，其曲則多本邦古昔事實。或有項羽、張良、楊貴妃、昭君等凡若干，所謂樂而不淫、悲而不傷者，或庶幾矣。小竹云：公善散樂中横笛，故左袒如此。僕亦頃學小鼓，得《高砂》《羽衣》一二齣，因欲名以武樂。

唐宋以來詩人古體尤多，蓋以古體縱横，易述情懷故也。律詩者固所難，老杜且云「晚歲漸於詩律細」。吾邦詩家，古人今人古體尤少，率以律詩爲專。雖然，享保間詩聲律亦未審，何也？蓋以二四不同、二六對爲足矣故耳，豈可謂之律哉！四韻之詩，易爲聲病所縛。余每謂兒輩云，唐宋古詩於押韻轉换，誦讀沉酣，深得其意味，取以爲例，則學詩莫善焉。楊萬里有言云：「如杜少陵《丹青引》《曹將軍畫馬》《奉先縣劉少府山水障歌》等篇，皆雄偉宏放，不可捕捉。學詩者于李杜蘇黄中求此等類。」近世隨園亦云：「作詩先宜學古體。」余頃有《蚤起》作，轉意换韻，以示門生：「慈烏慈烏報天曉，鵓鳩鵓鳩呼吾老。亦勝汲汲戚戚徒，逍遥自適集叢篠。先生徐起嗽井華，掃除烏几碧窗紗。竈頭吹火跣婢懶，門塾讀書書生嘩。書生只須安環堵，莫爲青紫羨東武。吾昔仕途歷險巇，倦遊忽被促杜宇。歸來草堂緑酒杯，舊盟不違懷抱開。一笑而今老將智，卻被鵓鳩呼耄來。」鵓鳩其聲似呼「老者來」。

龍護上人詩云：「人道悲秋氣，秋氣真堪悲。如何城上笛，故向月中吹。」雖置諸明人集中，誰能辨之？

龍護上人與諸子唱和《落花吟》數百首，併爲一卷以見示。其體仿沈、唐二子，各三十首。叠韻反覆，可謂「落花點鬼簿」矣。余亦欲和，而力不能焉，因題一律其末：「黄絹幼婦落花詩，紛似落花終不萎。芳嶺風前迷静女，粟津雨後泣巴姬。餘香細細傳千古，春色妍妍彼一時。吾亦吟魂若狂蝶，漫天匝地奈難追。」

近有大髻士，日逍遥陌頭，男女群集無不指笑之。余賦云：「君不見大髻一丈夫，又不知何人何所居。日夜掉首步市衢，腰横兩刀笑怡愉。意氣揚揚獨樂娱。其髻日大大于烏，欲制紈綺少年愚。小髻風流擬侏儒，人疑顛狂弄世乎。」

竹所齋外設一小室，一日雨中招余飲焉。余愛其小而適，乃朗吟云：「野航恰受兩三人。」主人云：「然則名之曰聽雨艇可乎？」曰「蓋仿楊萬里釣雪船」也。因賦云：「絶憐亭子小於舟，況有盆中赤壁幽。好是醉來俱枕藉，夢聽竹雨作江流。」

松庵築小室於庭隅，蓋賣藥餘暇欲避市俗紛煩也。落成之日招余飲焉。其室宛如懸壺，而旨酒甘肴盈衍其中，終日飲不盡。余因名室曰謫天壺。松庵頽乎喜溢眉間，請賦其詩，乃題曰：「壺中仙世界，煉熟藥丹靈。何過爲天謫，應知是酒星。」

个道士嘗苦夏日炎威薰赫坐席，而垂簾箔則炙日矣，下帷幕亦遮風矣。今歲造意製呼風掩日之帳，其製如尋常屏風狀，以紙糊之，畫花卉翎毛於其上焉，而以小竿推揭其中間，則小洞空豁開於數處焉。清風徐來，炎威高遮。芭蕉摇于此洞，瑯玕戛于彼洞。珍禽飛鳴，蜻蜓款款，清涼幽邃可愛也。於是道士招客，展書畫、插花、圍棋，或揮毫、吟詩、煮茗，從意所適。倦則高枕爲羲皇上人〔一〕，蓋避暑不可無之物也。余謂：「侍寒夜之寢有湯婆，今名之曰風姬可乎？」道士莞爾笑曰：「吾寵竹夫人久矣，風姬乃其媵妾乎？」衆咸哄堂。

一夜一士人來訪，卒然出古瓢而言曰：「吾曾藏數百瓢，以此瓢爲魁首。因來示君也。芳醪滿瓢，君其傾之。」余取視之，大可容五合强，形狀竦直，膚紋温潤，古色可掬，實千年外物云。余問其來由，士曰：「吾往歲有事赴江州大津，將西返，偶遇一客擔上懸古瓢。吾一見心醉，不覺馬首之東也。蹤征客行數里，竟得相親近，與共宿草津，飲其瓢酒，相共娱樂，撫玩不止。經宿到桑名，謂客曰：『吾元無它事，唯爲此瓢而到于此耳。今欲相别，而心實不忍别，奈之何？』客驚且感其意，遂輒贈吾。乃是也。其人可謂奇於瓢矣。時余獨飲，既倒其瓢，沉醉就眠，不知士人之去，又不問其瓢主姓名，蓋秋田藩士云。」

香雪齋嘗盆上排石十有餘枚。余熟視之，皆與玉無辨，紅黄白色，其文如人指上螺紋，因云：「是蘇文忠公所供佛印怪石之流乎？」主人云：「然。近得以爲珍玩，注水粲然亦奇。」爾後與竹所謀奪其二三。一日與共訪香雪，時壁上展瑞圖書迹，其詩云：「故人携我上層巒，梯折三休徑屢盤。

〔一〕羲：底本訛作「義」。按此用《五柳先生傳》語，據改。

五老峰陰松際落，九江秋色霧中寬。洞深小有丹霞護，閣倚虚無玉練寒。不待麻姑勤指點，滄桑吾已幾回觀。」其字跡骨力結構，疎秀朗潤。又古琴、端溪研，或盆栽花卉數種，皆清奇可玩，而不見怪石。因問：「怪石安在乎？」曰：「怕一旦有如楊次公者來攫之，故筐藏焉耳。」余謂：「主人知機，毋乃前身是海鷗乎？」相共一笑。

某歲春訪賴山陽，山陽固規余詩仿楊萬里，且多諧謔俚語。有《片桐侯席上作》：「遠邇煙霞簇小泉，境連芳野與龍田。一年休暇應無暇，春詠彼山秋此川。」又《巽處老人壽詞》：「先生質似放翁詩，温厚雅馴人所知。仙齡亦若放翁壽，壽以放翁詩數爲。」又《早春雙松堂》「雙松後凋色，小竹先生鄰」句等。余即援筆云：「三十六峰外，居然隱士名。山陽卜得築，春水激逾清。詩訣喜君授，酒尊從我傾。桑榆雖已迫，正路勉前程。」以「春水」對「山陽」，可謂强對。山陽冷笑云：「故態復發乎？」

山陽嘗到浪華，《舟中作》有云：「燈光人語知浪華，兩岸柝聲夜奈何。」余特愛而誦之。惜哉，山陽早逝矣。實爲吾邦近世文墨巨擘矣。有父春水，有叔父杏坪，舉族皆以才名動天下，猶宋時眉山有蘇氏。

奥檀橋、篠小竹、藤裕齋、廣筑梁，併余，皆以天明紀元之年生，而皆自幼受業于三島先生。於今每詩酒會集，未嘗不相與俱焉。嗚乎！同庚同學有此數友，而平生無大疾病，將及尚齒會期，不亦一奇事乎！不亦一樂事乎！檀橋者，館林藩士，射術冠于京攝。

甲與乙，交際相親，論議互伯仲。甲云：「吾齡既五十，卿廿五，則吾之半可羨矣。」乙笑云：「然則君至百歲，吾當五十。」

邦俗齡六十一稱還曆，八十八稱米年，各相賀。雖西人所未道，亦復不俗。余賀周庵田中國手云：「邦俗相賀六十一，喚做還曆亦復吉。田君還曆即今兹，甲午再逢降誕日。笑顔夭夭真神仙，何況醫方越人傳。美酒千斛宴佳客，醉來齊唱《天保》篇。孫子彩衣各嬉戲，此舞彼歌共欣喜。豈翅歡聲沸壽筵，悦樂世間群兒子。」

余昔歲重到小泉，途中作云：「逢山恰似逢詩友，卻愧新詩吟得難。曾遊僅間十餘日，到處春光刮目看。」近閲清王文治詩云：「變滅煙雲一霎時，每愁好句過難追。近來學得便宜法，只看青山不作詩。」一讀愧死。

室名聽雨艇，蓋以其室恰受兩三人故也。其飲酒煎茶，几上之具皆用細小，而取適矣。主人持小帖示余云：「欲請諸名家書畫，且欲其書其畫各細小精密，而爲聽雨艇中第一清玩寶重物也。君請序，序此事亦欲其至細至小縷縷述之也。」余笑云：「謹聞命矣。然則至潤筆之金，亦其細小中最貴重者矣。吕乎！品乎！抑吅乎！」主人笑而不答。

有賈人文作者，山陽爲之書「老狐精」扁字，小竹題其旁云：「東坡見王介甫詩嘆云：『是老狐精也。』蓋謂其變化不可測也。子成以喚文作當矣。」余亦戲賦云：「老人何所業？一老骨董生。何人轉音得，喚作老狐生。」

書肆河吉來語云：「丐兒名六者，起卧于道頓掘酒樓下，乞其殘瀝飲之自娱。臨終題詩云：『一鉢千家飯，孤身幾度秋。雪暖草筵裏，暑涼橋下流。非空復非色，無樂又無憂。若人訪是六，明月水中浮。』蓋其名六，慕唐六如之戲者歟？達而後然者歟？」伯虎與張夢晋、祝允明皆任達放誕。嘗雨雪中作丐兒，鼓節唱《蓮花落》，得錢沽酒，野寺中痛飲，曰：「此樂恨不令太白知之。」

《本朝醫考》云：康頼本姓劉氏，出于後漢靈帝。世居丹波矢田郡，因賜姓丹波宿禰。叙從五位上，任鍼博士。永觀二年十一月獻《醫心方》卅卷，余上祖乃是也。不知何世改姓兼康。今京師有兼康巷，疑上古有丹波兼康者，居其地以爲醫也。聞豐公之世，朝臣有兼康，備中守云。又自神祖時，至今官醫口科乃兼康氏也。余祖者自元禄年間住浪華，到余八世。余自幼不欲醫，竟爲儒矣。兼康之姓，世人異之，因加檢詳焉。方今兼康字，一犯上皇御諱，一犯神祖諱。賴山陽云：「兼康、金安，邦音相通，改之可也。」余謂諱名西土事，而本邦不諱，自古而然。《禮》曰：「臨文不諱，二名不偏諱。」且醫之侍神祖者猶且不諱，余何獨改之乎？

耕讀餘暇書于百濟吟窻下。

浪華詩話終　天保六年刊　後編續刻

松陰快談

長野豐山

《松陰快談》四巻，長野豊山（一七八三—一八三七）撰。據文會堂《日本詩話叢書》本校。

按：長野豊山（ながの ぶざん/ほうざん NAGANO BUZAN/HOZAN），江户時代儒者。伊予（今屬愛媛縣）川江（今四國中央市）人，名確，字猛確。世稱「友太郎」，號豊山。十九歲時赴大阪從中井竹山學習《詩經》《書經》《左傳》《國語》《史記》《漢書》等。文化二年（一八〇五）二十三歲赴江户入昌平黌，師從柴野栗山、古賀精里、尾藤二洲。其學問尊崇信奉程朱理學，善詩文，文宗韓柳，詩好李杜及白樂天、杜牧、蘇東坡、陸放翁。文化十年（一八一三）仕於伊勢神户藩主本多氏，任藩校教倫堂教授，在任七年有餘，文政二年（一八一九）因病退職。遂又受召於川越藩任藩校博喻堂教授，爲刷新學風貢獻甚大。晚年居江户。天明三年七月二十八日出生，天保八年八月二十二日歿，享年五十五歲。東京芝（地名）廣岳院有其墓地。

其著作有：《松蔭快談》四巻、《松蔭快談續編》二巻、《嘉聲軒詩略》二巻、《嘉聲軒詩話》二巻、《嘉聲軒詩約》八巻、《嘉聲軒文約》七巻、《治國要法》八巻、《三名士傳》一巻等。另，《松蔭快談》被收録於中國《昭代叢書》。

松陰快談自序

余之僑居京城也，軒外有古松一株，夭嬌翥軒，如遊龍舞鳳，余撫而愛之。及日之没山，月之飛空，則涼影參差，中庭如流。時有稚子高吟曰：「水上輕風非有著，松間明月本無塵。」余卧而聽之，不覺躍然而起，拍手和之。已而嘆曰：「此境界一味，恨無人共享之矣。」居久之，聞足音跫然，則有二三客提携而來，余爲設席松陰，與之啜苦茗，酌淡酒，陶然以樂。古人云「又得浮生半日閑」，我輩之閑豈特半日而已哉。於是余爲之商榷古今，評品文詩，其餘及山水花木，書畫筆墨之末。銜口而發，無所擇也。一談一笑，未嘗不抵掌稱快也。乃謂客曰：「子亦曾聽稚子之吟詩乎？水風不著，松月無塵，是得我談之意，且彼偶然高吟以自快焉。我聽而悦之，不知客亦能悦吾之談否？然悦之亦可，不悦亦可。我快吾談，奚必問人之悦與不悦哉？」客啞然而笑，且去又來，固無妨於我之閑也。積日累月，談益多端。因自録之，稍積爲卷，名曰《松陰快談》。亦非以快人也，以自快耳。夫月之夕，松之陰，乃繙我書而快誦之，安知不復有旁人拍手稱快者哉？

文政庚辰仲夏，豐山長野確書于京城僑居老松之陰。

松陰快談卷之一

好同惡異之弊，不可勝言也。在國家則忠直退而佞諛進，在講學則損友親而益友疏。人之意見，豈一一與我同哉？天下之事，豈一人一家之所能辨哉？要之虚心平氣，惟求其善，庶幾其可。王安石好同惡異，偏見執拗，遂亂天下。東坡曰：「自孔子不能使人同，顔淵之仁，子路之勇，不能以相移。而王氏欲以其學同天下。地之美者同於生物，不同於所生。惟荒瘠斥鹵之地，彌望皆黄茅白葦，此則王氏之同也。」善哉言也。梅柳桃李杜丹芍藥菡萏燕子，其花不同而皆可愛焉。天地生物已不同，而况於人乎？

誹謗激坑焚之禍，清議激黨錮之禍，清流激白馬之禍，臺諫激新法之禍。歷代大禍多起於言語文字之激，可不畏而慎焉哉？明道先生嘗曰：「新法之行，乃吾黨激成之。當時自愧不能以誠感上心，遂致今日之禍，豈可獨罪安石也。」余謂當時諸公争攻安石，不遺餘力，先生獨反之已。嗚呼！是所以爲先生也。

近歲米價至賤，亦至治之景象。蓋有田禄者，米價高則得利十倍，是徒益其富耳。鰥寡孤獨無恒産者出錢買米，一錢高下，利害切其身。寧使富家少其利，不使窮民失其所。元何景福《傷田家》詩曰：「春祈秋報一年期，土穀神靈知未知。昨日街頭穹米價，三錢一斗定何時。」讀之不覺泣下也。唐太宗時米斗三錢，後世以爲美談，然不如漢宣帝之時穀石五錢也。

天明年中，奥羽飢饉，餓者盈道，羽州鶴岡有鈴木宇右衛門者，初爲某藩小吏，致仕自耕，爲人仁厚。見餓者之衆，愀然憫之。於是悉出其所有救之，其妻亦賣衣服鈿釵助之振濟，田宅器物斥賣皆盡。一日門外有小女，饑凍號哭。宇女年十歲，母謂之曰：「春天漸暖，汝襲纊衣，盍脱其一以贈之？」女乃擇其美者，以授門外女。父母欣然感涕，聞者莫不嘆美。嗚呼！鈴子，一村小民耳，而其賢如此！世之大家富豪自矜者豈能爲鈴子乎？道德自任者豈能爲鈴子乎？豈非鈴子之罪人耶？

《瑞桂堂暇録》曰：簡池劉先祖，號後溪，朱文公高弟。平生好施，不顧家有無，來謁者皆周之。一日晨坐暖閣，夫人方梳沐，有舊友來訪。公令夫人出閣，士人進見。夫人挈沐具，偶遺金釵一。公適起入内，夫人從窗隙中見士人拾所遺釵，入懷未穩。公將出，夫人掣公衣袖止之。少頃，公乃出。客退，問其故，夫人曰：「偶遺小釵，彼方收拾未穩。士以貧，得之可少濟。不欲遽恐之。」公與夫人俱賢如此。余謂今儒者，動輒引非其義，一介不取，一介不與。然當其與之也，明目張膽，强辯曲説曰：「義不當與焉。」而當其取之也，唯見其欣欣之色，而未嘗聞其論義矣。清王丹麓《今世説》曰：「有人語杜于皇：『某一介不與，卻未一介不取。』可謂一邊伊尹。」余讀之，不覺捧腹絶倒。

本邦儒先如藤惺窩、林羅山、木順庵、室鳩巣諸公者，皆忠厚質直，千載傳之，無弊之學也。羅山鳳岡二先生，其學該博和漢，古今之書靡所不窺，可謂前無古人後無來者矣。近世以博識自負者，或知彼而不知此，或知古而不知今，豈足望二先生之萬一哉？

伊藤東涯，亦宏覽之士也。觀其所著《制度通》《名物六帖》之類，和漢之書籍涉獵殆盡，可謂偉人矣。後之儒者略讀西土古今之書，自誇其博識，殆爲東涯所笑。

禮樂制度，天文地理，兵法水利算數，皆儒者分内之事，不可不知也。本邦古今之制度事變，尤當詳講而明辨焉，否則不足以爲儒矣。然非有許大之精神才力者，則豈足辨此哉？

《晁氏客語》曰：潛道少時，嘗見温公論性。潛道極言之，温公作色曰：「顔狀未離於嬰孩，高談已至於性命。」嘗讀顧寧人《亭林集》曰：「命與仁，夫子之所罕言也。性與天道，子貢之所未得聞也。今之君子則不然。聚賓客門人之學者數十百人，譬之艸木，區以别矣。而一皆與之言心言性。舍多學而識，以求一貫之方，是必其道之高於夫子，而其門弟子之賢於子貢，跳東魯而直接二帝之心傳者也。我弗敢知也。」兩段議論，足以醒覺大夢矣。

明主必能用人，暗君好自用，不能任人。荀子曰：「人主以官人爲能者也，匹夫者以自能爲能者也。大有天下，小有一國，必自爲之然後可，則勞苦耗悴莫甚焉。」古人云：「宋仁宗百事不能，惟能爲君。」夫人主騷擾不能静净無爲，未有能治國家者也。三代以來，惟漢文帝、宋仁宗静净無爲，近於恭己南面者，宜乎千載之下仰慕其德，至今不衰也。

人主之德在知人，而知人堯舜難之，況其他乎？至愚之君，必悦媚己者。故人主能悦其不媚己者，亦可以爲英明矣。如唐太宗是也。

文士齷齪不足用，而尤誤人者，假道學也。人主欲成國家之務者，必須求奇才，勿徒爲其名所誤。

近世儒先，惟新井白石、熊澤蕃山實有奇才，可與唐宋名公比肩而無愧色焉。京師嘗有並河天民者，初從仁齋學，後自作一家之説。其學詭異，爲人有膽略，頗似陳龍川，要非凡庸。倘有英君駕御之，則必有可觀焉。如熊澤氏，其學其人皆詭異，然英主用之，其功業偉然，至今賴之。

周成王任周公，而群叔不悦。蜀先主任孔明，而關羽、張飛不悦。秦符堅用王猛，而樊世仇、滕席寶不悦，唐太宗用魏徵而封倫不悦。故曰：「非希世之君，則不能用希世之臣矣。」君子爲政，群小怨怒。歷世皆然，不足怪也。養隼而攫鸞皇，畜狸而搏鸚鵡。古人之所以三嘆也。《唐・選舉志》曰：「凡擇人之法有四，其第一曰體貌豐偉。」余謂擇人以道德爲第一，其次取才藝，未聞以容貌取人也。果如唐制，則晏子之長不盈五尺，如我邦山本勘助，皆摒棄而弗用，豈可乎？聞《開元天寶遺事》云，明皇謂李白曰：「我朝與天后之朝何如？」白曰：「天后任人之道如小兒市瓜，不擇香味，惟揀肥大者。我朝任人如淘沙取金，剖石采玉，皆得其精粹。」據此語，則武曌取人亦以容貌爲先歟？

「不妄許可」四字，蓋非君子之言矣。今人好譏者，常引以爲口實。楊升庵嘆好發人陰私，以傳聞曖昧之事，或愛憎毁譽之口而妄加誣衊於人。近日我邦儒林之習，亦如升庵之言。余因謂「寧失之於過譽，勿失之於過毁」。

人有媢嫉之心，猶著躬之痼，蓋欲不嫉不可得也。沈約聞人一善，如萬箭攢心，可謂小人矣。妒媢相害，古今之通弊，而近日儒林更甚。夫人各有命，而嫉之誹之，欲使之不通。不知無損於彼，而有害於己也。

古之真君子真豪傑，必磊磊落落，心跡明白，無所僞飾。《冷齋夜話》曰，東坡每曰：「古人所貴者貴其真，陶淵明耻爲五斗米屈於鄉里小兒，棄官去歸，久之復遊城郭，偶有羨於華軒。漢高祖臨大事，鑄印銷印甚於兒戲。然其正直明白照映千古，想見其爲人。」由是視之，嬌飾不近人情者，未必真君子也。視於王介甫，可以見焉。

《皇明世説》云：劉青田始見太祖，詠竹箸曰「漢家四百年天下，盡在張良一借間」，太祖大悦。青田佐太祖取天下，奇策神算往往出於人意表，蓋似子房而殆過之者。又善文章，余讀其所著《郁離子》，後又讀舶來寫本《青田集》，其文簡潔雄奇，蓋名文之傑然者。

王丹麓《今世説》曰：義興大飢，當事集紳士議賑。紳士曰：「賑飢是極難事，毋輕議也。」徐竹逸曰：「天下難事，我輩不爲，誰爲之者？」條陳數則，活數萬人。快哉！竹逸男子，固當任天下難事，否則兒女子耳。

胡五峰《知言》三卷，張南軒序之。其書多名言，如「寡欲之君始可言王道，無欲之臣始可言王佐」，簡而盡焉，可以論定千古之君臣矣。

《秘書》二十一種，中有《晋乘》《檮杌》焉，蓋好事者據孟子而僞作也。漢時求逸書，高價購之。姦人兢僞作古書，以射貨利。孔壁古文、《竹書紀年》之類蓋不少矣。《列子》載亢倉子，乃有《亢倉子》之書。《家語》載子華子，乃有《子華子》之書。賈誼稱鶡冠子，乃有《鶡冠子》之書。孟子稱晋乘檮杌，乃有《晋乘》《檮杌》之書。殆不可枚舉。劉炫作僞書百餘種，見《北史・儒林傳》。

《墨子》亦僞書耳。胡元瑞《九流緒論》據今之《墨子》，以證儒墨之異，呶呶累數百言。韓文公《讀墨》曰：「孔子必用墨子，墨子必用孔子，不相用不足爲孔墨。」是文公辯《墨子》之爲僞書也。元瑞不察，以文公爲未嘗讀《墨子》，引墨書中之詘孔子者以駁之，豈不謬哉？物徂徠亦以宋儒爲未嘗讀《墨子》，皆未察其爲僞書之過也。

兵家之言，莫如孫武。其他鈐弢之策，不翅理味淺短，而文辭亦不美。惟孫子文辭簡切，理致精妙，誠兵家之祖哉。有魏武注解，其真僞未可知，然比他注，頗覺簡明。《説郛》中有《黄石素書》一卷，恐是僞書，然亦確言甚多。

《懲毖録》二卷，朝鮮柳成龍所著也。記文録三韓之役頗詳。余讀《武備志》曰：「朝鮮柳承寵、李德馨，皆惑其國王李昖，終亂國政。」余因疑承寵即成龍，字相似因以誤耳。然觀《懲毖録》，柳與李皆頗有功於其國，而《武備志》云云，意一必有譌。今未可考。

《致身録》十八條，明史仲彬所著。仲彬從建文帝出亡，所録顛末甚詳。當時從亡者二十二人，艱難崎嶇，終始不變。余讀之不覺流涕。出亡，建文四年六月十三日也。

朱子著《名臣言行録》，當時諸家文集、語録、漫記、隨筆、野乘、稗史，莫不採取。《語類》云：「先生每得未見書，必窮日夜讀之。」朱子亦自云：「大略有書要讀，有事要做。」又曰：「書無所不讀，事無所不能。」又曰：「孔子天地間甚事不理會過？若非許大精神，亦吞許多不得。」余謂朱子亦有許大精神，毋論其博學善文，著述贍富，而又善書善畫，是皆非朝夕所能巧也。蓋其精神不堪喫多少辛苦，何能至此哉？

或勸陸象山以著書，象山曰：「學苟知本，六經皆我註腳。」方伯謨勸朱子勿著書，朱子曰：「在世間喫飯後，全不做得些子事，無道理。」是亦可以見二先生之異趨矣。

明胡應麟字元瑞，號少室山人，年未四十而没。余讀胡氏《筆叢》四十卷，其學該博，明儒蓋少其比矣。王元美作《元瑞傳》，見《弇州續稿》，載其著書之目，殆三百卷。弇州曰：「元瑞生僅三十，而著作充斥乃爾。過此以往，所就又何如耶？」據此言之，元瑞亦可謂奇男子矣，但恨文辭不駿潔耳。

余遭有疾，亦未嘗廢讀書，然不敢讀經史，恐其不能精細用心也。大概東坡《志林》《西湖志》，米海岳《書史》《畫史》，陳眉公《書畫史》《巖棲幽事》，屠赤水《考槃餘事》《清言》，徐文長《玄鈔類摘》，袁中郎《瓶史》，高士奇《江村銷夏録》，姚首源《好古堂書畫記》，其他唐宋明人漫記隨筆詩話之類，或憑几讀之，或卧而閲之，亦病間之一適也。余嘗得腳疾，請一老醫診之。醫曰：「病頗危篤，不宜讀書。」因指几上《朱子文集》曰：「這理窟的書，尤不宜讀也。」余爲之一大噱，而手猶不釋卷，尋病愈。因謂讀書，吾性所適，故無害而反有益。然醫言亦非妄也，患虚勞症者，不容不痛禁讀書。

亡友服顯，字維彰。讀書敏捷，嘗與余同讀《十七史》，至《晋書》未半，維彰得篤疾，蓋刻苦太過之所致也。後余每閲《晋書》，未嘗不慘然思維彰也。維彰從余學文，未成而卒。可惜！

享保年間，有奴某者，主家破，不忍去，竭力養主孤，遂得旌賞。物徂徠作傳文，見於《徂徠集》。一日讀宋王闢《澠水燕談録》，載趙延嗣事，趙哲之僕也。趙哲死塞下，家極貧，三女皆幼。延嗣義不忍去，竭力營衣食以給之。三女已長，趙哲之友宋白、楊徽之爲擇良士嫁之。三女皆有歸，延嗣乃去。徂徠先生石守道爲之傳，以厲天下。義僕之事彼此相似，而爲之傳者同號徂徠，可謂奇矣。然石之與物，其人迥別也。

客問余曰：「似而非者，莫如儉與吝。其別如何？」余曰：「吾嘗讀明陳録《善誘文》曰『處己以儉謂之德，待人以儉謂之鄙』。又《晁氏客語》曰『韓魏公用家資如國用，謂不吝也。曾魯公惜官物如己物，謂誠儉也』。讀此二條，儉吝之别了然明白。」

張南軒先生告宋孝宗曰：「當求曉事之臣，不求辦事之臣。欲求仗節死義之臣，必求犯顔敢諫之臣。」後世人主宜三復焉。

太宰德夫《紫芝園漫筆》曰：「周濂溪作《愛蓮説》，以蓮比君子，是宋儒道學之氣習，其弊也大矣。」余謂屈原作《離騷》，以香草比君子，周子之文原於此。果如德夫言，則屈子亦有道學之氣習耶？可發一粲。史繩祖《學齋佔畢》曰：「《左傳》云『譬諸草木，吾臭味也』。屈正平《離騷經》一篇之中，固以香草比君子矣。然於《九章》中特出《橘頌》一章，濂溪周子作《愛蓮説》，謂蓮爲花之君子，亦以自況，與屈原千古合轍。不寧惟是，而二篇之文皆不滿二百字，詠橘詠蓮，皆能盡物之性，格物之妙，無復餘藴。」由是言之，德夫之論可謂陋矣。

佐藤直方曰：「蘇東坡博覽强記，能文善書。然自我輩視之，東坡俗儒耳。學者欲博覽又善文章，終身不能爲真儒也。」余謂然則周公之多才多藝，孔子之博學無所成名，周濂溪、程明道之禮樂刑政天文地理兵法水利算數靡所不究，朱文公博覽强記能文善書，天下之事靡所不知，是皆終身不能爲真儒耶？設使佐藤子道博學善文，未必知道則可矣；道博學善文，終身不能爲真儒，則我欺誰，欺天哉？三宅尚齋屢譏佐藤氏之固陋，可謂知言矣。

伊氏之門貴博覽，其徒有成者可以供王侯顧問之用。物氏之門貴文章，其徒有才者可以供王侯書記之用。君子宜勿以其學之詭異而棄其所長也。

聖人爲政自有妙用，非後人可議擬也。此而下，用心莫如公平忠恕焉。如世之腐儒，猜忌苛刻，毫髮不與己合者皆擊而排之，則其所與者必讒諂面諛之人矣。焉能服天下豪傑之心哉？豪傑不服而國治者，未之有也。

謝肇淛《文海披沙》曰：「黄金一種，古多而今少。漢高帝賜陳平黄金四萬斤，韓嫣以金爲彈，董卓積金成塢。而漢制，天子每聘后，輒用黄金二萬斤。今之大内豈易辦此哉？所以然者，世間靡費澌滅，唯金最多，而四夷之外去而不返者不與焉。」由此視之，西土亦至明黄金耗減，蓋地之出金銀銅鐵本有限，安能副無窮之用哉？不可不慮也。

寬永中吉田侯爲執政，建議毁大佛像以鑄錢曰：「佛法以身世爲妄幻，以利人爲慈悲善根。則使佛存于今，必將割其身以利人，矧銅像乎？」是與周世宗冥符。豐太閤使侍臣讀《漢書》，至酈生封六國後，咤曰：「誤矣！」至留侯借箸論之，乃曰：「善。」正與石勒合，英雄所見符合如此。

我邦武將，少年立奇功者不可枚舉。在西土，少年以文鳴者正相抗衡。唐李肇《唐國史補》曰：「渾瑊太師年十一歲，隨父釋之防秋。朔方節度使張齊丘戲問曰：『將乳母來否？』其年立跳盪功，後二年拔石堡城，收龍駒島，皆有奇功。」是在西土絶無而僅有者。

浮田氏病篤，召侍臣曰：「我將死，誰能從我者？」咸請殉。問户川肥後，答曰：「夫陷堅挫鋭，進不顧死，臣能之。至殉，則臣不能也。君若求殉者，莫如沙門。彼念誦猶能引導成佛，矧殉而導之？臣等武夫，戰場殺人不少，恐墮修羅道。且沙門平日得寵賜十倍臣等，則以酬恩論之，殉亦宜在沙門。」

韓非子曰：「越王勾踐慮伐吴，欲之人輕死也，出見怒蛙，乃爲之式。御者曰：『何爲式？』王曰：『蛙有氣如此，可無爲式乎？』是歲有自到死以其頭獻者。」是勾踐能振起士氣也。我邦武將御其群下亦多類此。士氣不振而國久存者，未之有也。故治世之良主，常賞敢言節行以振士氣；亂世之名將，必賞勇悍奮鋭以振士氣。爲君將者不之知，而欲士爲用，不可得也。

賀州板倉公尹京十八年，治績甚大。老病辭職，幕府召見，問曰：「誰可代卿者？」答曰：「臣兒重宗可。」於是命尹京，公明廉正，天下稱能。晉祁奚舉其子祁午，唐狄仁傑舉其子光嗣，晉謝安舉其兄子謝玄，皆不負其所舉，不以私意累之。賀州之舉，何以異此哉？

防州板倉公尹京，一日出行，雖嬰兒皆避匿屏息竢其過。有一兒可十歲，獨不避且從而罵之。公聞之，命問其父姓名里居，還謂府吏曰：「民某嘗訟乎？」吏檢之，乃嘗訟而弗克者。於是再召而按之，果冤。乃賜金謝之。嗚呼！公判無私，官吏之所難；知過能改，聖人之所貴。今防州一舉而兩美具焉，豈不賢哉！

芭蕉庵桃青，師事富春山人。山人嘗爲半時菴澹澹作菴記，其文道：「嘗爲桃青講《南華》。」今日三歲童子莫不知有桃青、澹澹，而富春山人或不知爲何人。山人姓田，名某，字省吾，號桐江。從物徂徠學，仕於某侯。直諫弗聽，請致仕，亦弗允。於是私去奔奥。其友滕東壁、太宰德夫數人相共謀曰：「侯必遣兵追之，恐不可脱。」乃各束甲，護送山人數十里。追兵不來，乃告别還。省吾已去游奥，更號富春山人。後遊攝之池田，授徒自給，爲澹澹作菴記，蓋在攝時也。余常慕東壁、德夫之高義，非庸儒之所及也。

岡井孝先與物徂徠友善，且有葭莩之親。孝先嘗浴箱根温泉，臨行託徂徠以妻子。既而小兒患痘，徂徠馳往視之，晝夜身不解衣帶，飲食湯藥皆自調之。兒危篤，馳人告孝先。孝先深服其高義，與人語及之，輒嗟嘆久之。余謂以徂徠之豪悍而所爲如此，亦可見其卓越尋常矣。夫伊、物之學可謂詭異矣，然余聞伊氏之徒往往温恭退讓，物氏之徒大抵豪爽明快，皆重義不顧利害，服善愛才唯恐不及，要之非凡庸也。今人孰不排伊、物而笑之，然視其人品，則有薰蕕之别。噫！

松陰快談卷之二

讀歷史諸子鈔本，不如讀一部史子也。讀諸家選本，不如讀一家全集也。欲學文章，最忌博雜。惟要精看數部，須使書味盈胸中，慎不當貪多矣。其書大抵左國史漢孟荀莊騷，加以韓柳歐蘇三全集，反覆精讀，然後下筆必有可觀。然不可無良師友琢磨也，否則不免獨學固陋矣。文已成，然後博讀書，則用力少勞而收功卻多。

文章必須一氣呵成，譬猶人之一身，四支百骸各異其用，而氣之流貫於全體者未嘗中絕，乃能生活運動。若徒有頭目手足，無一氣流通，則是木偶耳。文有抑揚開闔、操縱起伏、回抱接初種種之法，而一氣呵成，乃稱作手。如徒拾句綴字，銖積寸累，慘澹經營，有無數斷續之痕，豈成言語哉？

本邦儒者作文，多未知篇法而妄作也。太宰德夫文論曰：「文有四法：曰篇法，曰章法，曰句法，曰字法。積字成句，積句成章，積章成篇，四者皆有法，一失其法則不成文矣。先秦古文以至韓柳二家，森然法度，歷歷可考。近世古文辭家作，今觀其文非不工也，惟其字與句有法，而章與篇皆失法，故氣脈不貫，不足觀也。」善哉太宰氏之言。本邦先輩論文能及此者蓋有之矣，我未之聞也。蓋用力於文辭者莫如徂徠之徒，而其所作猶多失篇法，如德夫之言，況他人乎？夫失字法句法是小疵耳，至失篇法，則安在其爲文哉？

作文縛法，則筆端窘束，氣脈不貫矣。憒焉自放，則敘次錯置，前後支離。故必使法與我一，不與之期而合，斯謂之善文。嗚呼！是豈易事哉。

元吳萊論文曰：「作文如用兵。兵有正有奇：正者法度如部伍分明是也；奇者不爲法度所縛，千變萬化，坐作擊刺，一時俱起，及其欲止，部伍各還其隊，元不曾亂。」是論文之尤善者。詩法易認，文法難知。欲知作文之法，則莫如熟讀韓柳歐蘇之文，而又不可無良師友也。否則用力甚勞，而誤認不少。

文法甚嚴且明，而本無定法。一篇之中有起結照應、波瀾轉折、起伏頓挫抑揚等之法〔一〕，可一一指示。而非有幾句必轉折，幾段必照應之定局也。譬猶軍法，左右前後，坐作進退，皆有法度。而戰鬭之際，變化不測，出奇無窮也。善作文者窮言竭論，如意已盡，忽又一轉，更出人意表，而照右應左，結前起後，未嘗出範圍之外。兵以克敵爲主，出奇不克，惡在其爲奇哉？文以達意爲主，出奇不達，又惡在其爲奇哉？文以意爲主，以氣爲輔，以辭爲奴，是千古不易之定論也。造語雖巧，而氣脈不貫主意不明，是奴婢强而主輔弱也。故能役使奴婢，而不爲奴婢役使，斯可謂善文矣。喋喋千言，意晦氣弱，將焉用文？不如不作之愈也。

〔一〕挫：底本訛作「坐」，形似而訛，據改。

文之强弱在氣而不在辭。世有以艱澀爲强，以平易爲弱者。東坡之文平易著明，于麟之文艱澀隱晦，然孰强孰弱，孰優孰劣，孰奇孰拙，具眼者必能辨之。魏文曰：「文以氣爲主。氣之清濁有體，不可力强而致。」是千古之確論也。

韓文公論文曰：「氣，水也；言，浮物也。水大而物之浮者大小畢浮，氣之與言猶是也，氣盛則言之長短與聲之高下皆宜。」可謂作文之要訣矣。

有經語，有史語，有小説家之語，有語録隨筆之語。論、記、序、書、尺牘之類，文體已異，語氣自别，斷斷不可混用也。

有套語，有歇後之語。用之詩尺牘小文辭猶可也。至作大議論大文章，則必不可用也。世之陋儒，大抵不能辨文體，粗心讀書，見西土人或用俗語，或用套語，或用歇後之語，不辨古今，不問文體，以爲文章皆如此，遂妄用之曰：「我有證據。」是可笑之甚者。文體之不同，猶畫工之於草木禽獸各别體也。今若畫桃施之以蘭葉，畫虎施之以鹿毛，孰不笑其謬戾也。故欲學作文者，辨體之爲急務。

作文須一筆寫去，首尾粲然。而後稍加添删，則自然有活潑流動之氣。若銖積寸累，則死氣滿紙，使讀者厭倦思睡也。

文能達意，非易事也。議論排奡，縱横如意，而天地景物，千態萬狀，及日用常近，眼前瑣細之事，任筆寫來，未嘗停手，斯能達其意矣。是在西土人亦難之，况於我乎？東坡論文曰：「大略如行雲流水，初無定質。但常行於所當行，常止於不可不止。文理自然，姿態横生。」孔子曰：「言之不文，行之不遠。」又曰：「辭達而已矣。」夫言止於達意，疑若不文，是大不然。求物之妙，如繫風捕影，能使是物了然於心者，蓋千萬人而不一遇也。而况能使了然於口與手者乎？是之謂辭達。辭至於能達，則文不可勝用矣。近日文人有分達意、修辭爲二者，又謂艱澀之文爲修辭，謂平易之文爲達意，可發一粲。夫辭不修則意不可達，意不達則不可以爲辭。王弇州《藝苑卮言》曰：「孔子曰『辭達而已矣』，又曰『修辭立其誠』，蓋辭無所不修，而意則主於達。今《易繫》《禮經》《家語》《魯論》《春秋》之篇，存者抑何嘗不工也。楊雄氏避其達而故晦之，作《法言》。太史避其晦，故譯而達之，作帝王《本紀》也。俱非聖人意也。」亦知言也。

光明正大，法度森嚴，而砉然嚮然，奏刀騞然，莫如韓文公焉。縱心姿腕，篇法政嚴，序次詳備，麗句層出，愈多而愈不亂，莫如柳柳州焉。婉曲周折，法度閒暇，詞意醇厚，氣調員美，莫如歐陽公焉。縱横排奡，才鋒俊偉，奇奇怪怪，不與法期而與之合，莫如蘇文忠焉。

陳後山《談叢》云：「法在人，故必學；巧在己，故必悟。」余謂兩箇工夫不可闕一也。蓋無師友琢磨，則規矩凖繩不可得而知也，故必學焉。夫運用之妙存於一心，在我自得，不可恃他人也，故必悟焉。

韓學孟，歐學韓，終不見其蹊徑。張無垢所謂欛柄入手，開導之際，改頭换面，隨宜說法，使殊塗同歸。是可以悟作文之法。夫孟韓歐蘇之所同者，在其法度結構爾，不可求同於字句之末矣。

荀子曰：「禹行而舜趨，子張氏之賤儒也。」由是言之，豈惟文而已哉？

觀文辭者，顧其運用如何而已，古今雅俗皆自此而判也。猶良匠製器，衆材一經其手，精巧可喜。如夫拙者，雖有美材，適足以傷之耳。故其妙用，不在其材，而在其手，不在其手，而在其心。靈丹一粒，點鐵成金，運用之妙存於一心，豈惟道家與兵家之謂哉？

客問曰：「六經左國史漢，皆古文也。篇章之間固非無法，然豈一一合後人所説哉？作古文者不必拘法可。」余曰：「否。子欲知議論文法，且試讀《孟子》《莊子》；欲知叙事之法，且試讀《左傳》《史記》。反覆以索其結構之法，久之自了然矣。不必須多辯也。今夫世人，孰不讀孟莊左史，但粗心讀過，生吞活剥，不知其法之所在耳。且夫韓柳歐蘇八家之文，已爲千載之宗師。後之學文者不得不依其法，猶作詩者不得不依沈約之韻也。李笠翁曰：『未有沈休文詩韻以前，大同小異，或可叶入詩中。既有此書，即《三百篇》之風人復作，亦當俯就範圍。李白詩仙，杜甫詩聖，其才豈出沈約下？未聞以才思縱横，而躍出韻外，况其他乎？設有一詩於此，言言中的，字字驚人，而以東冬江陽竝叶互施，吾知司選者必加擯黜，豈有以才高句美而破格收之者乎？合譜合韻，方可言才。否則八斗難克升合，五車不敵片紙，雖多雖富，亦奚以爲？』」余謂學文者先學字法句法章法篇法，猶學詩者先學平仄排比句法韻脚也。

余幼少好文，不知篇法，信手漫寫。觀於他人之所作，亦猶是也。因謂文章如是易爲耳。後反覆讀孟荀莊騷，及唐宋明諸家之文，稍稍知篇法之所在。愈久愈明，始知篇法嚴然，不可胡亂下筆也。今夫連篇累牘，師心妄作以誇多，我恐不免識者之旁觀匿笑也。

明清人作時文有定法，所謂一冒一腰，六腹一尾等之類是也。其法本亦自古文出也，然不與古文同。譬猶古詩之與近體也，古詩無定法而恰有法，然非如近體之平仄一定配比切對，句必五七字，韻必限一韻，嚴然不可移易也。古文無定法，只是言語之次第承接得宜者是耳。或譬喻，或波瀾，首尾結構各相唤應，而氣脈流貫，句句欲活，乃成言語，乃是好文章也。若承接無法，則支離決裂，如口吃者之語，豈成文辭哉？

世儒論詩文，輒以世代爲高下，是耳食之言耳。詩文之佳惡，在人而不在世，在詩文而不在人，惟具明眼而能公判者，可與論詩文矣。柳子厚論韓文曰：「退之所敬，司馬遷、楊雄。遷於退之固相上下，若雄者如《太玄》《法言》及《四愁賦》，退之獨未作耳，决作之，加恢奇，至他文過楊雄遠甚。雄文遺言措意頗短局滯澀，不若退之猖狂恣睢，肆意有所作。」楊升庵曰：「歐陽公、蘇東坡之文皆前無古人矣。至老泉之文，若求其侣，在孟荀之間，史漢之上。」方正學詩曰：「前宋文章配兩周，盛時詩律亦無儔。今人未識崑崙派，卻笑黄河是濁流。」如三子者，可謂具正法眼矣。

明都元敬《鐵網珊瑚》曰：「今人收畫多貴古而賤今，且如山水花鳥，宋之數人超越往昔，但取其神妙，勿論其世代可也。」余謂書畫詩文，皆不拘世代可。

余常持左氏不及司馬之説，其略曰：人皆知班之不及馬，而不知左氏亦不及司馬也。子長之文猶文人高士爲水墨山水，略有筆墨，而妙處在筆墨之外。左氏猶畫匠之著色山水，固守規矩而不敢胡亂下一筆也。然求其神采秀發，氣韻流動，不可多得也。《左氏》一部，自首至尾唯是一法，少變化。至《史記》則縱横變幻，使人把捉不得，所謂神明於法者。

左氏之不及司馬，猶列子之不及莊子也。朱子曰：「孟子莊子文氣俱好，列子便有迂僻處。莊子全寫列子，又變得奇峻。」胡元瑞《筆叢》曰：「大抵列之文法，莊之文奇。列猶丘明，莊猶司馬。列規矩馴而易入，莊崖岸峻而難攀。」兩段議論皆所謂眼透紙背者。

前人不必勝後人，如列子之不及莊子，左氏之不及司馬，范曄之不及陳壽，《晋書》之不及《五代史》，諸皆是也。豈得拘世代哉？

修史者知記歷代事實及文物制度，而不知摸寫其人之氣象好尚文章言語之各殊，則不足以爲史矣。故修史之難，在不失其時世之本色，使千載之下讀者如身在其時，親見其事也。司馬子長作《史記》，自黄帝迄漢武，上下三千餘年，論著纔五十萬言，而三代之時自是三代之時，春秋戰國之時自是春秋戰國之時，下至秦漢之際，又自是别様。時人之氣象好尚各自不同，使讀者想見其時風人品，是所以爲良史也。今倘有人編修我國史，亦宜效之。至如言語文章，則勢不可得寫其本色焉。然亦求隨其時世，而少存其風趣可也。然此等妙筆從何處得來？亦恐是可言而不可行者。

古書無謂我爲身者，蓋漢末俗語始有之也。《三國志》張飛曰：「身是張翼德。」是可以見其時世之語氣矣。《五代史》王彦章曰「豹死留皮，人死留名」之類，亦可想見其人之氣象矣。陳、歐之所以爲良史也。

觀文辭者先須察其結構大勢如何，此果佳，有小瑕累未足爲病也。柳子厚云：「古今號文章爲難，非謂比興之不足，恢拓之不遠，鑽礪之不工，頗纇之不除也。得之爲難，知之愈難耳。苟或得其高朗，探其深賾，雖有蕪敗，則爲日月之蝕也，大圭之瑕也，曷足傷其明黜其寶哉？」善哉子厚之論文也。今人以其井蛙之見，妄評品文章。偶見小疵，譁言攻之，并其全體之美棄擲不顧，矧其指以爲疵者未必然耶？且其所自作，果無一疵可指乎？排人售己，薄俗誠可嘆。朱子嘗與門人同觀東坡之文，門人指摘其瑕，朱子曰：「渠文大勢佳，雖有小瑕，不妨其佳。」可謂公判矣。

凡觀人詩文者，虛心平氣，反覆數過，而後須思我作之果能勝之否？果能及之否？抑不可及否？然後論其佳否，庶幾不謬。今人率以愛憎之口，妄加譏評於人文，否則矮人觀場，從人啼笑耳。

論文不問其美惡，惟簡短而後可，則濡墨吮筆，可一朝駕歐蘇之上。惟繁長而後可，則綴字滿紙，皆可壓倒孟韓。視字之多少以爲文之高下，則三歲童子皆可以論定古今文章矣。楊升庵曰：「繁，非也；簡，非也；不繁不簡，亦非也。難，非也；易，非也；不難不易，亦非也。繁有美惡，簡有美惡，難有美惡，易有美惡。惟求其美而已。」知言哉。

大概西土人性通達寬厚，喜同惡異之弊少，故互美其長而棄其短。本土人性苛塞狹隘，動輒異同相軋，務護己短好毀人長，一切莫不皆然。猜忌妒娼雖出於沉溺名利之深，然亦其資性然也。

好艱澀之文者笑平易之文，喜平易之文者譏艱澀之文，不知其各有美也。人情僻於好惡，不止詩文。試思之天地之間，日月山川草木禽獸，賦形不同，千品萬殊，而各有其用，各有其美，是天地之所以爲大也。若以日毀月，以山譏川，以草木訕禽獸，則幾何不爲天地笑？

王武子云：「未知文生於情，情生於文。」此言極佳。先有意趣而後下筆，所謂文生於情也，是人人靡不知焉。隨筆而意生，隨意而筆轉，一轉更妙於一轉，所謂情生於文也，斯謂之妙境，然能解此者鮮矣。

言語妙處，可意會而不可言傳也。故古今人論文談詩，其所説著者，纔其皮膚耳。至其妙處，則言語不可以狀焉，但才人獨能意會之而已。故才人之言儘有味焉。若夫憒憒者之言，愈多愈可厭。

諸家傳注，爲經史子集之累者不少矣。蓋著作之與考據家，肝腸意見絶不相同。訓詁人往往好牽强附會，斷章別句，遂使精意妙義索然，嚼蠟無味，其爲累豈淺淺哉？

造語雅馴，一氣流貫，縱横馳騁不失法度，乃稱作手。造語雖巧，然氣脈不貫，則是剪彩之花，終無生氣矣。縱横馳騁，無規矩法度，則是風顛漢之絮語，豈成言語哉？

柳子厚評韓文曰：「世之摹擬竄竊，取青媲白，肥皮厚肉，柔觔脆骨，而以爲辭者之讀之也，其大笑固宜。」是子厚譏世之辭勝而氣弱者也。

叙事之奇古者莫如《檀弓》《穆天子傳》焉。漢武、飛燕《内外傳》亦野史之古者，文家不容不讀。邦人論文者，大抵知字法與句法而已，未嘗知有篇法也。論文及篇法者，獨太宰德夫而已。然擇而不精，語而不詳，故其所作亦多失於此，豈不惜哉。

或曰所謂抑揚頓挫，非文法也。西土及第場屋，朗誦試卷之音節耳。余笑曰：音節固有抑揚頓挫，而文法亦有之。今試讀孟韓諸家之文，其抑揚頓挫之法可一一指示，是何關音節哉？如子之言，所謂知其一而未知其二也。《藝苑名言》曰「唐人拗體律詩有二種，其一單句拗第幾字，則偶句亦拗第幾字，抑揚抗墜讀之，如一片宮商」，是所謂音節之抑揚也。清儲欣評韓文公《答呂毉山人書》曰「抑極忽揚，抑處盡，揚處倍，有聲光氣焰，得司馬子長之神」，是所謂文法之抑揚也，何關音節哉？

《鹽鐵論》經世實用之書，儒者固不可不讀，而其文辭亦漢文之傑然者。

陸宣公奏議，其經世之略與賈太傅伯仲，可謂真才實學矣。而其文辭典質温雅，雖不免駢儷之體，然亦唐文之傑出者。

柳子厚狀段太尉逸事，咄咄如生，與馬遷相上下。而其作南霽雲廟碑，皆駢儷之語。蓋柳文佳者絶佳，而不免駁雜，固不如韓文之篇篇皆高古妙絶也。

李翺字習之，韓門之高足也。樂善好施，見人有一善一能，稱譽振拔，必達而後止。自謂引薦賢俊如朝飢求飧，如久曠思通，如見夭麗而不得親，其爲人可知也。當時韓文公亦愛好士，然習之以爲未足，貽書切切刺譏。習之文逼似昌黎，其《拜禹》言曰：「惟天地之無窮兮，哀生人之常勤。

往者吾弗及兮，來者吾弗聞。已而已而。」讀之亦可以想見其賢矣。

唐孫樵作文高潔，如刻武侯碑陰，簡明雅健，頓挫入妙。其與友論文書，及與王霖秀才書，自述淵源，謂得作文之真訣，蓋非虚妄也。著《孫氏西齋録》，論編年史法。如「高祖殺太子建成者何，黜功循愛，譏失教也。李勣立皇后武氏者何，忘諫贊匿，懲廢命也」之類數條，蓋朱子《綱目》之權輿也。孫樵自鈔其文三十五篇，編成十卷，又自序之，在唐中和四年。

歐陽公《五代史·伶官傳》尤妙，與馬遷相上下，范曄、陳壽皆不能及也。

王荆公作文繁簡皆妙，如《上仁宗萬言書》，最繁而最美者，如《讀柳宗元傳》《讀孟嘗君傳》，至簡而至美者。

韓文公之學孟子，蘇長公之學莊子，毫無摹擬剽竊之痕，居然有閉門造車開門合轍之妙。

明焦竑《焦氏筆乘》云：「近世談文，率宗《史記》。然子長精神結構茫然未解，第襲其語耳。此史公之盜臣也。向讀荆公短文數首，真可與其論贊相頡頏。《讀刺客傳》《伍子胥廟銘》，觀其筆力曲折，真脱胎换骨手也。」余謂明人所謂古文，皆第剽竊古語耳。至其法度神妙，則未嘗夢見。弱侯之言確哉。

古往今來，天地之間事物之盡善盡美者蓋少矣。雖聖人猶未免焉，如湯之有慚德，武之未盡善，伯夷之隘，柳下惠之不恭是也。如韓文公之文，可謂前無古人後無來者矣，然其文亦未免瑕纇。如《送孟東野序》户絃家誦者，而人或譏其臧孫辰、荀卿與孟子並稱，然是猶可。余按此篇首句曰「大凡物不得其平則鳴」，若夫孔孟謂之不平鳴可也，如臯陶、禹、夔、伊尹、周公皆身在順境，其道之行毫無遺憾，豈可謂之不平哉？洪景盧《容齋隨筆》亦詳辯之，今不煩舉。王羲之，書家之龍鳳也。楊升庵《丹鉛總録》云：「王右軍書帖多誤字，皆玉瑕錦纇，不可效尤。」由是視之，文如退之，書如羲之，皆未免疵病。天地之大，人猶有所憾；日月之明，有時而蝕。奚足傷其大且明哉？

《戰國策》杜赫曰：「譬之如張羅者，張之於無鳥之所，則終日無所得矣。張於多鳥處，則又駭鳥矣。必張於有鳥無鳥之際，然後能多得鳥矣。」文奇甚，惟坡翁獨得此妙。其《禮以養人爲本論》曰「禮未始有定論也。然而不可以出於人情之外，則亦未始無定論也。執其無定以爲定論，則塗之人皆可以爲禮」，又《王者不治夷狄論》曰：「是故以不治治之，治之以不治者，乃所以深治之也」，又《清風閣記》曰：「所謂身者，汝之所寄也。而所謂閣者，汝之所以寄所寄也」之類甚多。坡翁之文自《莊子》《國策》轉化來，雄辯痛快，奇奇怪怪，無復滯礙。

王弇州云：「讀子瞻文見才矣。然似不讀書者。」余謂是乃子瞻之所以妙於文也。子瞻豈盜竊古語者哉？不止子瞻，韓歐亦然。不止韓歐，孟荀莊列一切古文皆然。凡爲文多援典故，多用古語，皆未至者也。借喪馬誇富者，可愧之甚。柳子厚《與楊誨之書》曰：「足下所爲書言文章極正，其辭奥雅，但用《莊子》《國語》文字太多，反累正氣。果能遺是，則大善矣。」視子厚之言，乃知元美之憒憒。

大家之詩文，別有一種雄豪之氣，自不與小家面目同也。世有詩文精巧足以名家，而終不可列大家品目者，是其才力有限，非一時勉强可能及也。是在其詩文之氣力，而不在著作之多少也。故名家百篇，不能敵大家之一文一詩。是可與知者道也。或以著作之多少分大家小家，果然，則小兒之學語數百篇，皆可以壓到古人大家矣。豈可矣哉！

元許衡、劉因以道學名，皆博學能文。其他有文名者元好問、趙孟頫、吴澄、姚燧、馬祖常、范德機、楊仲弘、虞集、揭徯斯、張雨、楊廉夫、姚樞、黄溍、柳貫、吴湶、危素十數人，或文或詩，要可比宋之小家數。至明文運又旺，名家不啻千百，然亦皆不能仿佛宋人，獨王陽明可與宋大家比肩而立矣。

明文之佳者，莫如王陽明焉。遣言措意，縱横開闔，靡不如意。方正學、徐文長亦恢恢乎疾馳矣。簡潔雅馴，莫如劉青田；富贍雄偉，莫如宋景濂。王弇州《藝苑卮言》曰：「宋景濂如酒池肉林，直是豐饒，而寡芍藥之和。方希直如奔流滔滔，一瀉千里，而瀠洄滉瀁之狀頗少。」可謂具論矣。

從前論明文者，未嘗及王陽明。余讀《陽明文録》，縱横俊偉，出入高下，靡不如意。古人云「杜詩韓筆愁來讀，似倩麻姑痒處搔」，余於王文亦云。嘗聞木順庵先生甚好韓文，後又喜陽明，平居不釋手。偃武以來，詩貴盛唐，先生爲嚆矢。夫先生學德純厚，不以詩文顯，然可謂慧眼如炬矣。

朱文公之文，白香山之詩，皆不依放古人，獨别創一體，讀之似平穩而實甚奇，俱可見其膽識之大。楊升庵曰：「剖析性理之精微，則日精月明；窮詰邪説之隱遯，則神搜霆擊；其感激忠義，發明《離騷》，則苦雨淒風之變態；其泛應人事，遊戲翰墨，則行雲流水之自然。其紫陽之文乎？」是善論朱子之文者。

余在昌平學舍，閱寫本吕東萊先生《左氏博議》，比之舶來印本及本邦翻刻諸本，其文繁長，篇數亦多。印本蓋後人厭其繁蕪而删之者，意王弇州之徒爲之歟？然未能考也。讀《博議》亦知東萊學殖之富，才力之雄。《林下偶譚》云：「東萊早年文章，在詞科中最號傑然者。然藻繢排比之態，要亦消磨未盡。中年方就平實，惜其不多作而遂無年耳。」

一日，書賈携《陳龍川文集》來示余，求價甚高。余貧不能償，乃借得一月讀之。議論恢奇，如其爲人。至如武庚、禄父殷之孝子，管叔、蔡叔殷之忠臣之論，怪奇驚人。然亦原於坡翁《武王論》。龍川名亮，字同甫，朱文公之友也。往復論學，見文集。其學雖詭，要亦一世豪傑也。方正學謂「使孝宗用龍川，足以恢復中原」，可謂公論確言矣。及龍川没，朱子題其墓曰「龍川陳先生之墓」，亦可見其始終友誼相全矣。陸象山，余讀其語録，未見其文集也。東萊屢稱其文。象山少朱子殆二十歲，而朱子敬重之。象山嘗講君子小人喻義利之章，朱子執經下座聽之。鵝湖之會，象山作詩語侵朱子，而朱子次韻之詩益温厚和敬，盛德之氣象藹然可掬焉。學朱子者不可不知也。近世偏固怪僻，妄自尊大，毫髪不與己合者輒與之絶交，而託名於道學。吁！是其爲道學可知也已。

宋吴氏《林下偶譚》曰：「歐公凡遇後進投卷可采者，悉録之爲一册，名曰《文林》。公爲一世文宗，於後進片言隻字乃珍重如此，今人可以鑒矣。」余謂是即公之所以爲文宗也。嘗讀公《與劉原父書》曰：「得介甫新詩數十篇皆奇絶。喜此道不寂寞，以相告。」又《答梅聖俞書》曰：「讀蘇軾書，不覺汗出。快哉快哉！老夫當避路，放他出一頭地也。可喜可喜。」公喜人之善成人之美如此，蓋以其天分甚高耳。明胡宗憲示茅坤以《白鹿表》，茅坤咤曰：「是非吾荆川不能作也。」唐荆川蓋其師也。既而知徐文長所作，乃曰：「惜未弱耳。」是其妒娼之情不能自掩也。大抵明儒相忌相排，不翅一茅坤也。視於歐公，可以見人品薰蕕之别矣。余讀茅氏文集，不得一佳作，蓋不足爲文長之奴，宜乎其不堪猜忌也。古人曰：「毁生於嫉，嫉生於不勝」，信哉言也。

徐文長善書，所著《玄鈔類摘》，纂古今書法頗精博。又能畫，嘗自次第其所能曰：「書一，詩二，文三，畫四。」以余觀之，其詩非無奇句妙語，然近詭僻，不如文之恢奇精妙也。袁中郎評文長之詩爲「有明一人」，恐僻其所好耳。

明李于鱗、王元美剽竊古語以爲古文，不知文之古今在結構，而不在字句之末也。結構合古法，雖用俗語不害爲古。且夫古文之美者，莫如《孟子》《莊子》《左氏》《公》《穀》《國語》《國策》《史記》，果剽竊《詩》《書》耶？其引《詩》《書》必曰「《詩》云云《書》云云」，至自撰之語，未嘗攘《詩》《書》一語，是韓文公之所以去陳言也。物茂卿云：「退之去陳言而古則荒矣。」吁！陳言腐語可以爲古哉？不思之甚。如于鱗《比玉集序》，讀之似謎語，誠俳優之語哉。

何李、李王之詩文，譬猶劇場中正末浄丑，戲子之語言，摹擬文飾太過，强笑强哭，毫無神氣。

故乍讀之可喜，再讀之使人羞赧。

王弇州喜于麟之文，晚年稍悟其非，遽慕東坡，然不及矣。觀《弇州續稿》可以見焉。

明文人歸震川、唐荆川之輩，與于麟、元美互相排笑。獨元美晚年稍悟其非，《弇州續稿·與徐宗伯書》曰：「弟數年來甚推轂韓歐諸賢，以爲大雅之文，故當於熙甫不薄，第無由相聞耳。」可見其悔悟也。第于麟讀書不博，且早逝，未及悟耳。歸有光字熙甫，震川其號，與荆川皆宗歐蘇，然氣弱不振，蓋亦非善學者也。

在漢文，好剽竊他書者，《淮南鴻烈》是也。明人所謂「古文辭之祖」也。王元美作序，極稱揚之。然其書元非出於劉安一手，故頗冗複割裂，不足以爲法也。余幼時再三讀之，後稍覺可厭，以其無生氣也。

蘇老泉曰：「今夫繡繪錦縠，衣服之窮美者也。尺寸而割之，錯而紉之以爲服，則綈繒之不若。」李王、物服所謂古文辭者，無乃類此乎？

善文不必博學，博學不必善文。古人曰：「好箇歐九，可惜不讀書。」而歐文之妙與日月争光，是善文不必博學也。宋劉原父、明楊升庵，其學該博，古今少比，而文章并皆不絶佳，是博學不必善文也。若我先輩鳩巢之學不如東涯之博，東涯之文不如鳩巢之佳，則文章豈以才識爲先歟？

袁中郎作山水遊記甚輕妙，讀之使人想見其景勝，飄然在其地矣。至於議論，非其所長也。

清人之文能入細而不能爲大，秦漢古文大抵粗枝大葉之文，氣骨雄壯，豪蕩不羈，所以爲高也。清人之文唯於枝葉上粉澤，是所以不及也。

偃武以來，諸儒輩出。然風氣未開，讀書率生吞活剥，未能詳解文理。享保年間，物徂徠出，才氣超卓，始悟西土之文理，自以爲獨得之秘。於是蔑視先儒，傲睨海内，造爲新説，名曰「古學」。高言虚喝，以風靡一世。當時諸儒不心服者，欲與之抗辯而才力不足，徒憤惋而已。可勝嘆哉。

物、服二子之文，謬誤不少矣。然有二子之才學者，求之今日未易得也。浮薄之徒攻排詆訶，不遺餘力，甚者竄改其文以求勝焉。然視其所作，不足爲二子之奴，豈能駕而上之哉？茂卿篤信李王，終身不疑，然其才實出李王之上。茂卿之文氣骨嬌嬌，筆力俊利。李王迂僻不快利，清人斥李王之詩文爲僞體。太宰德夫、縣次公，皆茂卿之徒也。譏李王之文爲俳體，皆確論不誣也。噫！李王捨命作詩文，而取笑於天下後世。悲夫！

伊藤東涯謂徂徠之文，譬猶著鬼臉恐嚇嬰兒，是尤善狀其文也。

徂徠之才豪蕩不羈，子遷之才輕妙俊利。但恨過信李王，誤用其才。

偃武以來，物服之外能文者，莫如室鳩巢、藤東野焉。善詩者莫如新井白石、梁蜕巖焉。東野名煥圖，字東壁，學于徂徠，年三十七歿，有遺稿三卷。鍛煉未精，然文有氣力有光焰，可見其才之高矣。天若假以年，則非物服諸子之所及也。蜕巖名邦美，字景鸞，始學宋詩，歐蘇范陸無所不讀。又喜徐文長、袁中郎，晚年一宗李杜。其詩縱横肆睢，靡所不有。雖頗多瑕纇，然要之非當時諸家之所及也。備前湯元禎《文會雜記》曰：「蜕巖與東野未嘗相知，而彼此慕其才。東野嘗仕某侯，無幾致仕。蜕巖與其友謀，欲薦東野於水府，使爲史館修撰。乃始相見於東都吴服街，有唱和之詩。後十餘日，東野卒，蜕巖嘆惜不已云。」夫二子學術文詩趨向不同，然相知至深，不與世儒以井蛙之見而黨同伐異者同也。

新井白石，經世之才可比賈太傅、陸宣公，如詩文特其餘事耳。著述贍富，皆俚言國字，而識見超卓，考據精博，其豪邁英特，蓋千古一人耳，豈可與世之齷齪腐儒同年而談焉哉。西土舶商來長崎者，動輒欺瞞邦人。程赤城亦舶商也，長崎譯官問赤城曰：「貴國近日有何奇物？」赤城妄言曰：「有橄欖鳥。形狀大小皆似橄欖，因以得名。」譯人詫以爲奇，因屢託赤城舶載來。赤城笑曰：「聊相戲耳。」先是林珍、何倩、顧長卿共來長崎，時有大高坂芝山者，質以文章。皆曰：「子之文，韓柳不能過焉。」是其爲侮弄也明矣。大抵渠黠者蔑視我，以爲不學無知，因侮弄以供笑資。邦人不察，扣以詩文，奉其言以爲金科玉條，豈不謬哉？近舶商某生，亦頗黠者也。極口譏物服諸子之詩，其言妄誕無據，其所作亦拙劣，不足爲物服之奴也。邦人之寡陋者妄信之，以爲是西土人之言必有據矣。是弗察之甚者。夫唐宋元明名家，論文猶未免有差謬。明桑悦、祝允明論文，皆肆口横議，歷詆韓歐，不遺餘力，聞者但嗤其妄而已。況舶商海賈，豈可信焉哉？柳柳州《答杜温夫書》曰：「足下用助字不當律令。所謂乎、歟、耶、哉、夫者，疑辭也；矣、耳、焉、也者，決辭也。今足下則一之。宜考前聞人所使用，與吾言類且異，慎思之則一益也。」西土書生猶且陋劣如此，況商賈哉。

明人務求勝宋人。然其學術文章，曾不能仿佛宋人。大抵宋人能自爲一家，不肯踏襲前人。明人好剽竊古人，是其膽識已迥然不同也。清人長於考據，指摘前人之謬誤，旁引博證，往往中其肯綮。然短於著作，其不及明人，猶明之於宋也。

文欲雅健而婉曲，此用工夫在字法與句法。又欲氣脈流貫，而變化曲折不支離旁斥，此用工夫在章法與篇法。作句大抵欲曲而不欲直，欲省而不欲增。曲則有味，省則不弱。作篇欲前面伏後面，前段生後段，枝節相生，則自然活潑不死矣。鍊字鍊句易著工夫，而篇章之際尤難爲巧，至於變化縱横出奇無窮，則是出於天資妙才，非工夫所能及也。

松陰快談卷之三

宋吴可，有《藏海詩話》曰：「和平常韻，要奇特押之，則不與衆人同。如險韻，當要穩順押之方妙。」余謂「押韻之文讀之如無韻者」方妙。至如古賦、五七言古詩歌行，尤不可有押韻之痕。如東坡《赤壁賦》，縱横馳騁，議論排奡，如讀散文，不爲韻字窘束，是所以雄才驚人也。李杜韓白之古詩，皆展拓開張，一氣如話，其用韻毫無痕跡，是所以爲大家而不可及也。

余久疑沈約平上去入四聲，不與宫商角徵羽五音合。一日讀米元章《畫史》，曰「沈隱侯只知四聲，求其宫聲不得，乃分平聲爲二，以欺後學。幾于千年，無人辨正。愚陋之人從而祖述，作字母，謹守前説。陸德明亦吴音，傳其祖説，故以東冬爲異，中鍾謂别，以象爲奬，以上爲賞，因其吴音，以聾後學，莫之能正。余於是以五方立五行，求五音，乃得一聲於孟仲季位，因金寄土，了然明白，字字調聲，五音皆具。削去平上去入之號，表以宫商角徵羽之名，有聲無形，互相假借，千載之後，疑誤判清，大初漏露，神姦鬼秘，無所逃形。著云《大宋五音正韻》。」余讀之，多年之疑涣然冰釋。然古人定制，後人明知其非，而勢不可改者亦不少，豈特音韻而已哉。但今人據四聲，以紛紛争音韻之是非者，豈不太陋哉。

杜少陵詩甚巧，蓋由苦吟得之。觀太白「飯顆山頭」之詩，可以見焉。太白天才，所謂以不用意得之者。賈浪仙云「兩句三年得，一吟雙淚流」，孟東野云「夜吟曉不休，苦吟鬼神愁」，如孟浩然眉毫盡落，裴祐袖手衣袖至穿，王維走入醋甕，薛道衡構思聞人聲則怒，陳後山有詩思，急歸擁被，卧而思之，呻吟如病者，家人爲之逐去猫犬，嬰兒皆寄别家，可謂苦心篤好矣。古人有句云「閉門覓句陳無己，對客揮毫秦少游」，無己蓋少陵之流，少游蓋青蓮之流。

王弇州曰：「太白不成語者少，老杜不成語者多。凡看二公詩，不必病其累句，不必曲爲之護，正使瑕瑜不掩，亦是大家。」此論甚佳。余謂李杜二公詩，固未免瑕纇，然天下萬世作詩者，無能出於二公之上者，是所以爲詩聖也。世之陋儒，局量執拗，見人之小疵，乃舉其全體而不之信。或説其所尊信之一謬誤，則憤怒見於色，甚至與其人絶交。是其不曉事，可笑之甚。有客謂余曰：「李杜詩聖也，豈有紕繆哉？」余笑曰：「是不必待多言。子曾看《中庸》乎？曰『天地之大也，人猶有所憾』。朱子解之曰：『如覆載生成之偏，及寒暑災祥之不得其正者，夫天地且不免有過。况渺小之軀，生於其間者哉？』子之信李杜過於信天地者，不亦甚乎？」其人笑而去。

唐詩有唐詩之妙，宋詩有宋詩之妙，而唐宋諸家各有悟入自得處，都不一般。如韓柳歐蘇王曾之文，歐虞顔柳蔡米蘇黄之書，莫不皆然也。學之者亦各學其所好可，其所好者，便其性情之所近也。譬諸飲食，各有所嗜，以我炙而笑人膾，不已騃乎？

余於詩無所偏好，唐宋元明諸家之詩，或雄渾或飄逸，或巧緻或清麗，凡足以悦吾心者，無所不愛。於時人之詩亦然，不問其風調之異同，佳者取之。但生硬拙俗，諷詠無韻致者，雖曰名人之所作，我則不取也。譬猶肉炙魚膾，凡味於我口者無所不嗜，而獨糟糠則非所嗜也。詩貴新奇，非詭怪隱僻之謂也。眼前景物，平常情事，而人未經道者，我能道破之。又務使詞理燎然，不煩思繹，乃稱作手。若舍現在常近，而必求之千里之外，探之古塚秘笈之中，造語詭怪不解爲何等語，博則博矣，其去詩也遠矣。

白香山詩云「匹如身後有何事，應向人間無所求」，「匹如」，人多不解其義。東涯以爲「單匹」之意，其義始明。蓋香山無子，故云「箇單匹之身於世無所求」。然又視「人生匹似風中花」之句，則當爲「如似」之義，匹如匹似，應無異義。豈隨其所用而義變耶？

王漁洋《香祖筆記》曰：「從來學杜者無如山谷，山谷語必己出，不屑裨販杜語。後山簡齋之屬都未夢見，況其下者乎？」余竊謂山谷好用僻典，博則博矣，未必善學杜者。子美五七言古詩，惟韓文公善學之。至於五七律，未知屬誰也。後人之詩不及子美，猶後人之文不及退之也。前無古人，後無來者，惟二公足以當之矣。

讀書該博，學問純正，而其詩不能巧，無風韻流動之趣者，性情不足也。纔讀數卷書，作詩卻有可觀，故曰「詩有別材，非關書也」。然非己有性情，而又能讀破萬卷者，則終不能爲大家矣。

東坡之詩妙絶千古，如《泛潁》詩云「畫船俯明鏡，笑問汝爲誰。忽然生鱗甲，亂我鬚與眉。散爲百東坡，頃刻復在兹」之類，理致新奇，言語形容之妙匪夷所思，誰道坡詩不及其文也。朱子曰：「秦少游詩甚巧，張文潛詩只一筆寫去，重意重字皆不問，然好處亦是絶好。」余因謂二子皆蘇門之高足，而朱子評之甚公確，非如後人之滿口皆出於私意也。

文潛之文甚淳厚，坡公云「汪洋淡泊，甚似子由」。文潛學坡公，氣力稍弱，自然似子由。

作詩者第一性情，第二學問。温柔敦厚，詩之教也。須子細玩味此四字，所謂性情，不出於此矣。而讀書益博，則運用亦妙，故曰第二學問也。或作詩不能巧，乃自諉曰：「我所作，儒者之詩也。不必求巧於風花雪月之閑言語。」是强詞以掩拙耳。夫《三百篇》之風人，多賢人君子，而其詞皆原於性情，風韻流動，使讀者一唱三嘆。未聞别有生硬不韻之詩，名爲儒者之作也。

古之名人如蘇老泉、曾子固，不必作詩，其所存纔一二見而已，豈非其所長耶？有才識之人善藏拙如此，後人之所當法焉。

世間一種粗拙浮躁之人，動輒杜撰亂道，不知羞愧。好妄罵人，不知他人皆勝己也。可醜之甚。

全篇氣脈流貫，而句中有一兩字未瑩，是所謂有形病也。改換一兩字，則爲佳作矣。字句有可觀，而全首氣脈不貫，其病混然不可指摘，是所謂無形病也。不改作則終不成言語矣。

范石湖之詩少瑕纇，陸放翁之詩多瑕纇。然至其氣力變化，石湖迥出放翁之下。

放翁之詩有豪放之氣焉，南宋詩人蓋無出其右者。近日詩流學放翁者不少，然有豪放之氣者，我未之聞也。

清詩人如吴梅村、錢牧齋、朱竹垞、施愚山、王阮亭、宋荔裳，皆無愧於爲名家矣。至於李漁、袁枚，則才學斯下矣，然其論著間有可觀焉。要之，清人著作非其所長也，考據之學如毛奇齡，非無可取，但短於著作，故議論未痛快。袁子才《隨園詩話》，其所喜秖是香奩、竹枝，亦可以見其人品矣。子才意氣欲駕漁洋而上之，然其才學不足望漁洋，何能上之耶？

古之大賢君子，無不善詩者，讀之可以想見其氣象矣。明道先生有句曰「莫辭盞酒十分醉，只惜風花一片飛」，其胸襟灑落，春風愷悌之氣象，自流動於二句中。夫詩賦吟詠，豈非閒言語哉？然君子不廢者，以其忠厚惻怛，温柔和樂，有一唱三嘆之妙耳。孔子採匹夫匹婦之辭，與《書》《禮》《春秋》並列於六經，豈無意耶？余深愛宗忠簡公《華陰道中》二絶云：「煙遮晃白初疑雪，日映斕斑卻是花。馬渡急流行小嶋，柳絲如織映人家。」「菅茅作屋幾家居，雲碓風帘路不紆。坡側杏花溪畔柳，分明摩詰輞川圖。」公之忠義照映千古，固不可以詞人論也。而其詞藻妙麗如此，非尋常詩家所及也。

先君子篤好儒學，交友皆當時豪傑名士。片山北海、中井竹山、尾藤二洲、江村君錫、葛子琴、合麗王、篠安道、木孔恭諸老，或以道德，或以詩文，郵筒往來如織。嘗會諸名士浪華蟹島大勝樓，分韻賦詩，金玉盈座，蓋亦一時盛事也。

先君子好詩，有遺稿三卷，今謹録數首。《秋江》曰：「或遊山壑或郊坰，復向江干杖暫停。柿實垂垂秋水岸，鷗翎拍拍夕陽汀。樹間深住漁人舍，橋畔斜横賈客舲。安借晋時虎頭手，目中風景入丹青。」《送矢野敬士遊浪華》曰：「海門遥惹夕陽流，堪羨騷人千里遊。白鳥雙雙飛送客，青山點點出迎舟。雲將片雨湔殘暑，樹帶微風報早秋。想得蒹葭洲上月，勝情深倚讀書樓。」《漫興》曰：「宦身卻與隱倫同，客少幽居酒亦空。籬菊衰時多冷露，庭柯疎處足淒風。浮生萬事夢何妄，苦思十年詩未工。似助主人之嘆息，通宵唧唧月前蟲。」《題某處士幽居》曰：「携酒何人最往還，板橋斜架小溪灣。茅茨檐短宜邀月，枳殼墻底好見山。風里落花新白髮，雨餘荒蘚舊蒼顏。住深無咎又無譽，耕讀多年多少閒。」《寄江村君錫》曰：「諸孫盡著老萊衣，七十如君古亦稀。吟袖受風花徑步，醉筇支月草堂歸。重重雲樹望方遠，渺渺煙波夢不違。好寄相思千里信，一行斜雁暮天飛。」《寄賴千秋》曰：「帳前一別幾年華，因聽幣招君挈家。載酒曾尋江上月，寄書今問府中花。異途官守情無隔，駕海賈帆望不遐。藉藉名聲新教授，雄藩富庶竟何加。」《秋懷》曰：「城頭雨霽夕陽通，寂寂平郊望不窮。斷續砧聲催落葉，高低雁影過寒空。朱絃曲舊知音外，白璧光飛按劍中。宋玉當年裁賦後，人間百感動秋風。」

先君子刻意杜少陵，當時交遊中井竹山、江村君錫諸老，皆謂逼似杜樊川。蓋善學少陵者莫如樊川，二老意豈在此乎？確不肖之所不敢論也。

吾鄉有宇南海先生者，爲人温厚澹雅，毫無鄙吝之氣。作詩清麗，先君命確受句讀於先生，時確年六七歲。先生憐確幼好讀書，教誨愛撫靡所不至。確當時雖不能悉解其言，然知其爲君子人也。先生姓宇田川，諱龍，字子雲，南海其號，又稱養軒。家世業醫，没無嗣，鄉人至今傳誦其詩。

余與亡友服維彰同遊不忍池，時方晚夏，余得一絶句曰：「尖蒲獵獵雜圓荷，紅緑蜻蜓各自過。

吹面涼飔無定度，一番少少一番多。」維彰亦有詩，惜不記得。距今十七年，恍如昨日，不勝今昔之感。

王阮亭、袁子才論詩各有得失。近日詩流喜子才者罵阮亭，學阮亭者排子才。所謂以宫笑角，以白詆青，不亦固乎？然阮亭之才學，非子才之所企及也，則我不得不左袒阮亭也。

客問余曰：「子學詩唐耶宋耶？」曰：「我不必唐不必宋，又不必不唐宋。可見不必二字，是我宗旨也。東坡云『作詩必此詩，定知非詩人』，可謂知言矣。」竊視世之詩流，不問詩之巧拙，黨同伐異，忿争如狂，是雖狹見使然，不亦已駃乎？有人極口罵白石、南郭，以爲僞詩。余請觀其詩，立意陳腐，但多用生字以掩其拙。余因謂曰：「白石、南郭誠作僞詩，吾子誠作真詩。然吾子之詩譬真瓦也，二子之詩譬僞玉也。真瓦之價，迥在僞玉之下。」

王弇州《藝苑卮言》曰：「潮陽蘇福八歲賦《初月》詩：『氣朔盈虚又一初，嫦娥底事半分無。却於無處分明有，恰似先天太極圖。』惜哉十四而夭。」此詩載《隨園詩話》，爲蘇神童之作。余因疑子才未讀《藝苑卮言》也。宋曹希蘊《新月》詩曰：「禁鼓纔聞第一敲，忽見新月挂林梢。誰家寶鏡新藏匣，蓋小參差掩不交。」謝叠山《蠶婦吟》曰：「子規啼徹四更時，起視蠶多怕葉稀。不信樓頭楊柳月，玉人歌舞不曾歸。」皆載《隨園詩話》，一以爲蘇神童，一以爲無名氏，蓋失考耳。

袁子才論詩不貴用典，可謂確言矣。一涉填砌，則乏風韻流動之趣，愈多愈可厭。且夫《國風》《雅頌》何曾有典來？直叙性情，而其芬芳悱惻之懷，婉麗温雅之辭，使讀者一唱三嘆，是秖由其性情之厚與造語之妙耳。好用典者欲以是誇博則可，非知詩者也。

古人有點鐵成金之説，鐵豈可成金哉？蓋自有妙解。譬猶造器，有鐵之雅觀，反勝金者。倘使拙者用金，則變爲鐵矣。有一少年作詩，誤聽「詩貴新奇」之説，一日聞「不借」之爲草鞋，「軍持」之爲浄瓶，以爲得佳對已。而聞「夫須」之爲笠，乃大喜，他日以不借夫須爲對，作句以示余。余曰：洵切對也。但恨句不佳。魏了翁句云「一雙不借挂木杪，半破夫須衝曉行」，寫得旅況甚佳。古人胸中多畜字，以竢宜用之時。若無宜用之時，則終身不之用也，恐其金變爲鐵也。今人偶得未見字，不問其當否，牽强用之，以誇新奇。不知詩文之新奇，在意而不在字也。方孝孺論文曰「不奇其辭而奇其意」，洵知言哉。今夫黄金紫氣白雪陽春，其爲字可謂陳腐矣。然才人用之，化腐爲新，猶良工用朽材作奇器，一經其手，則更覺斬新之妙。使拙者造器，授以金銀珠玉之材，及其成器，觀者皆惜傷其美材耳。且夫文字本有定數，無新陳之別。惟世之罕道者似新，故如不借、夫須之類，視以爲生字。而人人用作句，則其爲陳腐不亦大乎？是皆不求新奇於意，而求之於字面之過也。今試舉清人絶句一二，李葂《過廢園》云：「誰家亭院自成春，窗有莓苔案有塵。偏是關心鄰舍犬，隔墻猶吠折花人。」林章《送人》詩云：「不待東風不待潮，渡江十里九停橈。不知今夜秦淮水，送到揚州第幾橋。」高士某《中秋對月》云：「隔籬呼酒來烹芋，又恐鄰家索酒錢。不若與妻商榷定，開門推出月還天。」是等詩何曾有生字來，而意新語妙，使人眉開目朗。故善爲新奇者，取之方寸，不求之千里之外，取之不禁，用之不竭，千古萬古，日月常新者，惟我心之謂乎？

朱子曰：「歐公最喜一人送别詩兩句，云『曉日都門道，微涼草樹秋』。又喜常建『曲徑通幽處，禪房花木深』。歐公自言：『平生要道此語不得。』今人都不識這意思，只要嵌事使難字便云好。」由是言之，不惟作者難得，即求解者亦不易得也。

宋嚴羽《滄浪詩話》曰：「學詩有三節。其初不識好惡，連篇累牘，肆筆而成。既識羞愧，始生畏縮，成之極難。及其透徹，則七縱八横，信手拈來，頭頭是道矣。」明都穆《南濠詩話》曰：「世人作詩以敏捷爲奇，以連篇累册爲富，非知詩者也。」李東陽《麓堂詩話》曰：「古歌辭貴簡遠，《大風歌》止三句。予嘗題柯敬仲墨竹曰：『莫將畫竹論難易，剛道繁難簡更難。君看蕭蕭秖數葉，滿堂風雨不勝寒。』畫法與詩法通者，蓋此類也。」王世懋《藝圃擷餘》曰：「詩必自運，而後可以辨體；詩必成家，而後可以言格。故予謂今之作者，但須真才實學，本性求情，且莫理論格調。」此數段議論，皆與余意合，故鈔出。

才短學貧，纔局於近體短章，而不能縱横馳騁，展拓開張，是襪線之材不足成百尺之錦也。又一種，有構思不能入細，粗心妄作，連篇累牘，嵌事徵典，毫無自運之妙，銖積寸累，無段落過接之法，以敏捷掩博自喜者，是不知萬斛之砂不如一零之金也。此尤可愧。余作八十韻百韻之詩，前後數十首，其段落過接之際未慊於心者，多已付之炎火。鷄肋之情，今秖存數首。

人各有長，亦不能無短。或能文而不能詩，能詩而不能文。以杜韓之雄才而作小詩，未必皆巧矣。王孟之流才思精妙，而長篇大作非其所長也。以一人之身兼衆美而有之者，惟宋蘇子瞻一人而已。然人苟有一長，足以自託，何必兼有哉？

服南郭《墨水》絶句膾炙人口，余嘗遊墨水，得一絶句曰：「紛紛輕薄侮先師，筆下何曾有一奇。兩岸秋風墨水晚，至今人誦郭翁詩。」

學明七子而極拙極劣妄竊詩名者，龍草廬之類是也。學宋詩而不解宋詩，多用生字以掩其拙者，僧六如之徒是也。故曰非真材實學本性求情者，則未可與言詩也。

石川翁丈山，初名重之，後改凹，號凹凸窩，又號頑仙子，參州人也。仕神君爲近侍。浪華之役，先登犯法，由是忤旨奪禄。後仕淺野氏，又去遊京師，不復仕。薙髮，自號丈山居士。幼少好學，師事惺窩先生。與羅山、杏庵二先生友善。爲人豪邁能文，隱居自適，超然物外，有林逋、魏野之風。天皇聞其高風，詔召之，固辭弗出。翁没後，天子覩其琴書，嗟嘆久之，世以爲榮。今録其佳句一二，曰「間花惹遊客，修竹鎖殘僧」「高樹秋容早，密林霜氣遲」「露冷蛩聲細，天暝螢影長」，至其道「雷霆小蟬噪，日月兩螢流」，可以見翁之氣象矣。古之真隱，必豪傑有治亂之才，足以馳逐於世，時人不能用，乃發憤棄去，不復反顧，是必非齷齪孑孑者託名隱遁也。「説與時人休問我，英雄回首即神仙」，信哉斯言也。翁之故居在京城外東數里，墳墓亦在焉。余作詩七絶句弔之曰：「擬取閑身寄林下，悉收豪氣入詩來。掉頭不顧君王喚，笑殺開元奪錦才。」其二曰：「山前古墓埋豪骨，似聽軍中揮稍聲。今日弔君君好笑，紛紛來去腐儒生。」其三曰：「文章人品價難論，我意於君無間言。縱酌濁醪澆墓下，休將醜句駭詩魂。」其四曰：「争説新奇能作詩，篇篇可壓竹枝辭。唯今誰似吾翁句，清過梅花些子兒。」其五曰：「唐宋明詩各叙情，今人相訕太癡生。九原誰又喚君起，談笑一揮休忿争。」其六曰：「城外寒村一徑聞，吟筇端的弔君來。不須别捧香花去，宜匝幽居唯種梅。」其七曰：「當日琴書幸無恙，至今清氣逼人寒。君王來覽頻嗟嘆，何羡幽居帝畫看。」

寶歷年中，京師有賣茶翁者，幼少薙髮，師事獨湛禪師，邃於佛理，深惡近世釋氏毫無解悟妄自尊大，於是一朝脱袈裟，賣茶爲業。乃姓高，名遊外，設席於花前水次。陳列茶具，瀟灑可喜。騷人墨客慕其風者，争投錢吃茶。嘗自爲贊曰：「髭鬚照雪，疎髮蓬鬆。瘦杖扶老，鶴氅蔽容。具籃荷去，獨步洛東。賣茶生計，足養衰躬。非儒非釋又非道，一個風癲瞎禿翁。」天正年中，有津田宗及者，少有隱操，善茶儀。豐太閤屢召見之，宗及弗喜，乃薦弟子千利休。初，利休賣藥爲生，及見太閤，寵遇日隆，竟爲茶儀之祖。諸公皆慕其名，争聘召之。士庶聞其風者，以識面爲幸。門如市，堂如肆，競持茶具請其鑒裁以定真假。方今五尺童子，莫不知千利休者。然視之宗及、遊外，則人品迥别也。今世喜茶術者獨宗利休，而不及二子，何哉？遊外之爲人類唐陸羽。《唐國史補》曰：「竟陵僧有於水濱得嬰兒者，育爲弟子。稍長，自筮得《蹇之漸》，繇曰：『鴻漸于陸，其羽可用爲儀。』乃姓陸，名羽，字鴻漸。羽有文學，多意思，耻一物不盡其妙，茶術尤著。鞏縣陶者多爲瓷偶人，號陸鴻漸。買數十茶器，得一鴻漸。市人沽茗不利，輒灌注之。羽于江湖稱竟陵子，于南越稱桑苧翁，與顔魯公厚善，及玄真子張志和爲友。羽少事竟陵禪師智積，異日在他處聞禪師去世，哭之甚哀，乃作詩寄情，其略云：『不羨白玉盞，不羨黄金罍。亦不羨朝入省，亦不羨暮入臺。

千羨萬羨西江水，曾向竟陵城下來。』」見《全唐詩話》者與此少異。

吹毛求疵，舉一而廢十，是論人者之所當愼也，評品文詩亦然。孔子見人一善而忘其百非，善善之心長，而惡惡之心短。今人見人一非而棄其百善，亦可見其不好善哉。

袁中郎曰：「休取古人來比我，同牀各夢不相干。」此句甚有見解。蓋古人自古人，而我自我矣。故似古人亦可，不相似亦可。我但學其法耳。我得其法而作吾詩作吾文，猶同牀而各夢也，奚必仿優孟之像叔孫敖哉？

古詩工於用韻者，莫如杜韓焉。杜詩長篇或用一韻，短篇卻屢換韻，千變萬化，可以見其出入縱横之才矣。《六一居士詩話》曰：「退之筆力無施不可，予獨愛其工於用韻也。蓋其得韻寬，則波瀾横溢，泛入傍韻，乍還乍離，出入回合，殆不可拘以常格，如《此日足可惜》之類是也。得韻窄則不復傍出，而因難見巧，愈險愈奇，如《病中贈張十八》之類是也。余嘗與聖俞論此，以謂譬如善馭良馬者，通衢廣陌縱横馳逐，惟意所之，至於水曲蟻封，疾徐中節，而不少蹉跌，乃天下之至工也。聖俞戲曰：『前史言退之爲人木强，若寬韻可自足而輒傍出，窄韻難獨用而反不出，豈非其拗强而然哉？』坐客皆笑。」余謂歐公善論韓詩者，聖俞之言雖出於一時之戲，亦可以悟古詩用韻之法矣。

余於律詩首學放翁，後進而學少陵，又退學坡翁。嘗有《間適》一律曰：「清新未作一家風，人道詩詞似放翁。暫置文章論道德，誰抛富貴付苓通。棋逢强敵無奇勝，藥待良醫有異功。悟得前賢各成我，精神全在不同中。」爲關詩論，故録。

松陰快談卷之四

書貴沉著痛快。如古人評書曰「怒猊抉石，渴驥奔泉」，又曰「快劍斫陣，强弩射札」，皆狀其沉著痛快也。

米海岳之書雄拔奇快，而學之者有怒張放縱之病。蘇文忠之書勁癡豐妍，而學之者有健肥散慢之病。趙子昂之書嫵媚綽約，而學之者失重濁卑俗。董玄宰之書古淡清麗，而學之者失枯瘦輕佻。故非善學者，皆未免有弊也。

宋朱長文，字伯原，遊程子之門。所著《墨池編》二十卷，蒐羅歷代書，論筆法甚精博。余嘗欲摘抄其要而未能也。

世間所有朱文公之書真跡墨本，皆怒張癡肥，形如斷木。余閱停雲館法帖，中有朱子尺牘。曰「熹僭易拜問，德門慶聚，恭惟均和多祉」云云，書體優美勁健。因知嚮所觀都是贋迹。鄭子經《衍極·古學篇》曰：「或曰：『朱元晦諸賢，其簡筆乎？』曰：『道德之充乎中而溢于外也。』」可謂知言矣。

書家好用淡墨，蓋濃墨難用，以其易滯筆耳。都元敬《鐵網珊瑚》曰：「古人真字隸篆皆用濃墨，至行草之運筆處雖如絲髮，其墨亦濃。近世惟吴傳明深得古人筆法，其他不然也。」由是視之，明人多好用淡墨。今用淡墨者反譏用濃墨者，不亦左乎？

草書有連綿遊絲之體，固非妙手不能作也。然余疑其俗。後閲姜堯章《續書譜》曰：「自唐以前多是獨草，不過兩字屬連。數十字而不斷，號曰連綿遊絲。此雖出於唐人，不足爲奇，更成大病。」

書畫不論巧拙，惟無俗氣乃可觀焉。去俗莫如多讀書。本邦近世學書畫而能讀書者蓋少，宜乎其不堪市俗之氣也。

李青蓮之書見於星鳳樓法帖，筆法頗似懷素狂草飄逸，洵稱其詩與人也。《懷素草書歌》是懷素所自作，特借太白之名耳。如「王逸少、張伯英，古來幾人浪得名」之句，太白雖狂生，豈爲此語哉？陸放翁《入蜀記》云：「《姑熟十詠》及《歸來矣乎》《笑矣乎》《僧伽歌》《懷素草書歌》，太白舊集本無之，宋次道再編時，貪多務得之過也。」

宋黄伯思《法帖刊誤》曰：「一行之中洪纖頓異，號子母體。」余閲墨帖，古人多好作此。如《淳化帖》隋僧智果書梁武帝評書，字形大小殊不均，至評皇象、孔琳之皆小字，忽楷忽草，變化百端，最覺其妙。

歐陽公《集古録》評唐王喦書曰：「喦，天寶時人。字畫奇怪，初無筆法，而老逸不羈，蓋書流之狂士也。文字之學傳自三代以來，其體隨時變易，轉相祖習，遂以名家，亦烏有定法耶？後世言書者，非羲獻父子則皆不爲法。然謂必爲法，則初何所據？所謂天下孰知其正法哉？」又跋獻之帖曰：「所謂法帖者，乃晉魏人施於家人朋友。其逸筆餘興，或妍或醜，百態橫生，故後世得之以爲奇翫，而想見其人也。至于高文大策，何嘗用此？而今人不然，至或棄百事，弊精疲力，以學書爲事業。是真可笑也。」卓哉歐公之言也。古人愛書畫，蓋以想見其人，故不必論其巧拙。但畫有匠氣而書無士氣者，斯不足觀耳。

奧州多賀城碑，紀四方行程里數也。余觀其拓本，楷法遒勁，洵奇觀也。碑立於天平寶字六年，距今千有餘年，不毁不砎，豈所謂神物呵護以至今者耶？

讚州豐田郡中姬村有一寺，曰地藏院，有釋空海書《急就章》一卷。余與二三友同往訪院主，請觀之。運筆之妙，蓋神品也。卷尾署年月日及「釋空海書」，又數筆抹之，字形略可辨。本文用墨太濃，字勢翩翩如遊龍驚蛇，「年月」以下數十字墨淡，字有俗韻無生氣，比之本文不啻霄壤也。本文爲唐人書，無容疑者。蓋空海平生臨摹者矣。年月以下蓋後人僞作，而不能仿佛本文，因塗抹之使觀者難辨耳。三四十年前，院主苦其草書難讀，使僧南谷楷字旁注，所謂佛頭上爲罪過者。使人惋怛。

物徂徠善書，尤巧草行，但世間多贋迹。余得多觀其真迹，運筆之妙，品格之高，偃武以來，一人而已。近日有書名者，非所得而仿佛也。

三宅石庵、宮筠圃、趙陶齋，近日書家之巨擘也。石庵名正名，學顔魯公、米海岳。海岳嘗以書學博士召對，上問本朝以書名世者數人，對曰：「蔡襄勒字，沉遼排字，黄庭堅描字，蘇軾畫字。」

上問曰：「卿如何？」對曰：「臣書刷字。」余觀石庵之書，亦是刷字，可知其善學海岳也。筠圃名奇，字子常，從學伊東涯，書法宗松雪，甚有風韻。又善畫竹，皆爲世貴重。陶齋名養，學衡山、松雪，後宗蘇米。其書圓美，比二子更佳。

東坡曰：「畫之難易在工拙，不在所畫。工拙之中又有格焉。畫雖工而格卑，不害爲庸品。」余謂書畫之可貴在於品高矣。品不高，則愈巧而愈鄙，但人品不高，則書畫之品不高，是不可力强而得也。

近日公侯大夫富貴之家，競蓄書古器以相誇示。大概其人不學無識，已無賞鑒之才，而又往往爲奸商狙儈所欺，宜乎其多襲燕石也。甚者李斯狗枷、相如犢鼻之類耳。徒可供一粲。近日世人收書畫者，不解清賞之雅致，惟論價之高低。或吝不肯示人，其鄙俗已如此，其所收亦可從而知也。米元章《畫史》曰：「書畫博易，自是雅致。今人收一物與性命俱，大可笑。人生適目之事，看久即厭。時易新玩，兩適其欲。乃是達者。」

池無名，字貸成，號九霞山樵。善畫山水，筆法傚梅道人、倪元鎮，用筆簡遠，風韻清高，無一點市俗之氣，蓋本邦一人耳。余嘗讀明顧元慶所著《雲林遺事》，元鎮可謂異人矣。與貸成氣象亦相類。貸成清貧，家惟四壁立。元鎮頗有園林之樂。

或曰貸成之畫，今人仿之者不少矣，而無能得其筆意者，何哉？曰：貸成人品甚高。今學其畫者，人品果如何？彼其逸氣高簡，豈尋常筆端所得而仿佛哉？人品果不讓貸成，則雖不仿貸成，亦必卓越尋常矣。安在其摹仿哉！

米元章《畫史》曰：「蘇軾子瞻作墨竹，從地一直起至頂。余問：『何不逐節分？』曰：『竹生時何嘗逐節生？』運思清拔，出於文同與可，自謂與文拈一瓣香。以墨深爲面，淡爲背，自與可始也。」由是視之，名賢之書畫别自有妙思，非拘牽常見之所及也。

西土人來長崎者，伊孚九、方西園、沉南蘋數人，皆有善畫之名。孚九專寫山水；西園兼能山水花卉翎毛，但水墨不設色；獨南蘋好著色，花卉鳥獸，筆法精工，細入毛縷，但恨帶匠氣，有市俗之氣。清王安節《學畫淺説》曰：「去俗無他法，多讀書，則書卷之氣上升，市俗之氣下降矣。」張山來《虞初新志》曰：「明畫史有仇十洲者，其初爲漆工，兼爲人彩繪棟宇。後徙而業畫，工人物樓閣。予獨嫌其略帶匠氣，顧不若戴文進爲佳耳。」南蘋之畫，蓋仇英之流也。

本邦近日裝書畫用紙生硬，多損古書畫。米元章《書史》曰：「唐背右軍帖，皆硾熟軟紙如綿，乃不損古紙。」裝書之家宜效之。

印章之制，蓋昉於周初也。《周禮・掌節》「貨賄用璽節」，注「璽節，如今之印章」。清朱象賢所著《印典》八卷，凡璽印淵源，制度故事，評論造作，歌詠記叙，莫不具備。然其引證諸書，頗涉詭僻。引《春秋運斗樞》《春秋合誠圖》等之書，以證黄帝堯舜之時已有璽章焉。不知其書怪妄，不足採證也。如五帝時印章有無，未可知也。故余以見《周禮》斷爲璽印之原。

印材有金玉、銀銅、象牙、犀角、寶石、瑪瑙、水晶、石磁之類。三代蓋多用玉也。及至秦漢，用金銀銅象牙犀角也。寶石瑪瑙水晶石磁之類，蓋昉於六朝唐宋之際。古不以爲印也。古印皆白文耳。六朝始作朱文，蓋非古制也。唐宋制度多尚纖巧，大失古法。其詳見《印典》，好古者不可不讀也。

《印典》引《梅庵雜志》曰：「古來印章，官爵而外，止有名印，即表字亦不多見。宋後取閑雜字作印，印於書幅之首，爲之引首印，極爲杜撰可笑。」又曰：「古印有半白半朱者，有一白一朱相間者，又有一朱三白、一白三朱者，二朱相竝、二白相竝者，皆漢後之制。」余謂私印不必秦漢也，採用唐宋制度之清雅者亦可。

余讀《明史》至《孫承宗傳》曰：「承宗自請督師，詔給關防敕書。」因疑關防之爲官物。後又讀《續文獻通考》曰：「萬曆二年，鑄給監督徐州淮安臨清德州天津衛關防。」因知關防之爲官印。今人謂引首印爲關防，不知何所據也。

我邦硯材無佳者。長州赤間關所出，從前貴重之。石質堅緻，古者色純紫可愛，然頑剛不潑墨。有高島石，佳者頗潑墨，然以其易得，人不之重也。西土硯材以端溪爲第一，歙石、洮河石亦皆奇品。《好古堂書畫記》曰：「好事者作硯譜，多博搜群石，以相矜尚。然無過端歙洮三種，足盡硯之能事矣。何必他哉？」

近日製筆墨紙，百方摹西土，卒不能佳。然筑紙濃紙別是一種佳品，性緊耐久，宜以粘障格作帳幃，不宜寫字。紙之爲用，寫字爲主，而不宜用，雖美不足貴也。墨貴南都古梅園，然其香色，竝皆不及西土遠甚。筆最難製，東都本鄉街静好堂製筆頗精，殆不讓西土，但小筆佳而大者未能佳。明陸深《春風堂隨筆》載製筆之法云：「『製筆之法，桀者居前，毳者居後，强者爲刃，要者爲輔。參之以檾，束之以管，固以漆液，澤以海藻。濡墨而試，直中繩，勾中鈎，方圓中規矩，終日握而不敗，故曰筆妙。』此數言簡約，未知誰所作，可題爲《筆經》。」余按始造紙者蔡倫，見《東觀雜記》。始造筆者虞舜，見《博物志》。又曰蒙恬造。

市中賣手簡紙，高五六寸，闊尺餘，糊而連接之爲卷，横展書之，長短剪之，以相往來，不知昉於何時也。一日讀陸放翁《老學庵筆記》曰：「予淳熙末還朝，則朝士乃以小紙高四五寸闊尺餘相往來，謂之手簡。市肆作手簡紙，賣之甚售。」因知手簡紙昉於宋末也，我邦用之蓋未及百年矣。

摺扇，我邦所製尤爲精妙。西土古惟有團扇爾。東坡云：「高麗白松扇，展之廣尺餘，合之止兩指許。」因知西土有摺扇，蓋北宋以後矣。至明始盛，名摺叠扇，亦名聚頭扇。然不及我製之精潔輕妙也。

今俗人人靡不吃煙，賓客即坐，寒暄未了，袖間出煙具，噴爲雲霧，滿塞一室。或含煙緩吐，以戲兒童。市肆製煙具，争極精工。製煙管以金銀，製煙袋以錦繡，可謂極侈矣。煙性猛烈，多吃必有害矣。余亦酷嗜煙，近日頗覺有害，稍稍制減之，未能禁絶。清張晋濤《檀几叢書》云：「煙之性味苦澀辛烈，《本草》所不載，不知昉於何年。今遍滿宇内，無人不嗜，名之曰相思草云。」

烹庖之法，浪華爲妙，京師次之，東都又次之。東都之論肴膳者，惟求其豐盛肥濃而已，未免田舍様。浪華則不然，淡鹹得中，配搭得宜，而清且潔，器什之美，陳列之宜，未下匕箸已可喜。不論風俗之別，脾胃之殊，人人莫不稱善。可以見風俗之一端矣。

東都人嗜松魚，其出在春末夏初。始出，一尾直萬錢，都人争買之。中下之户最先食之，以晚食爲耻。傾囊典衣，惟恐不得也。至四五月之際，出益多，一尾纔百錢耳。宋葉夢得《石林詩話》曰：「浙人食河豚，其方出時一尾至直千錢，然不多得，非富人大家預以金噉漁人，未易致也。」是彼此相似者。河豚有毒，往往殺人。松魚亦有微毒，其不鮮者能中傷人，鮮者亦不宜多食也。

刀刃之利，莫如我邦。歐陽公《日本刀歌》極其稱揚。明宋應星《天工開物》曰：「倭國刀，背闊不及二分，架于手指上，不復欹倒。不知用何錘法，中國未得其傳。」凡健刀斧，皆嵌鋼包鋼，整齊而後入水淬之，其快利則又在礪石成功也。余謂刀之利鈍在錘鍛之巧拙，而礪石次之。其質已鈍，雖有磨礪，無如之何。我邦造刀之利，蓋得力於水性者多。則西土雖得其傳，亦恐不能快利如我也。

小人之情狀，變化百端，不可測識。然尤有大害可畏者，莫如媢嫉焉。故《大學》舉休休有容之君子與媢嫉之小人，以示國家治亂之所係莫大焉。學者之所以宜深察而明辨也。

本邦俗慎正、五、九月，或請巫祝祈禳，至婚嫁皆避之，不知所據。後讀《唐書》，正五九之爲三長月，見於《本紀》。後又讀宋戴殖《鼠璞》曰：「今俗人食三長月素。按釋氏《智論》，天帝釋以大寶鏡照四大州，每月一移，察人善惡。正五九月照南贍部州，唐人於此三月不行死刑，曰三長月。」乃始知其所由來矣。

有一富翁，性至貪污，平生凡損人利己者無所不爲，所謂「一善不作，衆惡奉行」者。翁常曰：「世間有儒者，故有仁義。所謂仁義者，皆是損己利人之道。且儒者多讀書以驕人，使人失利。」於是惡儒如仇。客謂翁曰：「翁惡儒者，非以其道與翁之所爲背馳耶？」曰：「然。」客曰：「吁！翁未察也。夫損己利人者，古之儒也。今之儒者，正與翁之所爲一般，毫無異道也。」翁乃欣然曰：「洵如客言，則儒是我黨之人，吾亦將學儒，安惡之耶？」客笑去。

元周密《視聽抄》曰：「吴諺云『正月逢三亥，湖田變成海』，謂之水大。」余按文化乙亥正月元日丁亥、十三日己亥、廿五日辛亥，是歲諸州大水，信如吴諺，可謂一奇矣。

不可一日闕者，莫甚於水火。而可畏者，又莫甚於水火焉。江都失火之患，發輒延及數萬家。冬季春初之際，失火燬數十家者，晝夜不知幾次。撲救之術，無所不至。每坊有軍屯百餘人，梯索水桶梃棍鈎鋸之類，莫不備具。有望火樓，縣一鼓一鉦，有數人探望，見火則鳴鼓，高唱方向里名，軍將率騎士疾馳，步卒從之，數隊争馳，先到火處速撲滅者得賞。火滅鳴鉦，軍將乃整隊而還。公侯邸第皆建望火樓，撲救部署不敢懈弛。火發，近火居人左提右挈，負擔出避，騷擾狼狽，故又有巡捕邏卒，察搶火者就擒縛之。余在都下三遭大火，幸皆免於爲糜竺矣。然委頓亦極。火發勢甚猛烈，人家倉廩亦不可恃，故鑿土爲窟，以藏貨財，謂之穴藏。宋馬永卿《懶真子》曰：「唐永徽二年，玄奘於慈恩寺造甎浮屠，以藏梵本，恐火災也。」余因謂瓦磚造庫，已可以免災，而又無卑濕生黴之患矣。不知果可試否?

張子和曰:「願爲浮家泛宅,往來苕霅間。」是洵隱者佳境,恐浮家泛宅不易辨耳。陸放翁《入蜀記》曰:「大江遇一木筏,廣十餘丈,長五十餘丈。上有三四十家,妻子鷄犬臼碓皆具。中爲阡陌相往來,亦有神祠,素所未睹也。大者於筏上鋪土作蔬圃,或作酒肆,皆不復入峽,但行大江而已。」余又嘗閲一書,今不記其書名,曰:「民苦税斂之苛,作大筏泛江。妻子圃宅鷄犬皆具。」是其爲浮家泛宅,殆非佳境。

勢州擲筆山,相傳昔畫工法眼元信過此,睹山形奇絶,不可得而摸,乃擲筆而去。余屢經過,對山熟視,平平無奇,不解所謂也。恐是好事者妄説欺世俗,至使良工蒙冤耳。茶店壁間題詩甚多,皆稱其奇絶。矮人觀場,可笑!余題一絶曰:「良工擲卻筆尖兒,是爲溪山無一奇。誤謂丹青描不得,幾人駐馬立多時。」

浪華城南數里有茶肆,稱難波屋者。店後有偃松,高不過丈,而旁幹四出,廣二十丈,夭嬌如游龍。其頂平坦,可群坐。觀者靡不稱奇。讚州上田村小庵有松亦似之,其地僻遠,無人過而賞之。均一松也,其遇不遇如此。

豫州有木葉石,剖之自然有紋,或楓葉,或柏葉,宛如刻畫。然石質粗硬,不可雕琢以爲器物。按《水經注》:「石魚山,本名立石山。高八十餘丈,廣十里。石色黑而理,若雲母。發一重,有魚形數寸,鱗鬣首尾有若刻畫。燒之作魚膏腥。」可謂至奇矣。

海鰌，魚之至大者也，然猶有大焉者。余聞之東人，蝦夷之海有魚名曰翁魚，人無睹其全身者。首尾浮海，如二大島湧出。春南秋北，鼓鰭之勢，海水爲之沸立，聲如震雷，能吞海鰌，猶鰌啖鰛也。漁人見海水變色，海鰌逃走，輒知翁魚將來也，争收漁具逃歸。夫莊周説鯤鵬，固寓言耳。今海魚其大至此，可取以徵其説。

東都花市甚盛，淺草寺每月十八日，虎門每月十日，麴坊菅廟每月廿五日。春則梅柳桃李海棠牡丹芍藥，夏則荷花石榴燕子，秋則蘭菊木芙蓉，冬則水仙山茶奇松怪竹。争新競奇，種種無不有也。各盆植之，列置牀上，宛如錦繡，而又有不時之花。若海棠桃李已以正月開花，然皆出於人力，非受天氣之正者也。其法陶盎植花木，藏之土窖中，周以草秸而密墐之。最早開者，四周以火逼之使開也。又有以白梅爲砧根，而紅梅一枝接之。或以紅梅爲砧根，而白梅一枝接之。每盆一株，紅白争開者，謂之「源平梅」。蓋本邦武將源氏旗色尚白，平氏旗色尚赤，因以名焉耳。京師浪華亦有花市，然不如東都之盛也。余嘗詠虎門花市絶句五首曰：「雨歇城頭放曉光，於菟門外賣花忙。紛紛浪蝶追人去，知那牡丹分外香。」其二曰：「不待一番花信風，幾多桃杏爲誰紅。恁般隨意弄春手，不是明皇羯鼓同。」其三曰：「磁青盆色玉争光，植得紅紅白白香。爲是人情都厭舊，笑他花木也新妝。」其四曰：「門外橋邊約五里，犬家争唤老花師。豪奴乘醉不論價，一擲千錢取一枝。」其五曰：「怪辦奇葩各自誇，傳言這裏最繁華。誰知野外春如錦，只算城中盆植花。」

余尊信程朱如神明。在我先輩，獨折服於順庵、鳩巢二先生。鳩巢才德，世皆知之，今不必論。至順庵先生，則世唯目以温厚長者而已，不知先生德量之大，當時無雙也。若夫鳩巢、白石、觀瀾、南海、芳洲數人，皆古所謂奇才豪傑，而各擅所長，名聲震曜於天下矣。獨先生默然如無所能者，而前數子皆師事先生，猶七十子之於孔子，無思不服，是豈徒以聲音容貌欺世盜名者之所能得哉？先生教人，各因其材而篤焉。猶孔門之諸子，德行、政事、言語、文學，各成其材也。是豈與世之腐儒膠柱鼓瑟，刻舟求劍，縣一定之權衡以待人同哉？先生愛才好士，稱譽薦達，有唐宋名賢之風度。亦余之所以深服其德量也。

松陰快談跋

日本僻處東瀛，百餘年來文教頗盛，若物茂卿、服安裔、神鼎、太宰純輩，皆能力學好古，表彰遺籍，誠彼所謂豪傑之士也。《快談》四卷，係伊豫長野確所著。其中評論古今及詩文書畫之屬，援引博洽，時具特識。以擬物服諸君，雅稱後勁。且彼邦文獻，亦略見于此。因亟録之，以廣其傳。壬寅春日，吴江沈楙德識。

梅邨詩話

金田梅邨

《梅邨詩話》七卷，金田梅邨（一七八三—一八六九）撰。據哦松軒藏乙卯年（一八五五）序寫本校。

按：金田梅邨（かねだ ばいそん KANEDA BAISON），常陸德鳴村（今屬茨城縣潮來市）人，折笠利平治之次子，後爲佐原（今屬千葉縣）金田金七之嗣子。師事宫本茶村（みやもと ちやそん MIYAMOTO CHASON，一七九三—一八六二，江户時代後期儒者，水户藩鄉士。常陸潮來村之名主。名元球，字仲笏，世稱「尚一郎」，號茶村、水雲。從山本北山習儒學。因獲罪於幕府而遭投獄三年，後專念於教育子弟及著述《常陸誌料》等。寛政五年五月十五日生，文久二年六月二十五日歿，享年七十歲）。因仰慕賴山陽，嘗祭拜於其墓前，告爲弟子。後從學於賴三樹三郎。與梁川星巖、藤田東湖、清宫秀堅等從交甚密。天明三年生，明治二年歿，享年七十七歲。

其著作有：《梅村詩話》等。

賴三樹三郎，らい みきさぶろうRAI MIKISABURO，一八二五年七月十一日—一八五九年十一月一日，幕末志士、儒者。出生於京都，賴山陽之三男。名惟醇、醇，字叔厚、子厚、小春、子春、士春，世稱「三木八」「三木三郎」「三樹三郎」「三木八郎」「三樹八郎」及「三樹」，號鴨崖、百城、古狂生等。先後師事後藤松陰、篠崎小竹、佐藤一齋、梁川星巖等。提倡尊王攘夷論，與梁川星巖、梅田雲浜等奔走國事。遭「安政大獄」連座刑死。文政八年五月二十六日生，安政六年十月七日歿，享年三十五歲。

梅村詩話序

梅村老人言詩蓋四十年矣，嘗謂予曰：「盍觀夫讀書而失錢者乎？彼輩所學何事？公等宜讀書而能務其業，不爲人笑。賈，吾業也。詩，吾好也。吾終不以所好廢所業也。」於是老人業益廣，而《詩話》出焉。初予弱冠，以詩視老人，老人讀而愛之，不復惜齒牙，以故每先輩自處。及《詩話》成，囑予作序。余謂老人好詩，最長於詠史，其所得之深，蓋於是可觀也已。若夫於六家詩，務主張風雅，議論純正，品隲確當，譬之權稱數計，而多寡斤兩不差毫氂也。諺云「多錢善賈」，老人之於詩亦猶是乎？而平素不屑以此自售，則其讀書之力將别有在歟？雖然，老人言詩蓋四十年矣。世必以詩人待之，老人亦不得辭也，乃不當辭也，是《詩話》之所以出也。

乙卯仲夏，常陸吉川堅識。

梅村詩話目録

梅村詩話卷一　源白石詩

《白石詩草》，友人高天漪所選次，《餘稿》則其子明卿所輯也。首載室滄浪題辭，詳言清翰林編修鄭任鑰序《餘稿》顛末，而其序不録。白石嘗言：「舉人贊己者示之他人，吾不欲也。」是其所以不録鄭序也歟？據滄浪所記云，鄭序以白石爲琉球人。豈琉球諱其兩屬日本，不敢告以實乎？將鄭氏以日本不與清通，姑婉曲其辭，以避外交之嫌乎？觀詩中係日本者皆删不録，獨存《飛梅》一首，亦似微視其詩之爲日本耳。蓋鄭氏别選其詩評而序之者，且以爲琉球人，故不載其序于《餘稿》首也。白石天資敏捷，獨步藝園，一時諸名匠皆出其下。江北海目爲「錦心繡腸，咳唾成珠」者，非過譽也。昔白樂天詩名最著，鷄林賈人求市頗切，云其國宰相每以百金换一篇，有甚僞者亦能辨之。而白石詩，當時韓人索之者陸續不斷，本朝詩人名播海外者，未聞有如是之比。而鄭序至評云「兼盛唐作者之長」，則其賞許非特百金换一篇也。

集中古體尤尠，《餘稿》中才存五七言古詩六七首而已。而其詩雄偉悲壯，變化不測，有拔山蓋世之氣勢，惜乎不試諸巨作大篇。蓋今所行二編非其全集也。聞白石年僅十六，録所作詩一萬首，因對馬西山健甫，請韓客評。客即請而接見，遂作之序以褒揚之。而今二編所收不過三四百篇，明卿曰：「先大夫言詩凡四五十年，其稿若干卷。罹災者數，今之存者不過數卷。問諸家族及執友諸君子，得什之一二。」由是觀之，其詩之散逸可知已。

祇南海賀白石六十詩，有「擊劍歌成血吹霧」之句，自注：「辛卯歲，韓使朝饗之日，客謂公曰：『嘗聞貴國多長於擊劍之伎者，今可得幸一觀。』公曰：『觀之不可遽辨，吾今爲客說其涯略。』席上作《擊劍歌》一篇以示，篇中有『血吹霧』字。」今此歌亦佚不傳，特可惜也。而「血吹霧」三字已傳劍伎之神，其詩之出，想必使韓人辟易數里。

白石冬日過林學士，學士乞詩。白石乃求其題，學士書「容奇」二字，即賦七律一首云：「曾下瓊鋒初試雪，紛紛五節舞容閑。一痕明月茅渟里，幾片落花滋賀山。提劍膳臣尋虎跡，捲簾清氏對龍顏。盆梅剪盡能留客，濟得隆冬無限艱。」容奇者，「雪」之邦訓。學士書以試白石，白石乃徵用本邦故事，舉坐服其敏警。又有《送田彝之雲州》一篇云：「白鶴雙飛海上來，徵書遥到起蒿萊。城東氣色重雲出，封内山川太社開。大澤靈蛇傳寶劍，渥窪神馬産高材。此行不爲鱸魚膾，莫使秋風客思催。」是亦用本朝故事者，而詞意渾成，不減漢人手段。白石年三四歲，門外有叫賣「海鼠」者。客戲舉此求對，即應聲曰「山猫」，蓋其夙惠匪夷所思也。

嘗和清人魏惟度《八居》七律，以「溪西鷄齊啼」爲韻者，請室滄浪同和。遂傳播京師，京師文士效顰者數十人，裒然成册，坊間梓行，名曰《八居題詠》。諸人詩有與白石詩相類者，因再作八首，語無牽强，押韻益穩，可謂多多益辨矣。其佳者，《前山居》云：「攢峰叠嶂俯回溪，家住危橋數里西。明月跡過深谷虎，白雲聲斷遠村鷄。尋源春水桃花老，招隱秋風桂樹齊。山鬼欲來天色瞑，女蘿衣薄雨中啼。」《後》云：「石碓春雲水下溪，采薇何必彼山西。樹懸陰壑巢霜鶻，草長陽坡乳野鷄。白晝嵐來千嶂瞑，青春雪盡百花齊。松門自削人間跡，免使清猿作怨啼。」《前茅居》云：「老樹陰陰竹繞溪，黄茅近向瀑泉西。豈論門上題凡鳥，不學窗間語老鷄。陶令結廬容膝易，孟光舉案與眉齊。興來且酌杯中物，笑見癡兒覓棗啼。」《後》云：「一村桑柘一川溪，茅舍柴門野徑西。遠渡待舟人立馬，鄰家分食婦呼鷄。玉笙吹月松風響，石鼎烹雲竹雨齊。春社酒醒窗送曙，去年雙燕繞簷啼。」此數詩不即不離，可謂能得其體。

《垂祐堂八詠》五律尤稱得意，祇南海書其後云：「泉海唐金氏好古士，嘗擇其居八題，以詩旁請四方縉紳。癸巳之春，來求於予。予觀其所集，韓客以下作者數十輩，歷歷可見。予恐泛言套語不足以稱名地，遂出一機杼，取勝於字句之外，以爲與夫浮花浪蕊既换面目矣。及得白石源公所作八律讀之，方知始能與江山争其奇也。抑所謂欲使人輟翰焚筆硯者乎？予與公相識二十餘年，其於詩相知，雖遞鍾之山水不能及也，今何必獨《八詠》之可嘆服也。蓋公平日所作，其清者天宫白鶴也，其艷者蜀川明錦也，悲壯者鐵馬夜鳴，古崛者山鬼嘯月，其餘愈出愈奇，若《八詠》則特極其曲麗，比之虞魏或過雄渾，比之盧駱又加其精，要之在沈宋伯仲之間耳。然是誠可與知者道，不可與俗人言者也。」又云：「予既題《八詠》後，又自讀之曰：嗚呼久矣！予之不得發此言也。微公此作，則吾安得而言之？非予言之，公亦誰與聽斯言也？遂自誇其説之確當，然非獨予之誇其言，使公聞之，亦必抵掌稱善哉。」南海之言蓋非過譽也。堂蓋泉人唐金興隆所構，當時名士及華人、韓客寄題纍衆，梁蜕岩《與興隆書》云：「市井間通墳索、譚名理，寥乎無聞，雖藻繪亦僅僅矣。江東大都，翁張濁質之豪不爲少，而以善詩名者，予所知鶴樓田伯鄰一人而已。伯鄰嘗從井筑州學詩，敝社中以斯人爲一敵國。而今也又得與賢締交，詩筒往來，月致三四幅，則豈非吾黨大快事哉。」據此，則唐金氏之風流文雅，當與鶴樓比肩也。蜕岩又云：「初予在東都，有《垂裕堂八詠》諸體，後改作《十二景》七絶，删舊作不入選云。」蜕岩之賦八咏也，唐金氏贈以一匹紬爲潤筆。乃知白石《謝泉南唐生所贈棉布》七古，亦出其潤筆者。

《田氏鶴樓落成》云：「青松滿院繞庭除，傳是華陽舊隱居。家學神仙曾得藥，門過長者既多車。樓中舞鶴雲生壁，堂上丸熊月照書。况遇紫荆花發日，見君兄弟玉相如。」自注：「田氏世稱隱居，鶴樓從白石學詩。其先相州人，仕於北條氏，高祖名友嘉。初永禄丙寅春，有海舶來泊三浦，蓋吴估也。北條氏命館之于田氏。交關事訖，將歸，客乃謝云：『無以報主人。吾家所傳有一金篦術，以奉授焉。』即五靈膏方也。嘉因試之，果驗。乃施民間，致財巨萬。『家學神仙』句謂此也。」鶴樓風流儒雅，延諸名士，締文字之交，飲宴樓上，殆無虚日。蜕岩所謂『厨有蘭陵千榼、武昌魚千石，而門之轍、户之履雜遝不絶』者，可見其豪抱，有孔北海、鄭當時之風。」白石《癸巳中秋小集》有「二十二年秋，年年醉鶴樓」之句，其交情之厚亦可知已。又嘗中秋賞月于此樓，此夕無月，坐客不樂。酒數行，鶴樓奉觴于白石，以明珠一雙爲壽。白石爲之戲曰：「不愁明月盡，自有夜珠來。」蓋今夕之謂也。」坐客皆粲然而笑。余謂此二句，沈宋諸賢稱爲得驪珠，而白石偶爾拈出，于時於事甚有興致，爲此句更增許多光價，其敏給洵不可及也。

《癸酉上元會鶴樓》云：「金門魚鑰徹明開，玉漏虬壺入夜催。黄道月臨迎彩仗，紫宫星繞接瑶臺。龍銜寶燭疑飛動，鳳逐仙簫欲下來。不是祥雲成五色，只應海上覓蓬萊。」又《雪夜會田子宅》云：「深林雪壓碎琅玕，醉裏臨風拂檻看。玉蕊峰頭春已入，瑶臺月下夜猶殘。香凝寶鴨爐煙斷，凍合金虬漏水寒。豈可兔園無妙賦，謝家原自識芝蘭。」余初讀此二詩，以爲田氏富埒陶頓，賓客之盛，屋室之美雖如此其盛，恐不承當是作。既而閲《蜕岩集》有《鶴樓集後序》云：「田伯鄰好客，至斯歡，歡斯酌，自獻歲迄除夕，屣敝於門，轄沈于井。昔者田文三千，旁及鷄狗之技；田横五百，孰謂鹿豕之群。假使伯鄰鐘鳴鼎食，因其勢焰以致賢能焉，則于二田有光。」則白石所言亦得其實。然試以陪宴應制題之固無不可，蓋白石好爲富貴相，用金玉錦綺瓊瑶鸞鳳等字，不一而足。南海所謂「雖僻境野趣之作，與冠冕之製無以異也」者，是其長處，而其病亦在於此。他類是者甚衆，《人日雪》云「六花瓊樹落，七葉玉蓂開」，《中秋泛舟暮過牛頭寺》云「青林園寶刹，碧水繞香臺」，《賦得月滿海上》云「龍懸鏡寒影，鮫綃叠細流」，《九月十三夜》云「菊綻薰金碗，蓂開應玉徽」，《送從軍人》云「翠羽妝珠劍，皋皮飾玉鞍」，《從軍遊獵》云「雕弓彎月滿，畫戟拂霜寒」，《小齋諸君集同賦庭上未開梅》云「臨風調玉笛，待月撫金徽」，《太史席上賦朝花萬福》詩「鳥去金鈴動，蜂來錦幄開」，《同七子會田彝宅和松禎卿韻》云「桂樹薰美酒，珠玉燦清篇」，《八月十四日夜壽某夫人誕辰》云「瑶臺看月鏡，金闕想霓裳」，《圓通寺鐘》云「寶篆晨香繞，金蓮夜漏移」，《三緣佛閣》云「雁塔慈雲峻，鷄園寶樹斜」，《元夜鶴樓席上與諸子同賦》云「蘭燈飄玉蕊，桂酒泛金花」，《春近餘雪》云「玉笛抽宿麥，粉蕊吐寒梅」，《守歲恭紀十韻》云「猗蘭開玉葉，仙桂茁金枝」，《壬午中秋》云「西吹飄歌扇，東波濺舞裙」，《壬辰九月十一夕月下賦》云「碧漢流清露，金飆凜肅霜」，《松禎卿田彝過新居分韻得窗字》云「諸比黄金重，詩成白璧雙」，《殘菊》云「玉露鴛衣冷，金風翠羽寒」，《白牡丹》云「羅幕春光澹，珠簾午影長」，《中秋集熊子璋宅》云「光借蘭膏熱，聲連玉漏殘」「玉管淒將斷，金波黯不流」，《夏雲多奇峰》云「玉葉蓮峰峻，金枝桂嶺深」，《九月十三夜賀平子壽七十》云「種玉靈苗秀，煉金繁蕊香。夕餐供寶鼎，朝飲泛瓊漿」，《好鳥鳴高枝》云「夢傍珠樓喚，花臨綺閣催」，《賦入階雨》云「簷溜和虬漏，窗風濕鳳琴」，《賦梅花落》云「羅幌春風度，珠簾夜月移」「妝臨鸞鏡媚，歌入鳳琴愁」，《和登州刺史韻》云「玉鱗飄雪後，紅艷染霞新」，《八月十六夜月蝕》云「玉鈎簾半卷，金鏡匣纔開」，《和子先賦雪》云「珠寒同蚌淚，玉軟比蟾肪」，《雨後堂前紅梅盛開》云「色剪紅冰侵骨冷，香凝絳雪透肌清」，《中秋與諸君賞月》云「金波不動芙蓉老，玉露無聲蟋蟀吟」，《十八夜集熊子璋宅》云「玉杵風寒光拂幌，金笳霜冷影侵衣」，《庚寅元日壽外舅日下翁八十誕節》云「玉樹映階群子弟，瑶池開宴集神仙」，《某人母堂壽詩賦菊》云「南山稱壽金樽滿，東海添籌錦帨長」，《丙戌仲春和諸君所贈壽詩韻》云「龍樓日暖春聽誦，鶴駕天晴曉問安」，「珠履客留燒燭短，彩衣兒舞舉杯遲」和室滄浪「鶴駕天迎千仗肅，龍樓日映五雲開」和服紹卿「金閨通籍晨趨早，玉漏傳籌夜直長」和服維恭「芙蓉秋泛紅雲麗，桃李春開白日遲」「玉壺徒爲長歌碎，金鏡偏將短髮開」和山敬美「龍駕親臨新邸第，鳳幃長侍舊經筵」「玉案只應難報贈，朱絃何必少知音」「青天倚劍論心壯，白雪彈琴下指遲」和藤由言「桂闕高攀仙子月，蘭臺近對大王風」和藤知慎《滄浪寄詩兼示〈遊寺失鶴〉等作》云「林下鹿行過寶閣，雲間鶴舞到瑶臺」，《和北地昌言生瀟湘言懷詩贈滄浪子》云「美人遥寄瑶華贈，明月雙懸玉樹寒」，《錦里先生宴上和南南山韻》云「朱絃堪奏陽春曲，白璧難酬明月輝」，《庚午春次韻李溪君龍山即事》云「畫栱遥浮雲五色，綺窗高映日三竿」，《和李溪元日韻》云「千載蛟龍得雲雨，一時鸞鳳集梧桐」，《奉謝錦里先生春初開宴兼呈諸友》云「論經虎觀諸儒會，投刺龍門子弟來」，《賦得歸雁》云「瑶瑟不勝湘水怨，錦書堪寄隴雲情」，《中秋會田氏宅薄暮雷雨》云「雷霆忽驚龍劍合，海潮方滿蚌珠開」，《三更月出》云「銀河洗出中秋色，玉管吹開半夜明」，《十六夜同諸賢會紀使君河上亭和使君韻》云「地開金谷紅塵静，天轉銀河碧水寒」，《九月十日諸君過東市新居因賦》云「座上千年鸚鵡賦，家徒四壁鷫鷞裘」，《會伯玉宅》云「南海一珠明月滿，蓬萊五色彩雲高。共銜仙子瓊蘇酒，難報美人金錯刀」，《同七子會田彝宅和伯玉韻》云「飛蓋西園良友會，華樽北海盛筵開」，《冬日牡丹》云「日映繡窗催短景，風飄錦幄拂岩霜」，《十二月一日問熊子璋病》云「鷫鸘裘敝官猶倦，鸚鵡賦高才豈疎」，《臘中迎春》云「東郊氣色迎龍駕，北斗星杓轉鳳城」，《雪夜陪豐城紀刺史宴歸寓田子宅短述呈熊子璋》云「坐圍翡翠金屏合，燭綴蒲萄絳蠟殘。珠履三千慚上客，瓊樓十二對清寒」，《雪夜同諸子會愛雲堂得春字》云「彩毫不讓兔園賦，玉色相逢鶴氅人」，《和伯玉詠雪》云「鸞鏡千樓開月照，鮫綃萬樹剪花懸。蓬萊闕下皆瑶草，姑射城頭是艷仙。」「三花珠樹教春住，五夜瓊樓借水懸。」「瑶臺斜月千林滿，銀漢飛流百道懸。授簡兔園推上客，披裘鶴氅想神仙」，《採蓮曲》云「玉指掇時愁水動，羅裙翻處畏風吹」「桂舟蘭棹疑天上，粉面羅裙似鏡中」，《送田長元之丹陽》云「河漢鵲橋天上落謂天橋，蓬萊鼇殿海中開謂餘謝海」，《少年行》云「金堤塵動章臺柳，玉道風開杜曲花」，《和藤拾遺雨中梅花》云「玉鏡晨臨疏影入，珠簾暮卷暗香來」，《和祇生七家雪》云「寶馬驕行迷玉勒，瑶姬艷舞妒羅裳」侯家「花明錦帳春何早，月滿蘭筵夜正長。金鏤鳳釵應借色，玉臺龍鏡欲分光」倡家「酴醾香酒春風入，翡翠明簾夜月垂」酒家「水明珠澤難分夜，天静銀河欲問秋」漁家「銀麞多是林間出，玉兔非關月裏來」獵家《平輗席上賦雪》云「光銷錦幌春雲熱，影動朱簾夜月侵」，《和龍野真生客中元日韻以餞》云「星辰交映蒼龍野，驛路遥懸丹鳳城」，此數十聯，湊合成句，無甚意味，鏤金錯采，俗氣可厭。又有不假雕飾，自然巧妙而意味悠長者。《乙未春初病中簡天漪》云「病時生作累，老境死成鄰」，《癸卯中秋有感自注：今歲五月次子宜卿亡》云「天到中秋暗，人同子夏明」，《簡南南山僑居》云「鬢換愁邊白，顔銷笑裏紅」，《壬午中秋同伯鄰泛舟東川》云「竹渡寒煙緑，花川落日紅」，《送春》云「徒窮千里目，長恨五更風」，《吉見里》云「數家機杼動，一水桔槔閑」，《淡路島》云「樹色波間動，潮聲月裏來」，《和山咸中秋遥寄韻》云「鴻雁書來千里月，芙蓉劍老十年秋」，《次韻九月授衣》云「日落碧雲千里合，秋高白雁上林飛」，《送田長元之丹陽》云「西風孤劍芙蓉老，北地尺書鴻雁來」，《祇生席上贈白峰》云「衰鬢只應知己惜，交情漸覺世人疎」，《醉答山書記咸》云「官遊已倦三年客，昏嫁空淹五嶽期」，《和室直清次春初韻》云「袖中不減三年字，床下還思百尺樓」，《和原九韻贈石梁》云「道學他年依鹿洞，名流當日接龍門」，《挽恭靖木先生》云「一世共推天下老，百年空化墓中人。遺書何用求封禪，前席誰因問鬼神。古路鳥聲悲落日，荒郊樹色慘寒雲」「只爲修文歸地下，肯教遺草出人間」「東山未遂生前志，北斗空懸没後名」，《和都蠡湖冬夜題旅館韻》云「霜吹草木年將晚，雪滿關山路欲尋」，《和滄浪韻》云「興來偏恨愁中老，病起何堪醉後狂」，《答滄浪》云「蓬髮霜吹孤劍色，菊花秋老一樽香」「灰心已向生前冷，俠骨寧將死後香」，《九月十五夜與諸君玩月》云「鷄黍共約千里客，鱸蓴空過一年秋」，《七月十七日次北藩桃溪子哭子韻》云「故國書回寧信死，孤魂夢斷尚疑生」「東游曾作同來客，北去應爲獨往人」，《中秋小集次韻》云「一川暝色雲歸岫，萬樹寒聲雨過樓」，《和鳩巢中秋憶亡友作》云「青山何處孤魂在，白首當年二老餘」，《答東藩安太史》云「浮雲日去空千里，明月時來共一天」。

「東坡先生留五年」「放翁七十猶豪縱」等，古人句中自稱、稱人用字號者是詩家之常。而白石《和滄浪》詩「遥思孺子滄浪水，獨立仙人白石樓」，又《癸巳中秋小集自注：是夕會者滄浪、天漪云云》云「白石烹盤饌，滄浪入棹謳」，《乙酉中秋和滄浪韻》云「安知滄浪有遺珠」，《贈滄浪子》云「曾向滄浪聽古調」，又《和春初韻》云「萬里滄浪倚棹謳」，是以自號及他人號入句中，而不直爲其號用，是亦一格。而元出遊戲，頗涉輕薄，後人勿效尤而可。

賴山陽評：「白石歌行《題孔明像詩》《荆軻》《老少年行》類，皆似自長吉、廉夫來。而寄託深遠，非淺人所能識。」此言得之。集中七古僅六篇，《虞美人草行》《四皓吟》亦悲壯淋漓，節短調促，讀之使人擊節不已。《謝唐生所贈棉布》詩亦整麗可愛，「孔明圖誰知」以下四句是夫子自道，抱負固不小也。「蒼顔如鐵鬢如銀，紫石稜稜電射人。五尺小身渾是膽，明時何用畫麒麟」，是《自題肖像》詩也。祇南海評云「此公本色」，又曰：「白石新井公之詩，篇篇有霸氣有俠氣。」蓋其爲人亦可見也已。

《詠鷄冠花》云：「仙葩曾下白雲端，遥思淮南靈藥殘。燕燕辭巢花已結，猩猩滴血色初乾。朱冠相鬭秋風亂，繡頂如鳴曉月寒。孤劍不須中夜舞，客情空對碧欄看。」此詩人皆愛誦之，余不敢雷同。前聯率，後聯拙，非佳作也。其他如《南天燭》云「北極燭龍寒日照，南方朱鳥列星懸」，《蒲萄》云「驪龍宫裏明珠動，烏鵲橋頭列宿懸」，皆粘皮滯骨，無足觀也。但《照鏡梅》云「仙娥奔月空將影，神女淩波不起塵」，是真詠物佳境。

先生嘗答仙臺佐洞岩尺牘云：「白石之號，非有深意。少時曾見姜白石、黄白石、沈白石等號，以爲雅致，偶爾稱之耳。」然其《自述》云「霜風短布歲蹉跎，回首南山白石寒」「長夜漫漫誰爲識，可憐甯子飯牛歌」，又有「白石歌中獨飯牛」「高歌白石寒」等句，則白石之稱，蓋以甯戚自居，其謂「偶爾稱之」者，謙辭也。

近讀《甘雨亭叢書》，其所收白石遺詩五古五首、七古七首、長短句一首、五排四首、五律十首、七律十二首，通計凡七十四首，皆《詩草》《餘稿》不載者，亦足窺其全豹矣。就論之，七古《竹石鎮》《文房四賢》《朝鮮瓷瓶》《登淺香山》等篇，真得韓蘇之體，可謂當世無雙。《烏江詞》短古，一氣呵成，亦可與秋玉山《鴻門高》並誦。其他五排紀律森嚴，五七律對屬温雅，而七絶最擅長，今摘其一二。《春日送人》：「楊花飄盡水生衣，可忍春歸客亦歸。不似雕梁新燕子，風前猶作一雙飛。」《閨情》：「菱花鏡裏緑鬟垂，遺却金釵意自疑。記得夜來明月下，玉階回首立多時。」《讀秦紀》：「霜刃一銷皆入秦，咸陽銅狄爲傳神。莫言天下渾無事，猶有江東學劍人。」《春雨》：「羅幃繡幌曉生寒，卯酒醮來倚畫欄。桃李花明楊柳暗，春光偏向雨中看。」《絶句》：「垂楊垂柳緑絲絲，花落何堪上舊枝。非是春風吹自別，人心不似待花時。」是皆唐調。而五絶《楊柳枝》之「欲折緑楊枝，嬌嬈不自持。春風似相異，偏向手中吹」，結二句與楊司業七絶語意全同，但「最」作「似」、「更」作「偏」，雖復渾成，恐難爲自家物。

《伏承特旨近侍御座以觀朝儀》云：「扶桑日湧海雲紅，萬雉春城佳氣中。定識夜來天象動，一星近傍紫微宫。」《奉使西上留别親友》云：「鐵槍丈八黑蛇身，驄馬驕行立若人。休折武昌門外柳，主恩須賜玉麒麟。」前詩即奉使西上時所作。白石身起寒微，遭遇明時，真千載一時矣。嘗曰：「大丈夫生不得封侯，死當爲閻羅。」亦可謂不負其所自期也。

梅村詩話卷二　物徂徠

徂徠詩文凡三十卷、補遺一卷。首有滕忠統序，元文改元夏所作。初南郭與書於春臺、金華二子，請其助校訂之事。而春臺不肯，報書曰：「足下受徂徠先生顧命輯其遺文，將以不朽先師。其事固大，豈時月所能竣哉？足下可謂勞矣。雖三歲之久，胡足怪也。純之愚，竊以爲先生遺文藏在篋笥與散在四方者，鳩之成書且若干卷，輯之校之，書之刻之，非歷年所能卒功。今足下乃以此委子和與純，子和則可，純則不可。何者？蘐園之門親受顧命者，足下一人，他不與焉。如不聞命，而以代奉命者，何以爲敬先師乎？所以不可也。所以曰子和則可者，先生所悦也。純雅不見知于先生，特從二三兄弟之後，聞其餘論而已。雖然，純不敢畔先生，敬奉其教，以到於今。於今不欲以先生亡而欺之，是以敢謝足下，决弗承諭。子遷勉哉。」又曰：「先生之功，其大者二辨，故二辨不可不傳也。若他諸文其土苴耳，傳之固可，緩之亦可，即不傳亦可。若校二辨耶？則純雖不敏，將參閲焉。純之願也。」又與子遷書云：「昔者水户義公與其世子，共輯明人朱舜水遺文，而自題其名於卷端，且冠以門人二字。當時以爲奇事。今者華山公於原藏也，既許序集，又作墓銘，其人其事皆相類，可謂奇矣。夫義公者國家宗室，華山公者皇朝大臣也。而舜水、原藏皆一匹夫也。匹夫而受是尊寵，何其榮也。二公能屈公侯之尊，而行是盛德之事，何其辱也。我徂徠先生之没也，西臺猗蘭公因大寧之乞，欲銘其墓。以爲官之尊也，顧慮未果。於今十年，墓木且拱，塊然之石題名而已，無有一言之銘，謂之没字碑亦可。足下受夫子遺命而輯遺文，業已上木，實亦盛事也。特恨不弁一貴人之序于其卷首耳。乃者次公爲純言曰：『徂徠集首無序引，譬如賈豎輩獲古文遺文於故紙中而刊之，是爲可恨。』不知足下亦聞此言乎？足下曬于猗蘭公，豈不可以微風耶？純今不得見公，是以爲足下言。」夫徂徠之没在享保十三年，至元文改元凡九年。據春臺書，則其初上木之成，無序而行。其後因春臺言，而南郭請之于猗蘭公者。猗蘭公即滕忠統。書「元文改元之夏」者，蓋追書也。以猗蘭公序徂徠集，何怪於官之尊？宜乎春臺之云云也。

徂徠詩有二體。初年作瘦勁雄深，後尸祝李王，務作高華之言。要之詩非其所長，不及文遠甚。而才氣横溢，無之而不可者也。如《麗奴騎馬》《墨牡丹》七古，其骨氣非其徒所夢見也。而《墨牡丹》甚似蘇東坡，可謂妙也。其佗古風率涉粗豪，亦多不經意者也。

正德辛卯，韓使趙泰德、任守幹來聘，從事李邦彦、制述官李礥、掌書記洪舜衍、嚴漢重、南聖重，皆爲詞華之選。此方操觚之士，争以詩文應酬，得其一言以爲榮耀。是時井白石用事，受命接使者，專主其事。於是亦欲使徂徠接見焉，難自言之，以梁蜕岩嘗與徂徠交厚，使之微風。蜕岩乃造徂徠廬，論談數刻，觀其氣宇高爽，不敢言。將辭歸，乃曰：「聞近日韓使入都，想是文學之人。君不欲見之乎？」徂徠傲然撫座傍卧猫曰：「韓人定文盲，接之不如撫此猫也。」蜕岩聞之，茫然自失，只覺萬鈞之重壓其頂門，愧汗浹背，恧然而去。余聞之亡友宫本篁村。可見徂徠之睥睨一世，眼底無人。讀其《和德夫韓客唱酬詩》云「依然銀漢炯清秋，一笑還應太白浮。不識支機君自有，人間漫向海槎求」，亦足見其概。然《與縣次公書》有云：「有輩上君子握文章之柄者，蓋嘗昌言於朝曰：『聘，大禮也。三韓，上國也。其人習文，又接壤中華，是不可以世瑣瑣者當之。』於是拔其所知識某某者。郡國間俾歌《皇華》以相贈遺，而謂華國之勳在是。以故鴻臚之館，無陪臣處士之跡。不然，弊藩或命以列國大夫之事，則不佞雖僊乎，將何辭？」由是觀之，固非無意接韓使者，但不欲碌碌與書生爲伍耳。又曰：「及取子徹書所附西人詩讀之，乃又爽然自失焉。亡論其卑靡一沿襲宋元之舊，是自三韓土俗使然。即其和子徹詩，猶且不能變子徹意而發之，窘窘乎既受病於韻與對之間。是未可以和子徹之詩，而況對足下壘也乎？」其輕視韓使客，在當時徂徠一人，可謂豪傑之士哉！

韓使來聘，例奏戲馬伎。趙泰德等之至，其部士池起澤、李斗興奏其伎。舊有正立、倒立、横臥、倒曳、側帖之目，又增以左右七步雙馬之二場。文廟臨覽焉，群臣咸稱賀。《麗奴戲馬歌》其時所作，氣魄雄厚，自是大家手段。而其中用「法駕」「天威」「天意」「御前」「玉顔」等語，稱呼僭亂，大背幕府恭順之意，不可不改。而當時文士視以爲常，雖白石之通達事體，亦不能無此弊，況其他乎？至如春臺書曰「天皇某」、曰「山城王」，則甚矣哉。

《代人贈韓客》云：「翩翩書記哉，遥傍使槎來。蹈海還雄志，抽毫自大才。南雲流染翰，西日映銜杯。傾蓋乾坤外，相見便可哀。」又云：「叱馭漢臣節，乘槎轉渺然。映雲簪筆矗，指日錦帆懸。

東望應無地，西歸若上天。壯遊知有助，書記更翩翩。」又《會朝鮮諸學士代人二首》云：「西來滿座馬卿才，彩筆光輝停晚開。壯與瀛濤添意氣，映將嶽雪鬬崔嵬。今宵錦繡詩盈紙，何日淄澠酒把杯。漸覺勝筵難可繼，誰家遥留落梅哀。」「使星幾座麗遥天，渴望當時日似年。忽喜風標干氣象，定知詞筆映雲煙。南梅的皪一枝發，北雁羽儀數影連。由來此會何容易，愁看鴻臚館下川。」又有一首《代人贈韓客》七律，加前五律，以羨爾壯遊千秋萬里蓬島梵宫，而結作「誰知縹緲乾坤外，傾蓋相看便可哀」。此數首料非代人之言。蓋先生傍觀當時文士之唱酬，亦不堪技癢，而擬作數詩以遣懷抱者。其他和與韓客唱酬者之詩亦多。《次韻伯錫》則云「西來書記客，輸爾更翩翩」，《次韻仲錫》則云「援筆問仙槎」，《次韻秋府記室田翠陰》則云「翩翩爾是阮徐儔」，又云「還嗤八月乘槎客」，《和叔潭》則云「忽逢八月使槎來」，《戲爽鳩子方》則云「目送韓槎海上浮」，《奉和豫洲藤侯贈韓客瑶韻》則云「持贈仙槎欲返時」，《餞野撝謙祇役三河護送朝鮮聘使》則云「百濟于今星使槎」，諸句語意重複可厭，所謂十首以上不耐讀者。

《辛卯新正》云「猶聞昭代討周禮，定識詞臣賡舜歌」，是時文昭公頗崇儒術，每命新井白石講經，必著禮服下座敬聽焉。又病武臣久廢冠服，與白石議欲復古禮。及近衛藤公客于江都，數延見之問禮，將欲斟酌古今以起朝儀。白石因稍稍草之，「猶聞」句謂此也。辛卯即正德元年也。越二年公薨，事遂已。世子立，是爲有章公。公年甫四歲，間部某專權，出入後宫無有忌憚。某，先公寵臣也。徂徠《奉和林祭酒韻》云：「漢家曾值委裘年，猶説山河百二堅。富貴辟易從古有，聲名陸賈至今傳。難來何賴群公力，策發誰摧諸吕權。自是詩書非馬上，橐中實劍似龍淵。」亦可謂詩史。以陸賈比林祭酒。祭酒，鳳岡先生也。

徂徠以傑出之才，駕宏博之學，遂以復古創立門户，而才俊多出門下，故海内翕然風靡，我邦藝文爲之一變。論詩之言曰：「詩，情語也。喜怒哀樂鬱乎中而發乎外，雖累百千語，其氣不能平，於是不得已而咨嗟之、詠嘆之，歌乎口、舞乎手，片言隻語，其氣乃泄，吾情可以暢。故詩之至長者，纔與文章之短者相抵。而二者並行於古今間，莫有優劣。漢代兩司馬，唐工部、昌黎，互有偏長，而各不相下。是無他故也，詩，情話也；文，意語也：所主殊也。詩原《三百篇》，《三百篇》首《風》，《風》首《關雎》，而其所言，不過夫婦間相思相慕之情，别無若干意思曲折。辟如春風吹物，草木燁然著花。方是時，黄鳥之聲嚶嚶，雖極粗俗人，莫有不愛聽之者。而細繹其嚶嚶之聲，又何有幾多巧妙之意可説可言者哉？乃至鸜鵒、猩猩，則語語有意，聲聲有義，然終不能勝嚶嚶之聲而上之也。此詩之所以主情，而不與文章同科者爾。六朝至唐，皆其流風。獨宋時學問大闡，人人皆尚聰明以自高，因厭主情者之似癡，遂更爲伶利語，雖詩實文也。蘇公輩爲其魁首，餘波所及，明袁中郎、錢蒙叟以之。胡元瑞所謂『詩之衰，莫衰乎宋』者是也。是又無他故也，主意故也。」又曰：「萬古神奇，悉在陳腐中。天不能舍鶯花而别爲春，離婁、公輸子非規矩則不能爲方圓。即其自托神奇，亦元瑞所謂『古人棄去，拾以自珍』者，豈不憫哉？古聖人之言曰：『温柔敦厚，詩之教也。』是千萬世言詩者之刀尺準繩。詩自《三百》以至李杜，雖其調隨世移，體每人殊，而一種色相，辟諸春風吹物燁然可觀者，乃爲不異也。此色一壞，秋冬蕭索之氣至焉，豈翅爲詩道言哉？只其爲人拗不師古，專而自用，喜快心惡醖藉，喜放縱惡拘束，儒者有李斯、象山、陽明、卓吾，詩有東坡、文長、中郎、伯敬，天生此一種人物，以轉盛趨衰，破醇就醨，可畏之甚也。」是其平生持論，蓋尊奉王李，教人以氣格風調爲主，故其言如是。夫「詩情語也，文意語也」者可也，而不求情於意、而求情於氣格風調陳腐模擬之間，是其所以不免爲優孟衣冠也。《三百篇》以下，至唐諸大家，只有風調氣格之妙，而無意之巧者乎？意巧而情深，而後氣格風調可得而論也。不主意而主格調，譬如剪紙造花，似則似矣，如無生意何？有生意斯有香氣，有香氣而後造化自然之妙可見已。是紙剪牡丹所以不及山花野草也。且今年之鶯花，已非去年之鶯花，刀尺準繩所執雖同，其製器萬變不一。謂之陳腐模擬，不深思也已。

徂徠于藝苑諸技莫不通曉者，人苟有其一則已足爲名。經義文章固無論，傍至史傳律令兵法度數，皆能極其藴奥，而草聖最妙。嘗見拓本《豐王舊宅》詩，真逼漢人。伊能德暉語余云：「浪華一商家有藏其真跡者，當其窮乏送之質庫，輒獲百金云。」嗟此二十八字，而其貴重若斯，所以爲大家也。吾儕平生訾議其詩文，多見其不知量。而翁死有知，應冷笑於地下已，然亦非必無首肯者也。吾友宫本茶村嘗評此詩曰：「柴荆，即柴門荆竇。而徂徠用爲荆棘草萊之義，誤矣。」余謂「大明」字亦不可。徂徠嘗駁清杜立德隱元碑文，以爲贋作云。凡稱「皇」稱「大」，皆臣子尊當世之詞。豈有清代之臣，而稱前代以「大」之理哉？此言當矣。抑徂徠亦非明之臣子，而稱以大明，尤而效之，可謂甚也。「柴荆」則宜作「榛荆」。

《送左子嚴序》曰：「茂卿少小潛心風雅，誦其詩，尚友其人。世代夐邈，其聲音笑貌之不可知，而諷詠所至，神之與遇，轉眄之間，交一臂而失之，則悵然久之。遂歷選鴻匠，肇自屈宋、西京、魏晋、唐之初盛，以迄有明，亡慮六十人。人采一詩，精神所在，形之丹青，旦暮可遇，是豈俗工之所能哉？則非子嚴不可也。子嚴唯唯。云云。畫成寄于余，六十古人旦暮一堂之上。」據此，則徂徠屬子嚴畫六十人，各采一詩以揭其堂，蓋亦效石丈山詩仙堂者歟？詩仙堂之名久傳海内，而徂徠之所選，子嚴所圖，想有大可觀者。而人無知之者，其徒亦未曾一言及之，何也？子嚴號洞岩，仙臺人，善書畫，好與天下名士交。其與白石贈答書，後集爲《新佐手簡》三册。嘗壽徂徠五十，貽以王元美真跡。自製松島圖及白石雲麵，徂徠有謝詩，小序云：「仙臺地靈，故當有此風流人。」

徂徠受柳澤侯之知遇，而屢進見憲廟。憲廟即世之後，諸公囑修《實録》。其事見於詩者，《歲初修憲廟遺事有感》云：「茫茫世事泣新正，憶昔金門奏賦名。一自蒼梧雲不返，三看茂苑草還生。後王禮樂多因革，前代公卿尚縱横。誰似素臣無爵禄，猶堪修史擬丘明。」又有《永慶君侯挽詞三首》云：「忽披蘿薜哭皋夔，盛代遭逢彼一時。魚水終從冥契合，風雲轉入世情悲。御題嘉樹看摇落，行殿歌臺已變衰。只有名山封境在，依稀舊府蓮花姿。自注：侯所居莊有仙洞題詠，第中行殿久從毁折，封境富士山似八葉蓮花。」「公曰子房吾所儔，遽然遂從赤松遊。人疑定策秦遺老，天授封留漢列侯。緑鰲辭來纔七歲，素書編就只千秋。不忘家世爲韓相，西軫銘旌尚首丘。自注：侯武田名族，嘗慨慕留侯，注《素書》，遺命葬於甲州。」「石渠天禄焕經綸，憶昔文章漢代新。侍講侯猶稱弟子，承恩余亦謝陪臣。飄蕭星散西園客，髣髴風流東閣身。俄聽舊時龍迓去，白雲重泣鼎湖春。自注：憲廟御講，侯在弟子班，臣等亦陪筵拜賜。侯之即世，實在國忌七周也。」此等詩可以見徂徠出處。而以皋夔張良比柳澤侯，可謂諛也。《與縣次公書》云：「予方先朝之時，業已藉府公顯赫之勢，身雖陪臣哉，尚且朝金城、躡玉墄、厠鵷班、咫龍威者十有餘歲，非暫也。憲廟又以先大夫之故時時召見，校藝御前，拜賜沐恩有踰同列者，非新也。假使予當其時稍自修飾，知媚於上，奉對稱旨，俯拾青紫易於地芥。」而《歲暮述懷》云：「可堪衰白自相仍，悵望五城樓幾層。九轉丹成嘗未嘗，枉教鷄犬蹈雲騰。」《看調馬》云：「圉人雙控内閑來，噴玉噴沙桀鶩哉。近説漢家却千里，勸君努力學駑駘。」想是放閒後之作，蓋亦不堪失路之嘆也。

徂徠平生高自標樹，其傲岸之氣屢見於詩。《偶作》云：「匣裏龍泉風雨悲，自知神物識人稀。豐城夜夜干牛斗，悉道吴門匹練飛。」又《春日上樓》云「把杯意氣千秋色，獨看芙蓉白雪驕」，又《贈鎮西教授竹君見訪》云「往來大海西千里，能識芙蓉白雪秋」，又有《嘗發書海内諸名公便輒下世矣》二詩云：「偏抱朱絃覓子期，白雲到處渺成悲。自遊不是人間調，彈向夜深明月知。」「落落神交只自論，誰知後死與斯文。太玄縱有侯芭受，還可千秋待子雲。」聞徂徠病中嘆曰：「吾下世後遺文必將行。然海内無實知我，知我者惟有東涯耳。」蓋其門下雖如南郭、周南諸子，亦有不能知者存也。

梅村詩話卷三　梁蜕岩詩

蜕岩之詩，整麗不如白石，闊大不如徂徠，俊爽不如南海，豪放不如玉山，而沈刻奇峭氣骨嶄然之處，四子不能及也。蜕岩天縱英才，而鏤心刻骨，勉爲剪煉險崛之語。蓋當時詩風專追摹七子，拾其唾涎，模擬成風，陳套可厭。蜕岩慧眼覷破，欲脱其窠窟，故其詩屢變爲唐、爲宋、爲明七子、爲徐袁鍾譚，於詩無所不爲者，是其所以傑出于時輩也。

《答滕元琰書》云：「僕詩初學宋，歐蘇而下，旁及放翁、簡齋。中學唐，祖禰李杜，緣飾以錢劉諸名家。材識陋劣，萬不可企，退而學明，甘爲王李銀鹿，除『百年』『萬里』『紫氣』『白雪』外無一開口。亡何厭心生，生則惡可已也？徐夜叉、袁波旬乘其釁而入焉，蕩蕩乎不可反也。一旦忽然悟其爲非，則既桑榆矣。」《與湖玄岱書》云：「僕詩屢變，每變欲驚人，遂爲袁中郎，又遡爲徐文長。《詠雪》五十八韻頗奇險，其佗諸體皆稱是。近歲忽悟其非，斷然以初盛唐爲表準，弇州、濟南爲門户。所願在優孟，不在善學柳下惠者。雖然，三十年宿習不易遽除，辟諸窮子暴富，衣帶鮮明，而辭氣容貌動有播間故態，良可愧耳。」是蜕岩初學宋，中學王李，既而學徐袁，晚又欲以初盛唐爲表準，自濟南、弇州入焉。然視「所願在優孟，不在善學柳下惠」語，則亦似不屑之者。其奉明七子，則賴白石之教也。而於剽竊王李者屢有不滿之辭。今讀其詩，所得于徐袁尤多。蓋其才尤近、其習尤久耳。

《塞上曲》《從軍行》古樂府諸題，見於當時諸名家集甚衆。而《蜕岩集》首載《雜詠》五古十首，皆詠本朝史者。詞句典雅，議論純正，諸家所未窺知，所謂「破天荒」者矣。其他《樵夫詞》《漁夫詞》《行藥晚步江上》《孟夏步近郊》《至赤浦書懷》《七古壽浪華橘通玄八十》《答滕蘭洲見寄》《寶劍篇》《壽佐藤翁八十》《答桂貞輔》《呈桂彩岩》《和宮偉長見寄》《蕩子行》《美人睡起詞》《謝宅觀瀾惠硯》《菊廬歌》《答桂彩岩》《挽雪岩和尚》《思歸歌》《北風行》《和並松山人藤紫城》《美人半醉》等諸作，氣力雄厚，結構精到，而措思極細，立意極工，當時諸賢遂不免瞠若乎後也。

趙雲崧評白香山五言排律曰：「或百韻，或數十韻，皆研煉精切，語工而詞贍，氣勁而神完。雖千百言亦沛然有餘，無一懈筆。」此語可取以評蜕岩五排矣。其《寄萬庵師》五十韻，所謂「研煉精切，氣勁而神完，無一懈筆」者。其中如「滿城奔競士，百載利名囚。附驥致千里，甘鯖媚五侯。文章鳴瓦釜，經濟握牙籌。苞苴多欺婦，笙簧半類優。祝鮀雖合世，尼父欲浮桴。東閣懶投策，北山宜操耰。空門清如水，官路膩如油。賴秣支公馬，不鞭甯戚牛。儒紳何闕異，筆鉞殆誅讐。逐鹿爭高手，亡羊搔白頭」句，排偶中自有飛動之勢，是非雕章琢句沾沾自喜者之所能擬也。《後編》又有《書懷》五十韻，用韻艱險，自言「仿柳柳州」，是可與秋玉山韓體並誦矣。

七言排律《詠雪》序曰：「徐文長有《詠雪》八十韻，袁宏道謂『險澀幽苦，東坡後復見乃公』，余嘗服其知言。料文長後，長篇大作足作嗣其遺響者蓋有之矣。恨集學不博，未得見耳。如余材薄劣，萬不可企。然嗜其詩且奇其爲人也尚矣，則效顰豈可讓耶？乃綴五十八韻以陳鄙懷。余頻年窮甚，書篦中除四子外，有《詩韻》一册、《文長集》半部。加之記性不牢，捫腹無墨，罷駑之力不得超斯關而縱步也。」今讀其詩，奇險刻峭不出徐下，惜不使袁公觀之。蜕岩少時負才，不閑小節。屢遇困阨，家徒四壁，而意氣不少撓。嘗作《不能買書》詩云「惠車鄴架滿天地，誰信空拳猶突圍」，如《詠雪》亦其「空拳突圍」者。當時東都雖人材如林，而諸子以長槍大戟争雄，而恐難敵景鸞空拳也。

《上桂秘書》曰：「《蜕岩集》半部浄寫畢，近日將授剞劂氏。書賈放榜坊間，聲言達四方。不知十月之交上梓否？七十田舍翁，何蓑何笠，圖與通邑大都錦繡諸名家抗衡？騎虎之勢不得下，吁亦勞矣。抑玄晏先生玄晏而爲玄晏，玄晏之名自若，所懼者覆甕之呰或不免耳。」《答宫子蘭書》曰：「僕詩赤石已前作，大抵祖文長、石公，譃態之與獷氣相發動，爲大方所譏彈。故拙稿删而弗録十七八。」是蜕岩詩生前付梓，故删落甚嚴，辟之兵之貴精而不貴多。大抵諸家集死後刊行，收輯多出於門人子弟之手，故務多不務精，如買菜然。如《蜕岩集》諸體總四百二十七首，首首可傳。且《熙朝文苑》所載《美人半睡》詩凡十六句，而本集所存後半八句而已。今讀其詩意全句足，前八句真屬長物。其武斷割愛，亦諸家所不及。而如其《後編》，則不必傳者也。桂秘書，即彩岩也。彩岩作《蜕岩集序》，故有「玄晏先生」之語。然其詩之傳，固不待此玄晏先生也。

沈德潛曰：「少陵《飲中八仙歌》前不用起，後不用束，參差歷落，或多或少，似八章仍似一章，古無此格。」蜕岩《席上十二仙歌》全學此格，而一人一句，至結末以「别有蜕翁鬢如絲，老牛卧草甜犢兒〔一〕」爲收。老牛亦是一仙，此格太奇。又有《謝美濃部氏惠雜花》詩，二句言紅藥，二句言燕子花，二句言美人草，二句言白及，皆换韻。而下八句言謝意，亦每二句轉韻。此亦奇格可效也。

江北海評《答桂彩岩》詩云：「音聲縹緲，如斷如續，截作七絶八首讀之亦妙。唐人歌行間有此體。」此言得之。因記吾友吉川多節嘗謂予曰：「李嶠《汾陰行》結末四句感慨淋漓，伶人唱之，至使明皇泣下。不啻此而已，唐人古詩斷爲絶句，而語意完全者太衆。」因舉一二。李欣《古從軍行》「聞道玉關猶被遮，應將性命逐輕車。年年戰骨埋荒外，空見蒲桃入漢家」，崔顥《七夕詞》「長信深陰夜轉幽，玉階金閣數螢流。班姬此夕愁無限，河漢三更看斗牛」，衛萬《吴宫怨》「勾踐城中非舊春，姑蘇臺下起黄塵。秖今唯有西江月，曾照吴王宫裏人」等是也。今讀北海評，因並記之。

《詠菊效徐文長》《春日病起效袁中郎》《和滕元琰三省》《效徐文長詠雪七言排律》《梅花四首效譚友夏》《美人睡起詞和袁中郎》諸作，能學其體而神似焉，雜之諸子集中，殆不易辨耳。

七絶當推蜕岩、南海，其他諸公率䑛七子糟粕，迂腐可厭，而二公能脱其窠臼。然蜕岩微覺冷僻，不及南海之秀媚，而五絶祇遜於梁。

《冠履體諧歌序》曰：「予性呆，拙於官，拙於生産，百事無所通。惟詞藻比它技，耿耿有線路之

〔一〕甜：疑「䑛」之訛。

明。顧諧，亦藝林片花也。斡旋風雲月露於十七言之中，可使人解頤者，非巧而何？予少在迦納，與子曹諸人同嗜之，吐言成文，動爲諸賢所推。」又云：「乃文，乃詩，乃詩餘，乃傳奇，乃和歌，乃俳諧，性靈攸發，莫不染指。」其《論諧》曰：「俳諧者，古國風之一體。降而爲今之俳諧，亦已尚矣。物與人開，慧與詞長，乃能鑄俗於雅，揉雅於俗，目中無不可象之景，心曲無不可説之情，上可以告玉皇天將，下可以諭牙儈屠兒，亦一種風流也。」又云：「和歌之有俳諧，猶詩之有宋詞、元曲也。鷄肋或當芻豢，鴂舌豈代綿蠻。洵藝苑之殘葩，乃詩人之戲具。若夫紈袴子弟、市井富豪，無秦令而不挾詩書，匪蹠徒而苟貪泉刀。松間之喝，花上之褌，微俳諧殆走肉矣，其亦奎運之一兆哉？」此等言，可謂能盡諧。余嘗謂諧尤近詩，故古人用詩句爲諧，往往有至妙者。如桃青象瀉用東坡句意，其角落花用摩詰詩是也。以蜕岩之詩才爲之，宜乎爲諸賢所推也。蓋豪傑之士無所不有，南郭之和歌、芳洲之倭文，世皆知而稱之。至蜕岩之和歌及諧，則人無傳之者而知者少，故今拈出之。

五言摘句：「片雪危峰角，斜陽寒樹西」冬郊望，「才名關意早，檠影照書遲」九月朔有感，「竹根臨淺水，柳處亂微風」月中螢，「風橋裟影動，沙路屐聲乾」夕陽僧，「夜纜依山短，舟燈射水明」擬寒夜江口泊舟，「暮色城陰黑，秋聲竹處分」獨鳥，「茅舍背芳樹，岩梯倚暖雲」田家春望，「烏猧穿竹吠，黄犢傍墻過」同上，「雲停山氣暖，雪盡澗聲喧」春郊望，「燈光沈海寺，霜氣繞岩城」寒月，「林暝雲將雨，海鳴風送潮」中秋雨，「耕牛溪上道，浣婦樹邊家」秋過岡氏林亭，「抱花雙蝶宿，啄木一禽敲」三月晦席上，「禽影依山度，潮聲繞嶼來」和田何龍，「雲鱗含返照，霓彩帶危樓」季夏寄萬庵師。七言摘句：「舉白三朝壘豈恥，蹈青十里屐應穿」和滕元琰，「凫鷗暮下迷腥草，蘆竹夜燃餘冷灰」賦得漁人網集澄潭下，「萬軸文章蟲蠹木，一巢風雨鳥依人」寄桂貞輔，「花事須編新月令，藥方或入小家乘」春日病起，「五斗瓶中身世窄，一燈窗外海山寬」秋夜獨坐，「可得揚舲衝夜雪，無因挹袂問江梅」和滕鳳陽早春，「人蹈江花春色盡，鷄鳴關雨客心悲」「斷岩經雨石華老，深樹籠煙杜宇愁」「世清賈誼終無策，路近張衡仍自愁」「斷雁衝風江上度，寒蛩背月草中悲」「知將衰質嘆蒲柳，惜使高歌同竹枝」和桂彩岩月夜用謝茂榛韻作。此數十聯洗煉奇峭，得力于徐、袁者。

五言摘句：「沙路草蒿緑，煙樹花木深」海樓春望，「孟案蘆簾外，韓檠竹屋中」得男，「板橋通野寺，岩磴上山門」秋雨同諸客遊密藏院，「垂柳橋邊寺，高花竹裏村」春郊望，「經雨木綿老，受風蕎麥齊」秋過岡氏林亭，「情多詩叵就，興淺酒應醒」辛丑秋十五夕雨有感，「岩苔留伏鹿，風鐸和鳴禽」多聞院席上和穗文卿，「過雨淡村樹，斜陽攝客船」江上晚眺，「江近潮鷄早，城高塞雁稀」和滕鳳陽病起見寄，「白鳥明孤嶼，彩霞落遠舟」春江晚眺，「寒花衰草路，古木夕陽橋」臘月望過義林庵，「休問梅花早，偏憂菜色多」壬子歲晚書懷，「鐘沈林寺暮，燈淡水村寒」同上。七言摘句：「郭外秋寒楊柳笛，月中露濕芰荷衣」和伯鄰自四谷歸途中作，「月落驪駒嘶海驛，秋清白雁度汀煙」送江修敬之江東，「落日深煙迷驛路，西風古柳認柴扉」賦得夢歸鄉，「白羊終化山中石，黄鶴徒棲樓上雲」聞田伯鄰弟八佐在京師歿有此寄，「柳邊新渡馬臨岸，蘋際輕颸魚繞洲」賦得春水滿四澤，「維翰寧忘携鐵硯，廣文終愧坐寒氈」和紀府祇伯玉，「文史三冬餘幾日，鄉關十歲問誰家」戊申歲晚小集，「素餐官久慚梁竦，絳帳門深憶鄭玄」春初和桂彩岩見寄，「海驛暮寒潮拍岸，京城春早雨催花」和滕鳳陽，「萬里樓臺人似玉，孤城風雨鬢如蓬」寄湖元岱，「客夢十年聞鼓角，壯心萬里托桑蓬」歲晦海樓對酌，「一雨緑窗春入草，五雲彩筆夜蒸花」夢，「當日共爲吹笛客，即今還作寄梅人」答井白石兼簡田伯鄰，「六尺遺孤存社稷，百年喬木鎖門庭」寄龍野藤平輔，「南浦寒煙憐夜月，北山芳草憶春庭」和藤平輔須磨浦，「青山無恙煙霞色，紫氣依然星斗文」春同諸友飲竹間得文字，「山厨窺鉢鳥呼友，雲窟聽經龍化人」寄昇上人，「萬里風濤遷客賦，孤舟雨雪故人綈」擬寒夜江口泊舟，「十里鶴聲風外落，百年驢背雪中寒」和田伯鄰見贈，「海城迎歲早梅發，石屋帶霜修竹寒」同上，「牽牛花謝人間夕，織女星臨天上秋」七夕，「滿城樹色春何處，夾路花香人不迷」同諸客過泉氏宅賞花，「驛樓路阻梅花雪，門巷天寒橘柚煙」和瀨維賢，「禪扉暮早巷村路，客舫秋寒島嶼天」十五夕江村散步，「樽酒莫忘東道主，衣冠可比北門貧」和滕鳳陽，「日日官情于我薄，年年相識似君稀」哭田伯鄰，「滄波白鳥機相忘，細雨青蓑畫可傳」和高式酬大潮師韻，「禮樂關西慚伯起，行藏都下問君平」和桂彩岩，「人間叵覓欒家酒，災後寧呈柳子書」「鴻雁天寒思弟妹，林泉夢在問樵漁」滕鳳陽有災後遷居作見寄依韻和答，「圯橋當日取仙屐，石室何年論秘文」寄桂秘監，「梅巷人琴無限思，竹林消息十行書」和水府松芳洲，「天闊孤帆千里色，風微羈鳥一枝安」和鳴鳳卿。　此數十聯屬對精工，當與范、陸抗衡也。

《後編》佳句：「穿林人影見，隔水鳥聲聞」「平沙承落照，疎竹間寒蘆」「花飛摇返景，林静度深煙」北尾氏向榮亭，「海郭松聲近，山墻蘿氣浮」釋師麟同石生見過席上賦贈，「菜花分麥隴，風道送潮聲」過麑川途中，「林霽潮聲近，竹深霜氣凝」和文川五臺師見寄，「夕照半扉黄葉路，秋風一艇白鷗邊」和横井生，「林寺粥魚寒響斷，竹村燈火遠光微」擬山中早行值雨，「雨村煙遠樹邊路，風磬春寒雲裏居」答和義林、阿闍梨，「蘋末夏寒風意動，竹林人散雨聲高」和浪華釋師麟寄懷，「花飄晚吹鐘聲遠，柳拂水煙橋影浮」姫府永原曦臺有送予游浪華詩次韻和答，「百道金波川上月，一村春樹雨中花」寄題津山大夫佐久間子天仙樓。

蜕岩嘗論詩曰：「詩可悟不可悟，悟或踰閑矣。蓋魏晋洎唐，體裁格調爲大備，有天下奇才而不得逞其才，有天下巧思而不得騁其思，寧樸素毋棘猴玉楮，寧沈鬱毋片雲斷煙，此之謂大閑也。學人必能受檟楚於函丈，佩芝蘭於麗澤，字規句矩，不敢自我，久之冰歸水，水喪冰，無復所謂閑者，此之謂真悟也。然人情概惡檢好蕩，夫冕而紳不若裸裎，斷葱以寸不若糟丘肉林。故詩人初而檢，中而舒，終而蕩。既蕩矣，乃自以爲得，訶曹劉，罵沈宋，滑乎長喙，不知其所止矣。甚矣詩道之弊也。」是蜕岩自言所經歷如此也，可以見其深於詩矣。

白石、南海有《七家雪》，皆七律。蜕岩有七絶，蓋亦同時作，而《前編》不收，載在《後編》，今舉其二首。《漁家》云：「雪花片片繞漁舟，坐倚蓬窗伴白鷗。十里寒江蓑一色，人間無復認羊裘。」《酒家》云：「驢背衝寒一路斜，青簾帶雪黯無華。壚邊笑向黄公道，記否春風醉杏花。」此等詩在蜕岩非其上乘。南海、白石七律，在其集中亦未足爲佳也。

《蕩子行》云：「上都紛華甲萬國，十二街中半紅妝。出門易逢煙黛色，隔壁猶聞雲髻香。誤被年少相勾引，一醉春風玳瑁牀。醉來千日醒不得，鎔却從前鐵石腸。蹈花同歌紫騮馬，乘月共誇烏帽郎。三尺寶劍寧可折，半面竇靨不可忘。幾回買笑百金盡，歸來惟有一空囊。」《不能買妓》詩云：「瑶臺高處暮雲重，只許相望不許逢。丹轂香車搼我去，紅箋碧篆代人封。縱令餓虎當肥肉，無復垂蘿托矮松。乞食院中還可愧，東山千古秀孤峰。」又《復山東洋書》曰：「承於杜三楊處見不佞舊作青樓詩，拍掌譚笑，几席風生，度必春入倡家七言絶句也。窮措大趣高而無錢，不能携麗人於東山。又有傲骨倔强如鐵石，不能折腰於大財主，得一雛艷以陪雲雨。卒使臨淵羨魚之情發於詠題，亶可愧耳。」是可見其少年豪放，不檢小節，而氣概不凡也。「霜下章臺鞍馬寒，路傍楊柳易凋殘。何來堂上千金子，黍谷春回人盡看。」春入倡家詩即是。

《柳公美指畫竹歌》云：「柳大夫，仙耶禪耶不可測。指爲毛錐工墨竹，翻手覆手電相摩，食指將指如擲梭。」又《錦兒剪字歌》云：「浪華錦兒名不虚，赫蹄剪字工於書。春葱拂袖片片墜，幻出扁旁剞劂如。」又《寄柳公美書》詳言其事云：「足下詩書畫各妙，指畫竹最爲絶妙。蓋自此君入畫以來，未曾有之奇事。假使竹左氏、竹莊子觀之，亦閣筆嘆異必也。古所謂不患才寡而患多者，於足下信之矣。近有攝妓名錦兒，巧思絶倫，以善剪字鳴。友人某携僕詩草而往，使其臨剪一句於泥銀紙，筆意彷彿，不問而知其爲蜕翁也。雖則瑣瑣薄技，而其奇可以與指畫争衡矣。僕性好奇，屠龍之癖至老不已，遂作《指畫竹歌》，又作《剪字歌》以贊之。乃録呈供一噱，第恨劣才不足以盡其奇耳。」此技真可謂奇矣，池大雅亦嘗爲之。而今不聞有傳此者也。

蜕岩産于武州，嘗讀明《輿志》，覽武夷山中换骨岩石室前有仙蜕函。以武州竊擬武夷，因自號蜕岩。見於男邦鼒撰《行述》。

梅村詩話卷四　服南郭詩

《南郭集》凡四編，刊行於世。僧大典曰：「南郭詩文第四編爲妙手，初編多有可議者。二編、三編未爲至。」以余觀之，則第三編最爲佳境。非直詩也，其文亦可謂上乘也。四編則意興衰颯，筆亦率直，老境之所不能免。而大典云云，余之所未解也。蓋南郭之詩，雄麗不及白石，工警不及蜕岩，俊逸不及南海，雄偉不及玉山。北海所謂「只能守地步」者是也。然自有大家氣象，亦不可廢也。

樂府及五古皆用古題，襲其面貌，仿其聲調，而神理索然，不免爲優孟衣冠也。太宰春臺嘗論詩云：「明人好擬作古樂府。夫古樂府，不可擬作者也。且如漢《鐃歌》《郊祀歌》，其辭不可讀，其義不可曉，何以擬作爲？余惟擬作古樂府，猶畫鬼神也。其肖不肖，誰識而辨之？假令其肖，將焉用之？徒取其言之似而摹其韻調，忽見之則肖，奈其無生色何？于鱗擬作古樂府，以漢營新豐，而鷄犬皆識其主家喻之，則似矣。然鷄犬特識其人耳，如無其人，則何有於其家哉？擬古樂府而無生色，與無人之室何以異哉？余故曰，樂府古詩歌謠者，不若使古人獨步于宇宙，何勞心力以擬之乎？」此論蓋爲當時諸子好擬作樂府歌謠而發，然其所言最中時病，可謂頂門一針矣。

南郭七古多可誦者，今擇其上乘者，標其題。《徂徠先生宅觀青玉笏行》《明月篇》《效初唐體》

《高陽行》《漢宫詞》《經七里濱入鐮倉云是古戰場慨然作歌》《大淳師至自信中携禪餘稿佳甚臨别作歌兼寄獨雄師》《秋扇歌》《同諸子帆海至本牧港得仙臺佐容翁畫喜而作歌寄贈爲謝》《鬭鷄篇》《俠客刀歌》《畫龍引》《烏石齋中七物分賦鐵如意》《早雲寺覽古》《觀芙蓉圖引》《古瓦硯歌》《小督詞》《望葛城山》《齋中四壁自畫山水戲作》《卧遊歌》，此等諸作，摘句追章求其瑕疵，則非無可指擿者。而力量雄大，非纖巧自喜者所能及也。

五七律率多臺閣氣，而乏山林趣。蓋南郭詩名震爆一世，當時王公大人屈己下交，故其唱酬諸作大抵落陳套。而一得山林題，則恬淡閒適之意甚可吟誦矣。南郭自言「功名非吾事」，高維馨亦評南郭「平生隨己所好，毁譽不拘，與物無競，頗類謝安爲人」。則山林元其本色，至臺閣諸詩雖極得意之作，皆規畫明七子，篇篇一律，所謂「三首而外不耐雷同」者，亦其勢然也。而近世諸家集中所少見，亦可以觀時世之變也。蘐園之徒豪俊雲集，其經學文章風靡一時，而數年之後雕零漸盡。南郭以其高弟巋然獨存，爲魯靈光者數十年。故集中於東野子和則有哭詩、有墓碣，于蘭亭亦有哭詩，于萬庵則有吊舊居詩，有《江陵集序》，于春臺、周南則有墓碑，而于周南又有文章序，而哭徂徠先生五排極悲愴之音。南郭終身主張師學，而專以詩文爲一代泰斗，亦不立門户之門户也。當時藝苑之士莫不雅慕，而如湯淺常山、瀧鶴臺，亦出其門下，蓋其中有不可測者存矣。《咏懷》詩云：「少壯耽經籍，窮年不知疲。書詩義所蓄，禮學寄德義〔一〕。先聖垂大訓，旦暮過一時。常恐明不足，僶俛懷憂悲。富貴誠如雲，令名道所期。萬代稱不朽，獨使後人思。」亦可以見其概也已。

五律佳者，《初編》則《春日偶作十首》《秋日書懷》《江上雜詩》，《二編》則《同諸子從伯修游弘明里莊數日忘歸五首》《江村晚眺》《夜雨寄人》，《三編》則《草堂春興五首》《總州夜泊》《遊曇海上人居》《雨後看月》《客夜聞雁》《悼兒恭四首》《夏日遊玉川五首》《早秋游少林院》《杪秋登報恩寺將發佐原半七彦十載酒到舟留示二子》《舟遡刀禰阻雨泊滑川村二首》，《四編》則《石山覽古》《西遊雜詩前首》《冬夜客思》《初夏題吏隱亭二首》《南浦春帆後首》《同諸子游下毛州富吉石塚氏家行樂數日賦贈主人國卿五首》《尋春訪友人郊莊》。七律，《初編》則《送人之京》《送高生岐岨中之西州》《送人歸隱西京南山》《秋懷》，《二編》則《鎌倉懷古七首》，《三編》則《夏日閒居》《送人遊宦長崎》，《四編》則《覽芳野舊跡五首》《經關原二首》《西莊題門》《白賁墅四首》《西莊秋意六首》。皆可謂合作矣。

《初編》五言摘句：「調劇令人怒，文章只自悲」歲暮贈子和，「夜愁風雨氣，天黑斗牛前」「遺草令人泣，名山待爾藏」哭滕東壁，「家隔寒江水，人疎古木林」寄浦子彬，「名難混爾跡，文每落人間」「羨嘗

〔一〕義：失韻，疑「儀」之訛。

五鼎肉，足炙一車螯」和東壁白山雜詠，「雕蟲供玩世，失馬任知天」自遣，「星隕天摇塞，烽連夜挂樓」從軍行，「客過驚木葉，雨灑重苔痕」遊蓮光寺，「天末浮雲静，春陰古木繁」郊行。《二集》：「妻兒憐爾窶，衣食任人賒」寓居，「病損閑中趣，憂多老後看」擁爐，「日停遲午席，花點暖春衣」「松門多駐馬，花寺自成蹊」野遊，「板屋徒聽雨，旗亭看送春」市井，「中流移午日，晚樹入秋陰」泛舟，「此地已秋色，何山無月明」送獨雄師還信州，「山斷江帆出，路回郊樹來」總寧寺晚眺，「山河懷友邈，草木盡秋疎」月下懷友，「終年唯送水，無日不看山」偶成，「返照分湖半，殘雲掃海無」江村晚眺，「早潮平吐日，殘霧半含山」高阡朝望，「人煙連海驛，官道控江城」春日經赤羽橋，「連樹欹含石，懸泉巧送花」暮春遊驪山，「林暝連葉響，江近亂濤聲」夜雨寄人。《三集》：「分野連南極，歸舟向大荒」送吉蘭皋歸薩摩，「坐收玄度勝，可代少文圖」齋前小景，「流年心已半，獨坐鬢愈稀」六月盡得雨涼甚，「秋色多喬木，鄉音有故人」送吕元丈携令子歸省勢南，「天寒宜卜夜，松近可聽風」漪蘭侯適室飲，「北風孤雁影，南浦美人心」江雨送客，「橋花過馬住，野鳥背人飛」春郊晚歸，「夕陽歸遠水，晚翠入高林」秋晴獨坐，「人應醉林下，世似避墻東」集飲，「林木墜春意，江流添客心」總州客舍遇雨。《四集》：「亭雨和全細，林花静未飛」春雨集豹隱亭，「人樂游魚水，樹馴棲鳥陰」妙解院後全心亭，「秋後丹楓青，霜前白髮存」守山侯園會岡仲錫別來二十年執手相泣詩以叙舊，「年年兼病長，日日喚愁生」春艸，「主閑能避俗，客熟見容狂」「山花疑待客，林鳥不驚人」春日同遊渥美氏牛渚莊。

《初集》七言摘句：「北溟雲氣摇鵬際，朔地秋風入雁門」送人之北邊，「天外三峰迎霽雪，海邊一道入秋陰」送人遊官駿州，「暮景百年人愈老，歲華三日客新愁」「依然歲月江山在，無賴風光天地來，」早春有感，「醉去晚餐三徑菊，病來秋見二毛霜」秋懷，「濁醪寧爲蕭條廢，漫興應緣感慨多」九日贈徂徠先生，「向暮林烏無數黑〔一〕，歷年江樹自然深」即事，「襄陽耆舊推君在，江左風流會彥來」寄賀里村純翁七十初度，「四海文章慚後學，中原聞達諸賢」〔二〕和答田元漢見贈，「我今性僻甘烏几，君豈才優老鷃冠，」歲暮和江生漫興生時罷官，「病來苦思休耽句，老去歸心在灌園」偶成，「歸馬平原通獵苑，行人古渡向漁村」同上，「誰料病深詩獨進，最憐心折感偏知」和答高秀才病中見寄。《二編》：「四海文章誰建策，百年禮樂待成功」「列國王官周鄭武，大臣經術漢玄成」呈參政西臺滕公，「天涯遼落誰相問，世路艱難老自知」高樓，「波浪西含渤海氣，風雲北盡蜻蜓洲」途題觀海亭亭在筑前大夫吉田君家園，「且對江流嗟逝者，堪迎楚色賦悲哉」答高子式秋日見寄高前遭失恃之變，「江樹千重連闕下，海雲一半傍城中」宕山望海，「故人海内多離別，知己天涯定有無」季夏送土伯曄歸豐城，「萬里芙蓉留雪起，三橋波浪潮深〔三〕」水樓避暑，「客裏携家羞白髮，人間卜地避紅塵」「時平不必論浮海，人老只應似買山」赤羽新歲作，「聽禽堪自呼吾友，傍竹能無憐此君」赤羽新居春集，「中秋有月人須醉，今雨乘晴客自來」中秋值新晴，「壯游未遂從司馬，夢想偏應似興公」夢游富岳，「鷗鳥亦應馴歲月，鱸魚原自足秋風」旅懷，「酒裏

〔一〕烏：底本訛作「鳥」。按「烏」則黑，且與對句「樹」平仄合律。據改。

〔二〕〔三〕此句底本脱一字。

黄花應有趣，人間華髮暫忘憂」九日訪隱者，「霸功管樂成今古，雄視曹劉有是非」題諸葛武侯圖，「終是民功齊社稷，豈唯王祭望山川」菅相祠，「千里只言思叔夜，一時無那少車公」小集子式不至有詩見寄懷因和却寄，「直北京城通極斗，維南郊甸繞名山」池田富春山人七十初度寄賀。《三編》：「人間老去冰心冷，天上秋來月色孤」中秋獨酌，「積水天低連漢影，長風海近送濤聲」秋夜同諸子墨水舟歸，「皮服從來歸禹貢，朔方今更戴堯天」送人遊松前，「帝子煙波君不見，故人書札雁空來」新晴登樓，「秋風試釣鱸魚大，曉樹移巢鳥雀新」高子式萱洲宅成，「種秫有年收税畝，得魚終日坐漁磯」「大堰猿啼迎夜月，嵐山木落送秋風」送人歸隱長安西山，「古今懷抱逢三日，丘壑風光惜一春」三日松前氏西莊，「唯是西山携客至，何妨白眼避人看」約游松前公青山別莊作此促之，「一月常難開口笑，三春况值抱痾過」病中寄懷雲夢先生。《四編》：「已窮半夜催時老，非復分陰惜日人」歲暮遣懷示家人，「三朝日月懸車穩，一壑煙霞卜地閑」奉訪猗蘭老侯隱居。

《鎌倉懷古》一聯「後苑宴酣天狗舞，前庭鬬罷旅獒來」，僧六如評之云：「『鬬罷』二字不穩。鬬有鬬鷄鬬鴨鬬草鬬茶，徒云鬬罷，不知其何鬬也。」僧蕉中云：「六如之評當矣。且『酣』與『罷』亦非的對。改作『後苑舞來天狗在，前庭鬬罷旅獒回』可也。」餘謂改「來」作「回」是也，而改前句云云，余不敢雷同，以其因舊無妨也。《懷古》通計七首，俯仰感慨，極思結構，氣調才力不減於明七子也。

徠翁嘗稱南郭《夜下墨水》七絶及平金華《早發深川》、高蘭亭《月夜三叉口泛舟》七絶，貼之於壁上，每吟誦之。蘭亭詩：「三叉中斷大江秋，明月新懸萬里流。欲向碧天吹玉笛，浮雲一片落扁舟。」金華詩：「月落人煙曙色分，長橋一半限星文。連天忽下深川水，直向總州爲白雲。」南郭詩：「金龍山畔江月浮，江搖月湧金龍流。扁舟不住天如水，兩岸秋風下二州。」南郭作尤膾炙人口，而賴山陽以詩論之云「一生不解子遷好，兩岸秋風下二州」。余謂「下二州」三字不可解，不得不左袒于賴氏也。金華、蘭亭，俱非無可議者。高詩「中斷」，平詩「忽下」，皆不穩者。而徠翁稱爲「鏘然金石聲」，亦阿其所好也。

《小督詞》《漢宮詞》，韻法章法皆合格，自是大家伎倆。蓋依仿白樂天《長恨歌》、元微之《連昌宮詞〔一〕》，而運以自家慣手法，固爲傑作。後來南大湫之《祇王詞》、紀德民之《平氏西敗圖》蓋皆倣之者，而蕪雜冗弱，其才力不及遠矣。

五排《哭徂徠先生》云：「東周興禮樂，西漢待賢良。拜冕纔承寵，曳裾旋見長。鳳儀人欲附，蘭氣客還香。四部韋編絶，群言藻翰揚。明時懸日月，中壽惜行藏。無復嘆梁雉，應難辨土羊。張華空博物，干將失餘光。」又《聞石仲緑登鬒髮山賦贈》云：「昔生龍見德，時驅虎耽雄。創業寧寰內，會朝歸海東。既從周盛典，旁取漢餘風。上帝分宗祀，三王讓聖功。聞藏橋隴寫，悲墮鼎湖

〔一〕連：底本訛作「元」，據《元氏長慶集》卷二十四改。

弓。日岳鍾靈秀，神蹤托鬱葱。」此等氣力雄大，不易多獲。而「橋隴寫〔一〕」「鼎湖弓」「粱雉」「土羊」等語，用典失倫，恐不免僭言之罪，是可惜已。又《諸子集觀鄰中西園圖》《井勃卿在荒川之役賦寄》諸作可誦也，其他則較覺散漫。

南郭兼工繪事，其論畫，以僧雪舟、狩野元信爲吾邦第一。有《卧遊歌》云「奮然起掃四壁圖，水墨雲煙隨筆落。梁上峰連懸鬱葱，障間江激摇崖崿。尺樹丈山縮地生，林巒泉石秋漠漠。自造迹疎癡自慚，寫罷何妨供獨樂。」其畫致可想。《夏日題松前氏莊》云：「散行蔭林木，空翠冷衣裳。復遇聽禽處，提壺就石牀。」「返照收餘靄，前山夏木平。不知幽寺近，始聽暮鐘聲。」二絶詩中有畫，可謂恰好對幅小景矣。徂徠亦嘗論畫云：「大底本邦之畫，巨勢氏爲最古，迺其所爲畫趣，蓋取諸和歌者流也。婉縟麗爾，以供閨閤中翫，惜乎王風之衰也。次之僧雪舟氏，猶之宋詩之遺乎？稜稜蒼骨，冷然乎墨戲禪也。迨狩野氏之時，冠裳久褫，短後急裝，世士所用以爲趣者，宗祇利休輩三昧也。故其畫爲趣，莫有能超乘上焉者。」蓋當時未有爲南宗法者，故二公所論止於此云。

南郭專主張格調，嘗尊信李氏《唐詩選》，校刻公于世。一時風行，購者争先，庶乎家有其書。吁亦盛矣。徂徠言：「選唐詩者莫逾于李、鍾、唐三氏。滄溟主雄渾，尚格調故也。伯敬主森秀，尚奇趣故也。仲言主神理，略驪牡故也。蓋滄溟至矣，後之君子乃欲勝而上之，故不自知其流毒後

〔一〕寫：疑「舄」之訛。

人，悲夫！而近時山本北山首唱清新性靈之説，以此書爲非于鱗之選，辨論反覆，呼曰『僞唐詩』，排擊不遺餘力。一時群和，江都詩風爲之一變。其於于鱗之選，笑齒已冷。而太宰春臺在當時既已疑焉，書其後曰：「于鱗論古今人詩，當時皆謂其慘刻不少假，蓋以其識達古今，而眼高一世也。後之學詩者，從之以爲標準，爲此故也。今觀其所選唐詩，乃有不爾者，予竊疑之。」且舉一二曰：「于鱗序云：『唐無五言古詩，而有其古詩。陳子昂以其古詩爲古詩，弗取也。』此知言也。弗取者，于鱗弗取也。夫既曰『無五言古詩』，又曰『弗取』，而其《選》載數人之詩，此予不解一也。沈雲卿《龍池》篇用經語，胡元瑞譏之是也，于鱗乃取之。此予不解二也。太白之才短於七言律，《鳳皇臺》詩摹仿崔顥《黃鶴樓》，而不及崔之得意，于鱗之《選》乃載之。此予不解三也。子美之才短於絶句，甚於太白之於七言律，其詩不足觀，亦不足法，于鱗之《選》乃載其五七言絶共數首。此予不解四也。江寧唯工於七言絶，他諸體皆非其所長，《萬歲樓》詩尤不足觀，于鱗之《選》乃載之，此予不解五也。柳州之詩不及其文，唯七言絶有可觀者，七言律不足觀，于鱗之《選》乃載之。此予不解六也。昌黎於詩唯古辭爲合作，近體則不及柳州，于鱗之《選》乃載其七言律。此予不解七也。七言律，大曆以後雖曰不振，猶有作者，至其得意，則不多讓盛唐。且如劉長卿『建牙吹角』，韓翃《題仙遊觀》，勝少伯《萬歲樓》遠甚，于鱗乃載王《萬歲樓》，而遺劉、韓二詩。此予不解八也。至若諸家詩，于鱗所取有不滿人意者，而其所捨有可惜者，不暇枚舉。此予不解九也。夫詩有衆體，作者之材亦各有短長，雖唐諸名公，未有一人兼衆體者也。故選者宜取其所長，而捨其短。今于鱗之《選》，時有不然者，此予不解十也。嗚呼！于鱗之《選》，世稱其精，如予尚復何言。雖然，予不知此集真于鱗氏原本也邪？將亦未免後人妄意增損邪？姑書所疑，以俟識者明辨爾。」春臺所論有未必然者，而其疑非于鱗，可謂不爲五里霧所昧者也。但怪蘐園之徒，春臺尤稱剛直，於交遊中能言人之所難言，而與南郭交最親善，而無一言及此事，不使南郭免後世譏彈也。亦余之所不解也。

梅村詩話卷五　秋玉山詩

玉山出於林整宇先生門，而交道甚廣。當時蘐苑之徒唱古文辭，於閩洛之學排擊不遺餘力。而玉山與其徒遊，南郭、仲英、蘭亭、鶴臺輩尤爲親朋，如其詩則豪放雄奇，有不可一世之意。雖徂徠之學博才富，恐避其鋭。況其餘子，固不足論也。

玉山歌詩，雄奇悲愴有餘，而稍不足于沈欝幽深之處。蓋人各有所長，不能兼善，雖古人亦然。李之縱横，杜之沈刻，蘇陸之爽快鋭奇，不能求備於一人，況于後世作者乎？玉山嘗自謂：「吾五言絶句開闢來所未有，當世作者可謂蠹不畏蛇矣。」今讀其集，近體中此體實爲優，而餘則最取歌行，近體稍覺乏氣骨。

五絶佳者，《雨後久住道中》云：「歷歷煙中樹，蒼蒼雨後山。鷄聲將犬吠，総在白雲間。」《題畫》云：「一下扁舟去，花深不知處。莫是秦時人，隔花聞笑語。」《獨釣》云：「白石當中流，是我釣魚處。醉來石頭眠，一竿魚引去。」《小景》云：「夜雨前溪漲，欲渡向何處。不知水淺深，試放黄牛去。」《楓橋夜泊圖》云：「滿船霜月白，愁人夜未寐。唯聽寒山鐘，不見寒山寺。」《夜歸》云：「夜歸幽竹徑，月出見輕煙。欲向前村去，酒家應未眠。」《馬上口號》云：「驅馬十餘里，人家半翠微。只見人衣濕，不見細雨飛。」《畫山水》云：「維舟絶岸下，煙樹晚依稀。山色欲成雨，行人歸未歸。」《曉發岡部驛》云：「青山開曙色，新樹自依依。寺在浮雲外，磬聲下翠微。」《徵仲小景》云：「村邊杏花白，橋畔楊柳青。獨抱孤琴去，不教漁父聽。」《琴橋》云：「愛此琴橋名，苔蘚斷紋成。上有高山色，下有流水聲。」此數首瀟灑閒適，甚有畫意，讀之殆有卧遊之想。《春别曲》云：「長洲芳艸緑，送郎從此去。日暮春潮來，不見送郎處。」《古意》云：「妾心如浣素，郎心如洗紅。浣素素愈白，洗紅紅漸空。」《夜度娘》云：「儂來愁月明，儂去愁霜積。願如夢中身，來去無影跡。」《采蓮曲》云：「已憐蓮花折，還妒蓮花新。采罷臨流水，水渾不照人。」此數首情致纏綿，能盡兒女子態。《太古山房五詠·龍山》云：「山僧掌上鉢，鉢中蓄小龍。夜半卷風雨，動揺萬壑松。」又《石梁》云：「莫言石梁小，世界此中分。不見來往者，來往只白雲。」《古鏡》云：「古鏡如明月，幾人照到今。不見古人面，唯見古人心。」《早發》云：「一鳥破林霏，出門見翠微。白雲如有意，欲别更依依。」亦妙。《塞上曲》云：「獵火燒狼山，蒼茫不知處。日落天風高，寒鵰帶箭去。」《吹角》云：「吹角黄河北，一聲萬里秋。孤城寒欲裂，片月向人愁。」二首蒼蒼茫茫，挾幽并之氣。南郭《塞上曲》云：「昨夜逐强胡，駐馬陰山下。萬匹齊欲嘶，北風落平野。」音調悲壯，可與玉山並誦，因並録載。

七絶佳者，《新羅三郎吹笙足柄山圖》云：「漢室將軍賦遠征，虬鬚颯爽夜吹笙。鐵衣忽見秋風起，月白關山艸木鳴。」《寄懷井仲默於江都》云：「關山落木路悠悠，憶昔同君上酒樓。昨夜江東風雪急，不知何處買扁舟。」《春宫怨》云：「春風揺曳博山香，殘夢朦朧玉漏長。偏怪守宫餘血色，分明昨夜侍君王。」《星夕留别》云：「遥夜歸思滿彩樓，故園琪樹倚清秋。請君休唱公無渡，河漢西風人正愁。」《函山道中》云：「白雲新樹玉函山，書劍年年往又還。今日山靈應笑我，空將傲骨老人間。」《楊柳枝詞》云：「落日垂楊汴水西，傷心暮色滿長堤。玉樓銷盡春煙合，猶使行人處處迷。」《吴門驚秋》云：「吴門作客易驚秋，中夜登樓望女牛。一道銀河如練影，相思不見使人愁。」《深江夜泊》云：「扁舟夜泊水雲間，孤夢分明萬里還。殘月蒼茫滄海闊，不知何處是家山。」《雪後送人之江南》云：「雪後關山送馬蹄，休愁萬里凍雲低。縱然埋盡江南路，纔有梅花便不迷。」《洞房曲》云：「夢斷西風冷越羅，空房殘月影婆娑。偏愁金井梧桐樹，無限秋聲夜更多。」《題羅漢圖贈玉岡尊者》云：「休疑羅漢是前身，托鉢年年混市塵。江水潺湲流不盡，落花啼鳥易殘春。」《別慧公》云：「北風雨雪滿袈裟，行盡深山不見家。日暮人煙何處是，蕭條一鉢倚梅花。」此等詩句穩而意深，非專主格調者所得而知也。又有六絶《盤旋所》云：「落落松間怪石，關關花裏啼禽。相逢相值高士，半醉半醒隱心。」《水竹居》云：「山寺鳴鐘遠近，秋江回棹東西。月明橋上人度，霜白樹杪鳥棲。」是亦青邱佳處。

五七律屬對精巧，可傳者不尠。今姑摘其尤者數首：「關西夫子在，悵望夕陽中。家隔千山外，人如萬里蓬。詩書遊魯國，禮樂問周風。自愧支離甚，何曾比易東。」客中奉寄屏山水先生「故人行仗劍，道路思悠哉。山壓三河出，潮吞八島開。平生知壯志，此別有餘哀。當世射熊館，誰能作賦才。」送葉文通歸讃「山中朱景静，雨後緑溪陰。新樹雲猶濕，前峰路更深。時時聞伐木，處處變鳴禽。幽憩長松下，清風滌煩襟。」初夏山行「天地我如寄，死生爾已休。還家身後事，爲客病中秋。白酒河山邈，黄花涕淚流。蕭條搖落日，偏使故人愁。」哭吉士徵「疎箔懸春雨，斜窗含翠微。吾生甘寂寞，此地弄芳菲。竹徑通幽屐，花香襲定衣。自憐機已息，啼鳥近人飛。」春日遊宗岳寺「西風吹驟雨，病客思悠悠。天地孤燈夜，江湖獨雁秋。青山成遠夢，白髮爲多愁。不寐聞更漏，沈沈曉未休。」旅館夜雨「憐君朱屐曳長裾〔一〕，應笑狂夫未卜居。一旦飛鳴原有鳥，三年寄食已無魚。此生多病唯高枕，何年窮愁更著書。今日茱萸相對酌，秋風吹帽鬢稀疎。」客中九日示左子坤「唱罷招魂涕淚傾，蕭條暮色楚臣情。弄丸曾解兩家難，埋玉空知一郡名。吾輩千秋悲後死，斯文四海失先鳴。重陽最是多風雨，忍向東籬餐落英。」「黄公壚上舊追隨，嘆息河山異昔時。九日黄花成蝶夢，千秋玄草待人知。梁棲鵩鳥文初就，歲在龍蛇淚易垂。君自藍田終不健，茱萸腸斷少陵詩。」熊藍田先生輓詩二首。前詩自注：「先生家玉名郡，因自稱藍田。學詩刻意老杜，著《杜律辨疑》。以己巳重九卒。」「秋風蟋蟀響蘭房，夢後沈沈玉漏長。壯士邊城看太白，美人遥夜織流黄。金籠鸚鵡難傳語，碧瓦鴛央空斷腸。纖指不禁刀尺冷，綺窗殘月有飛霜。」古意「函谷關門紫氣傍，鷄鳴絶頂曉蒼蒼。蘆湖春水憐白鳥，蛭島風煙弔霸王。九折縱然堪叱馭，千金豈不憶垂堂。生平自撫雙龍劍，何用區區戀故鄉。」曉踰函關「春風解纜木蘭舟，萬里西征賦壯遊。楊柳浦頭懸遠夢，梅花津口入邊愁。陰陽忽變硫黄海，天地中分筑紫洲。好去阿蘇山下路，明珠探得向誰投。」春日送人之海西「雨後城東春水香，青郊處處

〔一〕裙：失韻。疑「裾」之訛。

蹈新芳。終年作賦老閒事，一里聽鐘到上方。山鎖降龍雲未散，樓藏卧佛日偏長。蒼苔古道多幽興，飛絮啼禽欲夕陽。」雨後郊行到降龍精舍「旅櫬依依戀草堂，鎌臺西望更悲傷。舊園蕉鹿終成夢，今日人琴俱已亡。秋入楚雲魂不返，月明湘水恨偏長。柴門空鎖山阿夕，蕭瑟西風薜荔裳。」哭高子式。自注：「山人有艸堂在鎌倉，蕉鹿園、薜荔門，皆其諸勝。」

摘句：「四十身多病，稀疎鬢成絲」過江之道山莊，「徵君誰經世，唯我獨耽詩」吉子徵宅集贈水斯立，「日月閒居賦，田園歸去人」代柬答鄉人，「爲甘玄豹隱，難使白駒留」歲晚送還山人，「春星低可摘，煙水望還空」春夜淩霄閣陪宇士侯作，「隔林一川平，含雨千峰小」臨流菴品茶，「圖唯藏白澤，囊豈著青錢」新歲作，「鼓盆傷蝶夢，竊藥在蟾宫」辛醫生喪内，「山自無量壽，雲猶不住心」無量壽山觀楓，「深夜青燈静，明朝白髮新」旅館守歲，「一鳥林間語，千花雨後殘」春盡，「初寒高鳥外，曙色遠鐘邊」晨起望東山晴雪。「爲得禽魚趣，還疑濠濮過」「偏憐濠上興，豈買沃州山」妙解院後會心亭，「幽地宿心愜，青山傲骨知」過飲島生村莊，「應爲津梁倦，空餘衣鉢傳」哭岫雲禪師，「風煙津樹合，寒色驛樓孤」送上埜生之江都，「人來迷曲徑，鳥散破輕煙」春雨中遊妙解精舍，「下榻依春竹，開樽就晚花」春日過飲高之道宅，「萬里難嘗藥，千秋奈斷機」聞南氏母大人訃至因有斯寄，「元自連城價，如何按劍疑」荆玉篇，「殘年猶作客，此地共論心。蹤跡空天問，風塵且陸沈」除夕過飲南子和客舍，「看花慣作客，沽酒易消愁」室津泊舟，「參商忽兩地，弧矢遂初心」留别水斯立，「一官仍贅疣，丈夫笑燕雀。醒醉何關它，是非已爲昨」吉生宅集飲，「多病青樽外，生涯紫蟹前」中秋值雨同二三子賦，「梵誦定猿心，丘壑馴龍性」竹院，「白石堪分座，青錢豈買山」遊妙解精舍，「游絲不到地，芳艸総如煙」春日陪宴樂山公子鑒湖臺，「歲月侵雙鬢，文章見片心」歲晚米大夫宅集飲，「多情人未歸，何意鳥銜飛」詠落花，「殘花悲白髮，佳木變黄鸝」初夏紀世馨嚶鳴館雨集，「雪中迷去馬，山下問行人」東溪探梅，「乾坤黄葉下，吴楚白鷗前」擬登岳陽樓，「定知開卜通熊夢，況復吹簫作鳳鳴」花燭引上宇土侯，「樽中濁酒供高卧，畫裏名山當壯遊」卧遊亭集，「休言賣藥名難避，别是懸壺跡自深」飲菅夷長懸壺亭，「緑池春水魚非我，白日清風竹是君」遊龍華泰勝寺，「小橋流水朦朧夜，踈影殘香暗淡煙」淡墨梅花，「十年容鬢愁中改，千里雲山夢裏青」醉後贈湖玄室，「孤琴焦尾人無恙，雄劍隨身心未灰」在江都聞水斯立家罹火災舊物無恙遥有此寄，「隱几何妨言偃問，傳經蚤識服虔名」初接服子遷賦呈，「山川総入周圖籍，日月猶浮漢繡衣」送笠大夫迎接巡見使于南關，「著書應是玄亭似，來客還將白眼看」聞平士騏峨眉亭新成因有此寄，「山出芙蓉迎彩翠，池成鷗鳥有光輝」濠濮園亭新成，「犬牙二國煙嵐合，蜃氣三山潮水通」登虚空峰絶頂望海是肥筑分界處，「重陽興與龍山似，落日風吹烏帽來」九日陪宴芝南别業，「三朝兵馬雄圖盡，九世衣冠霸氣沈」送子式之鎌倉，「休嘆流年爲客盡，應須濁酒滿樽浮」歲暮淩霄閣宴集，「唯應漉酒迎高士，不使飛塵汙故人」「巾上青天懸遠夢，扇間明月寄相思」尼崎東明禪師托吾藩護國禪師見寄詩且徵余序其所著琴浦集序成録上尋有巾扇之惠因賦奉謝，「一世何須生食鼎，千秋堪笑死含珠」吴門湖柏山宅集飲，「賜衣應奪真人紫，布地偏饒長者金」「山護紫泥雙詔肅，橋懸明月一燈傳」送大川禪師奉敕之京住龍室山大德寶刹，「龍門三月桃花浪，熊野千年藥艸春」春日送北圃生還南紀，「一别文章餘短髮，千秋蹤跡託名山」寄懷越子聰于水府自注癸亥予登富岳有記附書中去第六句故云，「遺世寧妨囊賣藥，養生還説火傳薪」次原子才題壁韻，「林静鳥聲生暝色，秋高塔影落煙波」臨流精舍。五古。《病中雜詠》云：「煙鳥棲江樹，微月欲上初。悠然與心會，力疾臨前除。庭艸藹萌達，映我牀頭書。鄰兒纔垂髫，持竿事釣魚。對此散愁寂，鳴鐘隔林疎。」《晚涼行藥至白河上》云：「赤日忽西頹，徘徊清川側。薫風波上來，霏微縠紋織。俯臨數僭鱗〔一〕，仰視指歸翼。片月生中洲，斷山入暝色。水木相葱翠，埃鬱浄如拭。瞻彼虚舟汎，優遊知食息。涼氣滿衣襟，高歌念帝力。」此等沖澹高雅，真韋、柳之亞。又有《贈藪震菴》韓體一首，硬語排奡，亦能極其態，篇長故不録。

集中歌行最多傑作，如《十六羅漢圖引》《少年騎馬圖引》《老將行》《荆軻行》《卧遊亭》《望阿蘇山池煙》《醉歌行》《上蔡布衣行》《垓下行》《讀水斯立遺艸》《鴻門高》，尤極變幻頓挫之妙，今録其短篇二首。《鴻門高》曰：「鴻門高，高且雄，天歷數，指顧中。謀臣不語目屢動，劍舞雙雙鬬白虹。屠兒一入四座傾，巵酒彘肩腥風生。君不見俎上之肉飛生翼，却望天際成五色。」《上蔡布衣行》云：「斯本上蔡布衣客，三寸之舌動秦王。在楚漫學帝王術，入秦唯説申韓謀。政如猛虎法葯狗，六經落煙一人手。祖龍游海混鮑魚，無限餘腥轀輬車。區區只惜通侯印，一旦沙丘枉璽書。長子伏劍山東分，三川群盗晝如雲。昔日咸陽大張宴，徒説禍福終難免。果然市中當赤族，相泣東門感黄犬。可憫奏上獄中語，帝業古來以客著。二世之業何忽諸，王不識鹿客嘆鼠。」

〔一〕僭：似當作「潛」。

玉山亦善繪事，今讀其《遊丈水翁隱居》五古，如觀田家樂圖，其中寫景數句最佳，云：「遥峰含餘雪，田疇靄新晴。青黄錯若繡，野色接空平。藉草黄犢睡，隔竹春鳩聲。」又《晚歸》云：「川上看欲暝，餘紅在層巒。彎彎初絃月，艷艷媚暮寒。岸遠行人小，村幽獨樹團。喚舟沙際立，秋水正漫漫。」亦大有畫意，非胸畜丘壑者不能爲也。遺稿載：「秋日同米大夫及盈上人汎舟神水，向晚將歸，餘紅銜山，煙樹抹碧，堤上人馬皆如在燈影中行。予醉甚，急索紙筆描之，舟轉景移，不可盡寫也。米公賞之，既而爲上人奪去。明日賦此寄贈。」有詩二首，贈米云：「秋江一上米家船，梟雁菰蒲渺晚煙。書畫風流誰得識，請君莫向世人傳。」小引「餘紅」句寫得晚景甚妙，亦想見其畫之巧也。玉山六法，人少知者，蓋興至而揮灑，平生不欲容易作也。

高蘭亭嘗遊鎌倉，獲枯髑髏，製杯盛酒。玉山有《髑髏杯行》詩，其序曰：「高子式山人，達士也。置髑髏杯，時時把玩。一死生，遺形骸，超然自適焉。少年輩争飲爲豪舉，予獨蹙頞不能飲，衆笑予未達，因作《髑髏杯行》自嘲，兼爲髑髏解嘲。」詩亦雄奇變動，可謂傑作，載在遺稿。但此詩蘭亭不及見而没，玉山《與松君修書》云：「《髑髏杯行》，嘗爲高子式賦。未及録示，子式奄忽化去。子期逝矣，誰復聽者？是以閟而不出，數年於此。頃搜敝篋中得之，頗有似鷄肋，因更張數十字，稍似成篇。他日足下過圓覺寺，試爲余誦之子式墓前，則子式當含笑於泉下，而曰：『儀也。我既先汝反真，而與彼爲伍矣。汝猶爲人，汝焉得知南面王之樂之勝於爾噲伍也萬萬矣哉。』」先是玉山有《子式重赴鎌倉戲賦贈别》七絶云：「重向鎌臺作壯遊，蕭條風色入高秋。屠腸山下腸堪斷，莫問當年血髑髏。」皆寓諷刺之意。

筑紫及東奥海上有寒火，喚曰龍燈，共爲海内奇觀。李時珍、謝肇淛所謂洱海陰火、蕭丘澤中寒炎、及廬山神燈，皆此類。而東奥則夜夜見之，筑紫則必以七月晦，有閏再見，每歲不差時日，可謂特奇矣。筑紫龍燈即《景行紀》所謂「不知火」者，「火國」之稱亦起於此，則其來舊矣。橘南溪《西遊記》詳載之，而余未見詩之者。今讀《玉山集》，有五排二首，今録一篇，以示好奇者。曰：「紫海孟秋晦，蒼波陰火然。團團含浦動，點點傍汀鮮。縹緲黿鼉駭，闌干星斗懸。燈明千佛現，金色萬鱗連。非入波斯市，還窺娑竭淵。蜃光摇欲湧，鮫淚散逾圓。錯落陽侯外，依稀罔象前。銀河寒倒影，貝闕璨含煙。龍負帝舟夜，烏流王屋天。西巡曾此地，靈異到今傳。」蘇東坡《遊金山寺》詩云：「江心似有炬火明，飛焰照山棲烏驚。悵然歸卧心莫識，非鬼非人竟何物。」自注：「是夜所見如此。」則彼邦江海上亦往往有之，可知也。

朝鮮使之來聘也，此方文士一得接見，以文詩唱酬，乃視以爲龍門御李之榮，而玉山未嘗一通謁。有井叔將之備藩迎接韓客，因賦贈别詩云「知君能屈三韓使，不遣孤槎犯斗牛」，玉山眼中無韓客，可謂詩壇猿面郎矣。如是爲得國體也。又有《紀夢文》一篇曰：「今兹寶曆十三年癸未，聘使又至。一夕夢偶爾到鴻臚館，館外車馬鼎沸，聞諸侯文學在内唱酬，大是盛事。余欲一見異邦人物，而館吏誰何，不得輒入。在户外徘徊久之，忽見讚州文學仲文輔出來，延余上堂，余欣然從之。及至，唯見學士戴烏帽著紫袍，骨貌不甚奇，威儀言語亦不足觀，而林先生及從事亦不在座，唯見筆硯狼藉，旁有一二諸侯文學，及社友偶語耳。而屏帷几席，禮不甚設，皆曰：『外國之人臣，我待宜如此。』余所見不如所聞，意甚不樂。桑名侯文學松久徵在側，勸余通刺呈詩。余不欲之，乃索紙筆，大書『山陰夜雪』四字，付座人而出。時春睡始醒，花影在窗，曙鼓鼕鼕也。」此篇亦有寓意。

玉山詩雖尸祝唐氏，學步王李，而才氣奔放，不欲規規於摸擬剽襲之間，是其所以與蘐苑之徒異撰也。故其言曰：「今之言詩者，其誰不羔雉李王？又誰不句摹而字傚之？亦唯稱敗素紫，以眩孔陽之朱，將奈其臭揚何？李王何辜，乃爲輕薄兒之蠶食，而身其餘亡幾矣。雖李王將何以給之？則余於今之言詩者有譏焉。」又有《復古公錬書》曰：「學盛唐固可，學中晚亦可，惟明詩不可學也。明詩臭氣撲人，予掩鼻而過之。足下擯棄明詩，可謂已獲我心矣。」是蓋玉山晚年定論也。《雜言》一首，自言作詩之刻苦，有云：「沈思融大始，冥搜逮無涯。嗒焉官知止，神欲促所之。□柄□歸手，坐探寰中奇。六丁供使役，萬象争驅馳。風雷借威變，造化贊文辭。」其功力之精至可謂極矣。玉山常言：「我不踐舊轍者，其得之也以沈思也。」蓋非欺言也。是詩之傳於不朽，而所以拾人餘唾者之不能及也。

梅村詩話卷六　祇南海詩

正德、享保間文運隆興，作者輩出，南海以少年周旋其間，天才豪縱，壓倒一代。年十四，嘗與源白石、南南山、松霞沼、原篁洲，會雨伯陽寓居，席上賦《邊馬有歸思》，詩成，闔座驚嘆。白石《書南國華吉祥閣詩後》曰：「南海有祇生者，年十三四，在木公之門，嘗同賦《邊馬有歸思》，其詩雄渾悲壯，足以卜後來可任斯文也。」而今果然，白石又有《示祇生》詩云：「南天紫氣斗間寒，匣裏雙龍此地蟠。博物張華猶未識，天教雷煥一時看。」又有「一鶚猶憐處士狂」之句。白石每稱南海爲「當世才子」，而南海有《賀白石》五排三十韻，其中有云：「得朋常討論，求我似童蒙。夙抱賈生志，其如阮籍窮。龍鱗失雲雨，雀躍在蒿蓬。居世異窮達，締交在始終。請君聞此曲，幸莫罪雕蟲。」可見其爲平生知己也。

南海年少時，值春分日，自試其才，自午至子，賦五言律一百首，人或疑其宿構。是歲秋分，置酒宴會。午漏初下，乃進請諸客命題，及夜半百首復成，前後二百篇，無一複句。其師木下順庵贈詩云「十八山東妙，聲名世共聞」。南海有次韻詩，自注云：「喻時年十八云云。」蓋是歲元禄壬申也。白石《停雲集》以此事爲伯玉年十七時，恐誤。南海嘗曰：「明張淮倜儻多才，一日過富人家賞牡丹，主人以中峰《百梅》韻，請淮賦牡丹。淮應聲即成五十首，引杯一醉。日未昃，百首皆成，仍繼以回文一首，可謂古今奇才矣。然是亦有法，非甚難事。人苟有天才，且善記者，先期一歲半歲，貯藏文料數百斛於胸臆中，其佳對好字，大概備成句體。而後臨場觸類，七縱八横，毫飛詞湧，頃刻滿紙，傍觀者咄咄咨嗟，以爲天授。蓋天地間事物雖多，分記題目，觸類長之，莫不可應者。況若牡丹一題，他日廣搆而遠應，豈爲難乎？若其才思鈍遲記憶薄者未足論。」夫以南海之才，能用此法，八面受敵，亦有餘勇，宜乎若牡丹一題，不以爲難也。先是年十六，其父命賦《春日客懷》詩，其體傚中晚云：「昨夜東風過玉關，天涯離恨未曾閒。鳥聲春盡愁中雨，客路家迷夢裏山。雨墜桃花聞不語，雲重鴻雁看皆還。倚欄誰識吟哦苦，十里池塘芳草間。」風調秀媚，真得中晚神髓者。

《富嶽》七律二首，載《停雲集》。集中所收南海詩凡三十首，而見於本集者，《龍泉途中作》《燈花哭南南山》《龍泉雨夜》等八首而已。白石云：「南海春秋二分所賦百題凡二百篇、《彥山二十景》《蜕岩集》作十二咏、《和州五條十八景》、見贈二十五韻及南中諸作，並皆失之。」白石集有《和南藩祇秀才夏日陪宴》詩，又詩注：「祇生有《賦葛城雲》詩，而本集皆不收。《七家雪小序》云：『予少時在東都，偶賦《七家雪》。後十餘年，其稿爲無賴子偷去，惟《侯家》一篇記敗紙中，其他茫然不記一字。』又《壽白石浴室》等題見他詩題，而其詩不存。則伯玉之詩散逸者衆，可惜已。而詠物詩有別行者。」余按，集中五律亦有詠物詩，蓋百題之遺存者。

《南海集》七古勝於五古，七律優於五律，七絶尤見擅長。五古則《浴龍泉途中作》《遊東叡仿常建體》《春暮遊城西》三首最佳。南南山評《遊城西》詩云：「婉麗温雅，王昌齡、常建之骨髓。」松霞沼則云：「文字正是唐人，體制即是齊梁。」余於此卷最愛四句云「朝煙含柳暗，春水帶花生」「鳥歸人影外，花落鐘聲西」。

《雨暘行》「暘久則亢亢則旱，則穀熯矣則民饑，則雖有酒吾得款」，自注：「用孟子『不紾則不得食，則將紾之乎』之句法。」「旱」字，「穀熯矣」字，「民饑」字再叠成句，是法奇創可愛。南海好創奇格，《送賓渚師歸天臺並貽自寫墨竹》云：「詩酒交情歲月深，明朝回首北山岑。路旁楊柳寒凋落，六幅湘篁一片心。」自注：「此詩淺近無可取，第其格調予所創制。不用虚字紐語，句句頓挫，可以備絶句一體云。」此體太佳，可學也，而如七古《蓮》一字到底韻，雖極創見，屬一時遊戲，譬如磨牛蹈陳跡，自乏飛動奔逸之勢，不可襲用也。五律又有用助字韻，如「遠而」「若斯」「何之」「何其」等字者，亦出遊戲，不可仿也。如《雪後遲友人》：「斜斜整整雪成堆，緑緑青青竹映杯。獨坐寥寥寒獵獵，待君耿耿源源來。」雖是奇格，古人已有焉，不創於南海也。

「詩所不能言，畫以盡其態。畫所不能寫，詩以得其解。」又「明窗净几好風月，我所欲得自然在。方壺員嶠及洞庭，天臺雁蕩嵩華岱。靈場名區眼底來，赤松洪崖倚肩背。明月脅幽入鬼窟，天機勃勃驚怪怪。萬影秋涵月川川，萬境如來夢靄靄。變幻手弄大造化，誰言斯身在宇内。解衣盤礴吟且寫，何異須彌之在芥。」是《詩畫歌》也。南海之畫，余未經一見，而其所言如此，其技必與詩相稱。劉彭城和韻詩云：「觀君緩驟南宮巧，奇正相宜得右軍。腕力筆筆虹吐絲，臨池潑墨絶塵氛。玉樹臨風神皎皎，幽蘭媚谷秀芸芸。」其墨妙亦可想見矣。世有板刻《蘭亭圖》，南海嘗厭其製甚俗，欲別製一圖而不果，但以文記其概，其結構雅致，可謂真得右軍之意矣。文亦清真蕭灑，謂之蘭亭有聲畫可也。文長故不録。聞池大雅亦嘗用其意造一圖，而余未目之，不知與南海所言果何如也。又論畫竹法云：「畫竹竿法，有自下起，次第向上畫去者，曰竹之生原從下發，故筆亦依其勢。此説實隨造化之理。然竹竿左撇一竿，須從下畫去。但夫直竿及右撇者，若從下畫之，甚覺無勢。不如從上一節節畫下，更得骨力。管姬之法既如此，譬之人物，其行立，上首下足，造物之常理也。然其生産則首向下，足在上。今我筆端造化，生出幾竿龍孫，豈先從足始倒産哉？」是言綦有理。今畫家寫草木，大抵從上畫去。凡草木之生，皆從下發。唯竹必謂從下畫去，不亦固乎？今讀《詩畫歌》，因併録焉。

《題自寫墨竹》七古五首，余最愛其《雨竹》云：「虞帝南巡不復還，千歲遺恨湘水間。蒼梧雲深厂影暗，竹上啼痕空斑斑。孤舟夜宿煙水浦，萬竿秋倚白雲塢。客心半夜夢難成，鷓鴣啼斷枝枝雨。」南海年十七，麗澤書院集賦擣衣云：「誰家少婦驚秋夢，玉杵夜寒擣練用。夜夜鳳城月色高，朝朝燕山雪花重。」自注：「詩既成，衆評『四句中説題只一句，其餘三句不與擣衣相與，可惜已』。予謂其不顯言擣衣，即是得題意者。予一生説詩主影寫，創於此詩。」南海妙年得詩三昧既已若此，如《雨竹》蓋亦影寫之尤工者。評明湯胤績《守宫》詩「誰解秦宫一粒丹，記時容易守時難。鴛鴦夢冷腸堪斷，蜥蜴魂消血未乾。榴子色分金釧彩，茜花光映玉鞲寒。何時試捲香羅袖，笑語東君仔細看」曰：「此詩詠守宫血，惟第四句實語，其餘皆用虚景客語，不著一箇實事，亦稱影寫乎？」蓋南海夙有見於此等詩也。

蜕岩《與南海書》曰：「因浪華書賈毛氏，獲足下醉書《富士行》一紙，雄渾奇拔，尚以墨花淋漓。捧誦再四，不忍釋手，恍焉如駕鸞虬淩煙霧，與金童玉女徙倚瑞卉寶芝之間，而不知反也。乃擊節嘆曰：『此紫府中人，吾曹與之同世，㥯不通問，可乎？』」余今讀其詩，知蜕岩之言不虚，而如「神工如此久亦蠹，肉陵疥癬山骨痼。帝命祝融炙其肓，阿香點穴豐隆炷。火輪礒礋焚玉石，灰起滿天玄霜雨。嶽氣清明石脈通，但苦火瘡瘤俞跗」數句，所謂麻姑弄狡獪處，恐不免方平笑也。《壽新井使君》七古，最淋漓跌宕，其中叙接韓使事云「公歷西階摳衣升，軒軒如霞舉屋額。腰帶紫陽太守印，眼如紫電髯如戟。按劍叱叱殿柱震，使者膽竦喪其魄。擊劍歌成血吹霧，機鋒觸處皆辟易」數語，何等筆力！韓昌黎所云「字向紙上皆軒昂」者。其他《篆隸歌》《泛明光浦》《畫竹歌》《明光夜鶴》《琴浦秋鴻》等篇，才思坌湧，筆力縱横，不求工而自工，非得于天才者不能爲也。

摘句五言。「酒醒蕉雨滴，琴罷竹風寒」燈花，「雲薄窗中樹，雪晴天外山」移居青山，「蒼苔孤石在，野竹十竿餘」「清秋風送雁，永夜月隨人」「日月有書劍，江湖無釣舟」「文章竟何事，儒服誤吾生」和富石溪幽懷，「水落河梁淺，雨晴驛樹連」將歸南紀次韻留别田竹圃，「曙日鴉辭樹，清江雁落沙」咏影，「岩花春暮帶，山雨夜來添」咏泉，「大壑歸雲外，孤村片雨中」咏虹，「恩憐董賢袖，耳洗子荆流」咏枕，「疎鐘孤館夢，寒雨五更愁」燈花，「舟横立篙鳥，鐘暝返山僧」賦得寒村幽事多，「雲暗村村樹，帆愁浦浦船」松江即事，「煙波迷度鳥，野廟哭啼鵑」春日天曜寺呈廣僧正，「唯應天上種，宜就月中看」桂花，「野水斷橋路，微雲斜月村」水村寒梅，「會友唯應酒，消愁莫若花」春日天曜寺席上，「村遠竹圍屋，岩幽花映階」寒玉亭次鶴渚韻，「緑暗禽聲潤，花飛蝶夢寒」丁未暮春北溪寒玉亭送春，「堪老是山中，何處似花下」碧岩精舍次鶴渚韻，「煙縫遠近樹，雲叠高低山」奥埜氏伊原水亭，「步爲衣輕健，睡因客少多」和鶴渚初夏山居韻以酬，「燈火千檣夜，砧聲萬户秋」荒津夜雨，「平沙洗宿雨，林木弄餘清」箱崎晴嵐，「千里長沿海，兩行只見松」送林肇携家移江都，「人間大藥在，天上少微高」贈北山隱者，「菰蒲一灣浪，楊柳數家村」春雨飲蓉洲宅，「秋思杯滿外，往事月明前」「江湖鴻雁夕，天地桂花秋」丙寅中秋，「一聲樓外月，數里水西雲」霜夜鐘聲，「馬過池塘艸，人呼柳外舟」畫山水，「四時宜二月，一日是千年」用韻謝匝上人，「鳥返江霞斂，蟬鳴高柳涼」正德辛卯八月十一日與諸君會白石井使君第。以下排律。「夜静孤蛩急，天空一雁幽」和中秋韻，「地分平楚盡，天入大江來」和白石中秋泛舟過牛渚寺。

摘句七言。「半鼎烹茶松火濕，孤衾夢月竹窗空」山家雪，「鷺拳枯柳影俱凍，雁宿蘆花夢半秋」漁家雪，「多病參軍孰明遠，倦遊詞客獨長卿」「弱水月明鴻雁泊，松江霜落蓴鱸肥」「鴉低暮色瀟瀟雨，雁傍砧聲處處秋」「節物尤能驚遠客，功名空自托浪遊」「海内交遊止識面，腰間雙劍誰論心」詠懷，「孤雲片月西來意，白水青山南住身」春日訪九皋鶴禪師山房，「但恨論詩數更五，休辭臨別引杯三」送僧竹潭之西京，「潮聲欲雨時來去，山色和煙半有無」「門接半村兼半郭，窗通山氣似山房」「携琴往往詩中侶，隱几朝朝閣外山」「春去何將流水急，老來誰與晚雲還」「江漢於今南國紀，金湯自古大邦翰」「棹依細草柳陰舫，簾捲微風花外樓」春興，「江上形容非宿昔，天涯歲月又青春」春日書懷寄白石先生，「家有山田手自種，身無疾病心何求」贈北山左隱山，「往事浮雲皆作夢，交情流水誰論心」「鵑啼夜雨東風怨，雁斷秋空北塞深」「携杖常時唯問竹，沽醪無日不盈瓢」「風景依然向子笛，山河邈如黄公壚」「家藏遺艸非封禪，名附先賢老醉鄉」哭南南山，「客繫吟驢花引入，僧驚宿鳥月敲歸」門柳，「宜風宜雨四時共，稱友稱君古人皆」砌竹，「月露酒醒中夜冷，秋風夢斷滿簾香」嵓桂，「汝應埋我我埋汝，人未負天天負人」哭弟維章，「同情何必論千里，一斗好當共百篇」次梁蜺嵓歲暮小集韻，「生逢聖世應無恨，死作閻羅足有爲」「犬馬豈思仍保齡，龍蛇不料已占年」哭筑州使君白石井先生，「酒盃且寄風塵裏，詩卷誰留天地間」冬夜有懷南山先生思聽，「斜雨重門燈火暗，十年玉塞雁書遥」春夢，「雲擁江天鳥雁下，潮生澤國龍蛇深」「扁舟萬里歸家夢，孤劍十年報主心」武昌晚秋，「落梅笛裏人如玉，芳草天涯夢似雲」寄竹圃，「洞口雲煙如畫裏，山中日月似仙家」，龍泉屋壁漫題，「千里寸心勞別夢，一封尺素問遷居」「吴門煙月違同醉，楚澤秋風問卜居」「往事回頭渾是夢，交遊屈指半爲虚」酬金澤岡石梁見寄。

《菊》詩「陶屈惟餐採，真賞又誰求」，自注云：「唐宋以來文人賦菊，必用屈原、陶潛，以爲此花之知己。予考《離騷》、陶詩，曰採曰餐，不聞愛花之語，此詩故云。」是一詼謔，録以充笑柄。

《蒸浴詩引》云：「浴室製依甑樣，蒸體代浴，俗名乾風爐。古不聞有此，華人之書未載其名，蓋近世之製也。予嘗好之，比之湯浴，清潔雅致過焉。第爲其浩費，世人鮮有設者。吹上院主嚴師，與予同好，嘗設之。招余以浴，喜賦一篇以贈：「禪宫元潔浄，蒸室更清新。鬵沸香湯躍，氤氳暖靄春。誰知塵裏客，坐作雲中人。離垢襟懷爽，併兹證水因。」近歲都下以此爲業射利者，往往有焉。亦可見太平之久，人趨驕奢也。而先生後聯，可謂善盡其狀已。

蘇東坡曰：「王維詩，詩中有畫，畫中有詩。」今讀南海題畫諸作，甚有景致，想其畫亦然。《畫山水》云：「春山已可入，春水已堪浮。馬過池塘艸，人呼柳外舟。微茫辨雲塔，憩息得煙樓。相待携琴客，倚欄數白鷗。」《雪圖》云：「江天漠將晚，渡口行人稀。島嶼布帆白，漁村煙火微。饑鳥噪枯柳，凍鷺立寒磯。溪路誰家子，尊中得酒歸。」《題畫山水》云：「山高樹色含靄，溪繞水聲入江。隔竹人家兩兩，宿岩漁艇雙雙。」《自畫山水》云：「日暖桃花映碧潯，東風吟棹約幽尋。隔煙山樹寺猶遠，且爲方舟依柳陰。」又「柳陰來繫木蘭舟，嵐彩煙光草際浮。借問仙人何處去，雲深峰影入危樓。」《題山水墨畫》云：「夜來新雨一篙波，清曉叠巒青已多。漁艇歸來欲賒酒，輕寒剪剪入枯蓑。」數詩風調瀟灑，不減唐伯虎矣。

七律佳者最多，而以《詠懷》七首、《春興》七首爲超乘。别有詠物詩，亦在謝瞿之間，而七絶尤擅長。賴山陽嘗稱《江南詞》十二首，有「欲把金丹换凡骨，試吟南海竹枝詞」句。南海自序曰：「唐劉夢得作《竹枝詞》九篇，當時和者多，而未甚盛矣。及明楊鐵崖作《西湖竹枝》數篇，和者百餘家。吴中女薛氏亦傚之，作《蘇臺竹枝》數十篇，爲鐵崖所稱。余嘗讀之，其詞俚而不俳，質而不野，述風俗，説事情，大得風人之旨，且其格調不與聲律曲促之近體同也。」今讀《江南詞》，此數語蓋夫子自道也。近時作家作《竹枝》者綦多，大抵所謂俚而俳、質而野者，不足觀也。其他如《賜環歸舊廬》之「唯有年年夢中路，蘆花月照舊漁磯」，《燈下與友人話舊》之「東都南海十年事，半夜酒醒復上眉」，《函關聞子規》之「欲向東風問舊怨，一聲啼入幾重雲」，《梨溪子自丹陽東至賦答》之「十歲不知行近遠，夢魂何處傍君飛」，《題隱山居士草堂》之「自是山中如太古，泉聲日夜送年華」，《春色》之「化作朝來一片雨，半如醉夢半如雲」，《鉛山客夜》之「波濤一夜不成夢，鄉思更多於昔年」，《金峰返照》之「江水年華流不盡，斜陽花落寺門前」，風韻清絶，自是中晚佳處。白石蜕嵓諸公，恐不能知斯境也。

《停雲集》載南海《山房偶作》云：「白屋青燈獨夜情，樽中有酒共誰傾。寒花十月無人見，黄葉滿山聽鹿行。」本集《貴志縣冬夜》六言云：「白屋青燈獨夜，青尊濁酒誰傾。寒花十月人少，黄葉滿徑鹿行。」全與前詩無異，蓋後日截七爲六者，六言二「青」字，必有一誤。又《咏桂花》云「唯應天上種，宜就月中看」，五排又有《水村寒梅》詩云「應是仙中種，最宜月下看」，而不及《桂花》之渾成也。

先生書《己巳歲初作》後云：「夫詩言志。無志之可言，何必以詩爲？近世俗者，每歲旦必具篇什，甚者臘中腹稿以塞索，故大率剽竊駢儷，足嘔噦耳。若夫兒輩初讀《三體》《千家》，以學章句者，豈得有情思乎？若待其有情思，而後吟詠，則口中荆棘長已三尺矣。故姑攟摭韻府之活套，分裂風雲之陳言，以習章句之制度耳。苟舍之，則無有學詩法矣。予平生無憂患，故不能濺杜少陵無位而憂國之淚；又無歡樂，故不能餐李青蓮未仙而乘鸞之霞。兹養痾家居，大得睡鄉之趣，其樂不得不言，聊朗吟以遺興耳。若與鳳曆屠蘇之陳腐同唱，則何啻徑庭而已哉？」又戲録《閻羅王詩盜判》云：「爲竊詩句事。盜之屬二，曰强，曰竊，而詩盜不與焉。大辟之刑二，曰絞，曰斬，而詩盜無條焉。何者？罪不容誅也。竊國者侯，竊鈎者誅。故事涉曖昧，法網之密時漏吞舟；怒交前，保赤之愛不能不劾。至神草一指，神羊一觸，則黑白不能掩目，邪正不能惑耳。設令金科玉條或有之宥，而冥府天宮豈有所赦？二百餘年《春秋》，是當三盜與詩盜並書；三千之屬吕刑，雖有千鍰于詩盜何贖？或闌入古人集中，或捲擄師友卷上。全章負去，夜半有力；斷句剽竊，月攘一鷄。潛踰曹劉之垣，擅鑿李杜之壘。争剥島郊，寒更寒；蠹食顔謝，富何富。驢上吟客，即是梁上君子；社中騷人，不異月中仙娥。緑楊遂成緑林，紅桃變作紅巾。字金玉，篇錦繡，誰知皆是真賊；句瓊瑶，材襪線，可恨併入賊窩。虚而爲盈，欺人誑世，自衒自浼，靦不知耻。風俗之頽莫甚焉。可言而不言，孔子猶以爲甚於穿窬；不能言而盜能言者，無物堪比倫。此輩鷹鸇不能逐，狴犴不能攫，笞杖不能懲，金木不能錮。然而今乃不懲之於蛙鳴蟬噪之時，其奈瓦釜雷鳴之後何哉。其宜與韓擒虎寇王準等，重廷議以决罰，姑且送斷阿鼻枷號。」當是之時，蘐苑之徒太盛，剽竊摸擬之習風靡一時。南海欲務矯其弊，乃別豎一幟與之抗衡。其言痛快，實中時病。後來葛蠹菴、菅茶山諸子起，而天下之詩始真矣，蓋聞先生之風而後興者。嗚呼！先生真豪傑之士哉。

梅村續詩話卷七

石川丈山

丈山詩不多傳，所著有《覆醬集》，韓人權侙者爲之序，稱曰「日東李杜」。余讀其集，句多拙累，往往不免俗習。權侙所稱，恐係溢美。然當時儒流詠言，率出於性理之餘，乏於温柔之旨。而丈山獨逍遥山林泉石之下，襟懷瀟灑，不爲世俗間語者。藤惺窩見其《漁村夕照》句，而奇之曰：「斯人異時當爲詩宗。」其詩有云「欲將蓑衣曝返照，釣竿還是魯陽戈」，巧則巧矣，然未免五山之習氣，非正路也。如《富士山》詩尤膾炙人口，然是亦未足爲佳也。摘句：「窗間殘月影，枕上遠鐘聲」「風柳起鶯懶，山花留馬蹄」「半壁殘燈影，孤林落葉聲」數句，閒適和雅，殊堪諷誦。如「枕頭三尺劍，瓶裏一支梅」一聯，其氣象可想。

宇都宮遯菴

《遯菴集》，門人恕方者所輯録，序云：「先生著述罹烏有，今存者特晚年作。」江北海云：「余閱

《遯菴集》，詩凡千餘首，七絶尤多，有七百餘首。其中《客中偶作》曰：『海色茫茫山色長，孤舟風雨轉淒涼。天涯一夜愁人夢，半在京城半故鄉。』悽愴婉約，可稱佳作。」《日本詩選》亦收此詩，「風雨」作「風阻」，「一夜」作「夜夜」，亦可。而改「愁人」作「騷人」，余所未解也。

木下順菴

順菴《題楠子墓》曰「一心存北闕，三世護南朝」，《早秋郊行遂過僧寺》云「老樹千年緑，名花百日紅」，《贈祇南海》云「人稱斗南一，馬空冀北群」，尤爲巧警。徂徠嘗云：「錦里夫子者出，而搏桑之詩皆唐。」可謂知言。錦里，順菴别號也。

室鳩巢

鳩巢詩，五言學陶，而未得其自然；七言古風，五言近體，師法少陵，而尚阻垣墻；七言近體，祖襲盛唐諸家，而往往不能脱明七子氣習；集中五言排律最多，有至百韻二百韻者，蓋其所長也。《秋興》七律，當時推爲傑作。詩云：「蕭瑟秋風動碧林，天邊樹色鬱森森。鯨鯢蹴浪海氛惡，猿狖嘯雲山氣陰。鬢際霜侵多病日，腰間龍泣未灰心。樓前一片如鈎月，别恨誰家送夜砧。」「歲晚滄江日易斜，病來分外減容華。人間空負思歸膾，天上難浮乘月槎。千載悲秋傳楚詞，萬家牽恨入胡笳。尊中緑酒香新熟，欲傍東籬摘菊花。」「十年遊學愧無功，爲客逢秋京洛中。清曉夢殘荷葉雨，黄昏笛斷柳條風。異鄉到處眼終白，同侶幾人顔共紅。書劍歸來最蕭瑟，滄浪一曲和漁翁。」「遠林平楚渺逶迤，萬頃秋田匝鄭陂。野外荒墳碑仆草，村中古廟鳥棲枝。山阿長對白雲在，人代寧知滄海移。誰子杖黎懷古久，愁吟隴上日將垂。」其他如「關中豪傑推王猛，江左風流起謝安」「天上雙懸新日月，人間相看舊衣冠」「天連蒼海長雲絶，月滿大江灝氣浮」「輦下衣冠尊五品，日邊花萼共三春」「蘭省春傳紅葉賦，鳳池波動紫霞袍」「薦賦何人逢狗監，求才幾處出龍媒」數聯，高華雄整，不減明人。余最愛其《春遲》一絶云：「楊柳未垂花未紅，家家簾幕捲東風。春歸江上無尋處，只在青青草色中。」甚有風致。而「春歸」似是春歸去，改作「春回」可也。

南南山

南山初在長崎，從閩人黄公溥、杭人謝叔旦學詩。韓人吴南老，嘗觀南山《懷環翠園》詩「雁歸塞北長爲客，梅發江南暗憶人」句，大稱讃之。其詩曰：「今日情懷欝叵伸，且驚兩鬢漸如銀。雁歸塞北長爲客，梅發江南暗憶人。萬里浮雲遮白日，五更斜雨送青春。桃花流水知何處，欲逐漁郎試問津。」詩凡十首，佳句云：「窗容西嶺多看雪，圃學東陵半種瓜」「生前不負十千酒，死後何須八百桑」「細雨紅桃應委徑，輕煙緑竹定過墻」「含花鳥近書幌語，煮茗泉環竹塢過」「欲見春日常洗竹，因憐夜雨亦栽蕉」。又五言：「春山飛鳥外，夕日落花西」「天憐多病客，世識不才名」「暑至池塘少，涼生竹樹多」。七言：「流水人家芳艸徑，斜陽漁笛緑楊津」「白日茶煙迷佛榻，黄昏燈火認僧庵」頗有陸渭南之風。南山嘗與白石諸子宴集，唱曰「白石題詩白雪霏」，白石即和曰「南山奏曲南風競」，是雖與「日下雲間」自矜者異，然亦頗涉輕薄。是等之事，後人不可好爲也。

桂彩嵓

彩嵓詩，當時稱爲與服南郭割鴻溝者，而彩嵓自謂：「吾有如椽可以當斬蛇，孰謂彼力拔山乎？」如其《八島懷古》七律二首，比之南郭《鎌倉懷古》殊覺出色，宜其自云云也。《玉壺稿律詩選》《日本詩選》《名家詩選》皆收《懷古》詩，而其前詩後聯皆作「宋帝遺臣迷北極，周王君子盡南征」，東條琴臺云：「本集此二句作『偏憐朱紱結纓死，無復青衣行酒生』。諸家所選，聲律拗戾，似不可讀，實不如本集之愈。」余謂本集强作議論語，詩格稍卑，而拗體古人多有，不足怪也。諸家所撰比本集爲優，蓋晚年所改竄，而本集猶不及删正者。諸家之選必有所據，未易遽議也。

高蘭亭

蘭亭年十七失明，潛心於詩，詩殆入佳境。《君瑞懷仙樓觀子遷岳陽樓圖》云：「真人曾畫岳陽樓，高卧仙臺入卧遊。素練半吞雲夢氣，彩毫深瀉楚江流。三湘日月圖中動，七澤煙雲坐上留。

況爲君家能縮地，始疑身對洞庭秋。」客謂余曰：「是蘭亭年十五六時作。其夙慧如斯，宜乎能成一家。」余曰：「何以知之？」曰：「題有『觀』字，我是以知之。」余笑而不能答。由客言推之，則《蘭亭集》中詩太抵可謂少作已。録博一噱。「煙樹收寒雨，江帆挂落暉」，余最愛此一聯。《病中憶鎌山草堂》云：「曾卜山中宅，人間未拂衣。風塵常自伏，邱壑動相違。野鶴疑無主，溪鷗待息機。何當棲隱處，深鎖白雲扉。」亦合作。

詩人佳句

「三更燈火波心市，十里歌絃岸上樓」宅用晦和京師人所寄鴨河韻，「混俗多年雙眼白，論交此處寸心丹」簡友人，「煙樹霏微歸鳥外，一僧相送過溪來」寺歸。皆雨伯陽詩。「鄉書猶待雁，旅思不因秋」松楨卿。「歸鳥沙村外，炊煙野樹間。行行人影動，回首月離山」鳥山輔門。「十年有約雲堪贈，萬事忘機鳥不疑」贈梁蜕嵓，「溪橋春水滿，山色雨中移。竹浄聽鶯處，花飛駐馬時」春日郊行，「歸心對月常終夕，旅夢隨風繞故山」皆田伯鄰詩。「行雲風不定，遠水夜逾明」「落花飛絮纔吹盡，但見春風在酒旗」皆堀景山詩。「東風花暗若耶溪，西子宅前日欲西。春草萋萋春雨後，子規啼斷鷓鴣啼」田子彝竹枝詞。「寒生疎雨裏，林暗落花初」岳仲通。「秋隨湖水闊，雲向越山多」宇士朗送人歸越〔一〕。「夕陽滿地青山動，秋水連天白鷺明」田望之。「一夜西風滿樹秋，卧床無夢思悠悠。吳江水冷魚應美，好傍蘆花泛釣舟」秋興，「江波微雨歇，山樹晚蟬鳴」皆田省詩。「遊子歸期何事違，深閨夜夜夢還稀。合歡花上黄昏雨，腸斷雙鴛傍檻飛」閨怨，「竹外無家群鳥下，松陰有寺一僧還」皆西山健甫詩。「秋水界平野，暮煙分遠村」僧元政。「遠笛孤村外，殘燈四壁中」大田琳庵。「微雨花飛寒食近，人煙還在水煙中」「潮平明月湧，山近白雲來」皆平金華詩。「桃花浪暖魚須醉，翠竹風輕蝶欲狂」滕焕圖。「何日名山埋白骨，暫時此處送青春」「安禪只合九年壁，讀破何須萬卷書」「舟中夢破湖天白，馬上望迷驛樹青」「幽徑笠摩樹，淺流笻破萍」皆僧法霖詩。「松杉雲薄山山樹，楊柳風輕處處村」岡孝先。「荇帶牽鷗夢，荻牙上鷺肩」「釣竿孤嶼雨，耕笠半汀煙」「籬落煙涼瓠葉老，桔槔雨足木綿花」皆僧若霖詩。「疎鐘生午寂，微雨減春寒」伊藤宗恕。「天寒山影淡，木落夕陽多」湖元泰。「霞外水聲暗，日邊山色青」石之清。「小鼎分來僧茗熟，一瓶汲去佛花香」「臨水看魚躍，掃苔待鶴歸」皆南國華詩。「津樹春雲合，驛樓山雨浮」縣孝孺。「僧歸嵒際寺，帆穩渡頭雲」「麀鹿朝攸伏，牛羊晚下來」皆烏宗成詩。「人歸寒食後，春盡落花中」劉維翰《送人》。「關高花易曉，湖闊月叵沈」大津途中，「緑水疑無地，青山如有家」春晚。皆僧元皓詩。「青山入夢松蘿月，秋雨關心水竹居」「却恨西都題柱過，且思南畝帶經鋤」皆

〔一〕宇：底本訛作「于」。按詩人宇野鑒，字士朗，據改。

莊子謙秋懷詩。「風花處處送江春，古度蕭條芳草新。爲是王孫昔遊地，縱無白鳥亦愁人」僧了玄《遊墨川》。「風攪飛泉送冷聲，前峰月上竹窗明。老來殊覺山中好，死在嵒根骨亦清」僧泊如。「古墓無人識姓名，玉魚何處鎖佳城。只餘一片看碑路，春草年年避不生」伊藤東涯。